LA CHANCE D'UNE VIE

Auteur de renommée internationale né en 1955, John Grisham a été avocat pendant dix ans avant de connaître son premier succès littéraire avec *La Firme*, publié en 1991. Aujourd'hui auteur à temps plein, il est un véritable phénomène éditorial aux États-Unis, où chacun de ses livres se vend à plusieurs millions d'exemplaires et fait l'objet d'adaptations cinématographiques très remarquées. Marié, père de deux enfants, John Grisham est l'un des auteurs les plus lus dans le monde.

Paru au Livre de Poche :

L'ALLÉE DU SYCOMORE

LE CAS FITZGERALD

LE CAS NELSON KERR

LES IMPOSTEURS

L'INFORMATEUR

L'INSOUMIS

L'OMBRE DE GRAY MOUNTAIN

LES OUBLIÉS

LA SENTENCE

JOHN GRISHAM

La Chance d'une vie

ROMAN TRADUIT DE L'ANGLAIS (ÉTATS-UNIS)
PAR CAROLE DELPORTE

JC LATTÈS

Titre original :

SOOLEY
Publié par Doubleday,
une division de Penguin Random House LLC, New York.

Ce livre est une œuvre de fiction. Les personnages, les lieux et situations décrits dans ce livre sont imaginaires ou utilisés de manière fictive. Toute ressemblance avec des personnages, lieux ou événements réels est purement fortuite.

ISBN : 978-2-253-24399-1 – 1re publication LGF

À la mémoire de
MICHAEL RUDELL
(1943-2021)
Le meilleur avocat que j'aie jamais connu,
un parfait gentleman et un ami loyal.

I

1

Lorsque Samuel Sooleymon avait été invité à la sélection de l'équipe nationale en avril, il avait dix-sept ans, mesurait 1,88 mètre, et était considéré comme un meneur de jeu prometteur, connu pour sa vitesse et sa détente verticale impressionnantes, mais aussi pour ses passes erratiques et ses tirs médiocres.

En juillet, quand l'équipe avait quitté Djouba, la capitale du Soudan du Sud, pour gagner les États-Unis, il mesurait 1,93 mètre, était toujours aussi rapide, pourtant son maniement du ballon était encore problématique, sans parler de l'imprécision de ses tirs à 3 points. Il n'avait pas conscience d'être en pleine croissance – plutôt banal pour un adolescent – même s'il avait remarqué que ses baskets étaient un peu trop serrées et que son seul pantalon lui arrivait au-dessus des chevilles.

Au mois d'avril, quand Samuel avait reçu l'invitation, tout le voisinage était en liesse. Il habitait à Lotta, un bourg dans la lointaine périphérie de Rumbek, une ville de trente mille habitants. Il y avait passé toute sa vie, essentiellement à jouer au basket et au football. Sa mère, Beatrice, s'occupait du foyer, et n'avait pas beaucoup d'instruction, comme toutes les femmes du village. Son père, Ayak, était instituteur. Il faisait la classe dans une hutte à ciel ouvert, construite par des missionnaires plusieurs décennies auparavant. Quand Samuel ne jouait pas au basket sur la terre battue des alentours, il s'occupait du potager familial avec ses jeunes frères et sa sœur, et vendait leurs légumes au bord de la route.

La vie au village était agréable, et plutôt paisible. Une énième guerre civile sévissait depuis deux ans, et bien que leur quotidien soit précaire, les gens continuaient à rêver de lendemains meilleurs. Les enfants grandissaient dans les rues, courant et tapant dans la balle, ce qui constituait une heureuse distraction.

Depuis l'âge de treize ans, Samuel était le meilleur joueur de basket du village. Comme tous les autres enfants, il rêvait de jouer à l'université aux États-Unis et, bien sûr, d'entrer dans la National Basketball Association – la ligue de basket-ball la plus prestigieuse du monde. Plusieurs joueurs sud-soudanais évoluaient en NBA et étaient considérés comme des dieux dans leur pays.

Lorsque la nouvelle s'était répandue dans le village, les voisins s'étaient rassemblés devant la hutte au toit de chaume des Sooleymon. Tout le monde voulait célébrer cet événement exceptionnel. Des femmes avaient apporté des pichets de thé à la cannelle et au gingembre et des cruches de jus de tamarin. D'autres des plateaux de petits gâteaux enrobés de sucre et des macarons aux cacahuètes. C'était un grand moment et Samuel faisait l'admiration de tous. Les enfants voulaient toucher, côtoyer le nouveau héros local.

Samuel profita de cette soirée, tout en rappelant qu'il devait d'abord réussir les sélections. Intégrer l'équipe des moins de dix-huit ans ne serait pas simple. Il y avait beaucoup de très bons joueurs, en particulier à Djouba, où les ligues étaient bien établies et où les matchs se jouaient sur des sols durs, parfois même en bois. À Lotta, comme dans les autres bourgs isolés, ils avaient lieu à l'extérieur, sur du béton ou de la terre. Samuel expliqua à la petite assemblée que seuls dix joueurs auraient la chance de faire le voyage en Amérique, où les rejoindraient cinq autres joueurs, tous originaires du Soudan du Sud. Une fois formée, l'équipe nationale participerait à un tournoi dans une ville comme Orlando ou Las Vegas, sous l'œil de centaines de recruteurs universitaires. Peut-être même quelques représentants de la NBA.

L'idée de jouer aux États-Unis rendait la nouvelle encore plus palpitante, et personne ne prêta attention aux mises en garde de Samuel. C'était le début de la gloire. Les gens de Lotta l'avaient vu grandir sur les terrains de terre battue et savaient qu'il était suffisamment doué pour porter leurs couleurs et leurs rêves. La fête dura une bonne partie de la nuit et, lorsque Beatrice y mit un terme, Samuel alla se coucher à contrecœur. Il ne parvint pas à trouver le sommeil. Pendant une heure, il resta assis sur sa paillasse, dans la minuscule chambre qu'il partageait avec ses deux jeunes frères, Chol et James, et discuta avec eux à voix basse. Au-dessus de leurs lits, un immense poster de Niollo, le plus grand basketteur sud-soudanais, figé dans les airs, au-dessus du panier, avec son maillot des Celtics de Boston – un maillot que Samuel rêvait de porter.

Le lendemain matin, il se leva tôt et alla ramasser les œufs dans le poulailler, sa première tâche de la journée. Après un petit déjeuner rapide, il partit à l'école avec son sac à dos et son ballon de basket. James et Chol le suivirent jusqu'au terrain tout proche, où Samuel tira des paniers pendant une heure. Ses petits frères couraient récupérer le ballon et le lui rendaient. D'autres garçons les avaient rejoints, et le bruit familier des rebonds et des plaisanteries amicales résonnèrent dans le petit matin.

À 8 heures, Samuel et ses frères reprirent le chemin de l'école. En dernière année de lycée, Samuel obtiendrait son diplôme le mois suivant. Il se considérait comme chanceux. Moins de la moitié de ses camarades – uniquement des garçons – termineraient le secondaire, et seule une fraction d'entre eux pouvait rêver de l'université. Pour les filles, il n'y avait aucune perspective.

Alors que Samuel se dirigeait vers l'école en dribblant, ses pensées vagabondaient sur les campus universitaires à l'autre bout du monde.

2

Deux semaines plus tard, un vendredi matin à l'aube, la famille entière fit le long trajet à pied jusqu'à la gare routière de Rumbek, où Samuel prit le bus pour Djouba. Un week-end de compétition intense l'attendait. Sa mère et sa sœur, en larmes, lui adressèrent un petit signe de la main. Il reviendrait le lundi suivant.

Le bus partit avec une heure de retard, ce qui, pour le Soudan du Sud, était plutôt rapide. En raison de l'état des routes, les horaires étaient très aléatoires. Souvent, le bus ne venait pas du tout, et les pannes étaient fréquentes. Il n'était pas rare d'en voir un bondé arrêté au milieu du chemin. Ses passagers étaient alors contraints d'aller à pied jusqu'au village le plus proche.

Samuel était assis à l'avant, entre deux hommes qui avaient déjà fait trois heures de route. Ils se rendaient à Djouba pour trouver du travail, ou quelque chose de ce genre. Samuel n'en était pas certain car leur anglais était approximatif, avec un mélange de nuer, leur langue tribale. Samuel était dinka, le groupe ethnique majoritaire du pays. C'était aussi sa langue natale. L'anglais était sa deuxième langue. Sa mère en maîtrisait quatre.

De l'autre côté de l'allée, se trouvait une femme avec trois enfants, tous silencieux et les yeux écarquillés. Samuel leur parla en anglais, mais n'obtint pas de réponse. La mère s'adressa à l'aîné, Samuel ne comprit pas un mot.

Le bus n'avait pas l'air conditionné et la poussière autour s'engouffrait par les fenêtres ouvertes, recouvrant tout – les vêtements, les sacs, les bancs, le sol. Il bringuebalait sur la route de gravier qui menait à la capitale, et s'arrêtait de temps à autre pour faire descendre ou monter un passager.

Dès que la rumeur circula dans le bus que Samuel avait une chance d'aller jouer au basket aux États-Unis, tout le monde voulut connaître son histoire. Le basket était la nouvelle fierté du Soudan du Sud, un rêve qui permettait à la population de mettre un temps de côté son passé violent et ses conflits ethniques. En général, les basketteurs étaient grands, élancés, et jouaient avec une férocité qui surprenait les entraîneurs américains.

Les voyageurs se mirent alors à discuter basket avec Samuel. Le bus s'arrêta dans chaque village et accueillit de nouveaux passagers. Remplir le bus au fil du chemin était l'objectif, et bientôt, le chauffeur ordonna aux jeunes hommes, y compris Samuel, de grimper sur le toit pour la suite du trajet et de s'assurer que les sacs et les caisses ne tombaient pas. À l'approche de Djouba, le gravier se transforma en asphalte, et le bringuebalement s'atténua. Les passagers gardaient le silence tandis qu'ils traversaient des kilomètres de bidonvilles, avant d'atteindre des maisons plus solides. Six heures après avoir quitté Lotta, Samuel descendit à la gare centrale de Djouba, où allait et venait une foule de badauds. Il demanda son chemin et marcha pendant une heure pour rejoindre l'université.

C'était la deuxième fois qu'il venait dans la capitale, et là encore, il fut frappé par les installations modernes, les rues pavées, la circulation intense, les grands immeubles et les gens dynamiques et bien habillés. S'il échouait à intégrer l'équipe, il espérait poursuivre ses études dans cette ville. Et par la suite, si possible, habiter et travailler à Djouba.

Il arriva au campus, trouva le gymnase, et poussa nerveusement les portes. C'était un grand bâtiment neuf, abritant trois terrains de basket et des gradins. Il n'y avait pas de championnat interuniversitaire dans le pays, pas d'équipes avec des maillots et des logos, pas de supporters pour suivre la saison. Le gymnase servait aux sports en salle de toutes sortes, ainsi qu'aux rassemblements.

Tout au fond, il aperçut un homme, avec un calepin à la main et un sifflet autour du cou, qui regardait un 4 contre 4.

*

Âgé de quarante ans, Ecko Lam avait passé les cinq premières années de sa vie au Soudan du Sud. Après l'attaque de son village par des guérilleros, sa famille avait échappé de justesse au massacre et s'était réfugiée au Kenya. Plus tard, ils avaient emménagé dans l'Ohio et il s'était fait au mode de vie américain. Après avoir découvert le basket à l'adolescence, Ecko avait joué quatre ans à la Kent State University. Il avait épousé une Américaine d'origine soudanaise et réalisé son rêve d'entraîner une équipe de division 1. Puis il était devenu entraîneur assistant de l'université Texas Tech, avant d'être embauché par une association à but non lucratif pour repérer des talents en Afrique. Deux ans plus tôt, il avait été chargé de créer des ligues dans le pays et d'entraîner durant l'été une équipe des meilleurs basketteurs sud-soudanais. Il aimait son travail et était convaincu que le basket pouvait faire une différence dans la vie des jeunes Sud-Soudanais, hommes et femmes. Emmener son équipe de moins de dix-huit ans aux États-Unis pour le tournoi de démonstration était de loin la partie la plus intéressante de sa mission.

Il n'avait jamais vu jouer Samuel, mais il avait regardé plusieurs vidéos du jeune homme de Lotta. Un entraîneur du pays le lui avait chaudement recommandé, affirmant qu'il n'avait jamais observé un jeu de mains et de jambes aussi rapide, sans parler de son étonnante détente verticale. Sa mère, Beatrice, mesurait 1,80 mètre, et le rapport indiquait que Samuel était encore en pleine croissance. À 1,88 mètre, il était le plus petit participant. Sur la vidéo, Samuel dominait en défense, mais peinait avec le ballon. Comme il habitait dans un village, son expérience était limitée, et Ecko craignait qu'il ait des difficultés avec les jeunes citadins.

Vingt joueurs des quatre coins du pays avaient été conviés aux épreuves de sélection, et devaient arriver au compte-gouttes tout l'après-midi. Ecko repéra Samuel. À l'évidence, un gamin de la campagne impressionné par son environnement. Ce dernier finit par s'approcher et lui demanda timidement :

— Excusez-moi, vous êtes le coach Lam ?

Ecko lui adressa un large sourire.

— Absolument. Et vous devez être Samuel Sooleymon.

— Oui, monsieur, répondit-il en lui tendant la main.

Ils échangèrent une solide poignée de main et se touchèrent réciproquement l'épaule, le salut traditionnel soudanais.

— Ravi de te rencontrer. Comment s'est passé ton voyage ?

Samuel haussa les épaules.

— Pas mal. Si on aime le bus.

— Je n'aime pas le bus. Tu as déjà pris l'avion ?

— Non, monsieur, répliqua-t-il sans la moindre gêne.

Parmi les vingt sélectionnés, aucun n'avait vu l'intérieur d'un avion, Ecko en était persuadé.

— Eh bien, si tu intègres mon équipe, nous allons traverser la moitié du globe. Qu'est-ce que tu en dis ?

Samuel arborait un grand sourire.

— J'en dis que ce serait génial.

— En effet, fiston. Le vestiaire se trouve là-bas. Change-toi vite et commence à shooter.

Samuel entra dans une pièce étroite, dotée de petites cages grillagées. Il en choisit une et enfila short, tee-shirt et ses baskets usées. Cinq minutes plus tard, il était sur le terrain. Ecko lui lança un ballon et pointa du doigt un panier de basket à l'autre bout du gymnase.

— Échauffe-toi, étire-toi, et fais des tirs à 3 points.

— Oui, monsieur.

Il s'éloigna en dribblant, uniquement de la main droite, fit une série d'étirements nonchalants, et se mit à tirer.

Ecko sourit. Encore un jeune de dix-sept ans qui ne comprenait pas le principe des étirements.

L'entraîneur observa le 4 contre 4 sans perdre de vue Samuel. Ce joueur avait besoin de s'exercer au tir. Point positif, son saut était impressionnant, très fluide. Mais il armait le bras trop bas et son coude droit était en retrait. Rien d'étonnant pour un gamin avec si peu d'entraînement. Il manqua ses quinze premiers tirs.

Nerveux, songea Ecko.

En fin d'après-midi, les vingt recrues étaient arrivées. Ecko les rassembla dans un coin des gradins et leur demanda de se lever, de se présenter et de préciser d'où ils venaient. La moitié habitait à Djouba. Deux d'entre eux étaient de Malakal, une ville ravagée par la guerre, à 500 kilomètres de là. Et quelques-uns débarquaient tout droit de leur cambrousse, du bush.

Le point suivant était plus délicat.

— Nous sommes tous sud-soudanais, lança Ecko. Notre pays est déchiré par la guerre civile. Les chefs de guerre se disputent le pouvoir et notre peuple souffre, mais cette équipe doit être unie et le rester. Votre parcours sera suivi de près par toute la nation. Vous serez leurs nouveaux héros. Le moyen le plus rapide d'être renvoyé n'est pas le manque de talent, mais la moindre manifestation de rivalité ethnique. C'est bien compris ?

Tous hochèrent la tête. Ecko Lam était une légende dans leur pays et ils voulaient l'impressionner. Lui et lui seul détenait la clé d'une aventure aux États-Unis.

Ils enviaient sa nonchalance, son anglais parfait, et surtout, les Air Jordan dernier cri à ses pieds.

Ecko s'empara d'une tenue et continua :

— Voilà ce que nous allons porter. (Il leur montra un maillot.) Comme vous pouvez le constater, il est simple, sobre, réversible, comme ceux qu'on met pour les cours de sport à Djouba. Gris. Pas de couleurs, pas de logo à la mode. Nous l'enfilerons pour ne pas oublier d'où nous venons. Pour nous rappeler nos racines modestes. Seule la moitié d'entre vous fera partie de l'équipe, et ce ne sera pas une partie de plaisir pour moi d'annoncer la mauvaise nouvelle aux autres. Mais dix joueurs, c'est suffisant. D'autant que la formation sera complétée par cinq autres Sud-Soudanais qui sont actuellement aux États-Unis. Mon assistant, Frankie Moka, supervise une autre sélection en ce moment même à Chicago. Nous retrouverons ses joueurs à Orlando et nous nous entraînerons quelques jours, avant le début du tournoi. Il y aura seize équipes au total, quatre des États-Unis, les autres de pays comme le Brésil, la Grande-Bretagne, l'Espagne, la Croatie, le Sénégal, l'Italie, la Russie… Je ne peux pas les nommer tous. Huit équipes se rencontreront à Orlando. Les huit autres s'affronteront lors d'un tournoi similaire à Las Vegas. Les quatre premières s'opposeront à Saint-Louis pour le tournoi national. Des questions ?

Non, pas de questions. Les jeunes étaient trop timides et ne voulaient pas paraître impatients.

— Pour votre information, ce voyage est sponsorisé par des grandes marques de chaussures. Vous connaissez tous leurs noms. Elles sont très généreuses. Les financements viennent aussi de la Fondation Manute Bol, et de joueurs de NBA de notre pays. Quand la sélection sera terminée, nous écrirons des cartes de remerciements et nous ferons des photos. Avec un peu de chance, nous verrons Niollo, mais je ne vous promets rien.

Les joueurs étaient trop sidérés pour répondre.

Ecko les répartit en quatre équipes, leur attribua des postes, des binômes, et les avertit qu'il ne voulait pas de coups bas. Puis il lança des 2 contre 2. En l'absence d'arbitre, les affrontements s'avérèrent extrêmement physiques. Cela ne gênait pas Ecko. Il siffla plusieurs actions trop agressives, puis il les laissa jouer. Au bout de 20 minutes, il décréta un temps mort et leur donna de l'eau. Tandis que les joueurs s'installaient dans les gradins, transpirants et essoufflés, Ecko fit les cent pas, son calepin à la main.

— C'est bien, les gars. Vous avez bien bataillé. Je n'en attendais pas moins de vous parce qu'on est sud-soudanais et qu'on joue avec notre cœur. On ne jette pas l'éponge, on ne traîne pas des pieds, on ne tire pas au flanc. Dans environ une demi-heure, je vous montrerai le dortoir. Là-bas, on dînera, on regardera un film, puis on ira se coucher. Dormez bien cette nuit, une longue journée nous attend demain.

3

Samedi matin, de retour au gymnase, Ecko découvrit avec surprise qu'il était à moitié occupé par la ligue des Jeunes. La confusion régna pendant une demi-heure : Ecko se disputa avec un responsable et menaça de faire intervenir une personne influente. Une pénible trêve fut conclue et les basketteurs de moins de dix-huit ans récupérèrent deux des trois terrains. Quand les entraîneurs de la ligue des Jeunes comprirent qui était Ecko, ils se montrèrent beaucoup plus coopératifs. Leurs joueurs regardaient Samuel et ses coéquipiers avec admiration.

Deux assistants arrivèrent pour seconder Ecko durant la journée. Ils organisèrent la première manche, une série de sprints latéraux, dits « suicides », du milieu du terrain jusqu'à la ligne de fond, soit environ 15 mètres. Répartis en trois groupes – meneurs, ailiers et pivots – les gagnants s'affrontèrent dans une série de trois épreuves : le premier à en remporter deux d'affilée serait déclaré vainqueur. Tous les joueurs étaient rapides, mais aucun ne pouvait rattraper Samuel. Il gagna tous les sprints.

Un coach mena ensuite les quatre pivots sous un panier pour une séance de rebonds et de contres. Ecko entraîna les meneurs et les ailiers et filma leurs tirs en suspension avec deux caméras. Personne n'avait jamais analysé le jeu de Samuel, et ce ne fut pas une grande réussite. « Un beau bordel », selon l'expression d'Ecko, qui avait néanmoins le sourire. Toutes les recrues devaient revoir les bases techniques.

— Combien de tirs as-tu faits dans ta vie, Samuel ? Probablement un million, non ?

— Au moins.

— Eh bien, ils étaient tous mauvais. Et avec le temps, tu as renforcé tes défauts. Si tu veux jouer à haut niveau, tu dois tout reprendre à zéro, et tout de suite.

Ils visionnèrent plusieurs fois les vidéos de Samuel. Ecko marquait en moyenne 15 points par match durant sa quatrième année à Kent State : il savait à quoi ressemblait un tir parfait.

— Aucun tir ne se ressemble, expliqua-t-il à Samuel, mais les grands joueurs s'appuient sur les mêmes fondamentaux. Trois règles d'or. La main juste au-dessus de la tête, le coude orienté vers le panier, et enlever toute pression de la main gauche.

Samuel était impatient d'avoir un entraîneur et de perdre ses mauvaises habitudes, cela prendrait toutefois du temps. Ecko l'envoya tirer des 3 points et lui demanda de ne faire rien d'autre pendant 10 minutes, pieds au sol. Avant chaque shoot, il devait réciter à voix haute : « Le coude vers le panier. »

Les exercices s'étaient enchaînés toute la matinée et, à midi, les joueurs en avaient plein le dos. Ecko les répartit en trois équipes et lança des confrontations. Il leur donna un nouvel avertissement contre les coups bas et, pour faire bonne mesure, confia l'arbitrage à l'un de ses assistants. Puis il s'installa dans les tribunes et les observa chacun leur tour.

Jusqu'à présent, le meilleur meneur était Alek Garang, un jeune originaire de Djouba qui avait participé à tous les tournois depuis ses douze ans. Un découvreur de talents avait donné son nom à des entraîneurs américains. Le voyage aux États-Unis était crucial pour son avenir.

Chaque joueur devait montrer le meilleur de lui-même pour être repéré par un entraîneur américain, lequel ferait des pieds et des mains pour « placer » sa recrue dans une université pour une année d'études et de compétitions intensives. Ecko connaissait tous les entraîneurs d'université, tous les internats, tous les lycées qui « fabriquaient » des basketteurs, et il connaissait les règles de la National Collegiate Athletic Association (NCAA)[1] par le menu. Il pouvait nommer les fraudeurs, les entraîneurs véreux, les écoles à éviter. Il savait aussi que tous les jeunes présents ce jour-là à Djouba auraient bien besoin d'une année d'entraînement supplémentaire avant d'entrer dans l'arène du basket-ball interuniversitaire américain.

*

Après une bonne douche et des pizzas, les joueurs fatigués s'entassèrent dans des vans pour se rendre

1. La National Collegiate Athletic Association ou NCAA gère les programmes sportifs de nombreuses universités aux États-Unis et est très connue pour son championnat de basket-ball, réparti en trois divisions. *(Toutes les notes sont de la traductrice.)*

dans un centre commercial près du Capitole. Ecko leur avait donné rendez-vous au cinéma du premier étage à 20 heures.

Les jeunes flânèrent dans les boutiques, observèrent les articles en vitrine, secouèrent la tête en voyant les prix sur les étiquettes. Ils essayèrent des casquettes et des baskets beaucoup trop chères pour eux. Avec le peu d'argent qu'il possédait, Samuel voulait trouver des souvenirs pour ses petits frères et sa sœur, des cadeaux auxquels ces derniers ne s'attendaient pas.

Dans le film, *Diversion*, le rôle principal était tenu par Will Smith, l'acteur américain le plus populaire d'Afrique. Samuel s'était bien gardé de le dire, mais c'était la première fois qu'il allait au cinéma. Un bonheur qui ne faisait que renforcer son désir de vivre en ville. Il pensait tout le temps à ses frères, James et Chol, et à sa sœur, Angelina, qui seraient si fiers de le voir dans un tel environnement.

Regarder Will Smith au volant d'une voiture de sport, une femme sexy à ses côtés, était assurément très divertissant. D'autant que Samuel, comme ses dix-neuf coéquipiers, croyait dur comme fer que ce n'était pas un rêve. Le Heat de Miami payait Niollo 15 millions de dollars pour jouer au basket, un montant qui dépassait l'entendement. Or Niollo était l'un des leurs, un gosse du bush, du Soudan du Sud, un Dinka, devenu une star de la NBA, qui conduisait sûrement une voiture de luxe et menait la belle vie.

De retour au dortoir, Ecko rassembla ses recrues dans la salle de télévision et commanda encore des pizzas. Ces jeunes grands et élancés, en pleine croissance, brûlaient des milliers de calories par jour et ne mangeaient jamais assez. Ils les dévorèrent et l'assaillirent de questions. Ils étaient curieux d'en savoir plus sur sa vie, son parcours, ses origines. Comment avait-il découvert le basket ? Pourquoi n'était-il pas passé pro ? Avait-il préféré devenir entraîneur ? Maintenant qu'il les avait vus jouer, pouvait-il leur dire qui était assez bon pour avoir une bourse universitaire ? Et qui avait une chance d'aller en NBA ?

Non, il ne voulait pas leur répondre. Ils étaient encore en pleine croissance, leurs aptitudes physiques allaient se développer, et ils avaient besoin de faire de la compétition. Certains avaient des dons, mais leur jeu était grossier et ils manquaient d'expérience. Au moins quatre d'entre eux seraient renvoyés chez eux dès le lendemain midi.

À cet instant, Samuel flottait sur un petit nuage. Alek Garang était incontestablement le premier meneur, mais Samuel venait en deuxième, même s'il était loin derrière.

Ecko les écouta et les observa attentivement. Pour de jeunes gens qui connaissaient déjà la guerre, la pauvreté et la violence, ils ne parlaient que de basket et des États-Unis. Et de cinéma, de pizzas et de filles. Ecko fut étonné de n'entendre aucun commentaire sur le conflit. Cela les concernait tous, pourtant. La plupart avaient un proche décédé ou disparu.

Mais ce samedi soir, dans l'espace rassurant du dortoir du campus, ces garçons se sentaient en sécurité. Leur avenir n'était que basket-ball.

4

Malgré son petit 1,88 mètre, Samuel n'arrivait pas à replier ses jambes sur sa couchette pour la nuit. Au-dessus de lui, son compagnon Peter Nyamal, qui mesurait 12 centimètres de plus, dormait les pieds dans le vide. Tôt le dimanche matin, Samuel se leva sans un bruit et quitta le dortoir. Il traversa le campus désert avec un sentiment de plénitude et, de nouveau, songea combien il aimerait étudier ici, si bien sûr cela ne marchait pas en NBA. Il s'assit sur un banc pour regarder le soleil se lever, et sourit en pensant à sa famille à Lotta. C'était la première fois que ses proches lui semblaient si loin. En ce moment même, James et Chol allaient chercher les œufs pour le petit déjeuner tandis qu'Angelina, debout devant la table de la cuisine, repassait leurs habits du dimanche – sa robe et les chemises blanches de ses frères – avec un fer chauffé sur la cuisinière. Ils se préparaient pour aller en famille à l'église du village et assister à la messe de 9 heures.

Samuel continua sa visite du campus et tomba sur le foyer des étudiants, le seul bâtiment ouvert un dimanche matin. Il s'acheta un jus de mangue à 5 cents et sourit à la jolie fille seule à une table. Occupée à taper sur son ordinateur portable, elle l'ignora. Environ un an plus tôt, il avait vu et touché un ordinateur pour la première fois. Son lycée n'en possédait qu'un, et pendant une brève période, les habitants de Lotta avaient eu accès à Internet. Mais comme le réseau téléphonique, cela avait été démantelé par la guérilla. Les routes, les ponts, les antennes relais et les lignes électriques constituaient leurs cibles préférées. Les infrastructures étaient si souvent détruites que le gouvernement ne se donnait plus le mal de les réparer.

Sa mère, Beatrice, n'était pas allée à l'école. Sa sœur, Angelina, avait suivi les cours donnés par son père. Alors comment les jeunes Sud-Soudanaises pouvaient-elles espérer aller un jour à l'université ? Cette idée lui plaisait. Il avait regardé de nombreux matchs universitaires à la télévision et était toujours surpris par le nombre d'étudiantes qui criaient dans les gradins. Encore une raison d'aller jouer au basket aux États-Unis.

Dans le coin lecture, il feuilleta le *Juba Monitor*, l'un des deux quotidiens du pays qui n'arrivaient pas jusqu'à Lotta. Il dénicha un exemplaire du second, *The Citizen*, et lut les mêmes informations. Alors qu'il terminait son jus de fruit, trois étudiants entrèrent, le dévisagèrent des pieds à la tête, et s'éloignèrent en discutant dans leur anglais châtié de citadins. Ils portaient des vêtements élégants. Des chemises avec de vrais cols. Pour Samuel, c'était le signal qu'il était temps de partir.

Il arriva au gymnase, mais trouva portes closes. Alors qu'il était sur le point de faire demi-tour, il vit un gardien sortir par une porte latérale. Il attendit un peu, puis actionna la poignée : la porte n'était pas verrouillée. Il se rendit dans le vestiaire où l'équipe s'était changée. Les terrains étaient plongés dans l'ombre, mais les premiers rayons de l'aube éclairaient l'autre extrémité de la salle. Samuel trouva un sac de ballons et, sans le moindre échauffement, se mit à tirer des paniers.

Une heure plus tard, Ecko Lam entra par la même porte latérale, et en traversant le vestiaire, il entendit le bruit familier d'un rebond. Il se glissa dans la pénombre et épia les terrains à travers les tribunes. Samuel, en sueur, shootait à 6 mètres. Il manqua sa cible, fonça récupérer le ballon, dribbla entre ses jambes, derrière son dos, feinta à droite, à gauche, courut jusqu'au milieu du terrain, fit demi-tour, prit son appel, et fit une nouvelle tentative. Une autre brique. Et encore une autre. Son geste s'était amélioré : il s'efforçait de se débarrasser de ses mauvaises habitudes, mais son coude n'était toujours pas en place. Et, l'espace d'un instant, Ecko s'en désintéressa. La partie la plus intéressante de son tir en suspension était le moment où la balle quittait sa main. Après le dribble, Samuel se redressait et, en une fraction de seconde, se propulsait dans les airs et projetait le ballon d'une hauteur que peu d'autres joueurs pouvaient atteindre.

Si seulement il arrivait à mettre un panier, songea l'entraîneur.

Au bout de quelques minutes, Ecko traversa le terrain à grands pas et le salua.

— Bonjour, coach, répondit Samuel en essuyant son front luisant.

Il n'était pas 8 heures du matin et l'air du gymnase était déjà moite.

— Tu as du mal à dormir ? demanda Ecko.

— Non, monsieur. Enfin, si, un peu. Je suis allé me promener sur le campus et j'ai trouvé une porte du gymnase ouverte.

— J'ai vu tes quinze derniers tirs, Samuel. Tu en as manqué douze. Ton angle était bien trop ouvert.

— Oui, je vais travailler, coach.

Ecko lui sourit.

— J'ai lu dans ton dossier que ta mère mesure 1,80 mètre. C'est vrai ?

— Oui, monsieur. Tous les membres de ma famille sont grands.

— Quand auras-tu dix-huit ans ?

— Le 11 août.

— Tu pourras toujours réessayer l'année prochaine, Samuel.

— Merci, coach. Vous voulez dire que c'est terminé pour moi ?

— Non. Tu veux encore t'entraîner à shooter ?

— Oui, monsieur.

— D'accord. Va faire des 3 points. Pieds au sol. Tu sais sauter, c'est sûr. Lève le ballon plus haut. Oriente ton coude vers le panier et shoote lentement. Quand tu auras marqué dix paniers de suite, viens me voir.

— Oui, monsieur.

*

Le premier exercice était un concours de tirs sur deux terrains. Chaque joueur avait droit à vingt tentatives depuis la ligne des lancers francs. Tout était filmé. Les quatre meilleurs se disputèrent la première place dans un nouvel exercice de tirs pendant que les autres les couvraient de vannes, de sifflements et de ricanements.

— Et ça, c'est rien ! railla Ecko. Imaginez-vous parmi les quatre équipes finalistes, prêts à disputer un match sous les regards de cent millions de spectateurs, avec tous les habitants du Soudan du Sud. Ici, c'est vraiment de la rigolade.

Alek Garang réussit 90 pour cent de ses lancers et remporta l'épreuve haut la main. Samuel peina à marquer la moitié de ses paniers.

Ils reculèrent à 6 mètres du panneau et commencèrent par les meneurs. Vingt tentatives d'affilée chacun. Garang marqua onze paniers ; Samuel seulement quatre. Les ailiers prirent le relais et ne firent pas une bonne impression à Ecko. Le meilleur d'entre eux ne réussit qu'un tiers de ses tirs. Comme beaucoup de pivots se prenaient pour de grands buteurs de loin, Ecko leur accorda dix tirs supplémentaires. Très peu atteignirent le fond du panier.

Ensuite, il fit des équipes de trois et lança des affrontements sur demi-terrain. À ce moment-là, son ton changea du tout au tout. Il cessa de sourire et se mit à crier, à râler, à leur faire une foule de reproches. L'atmosphère était tendue dans le gymnase – Ecko était déchaîné. Un mauvais tir engendrait immédiatement un coup de sifflet ou un reproche.

Samuel observait les opérations depuis les gradins. La matinée avait été laborieuse et la situation ne s'arrangeait pas. Sa technique de lancer était pathétique, à tel point qu'il n'osait plus tirer pendant les matchs. Difficile de marquer quand on ne shoote pas ! Il avait marqué Alek Garang pendant 15 minutes, mais le grand malingre avait réussi presque tous ses lancers. Ecko s'époumonait, comme s'il était énervé par la présence de Samuel sur le terrain. À midi, Samuel était convaincu qu'il allait rentrer chez lui.

Après une pause et une pizza froide, Ecko forma des groupes de quatre pour une demi-heure de pénibles exercices de maniement du ballon et de défis physiques. L'un des assistants entraîna quatre joueurs dans le vestiaire où il effaça un tableau, comme s'il s'apprêtait à faire un jeu de morpion. Puis Ecko arriva et prit la parole.

— Écoutez, les gars, je ne vais pas passer par quatre chemins. C'est très désagréable pour moi, mais je n'ai pas le choix. Vous êtes tous de grands joueurs, promis à un bel avenir, mais je ne peux pas vous emmener aux États-Unis.

Les quatre recrues s'affaissèrent sur leurs sièges, tête basse.

— Nous avons un peu d'argent pour les tickets de bus. Je vous souhaite bonne chance pour la suite. Faites attention à vous.

Même si ce n'était pas la première fois qu'il tenait ce discours, cela lui brisait le cœur. Les garçons allaient reprendre le car et terminer leur chemin à pied, leurs merveilleux rêves brisés. Ils continueraient à jouer, et à grandir, mais Ecko savait qu'aucun des quatre n'évoluerait aux États-Unis. Et sans cette opportunité, leur avenir serait morose.

Ils étaient trop déprimés pour s'exprimer.

— Regardez-moi dans les yeux, leur dit Ecko.

Tous finirent par relever la tête.

— J'aimerais vous emmener tous les vingt, mais je ne peux pas. Désolé.

Peter Nyamal se leva lentement et s'essuya les joues du revers de la main.

— Merci, coach, de nous avoir donné notre chance.

Les trois autres se levèrent, dignement, et donnèrent l'accolade à leur entraîneur. Un assistant les ramena au dortoir. Ils rassemblèrent rapidement leurs affaires et se dirigèrent vers la sortie.

Deux heures plus tard, le même scenario se répéta, quand Ecko se sépara de quatre autres joueurs. Il détestait cette partie du boulot, mais il n'avait pas le choix, depuis le temps qu'il faisait ce métier.

L'équipe profitait d'une longue pause dans le dortoir, pendant qu'Ecko et ses deux assistants débattaient des deux derniers candidats à éliminer. Ils avaient besoin de quatre meneurs, deux ailiers et deux pivots, mais ces deux derniers posaient problème. L'équipe serait renforcée aux États-Unis, où un lycéen du nom de Dak Marial se joindrait à eux. Dak était l'étoile montante d'une prestigieuse école de Californie et avait déjà été recruté par l'université de Californie à Los Angeles – l'UCLA. La plupart des experts le considéraient comme l'un des trois meilleurs espoirs du pays. Il avait fui le Soudan du Sud avec ses parents quand il était petit.

Ecko rechignait à lâcher l'un de ses deux pivots, mais il dut pourtant s'y résoudre. Les assistants ne voulaient pas garder Samuel qui, jusqu'à présent, s'était montré lamentable en attaque et franchement médiocre en défense. À leurs yeux, il était le troisième meilleur meneur. L'un d'eux le qualifia de « meneur incapable de tirer ». Mais Ecko adorait sa vitesse, son agilité et sa détente, et il était convaincu que le gamin pouvait devenir un scoreur s'il bossait dur.

Ils finirent par se mettre d'accord pour laisser partir un pivot et un ailier. Samuel Sooleymon fut le dernier sélectionné, ce qu'il n'apprendrait jamais.

*

Les joueurs savaient qu'une âpre sélection était en cours. Huit de leurs camarades avaient plié bagage, leurs casiers et leurs lits à présent vides. Qui seraient les deux dernières victimes d'Ecko ? Alors qu'ils jouaient au baby-foot et regardaient les filles du coin de l'œil dans le foyer étudiant, ils plaisantaient au sujet du prochain malheureux qui subirait le même sort. Et c'étaient des rires nerveux.

*

Le restaurant préféré du coach Lam à Djouba était le Da Vinci, un établissement connu pour ses mets fins et sa vue époustouflante. Il était pratiquement posé sur le Nil, à l'extrémité est de la ville, avec une grande terrasse au bord de l'eau. Ecko arriva le premier avec cinq joueurs qu'il entraîna à l'écart pour les féliciter d'avoir intégré l'équipe. Un peu plus tard, les deux assistants les rejoignirent avec les cinq derniers joueurs, qui explosèrent de joie quand ils comprirent qu'ils avaient été sélectionnés. C'en était terminé de l'attente angoissante.

Samuel était convaincu que son retour à Rumbek serait long et pénible. Il se voyait déjà annoncer à sa famille et à ses amis qu'il n'avait pas été retenu. Tous auraient été anéantis et ne s'en seraient jamais remis.

À présent, l'avenir était radieux. Samuel irait aux États-Unis pour jouer au basket contre des adversaires venus des quatre coins du globe, sous l'œil attentif d'une centaine de recruteurs et de leurs assistants qui allaient filmer leurs moindres mouvements. Samuel porterait fièrement les rêves de son peuple sur ses larges épaules et atteindrait des sommets, comme le grand Niollo.

Les basketteurs et leurs entraîneurs s'assirent à une grande table et commandèrent des boissons. L'humeur était joyeuse, et toutes les conversations tournaient autour de leur prochain voyage – les aéroports, les avions, le long vol, les hôtels, les parcs d'attractions, les tournois, les gymnases, et les recrutements. Allaient-ils vraiment visiter Disney World ?

C'était la troisième équipe de moins de dix-huit ans qu'Ecko emmenait aux États-Unis, et il était le plus heureux du monde.

5

Le lundi matin à 7 heures, Ecko conduisit quatre de ses recrues à la station de bus. Il se gara devant le terminal bruissant d'animation et ouvrit le hayon du van. Il tendit à chacun d'entre eux un sac de sport flambant neuf, estampillé du drapeau sud-soudanais.

— À l'intérieur, vous trouverez un ballon, des tee-shirts et des shorts pour l'entraînement, ainsi que des casquettes et d'autres babioles. Avant notre départ en juillet, vous aurez des baskets neuves, mais pas aujourd'hui.

Il les accompagna à l'intérieur et prit congé de chacun d'eux avec une chaleureuse accolade. Les garçons le remercièrent encore et encore, puis s'étreignirent entre eux et disparurent dans la foule.

Le bus de Samuel pour Rumbek se mit en branle à 8 h 30, avec seulement une demi-heure de retard. Comme il n'y avait pas grand-monde, il disposait d'un banc entier pour lui tout seul, du moins pour le moment. À côté de lui, son vieux sac de voyage et son beau sac de sport tout neuf, qu'il guettait du coin de l'œil. Il faisait déjà chaud et le bus progressait lentement dans la circulation. Une fois encore, Samuel s'émerveilla du bruit et de la fureur de la ville – les coups de klaxon, les cris furieux, les salutations amicales, le crépitement des vieux moteurs, les sirènes des pompiers. Finalement, l'autobus prit de la vitesse à mesure que la circulation se régulait, et bientôt, il quitta le centre-ville. La route était encore goudronnée lorsqu'ils traversèrent les premiers bidonvilles, mais rapidement, elle se transforma en gravier.

Soudain, le bus s'arrêta, la portière s'ouvrit brutalement, et trois soldats armés, en tenue de combat, bondirent à bord. Ils portaient le même uniforme kaki impeccable, un béret bordeaux, des bottines noires brillantes, et affichaient un sourire sarcastique. Tous trois étaient flanqués de kalachnikovs, ou « kallie », comme on les surnommait dans de nombreuses régions d'Afrique. Samuel reconnut immédiatement les mitrailleuses que l'on voyait si souvent dans son pays.

Les soldats parcoururent les voyageurs du regard – le lot habituel d'inoffensifs paysans, d'étudiants et de travailleurs – et ne parurent pas satisfaits. Ils ordonnèrent aux passagers des deux premières rangées de se lever et prirent leur place. L'un d'eux aboya au conducteur de repartir, et le car se remit en route.

Il arrivait parfois que des soldats du gouvernement prennent le bus. Ils s'arrogeaient les meilleures places et personne ne trouvait rien à redire. Leurs armes leur permettaient d'obtenir tout ce qu'ils voulaient. Mais leur présence était de très mauvais augure. Les militaires montaient généralement dans les bus pour aller dans des zones rurales où les bandits pullulaient et où les guérillas organisaient des raids.

Au bout d'une demi-heure, il parut évident, du moins à Samuel, que les soldats n'étaient pas là pour une promenade de santé. Visiblement en alerte, ils surveillaient la route, les véhicules, les environs. Et ils discutaient à voix basse. L'un d'entre eux parlait dans son téléphone satellite. Le réseau à l'extérieur de Djouba était très instable.

Le bus s'arrêta dans un village et quatre passagers descendirent. Quelques minutes plus tard, ils s'enfonçaient dans le bush, sur la route sèche et poussiéreuse, les champs et les bois alentour baignés de soleil.

L'embuscade se passa si vite qu'elle avait forcément été orchestrée par des hommes expérimentés. Un camion déboula d'une piste et se carra en travers de la route.

— Attention ! cria le chauffeur.

Il écrasa les freins et le bus s'arrêta brutalement.

Les soldats baissèrent la tête, kalachnikov au poing, prêts à riposter. L'un d'eux aboya aux passagers :

— Baissez-vous ! Vite !

Deux soldats plongèrent derrière le chauffeur. Le troisième se rendit à l'arrière et posa la main sur la clenche de la porte.

Puis on entendit un staccato effroyable, douloureusement familier. Le *tac-tac-tac-tac* d'un fusil d'assaut. Samuel se recroquevilla encore un peu plus, tout en guettant ce qui se passait dehors. Le chef du gang, planté au milieu de la route, tira plusieurs fois en l'air. À côté de lui, se tenaient deux guérilleros, probablement de l'âge de Samuel, voire plus jeunes, imitant les vrais soldats – un fatras de ceintures de munitions, deux pistolets sur les hanches et un fusil au poing. L'un d'eux portait un chapeau de cow-boy blanc. L'autre avait des baskets aux pieds. Les trois bandits chaloupèrent jusqu'au bus en beuglant des menaces, tandis que leurs deux acolytes se ruaient à l'arrière du véhicule.

Un soldat planqué près de la porte avant lança :

— Maintenant !

Et l'enfer se déchaîna. Le chauffeur actionna l'ouverture de la portière et les deux soldats de l'armée sud-soudanaise dégringolèrent du véhicule en mitraillant à tout-va. Stupéfiés, les voleurs eurent un instant d'hésitation qui leur coûta la vie, tandis que les soldats surentraînés les fauchaient un à un. Au même moment, le troisième soldat donna un coup de pied dans la porte arrière et abattit les deux gangsters à bout portant.

La fusillade, qui ne dura que quelques secondes, fut d'une violence inouïe. L'un des assaillants arrosa le devant du bus et fit voler en éclats le pare-brise. Le fracas du verre brisé et des balles continua à vriller l'air longtemps après la fin des coups de feu. Samuel, tête baissée, jeta un coup d'œil aux autres passagers.

— Personne n'est blessé, cria-t-il au chauffeur.

Puis il se glissa à l'avant du bus, regarda par le pare-brise grêlé, et découvrit un spectacle innommable, qu'il n'oublierait jamais.

Un gamin d'une douzaine d'années s'avançait lentement vers les soldats. Il tenait son fusil à deux mains au-dessus de sa tête, comme pour se rendre. Il avait l'air terrorisé et semblait sur le point de fondre en larmes. Quand un soldat lui ordonna de poser son arme, il s'exécuta. Puis il tomba à genoux et joignit les mains sous son menton, suppliant qu'on lui laisse la vie sauve. Les deux hommes du gouvernement le toisaient. L'un d'eux lui asséna un coup de poing en plein visage, qui l'envoya face contre terre. Le deuxième souleva sa kalachnikov et mitrailla le dos et la tête du gamin. *Tac-tac-tac-tac.*

Quand le calme revint, les passagers relevèrent prudemment la tête et virent les soldats nettoyer la route. Ils traînèrent les corps jusqu'à l'arrière du camion et les entassèrent près du réservoir d'essence, calé sous le siège conducteur. Sans se presser, ils fouillèrent les poches des cadavres et récupérèrent les pièces de monnaie et les objets de valeur. Ils dénichèrent ensuite des armes et deux téléphones satellites dans la cabine. Puis, ils ouvrirent la valve du réservoir. Un soldat arracha le tee-shirt de l'un des macchabées, l'imbiba d'essence, et l'enroula autour d'une grosse pierre. Il recula, l'enflamma, et jeta la pierre sur le camion. *Whoooosh* ! Le bruit surprit même les soldats, qui reculèrent vivement. Les flammes rugirent, léchèrent les vêtements et les chairs qui se mirent à grésiller. Le camion tout entier s'embrasa, dégageant une épaisse fumée noire.

Les soldats riaient en admirant leur œuvre.

Le chauffeur balaya les bris de verre de son pare-brise et se rassit au volant. Comme les autres passagers, il regarda le brasier, et attendit les militaires. Sur le banc en face de Samuel, une mère et son petit enfant pleuraient. Samuel croisa le regard d'un homme de l'autre côté de l'allée, mais tous deux étaient trop sonnés pour parler.

Les soldats regagnèrent enfin le bus et reprirent leurs places. Personne n'osait les regarder. Le chauffeur attendit leurs instructions pour repartir. Alors qu'il redémarrait, Samuel observa l'abominable scène.

L'image des corps en flammes resterait gravée dans sa mémoire.

Au bout d'un kilomètre, la route bifurquait sur la droite. De loin, les voyageurs voyaient une colonne de fumée noirâtre s'élever dans les airs. Que verraient les passagers du prochain bus qui passerait par là ? Nettoieraient-ils les restes ? Emporteraient-ils les corps calcinés ? Rapporteraient-ils l'incident aux autorités ?

Dans le Soudan du Sud, de nombreuses questions restaient sans réponse, et les survivants avaient appris à tenir leur langue.

Les soldats plaisantaient entre eux, ignorant les passagers. Le chauffeur pointa les trous dans le pare-brise et fit un commentaire qui augmenta leur hilarité. Une demi-heure plus tard, l'un d'entre eux se leva et parcourut la travée en étudiant les voyageurs, leurs sacs et leurs marchandises. Le sac de sport flambant neuf de Samuel attira son attention.

— Y a quoi là-dedans ?

— Des affaires pour jouer au basket, répondit poliment Samuel.

— Ouvre-le.

Le soldat – et ses deux acolytes – était dinka, comme Samuel, et étant donné les conflits ethniques qui faisaient rage dans le pays, il se sentait plus à l'aise parmi les siens. Ces hommes n'allaient tout de même pas lui voler ses biens ? Il dézippa le sac et montra son contenu au soldat, qui lança :

— Basket-ball ?

— Oui, monsieur. Je suis dans l'équipe nationale. On va jouer aux États-Unis en juillet.

Le militaire agrippa le sac et le rapporta à l'avant du bus pour le montrer à ses comparses. Ils retirèrent le ballon neuf, deux maillots d'entraînement, deux shorts, deux paires de chaussettes blanches et trois casquettes avec le logo de l'équipe des M18 du Soudan du Sud.

L'un d'eux se tourna vers Samuel.

— Viens par là, toi.

Samuel remonta la travée et s'assit derrière les soldats. Ils lui posèrent des questions sur l'équipe, sur le championnat, sur son prochain voyage aux États-Unis. L'un d'eux se déclara fan de Niollo et du Heat de Miami. Samuel allait-il jouer pour une université américaine ? Et la NBA alors ?

Le bus fit halte dans un autre village où deux personnes s'installèrent. Quand il redémarra, Samuel lança aux trois hommes en armes :

— Je peux vous poser une question ?

— Bien sûr, répondit celui qui parlait le plus, à l'évidence le chef du groupe.

Tous les trois arboraient une casquette des M18.

— C'étaient qui ces hommes ?

— Une bande de voyous, des gamins qui sèment la pagaille dans la région.

— Plus maintenant ! s'esclaffa son comparse.

— Comment vous saviez qu'ils allaient attaquer le bus ?

L'un d'eux brandit un téléphone satellite avec un petit sourire.

— On les écoute. Ils ne sont pas très malins.

— Ce sont des guérilleros ?

— Non, juste un gang de malfrats qui veulent dépouiller les gens et violer les filles.

— Ils nous auraient tués ?

— On sait jamais avec cette racaille. La semaine dernière, en pleine nuit, ils ont arrêté un car sur la route principale à l'ouest de Djouba. Ils ont fait descendre tous les passagers et les ont alignés au bord de la route. Le chauffeur a dû s'agenouiller et ils l'ont obligé à les supplier, puis ils l'ont exécuté. Ils ont volé tous les bagages. Il y avait deux jeunes femmes, dont l'une avec un enfant. Ils les ont entraînées au fond du bus et les ont violées pendant une heure alors que les autres passagers les écoutaient. Deux gamins se sont glissés hors du bus et se sont échappés dans l'obscurité.

Samuel jeta un coup d'œil à sa gauche, où était assise une paysanne d'une quarantaine d'années avec sa fille adolescente. Ils étaient vraisemblablement passés tout près du désastre.

— Dis-moi, tu as quel âge ? demanda le chef.

— Dix-sept ans.

— À ton âge, j'ai rejoint l'armée. Il y a trois ans. Toi, ils ne t'auraient probablement pas tué, plutôt enrôlé de force dans leur milice. Si tu avais résisté, tu aurais écopé d'une balle dans le crâne. (Il baissa la voix et jeta un coup d'œil à l'adolescente.) Elle n'aurait pas eu la moindre chance. Et le chauffeur ! Ils tuent toujours le chauffeur.

— C'est la procédure standard, renchérit son compagnon.

— J'imagine qu'on vous doit une fière chandelle, dit Samuel.

— Bah, c'est notre boulot.

Les militaires enlevèrent leur casquette et les rangèrent dans le sac de sport, avec le ballon, les shorts et les chaussettes.

Le chef reprit la parole :

— Bon, quand tu auras gagné un million de dollars en NBA, tu reviendras nous payer une bière, hein ?

— Toutes les bières que vous voudrez.

— On ne l'oubliera pas.

Ils lui rendirent son sac, et Samuel retourna à sa place. Encore quatre heures de route avant d'arriver à la maison.

6

Personne ne l'attendait au terminal de Rumbek. Samuel ne repéra aucun visage familier. Comme le bus avait plusieurs heures de retard, il n'espérait pas un comité d'accueil. Il fit signe à une mototaxi et monta à l'arrière, ses deux sacs contre lui. Le chauffeur, un gamin d'une quinzaine d'années tout au plus, conduisait son engin avec imprudence et témérité, comme s'il voulait terrifier son passager. Samuel s'accrocha et réussit à ne pas se plaindre des pitreries de son chauffeur, cela ne se faisait pas. Lotta n'était qu'à 5 kilomètres, mais à pied, celui lui aurait pris une heure sous un soleil de plomb. La course en taxi coûtait 20 centimes, une somme que Samuel se réjouissait de dépenser maintenant qu'il était une star.

Beatrice était en train d'arroser son potager quand elle entendit Angelina pousser un cri de joie. Elle se précipita à l'intérieur et vit Samuel debout dans la cuisine, en maillot du Soudan du Sud, prenant la pose comme s'il était le roi du monde.

— Je fais partie de l'équipe, maman ! cria-t-il en soulevant sa mère dans les airs.

Beatrice l'étreignit de toutes ses forces et se mit à sangloter alors qu'Angelina bondissait de plaisir. Elle se précipita dans la rue pour annoncer la nouvelle qui se propagea comme une traînée de poudre. Les habitants comprirent que leur rêve était devenu réalité : Samuel Sooleymon allait jouer au basket aux États-Unis !

Une deuxième fête s'improvisa aussitôt avec les villageois rassemblés devant la maison. Quand Ayak rentra de l'école avec James et Chol, une clameur s'éleva dans la foule. Samuel courut les accueillir. Les voisins avaient apporté des cacahuètes bouillies, du pain au sésame, du thé à la cannelle et des *mandazi*, une pâtisserie populaire.

Samuel montra fièrement sa nouvelle arme, un ballon Spalding Street de la NBA, et expliqua qu'il était en caoutchouc résistant, spécialement conçu pour l'extérieur. Il le lança à James, qui le tendit à un ami, et très vite, le ballon neuf passa de main en main. Les plus âgés l'admirèrent un long moment. Une radio diffusait de la musique, le soleil descendait sur l'horizon et les ombres s'étiraient peu à peu.

À la nuit tombée, le jour de gloire de Lotta prit fin, mais les cœurs des habitants vibraient d'espoir. Un enfant du pays allait réaliser ses rêves.

*

Les membres de la famille veillèrent tard dans la pénombre de la hutte, à discuter, à rire et à imaginer ce qui allait se passer aux États-Unis. Durant la fin de son trajet en bus, Samuel avait décidé de ne pas parler à sa famille des bandits, des soldats, de l'embuscade et des corps brûlés. Il devait retourner à Djouba début juillet et ne voulait pas les inquiéter.

Cette nuit-là, étendu sur son lit, Samuel ne parvint pas à chasser l'image du jeune garçon abattu sans raison. Il avait la taille et l'âge de Chol, douze ans. Qui était-il ? D'où venait-il ? Avait-il une famille ? Comment s'était-il retrouvé au sein de ce gang ? Qui pleurerait sa mort ? Était-on seulement au courant de sa disparition ?

Et même si les militaires avaient fait leur devoir et probablement sauvé des vies, la facilité avec laquelle ils avaient tué leurs assaillants, sans parler de leur totale absence de remords, avait mis Samuel mal à l'aise. Les trois soldats avaient contemplé le brasier en riant. Puis ils étaient remontés dans le bus comme si de rien n'était. À force de semer la mort, étaient-ils devenus insensibles ? Pourtant ils étaient jeunes, comme Samuel. Leurs pères et leurs grands-pères avaient probablement combattu dans le Nord, des guerres civiles qui duraient depuis cinquante ans. Ils avaient grandi avec la violence et les massacres. Cela ne les touchait plus. Aujourd'hui, avec cette nouvelle guerre qui faisait rage au Soudan du Sud, c'était l'escalade de la terreur. Un cousin de Beatrice était mort dans la tuerie de son village à une heure de route de Lotta. Tout le monde avait perdu un proche.

Des corps brûlés aux gloires du basket, l'esprit de Samuel ne cessait de turbiner au lieu de dormir.

Il se réveilla avec une sensation de fatigue, mais la vie avait désormais un sens nouveau, et des tâches importantes l'attendaient. Il s'habilla, alla chercher les œufs, avala son petit déjeuner en trois bouchées, planta un baiser sur la joue de sa mère, et fila, son sac sur l'épaule, en dribblant avec son ballon neuf. Sur le terrain en terre battue où il avait passé le plus clair de son enfance, Samuel allait perfectionner son tir en suspension. Il reverrait le coach Ecko Lam et ses coéquipiers dans tout juste deux mois à Djouba pour une semaine d'entraînement, et d'ici là, il était déterminé à manier le ballon comme Steph Curry, à shooter comme Kobe, et à jouer des deux mains comme LeBron. Personne ne s'entraînerait aussi dur que lui. Personne ne passerait autant de temps sur le terrain.

À 7 heures, James et Chol arrivèrent avec leur vieux ballon. Trois autres gamins se pointèrent aussi. Les cinq petits s'employèrent à ramasser celui de Samuel, qui s'exerçait sans relâche au tir.

Main au-dessus du front, coude correctement orienté, épaules redressées, et saut aérien. Samuel se répéta les instructions du coach Lam avant chaque lancer. Et sans savoir pourquoi, il se mit à les compter. Au bout de deux cents, la fatigue se fit sentir. À trois cents, il était temps d'aller en cours.

Il avait lu que Kobe faisait cinq cents tirs par jour quand il était ado. Et que Steph Curry avait marqué soixante-dix-sept paniers à 3 points d'affilée pendant un entraînement. Il aimait ces statistiques.

*

À la fin du mois de mai, Samuel termina sa dernière année de lycée et reçut son diplôme lors d'une cérémonie officielle. Il était entouré de dix camarades, tous des garçons. Le proviseur leur rappela combien ils avaient de la chance d'être arrivés jusque-là. Dans leur pays ravagé par la guerre, seul un tiers des garçons obtenait son certificat d'études secondaires. Un dixième des diplômés était des filles. Et tous habitaient en ville.

Samuel avait postulé à l'université de Djouba et sa candidature avait été retenue. Il prévoyait de s'inscrire à l'automne, même s'il n'avait pas assez d'argent pour régler les frais de scolarité – pourtant peu élevés – et les dépenses courantes.

Si cela ne se passait pas comme il l'espérait aux États-Unis, il rentrerait et s'installerait à Djouba, trouverait un boulot à temps partiel, demanderait des aides, et grossirait le rang des étudiants affamés. Maintenant qu'il avait aperçu la lumière, il s'attendait à en voir une plus brillante encore, et il rêvait d'une vie meilleure, loin de la pauvreté et de la violence du bush.

Cette idée lui semblait plutôt lointaine, alors qu'il tenait fièrement son diplôme et que le directeur lui expliquait combien le Soudan du Sud avait besoin de jeunes dirigeants. Il s'efforçait de l'écouter, mais ses pensées dérivaient vers le mois de juillet et l'immense défi qui l'attendait, l'incroyable opportunité de jouer devant des recruteurs universitaires américains. Il ne voulait pas passer l'année suivante à étudier l'économie ou la médecine à l'université de Djouba.

*

Les adieux ne furent pas à la hauteur des attentes des villageois. Ils auraient préféré une fête avec de la musique et des danses jusque tard dans la nuit. Bien que Beatrice et Ayak soient reconnaissants, il n'était pas question de faire des folies. Leur fils devait se coucher tôt, profiter d'une bonne nuit de sommeil, et partir de bonne heure.

En silence, ils prirent leur petit déjeuner. Ils mangèrent des œufs et des pâtisseries. Les enfants burent du jus de tamarin, les adultes du café. Angelina, James et Chol étaient partagés entre leur joie de voir leur frère partir à l'aventure et leur tristesse, voire leur peur, de se séparer de lui. La famille était toujours restée unie, et la perspective du départ de Samuel les perturbait.

Il plaisanta avec ses frères et sa sœur et leur promit d'envoyer des cartes postales, même si le service postal dans le Soudan rural était quasi inexistant. Il jura aussi de les appeler dès que possible. Bien sûr, le coach Lam aiderait ses joueurs à contacter leurs proches, même s'il semblait étrange pour la famille de recevoir un appel du bout du monde.

Au moment de les quitter, Samuel empoigna son sac de sport soigneusement préparé et sortit de la maison, où une dizaine de voisins étaient venus lui dire au revoir. Il les remercia, en étreignit plusieurs, puis serra ses frères et sa sœur dans ses bras. Angelina était en larmes. Beatrice lui donna une boîte en carton remplie de nourriture pour le trajet. Il prit longuement sa mère dans ses bras.

Pour l'occasion, un cousin avait nettoyé son pick-up – il était l'un des rares du village à en posséder un – et s'était garé devant la maison. Il s'empara du sac de Samuel, le jeta à l'arrière, puis tapota le coussin sur le hayon baissé. Un trône pour l'invité d'honneur. Alors que la foule approchait, Ayak sortit une petite enveloppe de sa poche et la donna à son fils.

— Qu'est-ce que c'est ? demanda Samuel.

— De l'argent. De la part de tous nos amis. Ils ont collecté des pièces de monnaie auprès des habitants et la banque les a converties en livres. Environ dix.

— Dix livres ? répéta Samuel, incrédule.

— Oui.

— C'est beaucoup trop d'argent.

— Je sais. Mais tu ne vas pas les rendre, hein ?

Samuel se frotta les yeux et glissa l'enveloppe dans la poche avant de son unique pantalon. Il observa les visages de ses amis et de ses voisins et murmura :

— Merci. Merci.

— On va rater le bus, grommela son cousin.

Il s'assit derrière le volant, claqua la portière, et démarra. Ayak s'avança et étreignit Samuel.

— Rends-nous fiers, dit-il.

— Promis.

Samuel s'assit sur le coussin, laissant ses longues jambes pendre au-dessus du chemin de terre. Il fit un signe de main à Beatrice, à ses frères et à sa sœur, et salua une dernière fois son père tandis que le pick-up s'éloignait.

Rempli de fierté, Ayak resta un long moment à lui dire au revoir de la main. Samuel lui rendit son salut et sécha ses larmes. C'était la dernière fois qu'il voyait son père.

7

Ecko Lam attendait dans les vestiaires avec trois joueurs l'arrivée du reste de l'équipe. Le gymnase, le même qu'en avril, était occupé d'un côté par un match de la ligue de basket, de l'autre par un tournoi de volley. L'espace serait libre le lendemain, lui avait-on promis. Il aurait tout le terrain à sa disposition. L'entraîneur était impatient d'emmener son équipe à Orlando pour faire des entraînements intenses dans une vraie salle. Les trois prochains jours, ses joueurs bosseraient dur, mais ils seraient distraits par la perspective du voyage.

Samuel entra dans le gymnase avec son sac de sport et regarda autour de lui. Ecko remarqua immédiatement qu'il avait grandi depuis le mois d'avril. Il le héla et ils échangèrent les traditionnelles poignées de main et accolades.

— Tu mesures combien ? demanda Ecko.

— Je ne sais pas.

— Allons, Samuel, tu as pris plusieurs centimètres !

— Pas possible ?

Ecko se tourna vers les autres :

— Il a grandi, non ?

— Peut-être 1 ou 2 centimètres, dit Riak Kuol, un ailier.

— Tu mesurais 1,88 mètre la dernière fois, c'est bien ça ?

— Oui.

— Viens avec moi.

Ils se rendirent dans le vestiaire où une règle de 2,40 mètres jouxtait un tableau noir. Ecko lui fit un signe de tête et Samuel pressa son dos contre la toise.

Ecko annonça avec un sourire :

— 1,93 mètre. Tu as pris 5 centimètres en deux mois et demi. Qu'est-ce que tu manges ?

— De tout.

— Continue. Plus tu seras grand, mieux ce sera.

*

À l'heure du dîner, tous les participants étaient arrivés. Ecko leur laissa quartier libre pour la soirée et, au lieu d'un entraînement ardu, les jeunes mangèrent des pizzas dans le dortoir et discutèrent de tout et de rien. L'entraîneur ne dit pas grand-chose. Il voulait que ses joueurs se sentent à l'aise les uns avec les autres. Durant les mois à venir, ils allaient vivre ensemble, dormir trois ou quatre par chambre, prendre leurs repas, suer sur le terrain, gagner et perdre ensemble, et ils s'inciteraient mutuellement à repousser leurs limites. Ils allaient rire et probablement aussi pleurer ensemble, et au fil du temps, ils auraient un avant-goût de l'Amérique.

Ecko considérait le basket comme l'un des rares joyaux de son pays natal, et il rêvait de revenir avec ses joueurs pour faire du Soudan du Sud une grande nation. Avaient-ils connu la violence ? Riak Kuol, un

Murle originaire de l'État du Nil Supérieur, raconta qu'un membre de sa famille avait été assassiné deux semaines plus tôt, et son village incendié. Le reste de la famille avait réussi à s'échapper. Elle se cachait sûrement dans un camp de réfugiés.

Samuel relata l'attaque du bus pendant son trajet de retour en avril, et sa rencontre avec des bandits de grand chemin. Quinton Majok, un Nuer de Wau, la quatrième ville du pays, avait des parents dans un camp de réfugiés en Ouganda.

Ils discutèrent jusque tard dans la nuit. Ecko était convaincu d'avoir fait une bonne sélection. C'étaient encore des gamins, prêts à s'embarquer dans une aventure dont ils étaient loin d'imaginer l'issue. Ils parlaient tous l'anglais, certains mieux que d'autres. Abraham Bol, un Azandé du Nil Supérieur, remportait la palme en ce qui concerne les langues. Il en parlait cinq – deux tribales, ainsi que l'anglais, l'arabe, et un français correct que lui avait appris un missionnaire. Son rêve, après le basket bien sûr, était de maîtriser dix langues et de devenir interprète à l'ONU.

À minuit, Ecko mit fin à la soirée et ordonna à ses joueurs d'aller se coucher. Il leur promit qu'ils allaient souffrir le lendemain.

*

Mais le matin, au lieu d'une demi-heure d'étirements intenses, et d'une série de sprints suicides tant redoutés du coach Lam, la journée débuta par un ordre du jour des plus réjouissants. L'essayage des baskets ! Dans le vestiaire, Ecko leur montra une pile de boîtes brillantes, toutes identiques, le logo Reebok inscrit sur les quatre côtés. Les grandes marques d'habillement – Nike, Reebok, Adidas, Under Armour, Puma – sponsorisaient les tournois de basket américains et leur fournissaient plein de matériel.

Par tirage au sort, Reebok était en charge de l'équipe du Soudan du Sud. Certains joueurs auraient préféré une autre marque, mais leur frustration fut vite oubliée. Reebok était désormais leur champion, et ils se débarrassèrent avec joie de leurs anciennes baskets pour enfiler les nouvelles.

Ecko regarda le tas de vieilles baskets abîmées, déchirées, aux semelles lisses et usées, et secoua la tête. Combien d'heures avaient-elles passées sur des terrains de terre battue ? Toutes ces chaussures auraient dû être jetées depuis des mois. Aux États-Unis, les basketteurs en possédaient plusieurs paires, dont certaines qu'ils ne portaient qu'en salle. Pour les joueurs d'Ecko, c'était l'ouverture des cadeaux un matin de Noël. Ils admirèrent les superbes modèles Reebok Revenge et les enfilèrent avec précaution. Ils se les firent passer et s'aidèrent à trouver la bonne taille dans une joyeuse cacophonie.

L'ancienne paire de Samuel, taille 45, était trop petite depuis plus d'un mois. La taille 47 lui convenait parfaitement. Au rythme où Samuel grandissait, Ecko se demandait combien de temps ces nouvelles chaussures tiendraient.

Une fois les joueurs équipés, Ecko leur rappela l'importance de leur tenue. Ils avaient sans doute remarqué qu'ils portaient les mêmes baskets. Tous identiques, tous égaux. À l'entraînement, ils auraient aussi le même short, les mêmes chaussettes et les mêmes maillots. Rien d'autre. Pas de bandanas, pas de bandeaux, rien qui puisse les individualiser. Dans cette équipe, ni débutants ni stars. En tant qu'entraîneur, il s'efforcerait de maintenir l'égalité de temps de jeu, du moins lors des premiers matchs. Au fur et à mesure qu'ils progresseraient, un joueur mériterait peut-être plus de temps sur le terrain qu'un autre. Il prendrait ce genre de décisions le moment venu. En attendant, tout le monde était sur un pied d'égalité.

Il s'empara d'un maillot, le modèle qu'il avait montré à l'équipe en avril.

— Vous l'avez déjà vu. C'est un simple maillot gris avec un short assorti. Pas de logo. Pas de nom dans le dos. Rien qui dise « Regardez-moi ». Nous enfilerons ces tenues simples pour ne pas oublier les origines humbles de notre peuple. Elles nous rappelleront constamment d'où nous venons. Et lorsque nous nous distinguerons sur le terrain, et que l'on nous demandera pourquoi nous portons des vêtements aussi communs, nous leur répondrons fièrement que nous sommes sud-soudanais. Notre pays est jeune et pauvre, mais nous en ferons une belle et grande nation.

*

Deux jours plus tard, l'équipe se retrouva tôt à la cafétéria pour prendre le petit déjeuner. La plupart étaient réveillés depuis plusieurs heures. L'excitation était palpable parmi les recrues qui discutaient en dévorant leurs céréales et leurs tartines. Ecko les encouragea à bien manger car la journée serait longue.

Ils portaient tous le même tee-shirt jaune avec le drapeau du Soudan du Sud floqué sur le devant et dans le dos. Le coach Lam leur expliqua que ces maillots étaient nécessaires, car ils allaient traverser des aéroports bondés et risquaient de se perdre.

Les mots « aéroports bondés » ne firent qu'augmenter l'enthousiasme des joueurs.

Deux vans les déposèrent à l'aéroport international de Djouba. Ils n'avaient droit qu'à un bagage par personne, le sac de sport qu'on leur avait donné en avril. Neuf kilos maximum, car le coach Lam ne voulait pas payer de supplément. Avec le drapeau national aux couleurs vives – noir, vert et bleu – imprimé aussi sur leurs sacs, l'équipe des M18 sud-soudanaise traversa le terminal tel un arc-en-ciel, attirant tous les regards.

Ecko ne voulut pas les embarrasser en leur demandant qui parmi eux avait déjà pris l'avion. Il savait pertinemment qu'aucun n'avait de passeport ni de visa. Étant donné la nature de leur déplacement, il avait été relativement facile de les obtenir auprès du gouvernement.

Alors que le groupe regardait un avion s'éloigner sur le tarmac par une grande baie vitrée, Samuel fouilla dans sa poche, en sortit son passeport et le contempla, presque incrédule.

Ils voyageaient sur Ethiopian Air, l'une des principales compagnies aériennes du continent, dont le bilan en matière de sécurité était exemplaire. Ecko leur avait assuré que le vol serait sûr, voire amusant. Les joueurs n'en doutaient pas. Ils n'étaient pas réticents à l'idée de prendre l'avion.

Quand le Boeing 737 se mit à rouler, Samuel ferma les yeux et savoura l'instant. Il songea à ses parents, à ses frères et à sa sœur, qui lui manquaient déjà. Auraient-ils un jour une opportunité comme celle-ci ?

Il avait la chance d'être assis près du hublot, et quand l'avion décolla, il sentit un frisson traverser tout son corps, un peu comme avant un match. En altitude, les hôtesses de l'air leur servirent des cacahuètes et des sodas, et Samuel tomba amoureux d'au moins trois d'entre elles.

Le vol pour Addis-Abeba, la capitale de l'Éthiopie, dura deux heures. Après avoir débarqué, ils flânèrent trois heures dans l'aérogare, absorbant tous les décors et tous les bruits, tout en gardant un œil sur les jolies hôtesses de l'air. Ils montèrent à bord d'un 777 et mirent huit heures et demie pour atteindre Dublin, en Irlande, où ils patientèrent une heure dans l'avion avant de redécoller pour Washington. Une fois dans la capitale américaine, ils avaient déjà effectué vingt-six heures de voyage.

Et ce n'était pas terminé. En raison de retards, ils durent piquer un sprint pour attraper un vol Delta à destination d'Orlando, via Atlanta.

L'exaltation du voyage s'était dissipée quelque part au-dessus de l'Atlantique, lorsqu'ils quittèrent, hagards, l'aéroport d'Orlando, et se retrouvèrent dans la chaleur étouffante de la Floride pas loin de trente heures après leur départ.

Ils s'entassèrent dans trois taxis pour gagner leur hôtel, un établissement bon marché situé à côté de l'autoroute. Ecko, toujours soucieux de son budget, avait mis trois ou quatre joueurs par chambre, et ne voulait entendre aucune plainte. Ses joueurs étaient bien trop épuisés pour émettre la moindre objection.

8

À trente-cinq ans, Francis Moka était recruteur pour les Nuggets de Denver. Au début des années 1990, ses parents avaient fui le Soudan et il était né à Londres. À l'âge de douze ans, il mesurait 1,82 mètre et avait attiré l'attention d'un entraîneur de la Ligue des Jeunes, qui l'avait formé. À dix-sept ans, il avait été recruté par une académie privée de Floride pour jouer au basket et, bien sûr, poursuivre ses études. Il avait obtenu une bourse pour étudier à Stanford, mais suite à plusieurs blessures au genou, il n'avait guère pu jouer. Il excellait en classe et avait obtenu son diplôme avec les honneurs. Comme son ami Ecko, Frankie – c'était son surnom – aspirait à devenir entraîneur de basket-ball universitaire en division 1.

Frankie et ses cinq vedettes entrèrent dans le grand gymnase et se présentèrent au coach Lam et à ses recrues tout droit venues de la mère patrie. Sur les quinze, un seul n'était pas né au Soudan du Sud. Un malaise s'installa, tandis que les joueurs se jaugeaient, se demandant lequel d'entre eux était le meilleur. Ecko et Frankie s'efforcèrent de détendre l'atmosphère. Au sein de l'équipe, il ne serait pas question de rivalités, de querelles, de rancunes. Ils se disputeraient les postes, mais tous auraient une chance égale, et les entraîneurs exigeaient d'eux une totale dévotion.

Logiquement, Dak Marial suscitait plus d'intérêt que ses coéquipiers. Selon plusieurs sites de recrutement, il était le troisième ou le quatrième meilleur espoir parmi les lycéens aux États-Unis, et il avait accepté de s'engager avec l'UCLA. Dak vivait déjà le rêve de ses camarades. Son histoire toutefois était extrêmement triste. À sept ans, il avait vu ses deux parents brûler vifs dans la hutte familiale lors d'une attaque de la guérilla. Une tante s'était enfuie avec lui dans le bush et tous deux avaient failli mourir de faim avant de trouver refuge dans un camp. Par chance, le camp disposait d'un terrain en terre battue avec deux panneaux de basket et de nombreux ballons, grâce à la fondation créée par Manute Bol. Dak s'était mis à jouer et avait grandi avec le basket. Sa tante et lui avaient passés six ans dans cet endroit, puis ils avaient gagné les États-Unis, où des parents les avaient recueillis.

Après une heure de conversation, pendant laquelle tous les joueurs avaient été invités à s'exprimer, Ecko forma cinq équipes de trois pour des rencontres sur demi-terrain.

*

C'était la troisième équipe sud-soudanaise d'Ecko à participer au tournoi de démonstration. Les sites changeaient chaque année pour inciter les recruteurs à se déplacer et le lieu n'avait d'ailleurs pas vraiment d'importance. Le tournoi attirait des centaines d'entraîneurs universitaires avec leurs assistants, pourtant les tribunes restaient globalement vides. Peu de fans de basket américain s'intéressaient à des joueurs de dix-huit ans originaires de Croatie ou du Brésil, surtout au beau milieu de l'été. Deux ans plus tôt, Ecko avait emmené sa sélection pour la première fois à Orlando et avait reçu une importante leçon : les parcs d'attractions offraient une trop grande distraction. Bien sûr, les joueurs voulaient montrer leurs talents et impressionner les recruteurs, mais ils étaient tout aussi impatients d'aller à Disney World.

Alors, pour leur deuxième journée à Orlando, les entraîneurs Lam et Moka firent monter les jeunes dans deux vans blancs pour les conduire au Magic Kingdom. Devant l'entrée principale, ils leur rappelèrent les règles, puis leur donnèrent leurs tickets d'entrée, de l'argent liquide, et prirent congé. *Rendez-vous à 18 heures !*

Ecko était allé deux fois à Disney World et il détestait l'endroit. Après une journée interminable sous un soleil de plomb à se frayer un chemin dans la cohue et à faire la queue devant les attractions, les joueurs seraient prêts à oublier Mickey et à se concentrer sur le basket.

Les deux entraîneurs retournèrent à Orlando, sur le campus de l'University of Central Florida. Ils se garèrent près de la CFE Arena, entrèrent dans le complexe sportif, et se dirigèrent vers le terrain où s'entraînait l'équipe du Brésil. Le coach n'était pas satisfait. Il vociférait en portugais, dans un langage visiblement très imagé.

Ecko et Frankie n'étaient pas là pour les regarder jouer, même si leurs recrues devaient affronter les Brésiliens quelques jours plus tard. Ils venaient chercher leurs affaires – les guides de l'équipe, les emplois du temps, etc. Des informations toutes disponibles en ligne, mais la vraie raison de leur présence était leurs confrères.

Plusieurs dizaines étaient confortablement installés au bord du terrain, et semblaient concentrés sur les basketteurs alors qu'en réalité, ils s'épiaient entre eux.

Les coachs universitaires formaient un petit cercle clos où tout le monde se connaissait et où les commérages allaient bon train. Qui avait signé un nouveau contrat et qui était sur le point d'être licencié ? Qui cherchait un assistant et qui voulait se débarrasser du sien ? Quelle université souhaitait investir ? Quelle autre avait réduit son budget ? Quel établissement avait désespérément besoin d'une nouvelle salle de sport et planifiait d'en construire une ? Et la rumeur la plus funeste : qui faisait l'objet d'une enquête de la NCAA ?

Il s'agissait là de bruits inoffensifs. Quand il était question de recruter les futures stars du basket, tout le monde parlait en même temps, mais personne ne disait rien. Les secrets étaient jalousement gardés.

L'équipe d'Ecko suscitait de plus en plus d'intérêt. L'année précédente, les Sud-Soudanais s'étaient classés troisièmes du tournoi et avaient volé la vedette aux gagnants avec leurs dunks puissants et leurs contres défiant la gravité. Ce que les recruteurs et les médias avaient particulièrement apprécié, c'étaient leur ardeur dans le corps-à-corps, leur sens du jeu, leur soutien mutuel et leur plaisir évident sur le terrain. Nés dans un pays en guerre, ils étaient fiers de leurs origines et voulaient le faire savoir au monde entier.

— Tu as des cinq étoiles cette année ? lui demanda un assistant du Missouri.

— Je n'ai que des cinq étoiles dans mon équipe, répondit Ecko. Je ne m'embarrasse pas de quatre étoiles.

— Alors tu vas aller jusqu'au bout ?

— On le mérite, mon vieux. Mes gars sont déjà en train de fêter ça à Disney World.

— Sérieusement, c'est qui, ton meilleur joueur ?

— Je dirais Marial.

— D'accord, d'accord. C'est pas un scoop. Et le numéro 2 ?

— Un meneur du nom d'Alek Garang.

— Il est d'où ?

L'entraîneur haussa les épaules et feignit le désintérêt. Tout le monde savait que les Sud-Soudanais qui jouaient au basket dans un lycée américain avaient un ou deux ans d'avance sur leurs camarades restés au pays. La formation et l'encadrement étaient tout simplement inégalables. Les meilleurs rattraperaient leur retard et évolueraient à haut niveau. Les bons ne s'en sortiraient probablement pas.

— Tu t'intéresses à qui ? s'enquit Ecko auprès d'un autre entraîneur.

— Chez les Américains ?

— Non, on les connaît déjà tous. Chez les étrangers.

— Bah, tout le monde ne parle que de Koosh Koosh.

— Qui ça ?

— Tu sais, ce grand de Lettonie avec un nom qui ressemble à « Koosh Koosh ». Personne n'arrive à le prononcer. Ni à l'épeler.

— De Lettonie ?

— Ouais, un gamin qui joue avec les Croates ?

— Ah oui, je vois maintenant.

— Enfin, une des équipes d'Europe de l'Est. Il mesure déjà 2,08 mètres et est capable de marquer du milieu de terrain.

— Nous, on en a trois comme lui, intervint Frankie d'un air très sérieux.

— Donne-moi des noms !

— Pas maintenant. Tu les verras jouer.

— Ouais. Ouais, répondit son collègue en agitant la main.

Les entraîneurs, presque tous des assistants, allaient et venaient. Ecko et Frankie s'installèrent dans l'un des confortables salons pour déjeuner et discuter avec de vieilles connaissances et faire de nouvelles rencontres.

*

Après le dîner à l'hôtel, l'équipe se rassembla dans une petite salle de conférences au deuxième étage. Frankie distribua à chaque joueur les emplois du temps et le programme des entraînements. Ecko appela les joueurs et leur demanda de l'écouter attentivement.

— Bien, voici votre emploi du temps pour demain. Alors ouvrez bien vos oreilles. À 7 heures pile, on se retrouve ici pour votre premier coup de téléphone au pays. Demain, on est le 14 juillet et vos familles attendent de vos nouvelles autour de 14 heures. L'Afrique de l'Est a sept heures d'avance sur Orlando. On prendra le petit déjeuner à l'hôtel à 7 h 30. Je sais que vous souffrez du décalage horaire, alors couchez-vous tôt ce soir. Très tôt. À 8 h 15, les vans partiront pour le gymnase. Vous vous entraînerez de 9 heures à midi, trois heures, et ce sera intense. Mémorisez les exercices avant de vous coucher ce soir, et une nouvelle fois demain matin. À midi, retour à l'hôtel pour prendre une douche et déjeuner. À 13 h 30, départ pour l'UCF, où on assistera à un entraînement pendant une heure, puis à 15 heures, on ira au Rollins College pour étudier les lieux et observer les joueurs. À 17 heures, on reviendra à l'hôtel pour se changer, puis on retournera au gymnase à 18 h 30 pour une heure d'exercice. Enfin, retour à l'hôtel pour dîner à 20 heures, et au lit à 22 heures.

À mesure qu'Ecko parlait, son ton était de plus en plus sévère, et quand il eut terminé, il avait l'air d'un sergent instructeur.

— Compris ? aboya-t-il.

Les réactions étaient attendues, de simples signes de tête pour signifier leur assentiment.

Ecko se tourna vers Quinton Majok.

— Quinton, qui, d'après toi, est le plus idiot de l'équipe ?

Majok, déjà considéré comme le clown du groupe, pointa du doigt son camarade de chambre, Awino Leyano.

— Lui !

— Lève-toi, Awino, ordonna Ecko.

L'intéressé déploya lentement ses 2,03 mètres et sourit à son entraîneur.

— Awino, récite-moi l'emploi du temps de demain, et dans l'ordre.

Le sourire d'Awino disparut.

— Eh bien, d'abord, coach, je suis bien plus malin que Quinton.

— On verra ça. L'emploi du temps, s'il te plaît.

— OK. Rendez-vous ici à 7 heures pour appeler la maison, ensuite petit déj à 7 h 30, puis entraînement de 9 heures à midi, trois heures, ce qui est bien plus que nécessaire pour moi, et retour à l'hôtel pour déjeuner. Ensuite on repart à 13 h 30 pour l'UCF, on reste jusqu'à 15 heures, puis on va au Rollins jusqu'à 17 heures, on revient ici pour se changer, puis on repart faire une séance d'exercice, et enfin retour à l'hôtel et dodo.

Ecko le fusilla du regard comme s'il venait de poignarder quelqu'un. Au bout d'un moment, il lui demanda :

— À quelle heure, la séance d'exercice ?

— Euh, 18 heures ?

— Non ! Faux ! Assieds-toi.

Awino se replia sur son siège. Ecko se tourna vers le reste du groupe et gronda :

— Samuel, à quelle heure la séance d'exercice ?

— 18 h 30.

— Et le dîner ce soir ?

— 20 heures.

— Merci.

Ecko fit les cent pas, tandis que les joueurs s'étonnaient de sa soudaine dureté.

— Si vous êtes en retard, reprit-il, ou manquez un repas, une réunion, un départ, n'importe quoi au programme, vous écoperez d'une suspension immédiate pour un match. Ne posez pas de questions. Écoutez bien ce que nous avons à vous dire avec le coach Moka et retenez les consignes. Chaque soir, je vous donnerai le programme du lendemain et je vous demande de le savoir par cœur. Compris ? Soyez attentifs.

9

Il n'y avait pas de réseau de téléphonie mobile à Lotta, et très peu à Rumbek, si bien qu'Ayak Sooleymon avait demandé son aide à un chef militaire local, un lieutenant de l'armée régulière. À 14 heures précises, le 14 juillet, le lieutenant était assis à l'ombre d'un arbre près de la maison des Sooleymon, un téléphone satellite à la main, et discutait avec Ayak, Beatrice, Angelina, James et Chol, ainsi qu'une douzaine de voisins curieux. Un appel en provenance des États-Unis arriva à 14 h 10.

Samuel était en ligne, avec le portable d'Ecko.

— Bonjour, Samuel, dit le lieutenant, comment vas-tu ?

— Très bien, merci. Je suis à Orlando, on se prépare pour le tournoi.

— Formidable, Samuel.

— Comment ça se passe à Lotta ?

Une question toujours délicate.

— Ça va, Samuel. Et on est tellement fiers de toi. Bon, je passe le téléphone satellite à ton père. Bonne chance, fiston.

Ayak saisit l'imposant engin.

— Bonjour, Samuel.

Son fils lui demanda des nouvelles de la famille. Tout le monde allait bien. Comment s'était passé le vol ? Long et fatigant, répondit Samuel, mais aussi très stimulant. Beatrice prit l'appareil à son tour et lui demanda ce qu'il mangeait. Beaucoup de pizzas et de tacos ! Des trucs délicieux ! Angelina prit la suite et Samuel lui décrivit leur journée à Disney World. Ensuite, il parla beaucoup de basket. James et Chol n'eurent que quelques secondes de conversation, mais ils étaient heureux d'entendre la voix de leur grand frère. Avant de raccrocher, Samuel promit à son père de le rappeler dans cinq jours comme prévu. Il aurait bien plus de choses à lui raconter à ce moment-là. Puis il remercia le lieutenant, qui lui assura que son téléphone satellite était à leur disposition.

Samuel rendit son portable à Ecko, le remercia, puis fila prendre le petit déjeuner. Quinton Majok parlait à sa famille avec le téléphone de Frankie. D'autres joueurs attendaient leur tour. Les cinq qui habitaient aux États-Unis avaient un portable. Aucun des Sud-Soudanais n'en possédait.

Match 1 : Soudan du Sud contre Croatie

Dans le vaste vestiaire du Alfond Sports Center du Rollins College, les jeunes de l'équipe sud-soudanaise revêtirent rapidement leurs modestes tenues et leurs Reebok neuves, puis écoutèrent les consignes de leur entraîneur.

— Pour le tournoi d'Orlando, les règles sont un peu spéciales. Trois périodes de 10 minutes, avec

5 minutes de pause entre chaque, et pas de mi-temps. Les matchs durent un peu moins de 1 heure au lieu de 2. Vous avez vu le calendrier : les rencontres s'enchaînent. Vous allez en disputer sept en huit jours, alors certains s'inquiètent de vos jambes. Pas moi. Pas le coach Moka. Si on réussit à aller à Saint-Louis, la formule change : deux périodes de 20 minutes avec une mi-temps de 15 minutes. Pour l'instant, je ne pense pas à Saint-Louis. Ils nous ont collés dans le groupe le plus difficile. Des questions ?

Non, pas de questions.

— Bien. L'équipe C jouera la première période, la B la deuxième, et la A la troisième. Il n'y a pas de hiérarchie entre les trois. Frankie et moi réorganiserons les groupes après chaque match. Vous jouerez chacun 10 minutes, alors vous devez tout donner : foncez dans le tas !

Quinton Majok leva la main.

— Coach : foncez dans le tas ? Je ne comprends pas, désolé.

Ecko éclata de rire.

— Ouais, c'est ma faute. C'est juste une expression pour dire que vous allez vous donner à fond. Les adversaires, les arbitres, le ballon, rien ne doit vous arrêter.

— Ça me plaît, ça, répondit Quinton.

— Bien. Alors, ne les lâchez pas. Soyez agressifs au corps-à-corps. Contrez tout. Ne tentez pas de tirs impossibles. Ne faites pas dans la dentelle, malmenez-les, on verra bien comment réagissent les arbitres. Ce sont des arbitres de D1, ils ont l'habitude des matchs musclés. Des questions ?

— Ouais, coach, ça vient d'où « foncez dans le tas » ? interrogea Quinton.

— Je pense que c'est l'expression préférée de Michael Jordan. Ça te va ?

Ils entrèrent sur le terrain dans leurs tenues toutes simples, sans veste personnalisée ni jogging à pressions. Tout en trottinant vers la ligne de mise en jeu, ils jetèrent des coups d'œil à leurs adversaires. Le contraste était saisissant. Magnifiques, les Croates arrivèrent dans leurs survêtements rouge et blanc et pantalons à rayures, visiblement inspirés du modèle iconique des basketteurs de l'Indiana.

Nerveux, Samuel s'agitait, tapait dans le poing de ses coéquipiers, impressionné par son environnement : le gymnase de la riche petite université, les recruteurs qui se prélassaient sur leurs sièges, les trois arbitres à l'air arrogant, l'atmosphère d'un show de basket-ball américain. Mais où étaient les jolies pom-pom girls qu'on voyait toujours à la télé ?

Remonté à bloc et impatient d'en découdre, Samuel était le meneur de jeu de la formation C. Ecko rassembla toute l'équipe pour un dernier discours enflammé. Il voulait que ses joueurs se démènent sur le terrain et s'époumonent sur le banc.

Koosh Koosh mesurait 2,08 mètres, soit 5 centimètres de plus qu'Awino Leyano, pourtant il ne gagna pas l'entre-deux. Awino tapa dans le ballon pour l'envoyer à Samuel qui prit tout le monde de court, fonça vers le panier et rata un lay-up facile. En attaque, les Croates prenaient leur temps et faisaient méchamment écran. Alors qu'il ne lui restait que 4 secondes au chronomètre[1], Koosh Koosh récupéra la balle derrière la ligne des 3 points et réussit un magnifique lancer des 9 mètres.

Une défense de zone 3-2 attendait Samuel quand il franchit la ligne médiane. Ecko l'avait anticipé. Ses joueurs étaient connus pour leurs dunks puissants, leurs alley-oops et leurs lay-backs faciles, mais pas pour leurs tirs à distance. Ils devaient s'attendre à des défenses de zone serrées qui les obligeraient à shooter de loin.

Samuel rata son premier tir, alors que Koosh Koosh marquait un second 3 points. À l'évidence, le Croate n'avait pas le trac. Après 3 minutes de jeu, la première faute fut sifflée, un contre défendu d'un attaquant croate. Riak Kuol se positionna sur la ligne de lancer franc. Cette pause était la bienvenue. Samuel s'approcha de la touche pour avoir un conseil de son entraîneur.

— Détends-toi, Samuel, lui conseilla Ecko. Fais tourner le ballon, prends ton temps. Ces gars sont une bande de crétins.

Samuel, qui respirait avec peine, répéta :

— Des crétins, coach ?

— Désolé. Des connards arrogants. Calme-toi.

Riak manqua son premier tir, réussit le second. Ils venaient d'inscrire leur premier point, mais étaient loin derrière, avec un score de 12 à 1. Au bout de 5 minutes de jeu, la Croatie fit trois changements, alors qu'Ecko n'avait pas l'intention de remplacer ses joueurs. À la

1. Lorsqu'une équipe a le ballon entre ses mains, elle n'a que 24 secondes pour mener à bien une action offensive.

sixième minute, tandis qu'ils étaient menés 16 à 1, il demanda son seul temps mort de la période. Il fit asseoir les cinq titulaires, leur sourit, et alors même que ses joueurs affichaient des mines contrites, siffla entre ses dents serrées :

— J'imagine que vous avez l'intention de marquer un ou deux paniers en première période ?

Les cinq Sud-Soudanais avaient les yeux baissés sur leurs Reebok.

*

Dans ce tournoi, il était question de victoires, de défaites, de fierté nationale, d'opportunité de briller, et de tout le reste. Et aussi des habitants du Soudan du Sud qui regardaient les matchs sur le grand écran de télévision installé devant la mairie, et qui poussaient des cris de joie dès qu'ils reconnaissaient un enfant du pays. Ce serait un immense succès pour Ecko si son équipe remportait le tournoi ou se classait dans les premiers. Il pourrait l'indiquer sur son CV, lui qui rêvait d'un poste d'entraîneur principal dans une grande université américaine. Mais ce n'était pas un tournoi de démonstration pour rien. Les joueurs étaient là avant tout pour faire leurs preuves et les recruteurs présents les observaient, ces gamins qui rêvaient de jouer aux États-Unis.

Ecko espérait gagner comme n'importe quel entraîneur, mais avant tout, il voulait que ses gars aient leur chance. Il les encourageait à prendre des risques, à se démarquer. Il détestait les individualistes et n'hésitait pas à en mettre un sur le banc s'il ne jouait pas collectif. Il tenait surtout à ce que tous ses poulains montrent de quoi ils étaient capables.

*

Awino Leyano réussit à reprendre un rebond et à dunker, marquant ainsi son premier panier. Riak Kuol contra un tir avec brio, renvoya la balle à Samuel, qui piqua un sprint, puis s'arrêta net. Comme la défense ralentissait, il prit son appel et marqua un panier à plus de 7 mètres. Un lancer magnifique. Ecko échangea un regard avec Frankie. Loin derrière la ligne des 3 points, Samuel avait fait un saut superbe et, sans défenseur pour le gêner, il avait donné à la balle une trajectoire parfaite.

Après 10 minutes de jeu acharné, le buzzer retentit – fin de la première période. La Croatie menait 21 à 15. Les joueurs étaient rincés, fourbus, et soulagés de pouvoir s'asseoir quelques minutes. Durant la deuxième période, ils regardèrent l'équipe B peiner contre les mêmes adversaires et perdre de 12 points.

Samuel apprécia la pause, l'eau fraîche, et son rôle de spectateur temporaire. Il avait marqué deux paniers, fait une interception et perdu seulement un ballon. Pas mal pour un début. Tout en reprenant son souffle, il observa les recruteurs assis à bonne distance de la table de marque. La moitié étaient des Blancs, l'autre moitié des Noirs, et la plupart semblaient jeunes, moins de quarante ans. Tous portaient des vêtements décontractés. Pas de costume ni de cravate. Plutôt des polos aux couleurs de l'équipe qu'ils représentaient. De son poste d'observation, Samuel repéra les assistants des universités de Caroline du Nord (l'UFC), de Syracuse, du Kansas et de l'Oregon. Ils parlaient et riaient, visiblement guère intéressés par le match en cours. À l'évidence, ils se connaissaient tous. Derrière eux, une série de caméras. Ecko leur avait expliqué que toutes les rencontres étaient filmées et que les entraîneurs pouvaient réclamer n'importe quelle vidéo.

Que fallait-il faire pour leur taper dans l'œil ? Telle était la question que chaque joueur se posait. Pour Samuel, c'était la vitesse, l'agilité, la détente verticale, et le fait qu'il poussait comme un champignon.

À la fin de la deuxième période, la Croatie menait 40 à 30. Samuel et l'équipe C étaient prêts à reprendre du service, même si c'était terminé pour eux. Durant la troisième période, Dak Marial s'imposa comme un vrai All-American[1] et mena le jeu. Quand Alek Garang mit deux paniers à 3 points d'affilée, les Croates changèrent de stratégie et abandonnèrent leur défense resserrée, ce qui permit à Dak de s'infiltrer dans la raquette.

Samuel suivit le match et applaudit ses coéquipiers tout en gardant un œil sur les recruteurs. Avec Dak sur le terrain, ainsi que Koosh Koosh et Alek Garang, ces derniers étaient plus attentifs. Tous pianotaient sur leurs smartphones.

À 1 minute de la fin, Alek égalisa avec un 3 points, et le banc sud-soudanais se déchaîna. Les deux équipes manquèrent des tirs simples, et à 18 secondes du buzzer, l'arbitre siffla une faute à Riak. Avec un

1. Titre honorifique qui récompense les meilleurs joueurs de la saison dans le championnat NCAA.

sourire exagéré, Riak se tourna vers l'arbitre pour l'interpeller :

— Quoi ?

L'arbitre eut envie de le sanctionner, mais se ravisa et lui donna un simple avertissement.

Le meneur croate réussit ses deux lancers francs, et Alek manqua un tir de dernière minute.

Game over. Croatie 54-Soudan du Sud 52.

*

Toutes les équipes subiraient des revers. L'année précédente, Ecko avait emmené son équipe en finale avec cinq victoires et deux défaites, et ils avaient presque tout gagné. Dans les vestiaires, il rappela cette histoire à ses joueurs et leur demanda de passer à la suite. Six autres rencontres les attendaient : inutile de ruminer sur leur première défaite.

Les basketteurs sud-soudanais prirent une douche, se changèrent, et retournèrent au gymnase pour regarder les Américains jouer contre les Italiens.

10

Match 2 : Soudan du Sud contre Italie

Comme promis, Ecko et Frankie avaient réorganisé les groupes. L'équipe C débuta la rencontre contre les Italiens, qui avaient perdu de 20 points face à une équipe des États-Unis remontée à bloc. Le match eut lieu au CFE Arena, sur le campus de l'UFC. Jamais les Sud-Soudanais n'avaient vu de salle aussi grandiose. Les gradins pouvaient accueillir dix mille spectateurs, et même s'ils étaient pratiquement vides, c'était très impressionnant.

Dak Marial appartenait à l'équipe C, avec un arrière de 1,98 mètre nommé Jimmie Abaloy, un Soudanais-Américain qui avait passé dix-sept de ses dix-huit années à Trenton, dans le New Jersey. Il démarra fort, avec trois paniers à distance, et les Italiens ne parvinrent jamais à rattraper leur retard.

Samuel joua la deuxième période avec l'équipe B et manqua ses trois tentatives. Après deux matchs, il lui semblait évident qu'il était le troisième meneur de l'effectif, après Alek Garang et Abraham Bol. Avec son 1,93 mètre, même en pleine croissance, il n'était pas certain d'être considéré très longtemps comme un meneur, ni même un arrière. Ecko n'en était pas sûr non plus.

Après un match gagné de 13 points contre l'Italie, les joueurs se douchèrent et regardèrent la rencontre suivante. Sur au moins deux sièges chacun, ils mangeaient du pop-corn en buvant du soda, comme de vrais supporters. Quatre basketteurs de l'équipe de Grande-Bretagne s'arrêtèrent pour leur dire bonjour, et ils sympathisèrent rapidement. Deux Italiens s'approchèrent à leur tour. L'un d'eux avait signé avec Texas Tech, l'autre avec Central Michigan. Tous se débrouillaient bien en anglais.

Un assistant portant une chemise de l'université d'Auburn se présenta et salua Jimmie Abaloy. Ils grimpèrent quelques marches pour s'installer à l'écart. Les deux hommes discutèrent un moment et rirent. Samuel les observa avec envie.

Voilà comment ça se passait.

Match 3 : Soudan du Sud contre Ukraine

Le jeudi 16 juillet resterait un jour mémorable, car les huit équipes se rencontreraient au Amway Center, le palais de la NBA, temple du Magic d'Orlando. Ecko et ses joueurs arrivèrent tôt et eurent droit à une visite de l'immense salle. Ils firent le tour du terrain vide et s'imprégnèrent de l'atmosphère incroyable du paradis du basket. Samuel essaya de se convaincre qu'il se tenait sur le sol en bois où LeBron en personne avait joué, ainsi que Kobe, Shaq, Niollo et Steph Curry. Leur guide leur fit traverser un tunnel et s'arrêta devant une large porte avec l'inscription « VESTIAIRE MAGIC » aux couleurs de l'équipe. Elle ouvrit la porte et fit entrer les jeunes Sud-Soudanais pour le point d'orgue de la visite. La pièce était impressionnante : large et ronde, avec des panneaux de bois et une luxueuse moquette bleue, épaisse et feutrée. Quinze casiers en demi-cercle, larges et profonds, des fauteuils confortables, d'immenses écrans de télévision – tout ce dont un joueur pouvait rêver. Au bout du couloir, une salle de réunion, une de télévision, une cafétéria, une aire d'entraînement, une salle de musculation, un espace presse et des douches avec suffisamment de cabines pour recevoir plusieurs équipes de joueurs transpirants. Sans parler des autres pièces qu'ils n'eurent pas le temps d'explorer.

Après les vestiaires, ils empruntèrent un escalator jusqu'au deuxième niveau et traversèrent une large galerie vide qui faisait le tour du terrain. Ils passèrent devant des suites de luxe, dont l'une était ouverte, et furent autorisés à y jeter un coup d'œil – d'un point de vue purement professionnel. Une hôtesse leur offrit des collations et des sodas. Ils se délectaient du confort des fauteuils quand un vice-président entra et leur souhaita la bienvenue au Magic. Il était impatient de les voir jouer. Mais il était bientôt midi, avaient-ils déjeuné ? Ecko répondit que non, et le vice-président demanda à son assistant d'organiser le repas à la cafétéria. Il leur proposa de terminer leur visite et de les retrouver en bas dans une demi-heure.

Les quinze joueurs rêvaient tous de la NBA, et à ce moment-là, ils étaient convaincus que c'était leur destin.

La guide les emmena au niveau supérieur, les places les moins chères, d'où le terrain semblait minuscule. Le complexe pouvait accueillir vingt mille personnes, et Samuel savait que le Magic attirait en moyenne dix-sept mille spectateurs pour les matchs à domicile, si bien que beaucoup de ces sièges n'étaient guère utilisés. Cependant, il n'osa pas demander de chiffres à la guide. Cela pourrait paraître impoli de sa part.

Ecko avait insisté pour que ses poulains aient un comportement irréprochable en dehors du terrain. Ils représentaient leur peuple, et les gens avaient tendance à porter des jugements hâtifs. On attendait d'eux politesse, cordialité et humilité. Ils avaient beaucoup de chance d'être là et devaient se montrer reconnaissants.

Ils regagnèrent les vestiaires, où les attendaient des paniers repas et des sodas. Ils mangeaient et bavardaient gaiement quand soudain, l'air se retira de la pièce.

Le grand Niollo venait d'apparaître. Les jeunes se pétrifièrent. Le repas fut immédiatement oublié. Les yeux écarquillés, ils le regardaient avec incrédulité, se demandant s'ils ne rêvaient pas. Ecko, un ami de longue date, l'embrassa et lui présenta Frankie, puis il lança à l'équipe :

— Messieurs, Niollo est venu de Miami pour vous voir jouer.

Niollo sourit et déclara chaleureusement :

— Bienvenue en Floride, mes frères, et salutations de Miami. Je suis sûr que vous vous sentez chez vous ici, il fait presque aussi chaud qu'au Soudan.

Quelques rires nerveux fusèrent. Niollo ! Le plus grand joueur de leur pays.

— Comme vous le savez, reprit-il, je suis né à Wau, mais j'ai quitté le pays quand j'étais petit et j'ai vécu au Royaume-Uni avec ma famille.

Ils connaissaient sa biographie par cœur. Alors que la star parlait, la réalité prenait lentement forme. Ils savaient que Niollo venait de perdre une énième saison avec les Heat, sa quatrième équipe. Il avait commencé par huit saisons à Boston. La situation n'était pas idéale pour lui à Miami et on s'attendait à ce qu'il passe à autre chose. À trente ans, il était à l'apogée de sa carrière, une légende dans son pays natal, et un basketteur toujours aussi génial.

Ecko le remercia de sa venue et ajouta :

— Ce dont Niollo ne se vantera jamais, c'est qu'il a remporté à la fois le NBA Sportsmanship Award[1] et le Citizenship Award[2]. Il soutient de nombreuses organisations caritatives et des programmes sportifs pour les jeunes de notre pays. Et c'est grâce à lui que vous êtes ici aujourd'hui. Merci, Niollo.

Niollo sourit et préféra changer de sujet.

— Merci. Je peux avoir un sandwich ?

Il s'assit à table, au milieu des jeunes basketteurs impressionnés, et discuta avec eux, entre deux

1. Le trophée du NBA Sportsmanship Award est décerné au joueur « représentant le mieux les valeurs du sport, l'intégrité et le fair-play sur le terrain ».

2. Le Citizenship Award récompense un élève du primaire ou du secondaire qui fait preuve de force de caractère et promeut la citoyenneté américaine.

bouchées. Avant de prendre congé, le photographe du Magic prit une centaine de photos et promit de les leur envoyer plus tard dans la journée.

Niollo les mena ensuite voir le terrain et les meilleures places des tribunes, d'où ils regardèrent le Royaume-Uni battre le Brésil. Ils disputèrent le match suivant et, stimulés par les encouragements de Niollo, ils jouèrent un basket inspiré et maîtrisèrent facilement leurs adversaires ukrainiens, avec un score de 73 à 43. La moitié de l'équipe marqua plus de 10 points. Pas Samuel, qui était néanmoins heureux d'avoir réussi trois de ses six tirs de loin.

Match 4 : Soudan du Sud contre Brésil

En première page de sa section sportive, l'*Orlando Sentinel* publia une grande photo de Niollo assis dans les tribunes, entouré des jeunes recrues du Soudan du Sud. Cette photo, ainsi que la raclée de 30 points infligée à l'équipe ukrainienne – qui était loin d'être mauvaise –, attira l'attention sur les joueurs d'Ecko. Lorsqu'ils affrontèrent les Brésiliens, les tribunes de l'UCF comptaient plus de spectateurs. Et surtout, plus de recruteurs. Du moins, c'est ce que Samuel remarqua pendant l'échauffement.

Il se rendit compte qu'il préférait le gymnase de l'université à l'immense arène de la NBA. Les sièges, bien que vides, étaient plus rapprochés, et les panneaux semblaient moins éloignés. Puis il rit pour lui-même en songeant aux terrains en terre battue où il avait joué toute son enfance.

Contre le Brésil, Samuel ne fit pas partie du premier groupe. Il était dans l'équipe B, qu'Ecko projetait de faire jouer en troisième période. Mais la malchance les frappa quelques secondes après l'ouverture du score : Alek Garang se fit un claquage à la cuisse et quitta le terrain en boitant. Des entraîneurs de l'UCF le raccompagnèrent dans les vestiaires et appelèrent un médecin. Ecko cria à Samuel de rentrer à l'arrière. Abraham Bol occupait le poste de meneur, la place habituelle de Samuel, ce qui désorienta leur attaque. Après la première période, le Soudan du Sud était mené de 10 points. L'équipe C, avec Dak Marial qui mettait le paquet à l'intérieur de la raquette, réduisit leur retard de moitié, et à la fin de la deuxième période, le score était de 41 à 36 pour le Brésil.

Dans la troisième période, Samuel reprit le poste de meneur et l'attaque trouva son rythme, surtout grâce à Jimmie Abaloy, qui se mit à shooter tous azimuts derrière la ligne des 3 points. Il déstabilisa la défense, ce qui permit à Samuel de distribuer le ballon à Quinton Majok. Après s'être pris 14 points d'affilée contre 2, les Brésiliens profitèrent de leur unique temps mort pour tenter de retrouver leurs esprits. Ce qui ne changea rien. Samuel marqua deux paniers à 3 points de suite et le Soudan du Sud menait à présent de 13 points. Le Brésil, qui avait les joueurs les plus grands et les plus massifs du tournoi, continua à mettre facilement des paniers. Cela ne suffit pourtant pas. À maintes reprises, leurs tirs furent contrés, repoussés ou envoyés dans les tribunes par des jeunes qui semblaient capables de sauter par-dessus le panneau de basket.

À 2 minutes de la fin, Ecko remarqua que son pivot, Daniel Abdul-Gaber, était à la traîne. Épuisé, il avait besoin d'une pause. Ecko utilisa son seul temps mort pour demander à Daniel s'il voulait sortir. Dans cette équipe, la réponse était toujours non.

— Bien, répondit Ecko. Écoutez-moi. On a 14 points d'avance et on mène le jeu. Mais on peut remporter le match de 20 points. Ces gars sont arrogants et se croient bons. Pour l'instant, on leur met la pâtée, sauf que j'en veux plus. Il reste 2 minutes, alors arrosez le panneau non-stop, compris ? Vous pouvez le faire ?

Les cinq se prirent la main et hurlèrent :

— *Go* !

Ils ne firent aucun cadeau aux Brésiliens et jouèrent avec leur exubérance habituelle – tapes dans la main, bourrades viriles, cris d'encouragements et rires. Les Brésiliens n'avaient aucune chance et les Sud-Soudanais l'emportèrent de 24 points.

11

Après quatre matchs d'affilée, les joueurs sud-soudanais avaient bien mérité une pause. Le samedi 18 juillet, Ecko et Frankie firent monter leurs recrues dans deux vans et les accompagnèrent à La-La Land, une autre partie de Disney World. Ils les déposèrent à l'entrée avec les mêmes instructions que la fois précédente, leur donnèrent suffisamment d'argent pour s'amuser, et leur annoncèrent qu'ils repasseraient les prendre à 18 heures. Les garçons étaient presque aussi excités qu'avant un match.

Ecko et Frankie se rendirent à l'UCF, dans la suite des entraîneurs, pour une longue journée de rendez-vous informels avec les recruteurs. Ce jeu de relations, de persuasion et de promesses relevait de leur travail. Comme le Soudan du Sud n'était pas sous les projecteurs, et que ses ligues étaient encore balbutiantes comparées aux autres ligues de basket, notamment celles des États-Unis, du Royaume-Uni et de l'Europe, ses entraîneurs se sentaient obligés de faire davantage de publicité pour leurs poulains.

Un assistant de l'université Ohio State s'enquit du claquage à la cuisse d'Alek Garang. Comme c'était à prévoir, Alek intéressait pas mal de monde, et sa blessure faisait couler beaucoup d'encre. Ecko répéta les propos du médecin : rien de grave, mais il devrait rester sur la touche pendant quelques matchs. Un assistant de l'université de Memphis lui demanda si Riak Kuol n'avait pas besoin d'une année supplémentaire d'entraînement dans un lycée américain. L'entraîneur principal de Lehigh avait été impressionné par Quinton Majok. Ecko pensait que Quinton pouvait jouer à haut niveau, lui confia-t-il. L'entraîneur principal d'Overland, une école préparatoire connue du New Jersey, une sorte de fabrique de basketteurs, voulait lui parler d'Abraham Bol, et Ecko lui prêta une oreille attentive. Pourtant, il ne conseillerait à aucun de ses joueurs de s'inscrire là-bas. Un de ses anciens coéquipiers à Kent State, aujourd'hui assistant à Eastern Illinois, voulait des informations sur Awino Leyano. C'était un bon parti, lui répondit Ecko, qui savait que le contrat de son ami se terminerait dans un an et qu'il ne serait pas renouvelé.

La journée se déroula ainsi. Des discussions amicales avec de vieux amis ou de nouvelles connaissances, suivies d'échanges discrets, généralement hors de la salle. Les recruteurs faisaient attention à ne pas dévoiler leurs cartes. Ecko jouait franc jeu et se montrait honnête quant à ses recrues et à leur potentiel. Il était contre-productif d'exagérer le talent de l'un ou l'autre, de vanter son éthique de travail ou de donner des informations confidentielles sur sa famille. Tout le monde pouvait les observer sur le terrain. Trois d'entre eux n'intéressaient personne, ce qu'il ne s'expliquait pas. Ils ne resteraient pas aux États-Unis.

Lors des quatre premiers matchs, les joueurs avaient été observés par des centaines de recruteurs d'universités et de lycées, et à mesure que le tournoi progressait, l'intérêt des sélectionneurs se concentrait sur les meilleurs.

Après le déjeuner, l'entraîneur principal de Central, en Caroline du Nord, vint saluer Ecko. Tous deux se donnèrent une franche accolade. Lonnie Britt avait passé quatre ans à l'université de Toledo. Il avait également joué contre Ecko, et depuis, ils étaient devenus amis. Pendant trois ans, ils avaient été tous les deux assistants à l'université de l'Iowa du Nord, et ils avaient partagé d'innombrables bons moments avec leurs femmes et leurs jeunes enfants. Ecko pensait que Lonnie avait le potentiel pour devenir entraîneur principal au plus haut niveau, mais jusqu'à présent, ses quatre années à Central n'avaient pas porté leurs fruits.

Il prit place entre Ecko et Frankie.

— Alors, les gars, qui vous avez pour moi ?

— Qui tu veux ?

— Alek Garang, Quinton Majok et Jimmie Abaloy, pour commencer.

— C'est tout ?

Ces trois espoirs étaient manifestement promis à de plus prestigieuses écoles. Historiquement, Central était l'université des étudiants noirs de Durham, et jouait dans la Mid-Eastern Athletic Conference[1]. On la surnommait « l'autre école de Durham ».

— Et Abraham Bol ?

---

1. La Mid-Eastern Athletic Conference regroupe treize universités qui participent à un championnat interuniversitaire dans plusieurs disciplines sportives, notamment le basket, aux États-Unis. Cette conférence est composée d'universités historiquement noires et appartient à la division 1 du basket de la NCAA.

L'équipe américaine d'une riche école, Houston Gold, était en train de démolir l'équipe de Croatie. Un assistant de Southern Mississippi héla Frankie, et tous deux s'installèrent à l'écart pour bavarder.

— Bol dit qu'il est trop fort pour l'université, il veut tenter la draft[1].

Ils plaisantèrent un moment. Quand la salle fut pratiquement vide, Ecko lança :

— Allons faire un tour.

Ils s'installèrent en haut des tribunes.

— J'ai un gamin que j'aime vraiment beaucoup, déclara Ecko. Samuel Sooleymon, seulement dix-sept ans, et sa croissance n'est pas terminée.

— Je l'ai vu jeudi contre l'Ukraine. Il ne m'a pas fait forte impression.

— C'est un diamant brut. Il a besoin d'une année dans un lycée américain, mais pour l'instant, je n'ai pas de touche de ce côté-là.

Il était souvent plus difficile de placer des joueurs dans les lycées privés que dans les facultés, car leurs recruteurs venaient rarement aux tournois de démonstration. Et pratiquement aucun entraîneur de lycée public ne prenait la peine de faire le voyage. Intégrer un jeune étranger dans une nouvelle ville signifiait faire venir la famille, trouver une structure d'accueil, avec

1. La draft de la NBA est un événement annuel majeur pour la ligue de basket-ball nord-américaine. Lors d'une soirée qui réunit les dirigeants des trente franchises de NBA, chaque équipe sélectionne à tour de rôle un joueur issu de l'université, du lycée, ou de l'étranger. La draft est le point d'entrée principal pour la majorité des joueurs évoluant en NBA.

le risque de se voir accuser de débaucher des talents à l'étranger. Les lycées publics disposaient d'une profusion de talents aux États-Unis et les jeunes étrangers étaient difficiles à gérer. Les écoles préparatoires et les académies privées de basket-ball étaient plus disciplinées, mais elles avaient déjà trop de joueurs.

— Il n'a pas vraiment brillé, répliqua Britt.

— Regarde-le encore. On joue la Gold demain à Rollins et il sera en binôme avec Garang.

— Il n'est pas meneur.

— Non. À la vitesse où il grandit, il maîtrisera le 3 points à l'automne.

— Je n'aime pas son tir.

— Il progresse vite. Lonnie, fais-moi confiance.

— Juste ce dont j'ai besoin en ce moment. Un gamin qui ne sait pas jouer, mais qui a du potentiel.

— Je sais, je sais. Avoue quand même que ton programme a besoin d'aide.

Lonnie réussit à sourire.

— Qui d'autre s'intéresse à lui ?

La grande question. Les entraîneurs universitaires se croyaient capables de repérer la perle rare, pourtant ils avaient tout de même besoin d'une confirmation de leurs pairs. D'où le grand classique : « Qui d'autre s'intéresse à lui ? »

— Tout le monde, répondit Ecko avec un sourire.

— Bon sang, c'est la première fois que j'entends ça.

*

En dehors de trois écoles en plein air, le seul bâtiment officiel à Lotta était la chapelle Notre-Dame, un petit sanctuaire en pierres et briques construit dix ans auparavant par le diocèse de Rumbek. Tous les samedis après-midi, un prêtre venait dire la messe, à laquelle assistait tout le village. Les bancs de devant étaient réservés aux anciens et à leurs épouses – certains en avaient plusieurs – et les familles jeunes qui arrivaient tôt trouvaient des places à l'intérieur. La foule des fidèles débordait toujours dans la petite cour.

Bien avant le début du service, le prêtre chercha Ayak et Beatrice. Il avait un petit cadeau pour eux, un exemplaire de l'édition de jeudi du *Juba Monitor*. En première page de la section B, la photo de Niollo dans les tribunes de l'Amway Center, au milieu des visages souriants de l'équipe sud-soudanaise. Samuel se tenait à gauche de la star du basket. Ses parents durent se remettre de leur choc avant de montrer fièrement la photo de leur fils à toute l'assemblée. Beatrice était si heureuse qu'elle crut que son cœur allait éclater.

Plus tard, depuis l'autel, le prêtre agita le journal et informa la congrégation que sur leurs quatre matchs, leur équipe en avait remporté trois. D'après l'article, les jeunes Sud-Soudanais jouaient bien et suscitaient beaucoup de curiosité.

Et il avait une autre excellente nouvelle. Le lendemain, dimanche, un écran géant serait installé au-dessus des marches de l'église, et à 20 heures précises, tous les habitants de la bourgade pourraient voir le match en direct. La famille Sooleymon serait aux premières loges.

Ce jour-là, les fidèles ne retinrent rien d'autre du sermon.

12

Match 5 : Soudan du Sud contre Houston Gold

Gold était un programme de l'Amateur Athletic Union[1] de renommée nationale financé par un riche homme d'affaires texan, un fan de basket qui avait joué à la faculté et voulait que ses trois fils deviennent des champions. C'était son projet phare, et il ne lésinait pas sur les moyens. Les équipes – une dizaine pour les douze-dix-huit ans – organisaient des stages dans tout le Texas, et recrutaient les meilleurs joueurs. Faire partie de l'effectif signifiait disputer tous les tournois de démonstration, s'exercer avec des entraîneurs de renom très bien rémunérés, se déplacer dans des bus luxueux ou en avion, et profiter des équipements que la plupart des universités enviaient. L'homme avait conclu un partenariat avec Nike et, selon la rumeur, les joueurs possédaient au moins cinq tenues différentes. Il n'était pas surprenant que le programme ait formé des dizaines de joueurs universitaires et que deux anciens élèves évoluent en NBA.

1. L'Amateur Athletic Union est une organisation à but non lucratif multidisciplinaire, dont la mission est la promotion et le développement du sport amateur aux États-Unis.

Quand vous portez les couleurs de Houston Gold, les sélectionneurs vous suivent de près. Les joueurs étaient doués, ce qu'on leur rappelait constamment. Leur arrogance était légendaire, à tel point que certains entraîneurs universitaires avaient pris leurs distances. Pas tous.

Pour le premier match à Rollins, ils firent des échauffements tapageurs style NBA, sans daigner jeter un regard à leurs adversaires. De leur côté, les Sud-Soudanais évoluaient dans leurs tenues toutes simples, peu impressionnés par les simagrées de leurs opposants, ni intimidés par leurs quatre victoires faciles.

Contrairement à l'équipe sud-soudanaise, Gold avait joué la veille. Dès lors, l'idée d'Ecko était de les épuiser. Il voulait que ses joueurs leur mettent la pression sans relâche et les arrosent de tirs. Sa stratégie fonctionna à merveille en première période. Samuel et Abraham Bol leur firent perdre deux fois le ballon et Riak Kuol contra deux tirs dans la raquette.

Les cinq titulaires de l'équipe de Gold étaient tous des lycéens en dernière année. Quatre d'entre eux étaient déjà inscrits dans de grandes universités. Malgré une formation excellente, ils étaient des stars individuelles, si bien qu'ils avaient tendance à s'accaparer la balle et à manquer d'esprit collectif. Sous la pression, leurs attaquants manquèrent quatre tirs consécutifs, et leur féroce entraîneur prit son seul temps mort pour leur remonter les bretelles.

*

À l'autre bout du monde, sous la croix de la chapelle, les habitants de Lotta étaient massés devant l'écran de télévision et rugissaient à chaque belle action.

Quand Samuel marqua son premier – et unique – panier, les habitants de Lotta se mirent à crier de joie et à louer le Seigneur tout en tapant sur l'épaule d'Ayak. Des chaises avaient été disposées en rangs, mais personne ne voulait s'asseoir.

*

À la fin de la première période, le Soudan du Sud menait de 11 points. Ecko envoya l'équipe C, la meilleure à ses yeux, avec Dak Marial et Quinton Majok en ailiers. L'entraîneur de Gold opta pour une formation de joueurs moins grands mais plus frais, et leur demanda de ralentir la cadence. Les tirs manqués cessèrent et l'offensive se resserra. Après la deuxième période, le Soudan du Sud avait 9 points d'avance.

La troisième période vit briller Benjie Boone, un arrière de 1,95 mètre qui s'était engagé avec l'équipe universitaire du Kentucky, mais d'après les bruits de couloir, Boone avait des doutes et songeait à la draft de la NBA. Il marqua trois paniers à 3 points d'affilée, recollant au score. Les formations d'attaque changèrent six fois dans la dernière ligne droite, les deux équipes refusant de céder le moindre pouce de terrain. Gold enchaînait les remplacements. Ecko non. Il avait promis à ses joueurs un temps de jeu égal et tiendrait sa parole, quel que soit le score. Il fit tourner Samuel et Bol au poste de meneur, seulement parce qu'il n'avait pas le choix. Alek Garang était en tenue mais il ne pouvait pas jouer.

Et Alek leur manqua énormément. Ni Samuel ni Bol ne réussirent à marquer en fin de match, et en l'absence de menace extérieure, la défense de Gold étouffa Dak Marial et Quinton Majok dans la raquette. Gold s'envola et emporta la partie de 6 points.

Dans le vestiaire, Ecko assuma la responsabilité de la défaite : il s'était laissé déborder et aurait dû procéder autrement. Après cinq matchs, le principe de l'égalité sur le terrain ne fonctionnait plus, aussi Frankie et lui avaient-ils décidé de faire davantage de changements. En attaque, il voulait plus d'agressivité et de concrétisation. En défense, plus de résistance.

Les joueurs étaient abattus, même s'ils comprenaient la décision de leur entraîneur. Ecko leur rappela que l'année précédente, l'équipe avait perdu deux matchs et s'était malgré tout qualifiée pour le tournoi national – qu'elle avait failli gagner. Ils étaient encore dans la course, mais ne pouvaient se permettre un autre revers.

Samuel se leva et prit la parole.

— Imaginons, coach, qu'on ait quartier libre le reste de la journée. Pourquoi ne pas trouver un gymnase et s'entraîner un peu ?

— Allez, coach ! renchérit Dak Marial, le capitaine officieux de l'équipe.

D'autres se joignirent à eux, et la requête devint bientôt unanime.

*

À Lotta, les villageois étaient plus calmes lorsqu'ils se dispersèrent pour regagner leurs pénates. La défaite était un coup dur, mais n'entamait en rien leur bonheur d'avoir vu Samuel jouer aux États-Unis. Le match du lendemain ne commençait pas avant 22 heures, heure locale. Tous seraient de retour à l'église pour admirer leur héros.

*

Tard cette nuit-là, après que les joueurs eurent regagné leurs chambres et éteint la lumière, Ecko retrouva Lonnie Britt au bar de l'hôtel pour boire une bière. Ils avaient partagé bien des verres dans leur jeunesse, lorsqu'ils étaient entraîneurs à l'université de l'Iowa, et ces retrouvailles les enchantaient. Installés dans un coin discret, ils refirent le match du jour, et Lonnie n'hésita pas à donner à son ami des conseils sur ses erreurs de coaching.

Ecko était d'accord avec la plupart des critiques. Il aurait eu la même honnêteté si les joueurs de Lonnie avaient perdu.

— Mais tu n'étais pas censé battre ces gars-là, Ecko. Ils sont triés sur le volet et formés comme des pros. Ils en ont douze. Douze lycéens de dix-sept ans qui vont signer avec de grandes universités. C'est un programme impressionnant. Énormément de talents.

— On aurait dû les battre, répliqua Ecko en buvant une gorgée de bière. J'ai peur qu'on en reste là. Ces gosses ne sont pas prêts à rentrer chez eux.

— Tu vas gagner les deux prochains.

— Bah, on n'en sait rien.

— Tu sais quelle est la plus belle action que j'ai vue aujourd'hui ? interrogea Lonnie avec un sourire.

— Le contre ?

— Le contre, oui. Ce gamin a surgi de nulle part et avait l'air de mesurer 2,50 mètres !

— Je te l'avais dit.

Alors qu'il restait 4 minutes de jeu et que le Soudan du Sud menait de 1 point, Benjie Boone avait contourné un écran et tiré depuis la pointe de la raquette. Samuel, qui le marquait, était resté invisible, jusqu'à la toute dernière seconde. Boone, dans un saut d'un délié parfait, avait levé très haut le bras. Mais Samuel s'était élancé à son tour et avait frappé le ballon juste au moment où il quittait la main droite de Boone. Le ballon avait atterri dans la troisième rangée des gradins.

L'Américain était tellement déconfit qu'il n'avait pas fait d'autre tentative.

Lonnie secoua la tête.

— On aurait dit qu'il avait bondi de 3 mètres.

— Eh bien, sa détente sèche est de 86 centimètres, 115 avec élan. S'il prend un bon appel, il peut dépasser le panneau.

— Mais il ne marque pas et il ne sait pas dribbler.

— Il progresse, d'accord ? Il bosse très dur et continue à grandir.

— Qui d'autre s'intéresse à lui ?

Ecko sourit et secoua la tête.

— Honnêtement, personne pour le moment. Si j'étais toi, je saisirais ma chance.

Une serveuse leur apporta un bol de bretzels et leur demanda s'ils désiraient autre chose. Non, merci. Peut-être plus tard.

Lonnie fronça les sourcils et regarda autour de lui.

— J'ai un problème, Ecko. Un autre.

— Ah oui ?

— Deux de mes joueurs ont été arrêtés la nuit dernière à Durham.

— Hein ? Pour quelle raison ?

— Vol à main armée.

— Lonnie, t'es pas sérieux ?

— On ne peut plus sérieux. Deux imbéciles. Ils étaient dans un camp d'été, comme beaucoup de mes gars, et ils sont sortis un samedi soir pour faire du grabuge.

— Qu'est-ce qui s'est passé ?

— Je ne connais pas tous les détails, pourtant j'ai passé ma journée au téléphone. Le directeur sportif. Le président. La police. Ils ne disent pas grand-chose. Apparemment, les jeunes sont allés à une soirée, ont fumé de l'herbe, et sont montés dans la voiture du mauvais gars. Ils avaient beaucoup d'herbe, mais plus de bières. Le conducteur s'est arrêté dans un magasin d'alimentation et, va savoir pourquoi, il a trouvé malin de sortir un flingue et de braquer le caissier. Heureusement, il n'a pas tiré. Tous les trois sont accusés de vol à main armée. Le directeur sportif veut les virer. Et sans attendre.

— Ils sont bien, ces gamins ?

Lonnie but une gorgée de bière, les sourcils toujours froncés.

— Oui, de braves gamins, je les adore. Ils viennent tous les deux de milieux difficiles. Clancy a un frère en prison. C'était mon numéro 7 la saison dernière, et il a joué 15 minutes par match. Un première année qui ne consacre pas beaucoup de temps à ses études.

L'autre, on le surnomme Fonzo. Il est en deuxième année et plutôt paresseux. J'ai des super gars, Ecko, dans l'ensemble.

— Mais ce ne sont pas des criminels. On dirait une mauvaise blague.

— Ouais, ces accusations sont très graves.

— Tu vas les remplacer ?

— Oui, au moins pour la fin de la saison. Je dois voir le directeur sportif et les avocats demain : ils veulent passer un accord, négocier une réduction de peine. Ce qui est sûr, c'est que les jeunes vont être exclus du programme un an minimum.

— Sooleymon ?

— Je réfléchis, d'accord ? Sois franc avec moi, Ecko.

— Est-ce que je t'ai déjà mené en bateau ?

— Jamais. Seulement, tu adores tes joueurs.

— Comme toi.

— C'est sûr, la plupart du temps.

— Lonnie, Samuel peut être la surprise du tournoi. Il n'intéresse personne parce qu'il ne marque pas. Mais ça va venir. Quand je l'ai vu la première fois en avril, il avait le pire tir en suspension d'Afrique. Il l'a déjà corrigé et il travaille d'arrache-pied. Et il est toujours en pleine croissance.

— Il ne sera jamais meneur.

— Non. Oublie ça. Il mesurera au moins 1,98 mètre à Noël.

— Et les cours ?

— Il sort du bush, d'accord ? Il vient de terminer le lycée dans son village, alors tu imagines qu'il a besoin de soutien. Tu peux l'aider, hein ?

— Ouais. Central n'est pas vraiment comme l'« autre école » de Durham.

— Oh, parce que tu crois vraiment que Duke s'inquiète des résultats des lycéens ?

Ils éclatèrent de rire et commandèrent une autre bière.

Ecko avait envie de pousser sa chance. À minuit, Lonnie jeta un coup d'œil à sa montre.

— Je dois partir. Je ne peux pas rester pour le match demain. J'ai un vol tôt pour Durham, mon rendez-vous avec le directeur sportif est à midi. Ensuite, je dois aller faire un tour à la prison.

— Désolé, mon vieux. Ça va être pénible.

— Comme tu dis. Tu t'imagines annoncer à deux gamins de vingt ans qu'ils sont suspendus pour au moins un an ?

— Bah, ils ont des problèmes plus graves.

— Tu te rends compte que ma propre carrière dépend des décisions d'une bande de jeunes immatures ?

— Est-ce qu'on n'a pas déjà eu cette conversation il y a vingt ans ?

— Si. Et rien n'a changé.

— Fais signer Sooleymon. Il fera de toi un génie.

13

En 1979, Chevron découvre du pétrole dans la région sud du Soudan, et comprend vite que le pays possède la troisième plus large réserve du continent africain. Au bout de quelques années, le parti au pouvoir à Khartoum nationalise les champs pétrolifères, chasse les Américains, et signe un accord lucratif pour vendre son brut à la Chine. Au milieu des années 1980, 12 milliards par an se déversent sur le Soudan. Alors que plusieurs guerres civiles ravagent le pays – Nord contre Sud, musulmans contre catholiques, tribu contre tribu –, les richesses pétrolières ne font qu'intensifier les conflits. En 2011, les Sud-Soudanais ont l'opportunité de voter pour leur indépendance, ce qu'ils font à une écrasante majorité. Alimenté par les milliards de dollars d'aides en provenance des États-Unis et d'Europe, et par les revenus du pétrole, le Soudan du Sud, le plus jeune pays du monde, semble promis à un avenir brillant. La majeure partie de l'argent arrive à Djouba, où les élites dirigeantes siphonnent des milliards et s'en donnent à cœur joie. Ils planquent l'argent dans des banques suisses, achètent des appartements à Londres et des maisons à Melbourne, envoient leurs enfants dans les grandes universités américaines et équipent leurs soldats d'un impressionnant arsenal de fusils, de chars et d'hélicoptères. Pendant ce temps, le peuple souffre encore plus. L'argent n'est investi ni dans les écoles, ni dans les hôpitaux, les routes et les infrastructures.

La paix est fragile et temporaire. Les rivalités ethniques s'exacerbent tandis qu'une dizaine de chefs de guerre et d'hommes forts se disputent les rênes du pays, ainsi qu'une place à la table des négociations. En 2013, une nouvelle guerre civile éclate et le Soudan du Sud sombre dans le chaos. Les tribus se renforcent tandis que des milices lourdement armées attaquent et brûlent des villages, puis attendent les représailles. Les atrocités commises choquent le monde entier. On dénombre au moins quatre cent mille victimes. Et quatre millions de personnes, pour la plupart des femmes et des enfants, sont déplacées et contraintes de vivre dans des camps tentaculaires.

Les accords de paix se succèdent. Pour un chef de guerre, la meilleure manière d'attirer l'attention de Djouba – et d'obtenir une plus grosse part du gâteau – est de brûler des villages, de massacrer les populations et de laisser les cadavres pourrir dans la boue devant les caméras occidentales. Après ces méfaits, Djouba propose un énième accord de paix, avec à la clé de l'argent et des armes.

*

Parmi les fiers villageois qui regardaient Samuel et son équipe sur grand écran se cachaient des espions rebelles, envoyés pour étudier le terrain.

La fusillade éclata juste après minuit. Beatrice l'entendit la première, elle arracha Ayak à un profond sommeil et cria aux enfants de mettre leurs chaussures. Le *tac-tac-tac-tac* écœurant des kalachnikovs vrillait l'air. La famille bondit dehors et rejoignit les voisins qui cherchaient à comprendre d'où venaient les tirs. Ils étaient particulièrement nourris et semblaient provenir de tous côtés. Les gens hurlaient et couraient dans toutes les directions.

Soudain, des lumières apparurent et un camion militaire déboula avec fracas dans la rue. Des soldats en descendirent, armes au poing. D'un regard, les habitants comprirent qu'il s'agissait de rebelles, et non de l'armée régulière. Les militaires tirèrent en l'air et crièrent aux hommes de se ranger en ligne. Un garçon de quatorze ans, un enfant du quartier que tout le monde connaissait, s'enfuit vers une ruelle, et fut abattu comme un chien errant. Sa mère poussa un hurlement et son père se jeta sur le soldat, qui l'assomma avec la crosse de son fusil.

— Mains en l'air ! Mains en l'air ! aboya le commandant.

Tac-tac-tac-tac. Le bruit des mitrailleuses était effroyable. D'autres soldats envahirent le village et empoignèrent les hommes et les adolescents. Ayak souffla à Beatrice :

— Cours ! Emmène les enfants et disparais dans le bush.

Les femmes et les enfants s'éparpillèrent, sans trop savoir où aller. Où trouver un lieu sûr ? Un soldat lança un cocktail Molotov dans la hutte voisine des

Sooleymon, qui s'embrasa aussitôt. Bientôt, des incendies éclatèrent un peu partout.

Les soldats poussèrent les hommes au centre du village, dont plusieurs maisons étaient en feu. Une jeune fille de quinze ans fut arrachée à sa mère, dépouillée de ses vêtements, et poussée à l'arrière d'un camion de transport de troupes. Les hommes de tout le village affluèrent vers l'église, mains en l'air.

— Rassemblez-vous ! cria un chef au beau milieu de l'anarchie. Plus vite ! Allez !

Les villageois partis, les rebelles s'employèrent à incendier les maisons une à une – avec un plaisir manifeste. Beatrice réussit à se glisser dans l'obscurité avec Angelina, James et Chol, qui trébucha sur un cadavre et poussa un cri.

— Chut ! gronda sa mère.

D'autres femmes et enfants cherchaient où se cacher, où fuir. Ils s'arrêtèrent et écoutèrent un moment l'abominable vacarme des flammes, des kalachnikovs et des cris.

Sur la place, les hommes avaient reçu l'ordre de rentrer dans l'église, et alors qu'elle était pleine à craquer, les rebelles continuaient à pousser les villageois à l'intérieur, si bien qu'ils peinaient à respirer. Comme plus personne ne pouvait y entrer, le commandant ordonna aux derniers habitants de se coucher par terre devant l'église.

Les soldats ouvrirent le feu sur l'écran géant de télévision, qui éclata en mille morceaux. En entendant les coups de feu, les hommes dans l'église appelèrent à l'aide. À l'instant même, les soldats lancèrent des cocktails Molotov à travers les fenêtres et la porte d'entrée de l'église, et les trois cents prisonniers se mirent à hurler dans l'agonie des flammes. L'un d'eux, ses vêtements en feu, se jeta par une fenêtre et fut fauché par une rafale de balles. D'autres sautèrent à leur tour, abattus en plein vol. Ayak réussit à atteindre la porte d'entrée, et s'écroula sur les marches, sous les débris de la télévision.

Dehors, plusieurs hommes couchés sur le ventre se relevèrent et s'enfuirent en courant, pour être aussitôt massacrés. C'était une tuerie aveugle et démoniaque. Une épaisse fumée noire s'échappait des fenêtres tandis que les prisonniers agonisants gémissaient, et que leurs voix s'éteignaient peu à peu.

Beatrice et ses enfants s'étaient enfuis à la faveur de l'obscurité et avaient trouvé un sentier muletier qui menait hors de la ville. Des centaines d'autres femmes se faufilaient dans les ténèbres. Voyant les phares d'un camion les balayer, elles se recroquevillèrent dans des buissons de ronces. Soudain, des coups de feu retentirent à proximité et des voix de guérilleros résonnèrent dans la nuit. Une femme poussa un cri quand elle se fit tirer dessus. Des soldats les pourchassaient à pied. Beatrice entraîna ses enfants à travers les fourrés. Repérant une petite brèche, ils s'arrêtèrent et observèrent leur village. Des dizaines de maisons brûlaient et les mitrailleuses poursuivaient leur œuvre de destruction. James et Chol sanglotaient. Angelina les intima au silence. Ils progressaient lentement, conscients de la présence d'autres fuyards tout proches, qui se déplaçaient aussi silencieusement que possible. Ils trébuchèrent dans un fossé et se retrouvèrent nez à nez avec une escouade de guérilleros qui gardait un groupe de femmes et d'enfants. Les rebelles aboyèrent à Beatrice et à ses enfants de s'asseoir, ce qu'ils firent sans broncher.

— Où allez-vous ? demanda le chef.

Beatrice était trop terrorisée pour répondre. Et que dire ? Un adolescent armé d'un fusil s'approcha et ordonna à Angelina de se lever. Un autre se joignit à lui et tous deux lui arrachèrent ses vêtements.

— S'il vous plaît, non, par pitié ! supplia Beatrice, mais l'un d'eux la frappa au visage.

Ils dénudèrent une autre fille, puis emmenèrent les deux adolescentes. Plusieurs minutes s'écoulèrent. Beatrice respirait péniblement et luttait contre les larmes, le front en sang. Sans un mot, les guérilleros disparurent dans la nuit, et les femmes s'enfuirent avec leurs enfants.

*

Le lundi 20 juillet à midi, les joueurs se rassemblèrent dans la salle de conférences de l'hôtel pour appeler leurs familles. Samuel composa le numéro du téléphone satellite du lieutenant sur le portable d'Ecko. Pas de réponse. Il refit une tentative, puis une autre une demi-heure plus tard. C'était troublant, mais pas alarmant. Les communications au Soudan du Sud n'étaient pas fiables.

14

Match 6 : Soudan du Sud contre Newton Academy

Les « Nukes », comme on les surnommait, étaient l'une des fabriques de basketteurs les plus réputées du pays. Nichée dans les Smoky Mountains, au nord de Knoxville, l'école ne comptait qu'une centaine d'élèves, autant de garçons que de filles, tous des joueurs talentueux. Les frais de scolarité étaient peu élevés, les bourses généreuses, les cours d'un niveau abordable, mais l'admission impossible si la recrue n'avait pas les capacités de jouer à l'université. Presque tous les étudiants obtenaient une bourse d'études au cours de leur scolarité. Comme peu d'écoles publiques acceptaient de jouer contre eux, les Nukes se rabattaient sur d'autres programmes similaires, comme Houston Gold, que leur équipe masculine M18 avait battu un mois plus tôt dans un autre tournoi.

Avec l'espoir de la rédemption, sans parler d'un douloureux retour à la maison plus tôt que prévu, les joueurs d'Ecko entrèrent sur le terrain plus déterminés que jamais. En première période, Dak Marial fut à la hauteur de sa réputation et domina la raquette.

Il marqua 12 points, contra trois lancers et donna 10 points d'avance à son équipe. Samuel joua la deuxième période, et même s'il ne marqua pas, il arrêta deux tirs, intercepta deux fois le ballon, et fit deux passes parfaites à Abraham Bol. Ecko fit jouer tous ses joueurs, mais à 5 minutes de la fin, alors que leur avance n'était plus que de 7 points, il fit rentrer à nouveau Dak, qui, avec Quinton Majok, ferma le jeu intérieur des Nukes. Samuel réapparut à son tour 3 minutes avant la fin, et réalisa rapidement un long tir à 3 points qui leur donna une avance de 15 points sur leurs adversaires.

La victoire eut un effet euphorisant pour le moral de l'équipe, qui resta à l'UCF pour regarder Houston Gold s'imposer de 2 points face à la Croatie. Gold était toujours invaincu et s'assurait la première place. La Croatie et le Brésil avaient quatre victoires et deux défaites à leur actif, tout comme le Soudan du Sud. Le Royaume-Uni, leur dernier adversaire, affichait également un bilan de 4-2. Le vainqueur de ce match serait probablement qualifié pour le tournoi national de Saint-Louis.

*

Pendant le match, Ecko et Frankie discutaient avec des recruteurs dans la suite, quand ils reçurent un appel de Rumbek par téléphone satellite. C'était le lieutenant, qui avait de terribles nouvelles. Ecko gagna l'étage supérieur pour être au calme.

La ville de Rumbek avait été assiégée par les forces rebelles et de nombreuses bourgades environnantes, dont Lotta, étaient détruites. Le lieutenant employa le terme de « massacre ». Un hélicoptère de l'armée avait survolé Lotta : un village entièrement dévasté et des cendres encore fumantes. Des centaines de cadavres, principalement des hommes et des garçons, gisaient sur les routes et sur les chemins. Les forces gouvernementales n'avaient pas réussi à reprendre le contrôle de la zone et luttaient âprement. La situation s'avérait critique, les renforts étaient en route. Impossible pour le moment d'identifier les corps, et les pertes étaient énormes. On ne pourrait peut-être jamais les reconnaître. Lotta était déserte, à l'exception des guérilleros qui raflaient tout ce qu'ils pouvaient. L'hélicoptère avait été touché par des tirs et s'en était sorti de justesse.

Après l'appel, Ecko s'assit un long moment en haut des tribunes et observa ses joueurs sur ce terrain privilégié. Ils riaient, plaisantaient, savouraient leur dernier succès, et attendaient avec impatience la victoire qui les qualifierait pour la phase suivante. L'entraîneur regarda Samuel le cœur serré. En près de vingt ans d'expérience, il n'avait jamais été confronté à une tâche aussi pénible. Il alla chercher Frankie pour lui annoncer la nouvelle. Quelle était la marche à suivre ? Ils n'en avaient aucune idée. Personne n'était armé face à un tel cauchemar.

Ils retournèrent dans leur chambre et Frankie ouvrit son ordinateur portable pour chercher des informations sur la situation au Soudan du Sud, mais il ne trouva rien. De toute évidence, les massacres étaient si courants que la destruction de Lotta ne méritait pas d'être signalée. Sur un site de Djouba, les rapports ne parlaient que de l'attaque de Rumbek par les rebelles.

*

Ecko et Frankie attendirent la fin du dîner à l'hôtel, et lorsque l'équipe se rendit dans la salle de conférences pour regarder des rediffusions de football sur la chaîne de sport ESPN, Ecko entraîna Samuel à l'écart.

— Suis-moi.

Inquiet de n'avoir pas réussi à joindre ses parents, le jeune homme s'attendait à de mauvaises nouvelles. Il s'assit sur le bord d'un lit, face à ses entraîneurs.

— Qu'est-ce qui s'est passé ? demanda-t-il en croisant les bras.

Comme il ne pouvait minimiser la gravité de la situation, Ecko rapporta sa conversation avec le lieutenant et ne lui épargna aucun détail.

— Apparemment, toutes les maisons ont été brûlées et les habitants ont fui le village. Il y a énormément de victimes.

Samuel se laissa tomber sur le lit et se couvrit le visage de ses mains. Il sanglota un long moment, incapable de prononcer un mot. Ses entraîneurs pleurèrent avec lui, mais ne surent que dire pour le consoler.

— Je vais informer l'équipe de la situation, murmura Frankie avant de quitter la pièce.

Il gagna la salle de conférences, éteignit la télévision et leur raconta ce qui s'était passé.

*

— Je dois retrouver ma famille, bredouilla Samuel.

Ecko secoua la tête.

— Tu ne peux pas faire ça, pas maintenant en tout cas.

— Mais je dois y aller !

— Ce n'est pas possible. Peut-être plus tard.

Samuel se leva et s'essuya le visage de sa manche.

— J'aurais dû être là-bas.

— Tu ne peux pas t'en vouloir, Samuel. Pour le moment, tant qu'on n'en sait pas plus, il faut prier pour un miracle.

— Je dois y retourner.

— Non, Samuel.

Il s'essuya de nouveau le visage et s'empara d'une bouteille d'eau.

— Je savais qu'un malheur allait arriver. Quand j'ai quitté la maison, j'ai senti tout au fond de moi qu'il allait se passer quelque chose de grave. Je n'aurais pas dû partir.

— Tu n'aurais pas pu l'empêcher, Samuel.

— Je le savais. Je le savais ! Mon père, ma mère, Angelina, James et Chol. Pourquoi je n'étais pas avec eux ?

— Parce que tu étais ici et qu'ils étaient fiers que tu sois là, Samuel.

Il pleura de nouveau, de douloureux sanglots qui le secouèrent des pieds à la tête.

La porte s'ouvrit et Frankie entra, suivi par quatre joueurs. Tous se rassemblèrent autour de leur ami, l'étreignirent, lui dirent combien ils étaient désolés, et pleurèrent avec lui.

15

Ils firent halte au bord d'un ruisseau asséché et se reposèrent sur des rochers. Ils étaient vingt, six femmes – désormais veuves – et leurs enfants. Ils se blottissaient les uns contre les autres dans l'aube naissante, en parlant à voix basse. Beatrice connaissait deux des autres femmes. Toutes étaient de son village. Toutes croyaient que leurs maris et leurs fils étaient morts, mais ne voulaient pas penser à la tuerie. Elles avaient l'impression qu'elle continuait encore.

Elles avaient désespérément faim et soif et ne possédaient rien d'autre que leurs vêtements sur leur dos. Les plus jeunes enfants pleurnichaient contre leurs mères hébétées, épuisées, terrifiées. Elles ne savaient pas où elles étaient ni où elles allaient. Elles ne savaient même pas si elles s'éloignaient du carnage ou tournaient en rond. Les sentiers étroits et sinueux ne menaient nulle part. Plusieurs fois au cours de la nuit, elles avaient senti que d'autres personnes se déplaçaient silencieusement dans les bois obscurs.

Le ciel s'éclaircissait peu à peu, ce qui les aida à s'orienter. L'ouest se trouvait derrière eux, le nord sur leur gauche. Mais quelle importance s'ils n'avaient aucun but ? La seule chose qui comptait, c'étaient la nourriture et l'eau. Et la sécurité. Tout était silencieux à présent. Pas de coups de feu, pas de camions. Rien. Ce silence signifiait-il qu'ils étaient en lieu sûr ?

Emmanuel, un adolescent de Lotta, apparut et leur demanda s'il pouvait se joindre à eux. Bien sûr, mais les femmes n'avaient rien à lui offrir. Emmanuel, qui était passé devant une petite ferme une heure plus tôt, suggéra de la retrouver. Peut-être que le fermier leur donnerait à boire et à manger et leur indiquerait où aller.

Beatrice voulut savoir s'il avait vu Angelina. La question était absurde. Emmanuel ne la connaissait pas. Sa propre famille avait été massacrée par les rebelles – son père, sa mère, ses trois frères aînés. S'il avait eu une arme, il serait retourné au village pour les tuer. Cela aurait été suicidaire, mais tous voulaient y retourner. Il y avait peut-être des survivants. Angelina avait peut-être été épargnée. Et Ayak s'était peut-être enfui et était en train de les chercher. Beatrice voulait désespérément retrouver sa fille et son mari.

Emmanuel s'était échappé dans les bois et avait grimpé à un arbre sur une colline, d'où il avait vu le village brûler. Il n'en restait rien. Les coups de feu continuaient alors que les rebelles exécutaient les hommes.

Faible et épuisé, le groupe suivit Emmanuel le long du lit du ruisseau, espérant trouver une mare ou même une flaque, mais c'était la saison sèche et le sol était desséché et craquelé. Il faisait de plus en plus chaud. Heureusement, le ruisseau serpentait à l'ombre des bois. Emmanuel bifurqua sur un chemin de terre emprunté par le bétail, que le groupe suivit sur un kilomètre avant de s'arrêter. Il leur proposa de s'asseoir et de l'attendre pendant qu'il allait demander de l'aide au fermier. Les femmes et les enfants patientèrent à l'ombre, à l'écoute des bruits d'éventuels intrus, des soldats par exemple. Et prièrent pour trouver rapidement de quoi s'alimenter.

Emmanuel revint bredouille. Le fermier n'avait presque pas de nourriture pour sa propre famille et plus du tout d'eau. Ils se trouvaient à environ 10 kilomètres de Lotta, et d'autres villageois étaient déjà passés par là, le suppliant de les aider. Il était désolé pour eux, mais il n'avait rien à partager. Plus au sud se situait un camp où, d'après les rumeurs, on pouvait trouver de l'eau et un abri. Un mince espoir naquit dans leurs cœurs et, comme par miracle, ils se remirent en marche.

Encore et encore.

*

Les entraîneurs se levèrent tôt. Ils délaissèrent le petit déjeuner servi dans le salon et emportèrent leur café dans la salle de conférences, où ils allumèrent leurs ordinateurs pour faire des recherches. Rien sur les sites américains, rien en provenance de Johannesburg. La BBC rapportait qu'une guerre faisait rage à Rumbek et dans les alentours, mais sans donner de précisions. Après des décennies de conflits, de massacres, d'accords de paix rompus, de victimes, une énième tragédie au Soudan du Sud ne méritait pas de mention particulière.

À la quatrième tentative, Ecko réussit à joindre le lieutenant sur son téléphone satellite. D'après le militaire, le vent avait tourné et leur armée gagnait du terrain sur les rebelles. Ils espéraient reprendre les villages assiégés dans un jour ou deux. Lotta était toujours contrôlé par la guérilla, au cœur de la région la plus touchée.

Le lieutenant lui demanda des nouvelles de Samuel. C'était très dur, répondit Ecko. Il ne savait pas si Samuel avait de la famille dans d'autres parties du pays.

Ecko contacta ensuite un entraîneur à Djouba. Ce dernier n'en savait pas plus. On se battait à Rumbek et dans les environs. Les nouvelles étaient alarmantes. Le coach promit de se renseigner et de le rappeler s'il apprenait quoi que ce soit.

Une heure plus tard, ils n'étaient guère plus avancés. Apparemment, Samuel était le seul joueur directement concerné par le drame. Les neuf autres avaient parlé à leur famille la veille.

Frankie déclara alors :

— Je suis désolé d'avoir à le dire, mais on a un match à 14 heures.

— Ah oui. Le match. Des idées ? Notre équipe n'a pas vraiment la tête à ça.

— Les gars voudront jouer, j'en suis sûr.

— Et Samuel ?

— Allons lui parler.

Match 7 : Soudan du Sud contre Royaume-Uni

Le trajet en van jusqu'au Rollins College se déroula en silence. Pas de plaisanteries, pas de chants. Les joueurs avaient convaincu Samuel de se mettre en tenue et de s'asseoir avec eux sur le banc de touche, afin de rester tous ensemble. Samuel n'avait aucune envie de jouer et voulait rentrer dans son pays pour retrouver sa famille.

Frankie eut l'idée de faire commencer les cinq joueurs des États-Unis, dont Dak Marial et Jimmie Abaloy. Ils ne seraient peut-être pas aussi affectés que leurs coéquipiers. De plus, c'était leur meilleure formation, et un départ en fanfare pourrait donner des ailes au reste de la bande. L'équipe britannique comptait trois victoires consécutives et deux défaites, soit un score de 6 points.

En regardant ses gars s'échauffer, Ecko comprit qu'ils partaient perdants. Ils étaient apathiques. Les sourires avaient disparu. Il s'efforça de les stimuler par son discours d'encouragement habituel avant le coup d'envoi et leur rappela ce qu'ils savaient déjà. La défaite signifiait boucler leurs valises.

Heureusement, le Royaume-Uni eut des débuts difficiles et manqua ses quatre premiers tirs. Dak marqua deux paniers dans la raquette et hurla après ses coéquipiers en défense. Quand Jimmie Abaloy tenta un tir à distance trop risqué, Ecko le fit sortir et lui passa un savon. Tout était bon pour les remettre dans la course.

Assis entre ses entraîneurs, Samuel encouragea ses amis, mais le cœur n'y était pas. Au bout de 10 minutes, les deux équipes étaient à égalité avec 14 points, et Ecko fit entrer l'équipe B. Au milieu de la deuxième période, l'attaquant vedette du Royaume-Uni prit le contrôle du jeu et rien ne put l'arrêter. Il s'appelait Abol Pach et, pour remuer le couteau dans la plaie, il était l'un des leurs. Né à Londres de parents soudanais originaires de Djouba, il s'était engagé oralement à rejoindre l'équipe de Michigan State. Pach tirait de partout – derrière la ligne des 3 points, à l'intérieur, à l'extérieur. Lorsqu'on le pressait, il fonçait vers le panier et claquait des smashs impressionnants. Pach marqua 14 points dans la seule deuxième période, donnant un avantage de 10 points à son équipe.

Le ciel leur tombait sur la tête et rien ne semblait pouvoir l'arrêter. Ecko fit entrer ses meilleurs joueurs, qui réduisirent l'écart, mais Pach était survolté. Quand il lâcha deux bombes consécutives, l'air se retira de la salle pour les joueurs sud-soudanais.

Dans les vestiaires, l'humeur était morose. Ecko et Frankie s'efforcèrent de leur remonter le moral : ils étaient très fiers d'eux, c'était un honneur d'entraîner des gars aussi géniaux. Renfrogné dans un coin, Samuel était rongé par la culpabilité. Il s'en voulait pour tout. Son esprit était de retour à Lotta. Il voulait juste rentrer chez lui.

16

Ils marchaient depuis une heure quand ils décidèrent de faire une pause à l'ombre. Emmanuel partit à la recherche d'eau et revint une nouvelle fois les mains vides. Mais il avait repéré un sentier que d'autres habitants de Lotta empruntaient, en direction du sud ou de l'est. Ils décidèrent de les suivre.

Beatrice essayait de ne pas penser à ce qu'ils laissaient derrière eux. Ni à Samuel. James et Chol se plaignaient de maux de tête et de crampes d'estomac. Elle leur répétait qu'ils allaient bientôt trouver de l'eau. Ils ne pleuraient plus et progressaient en silence, les yeux fixés sur le chemin devant eux, hagards, traumatisés et effrayés.

Le groupe suivit Emmanuel jusqu'au sentier et vit une douzaine de mères avec leurs enfants. La vue d'autres réfugiés n'avait rien de réconfortant. Eux aussi cherchaient désespérément de l'eau, de la nourriture et un toit. Ils devaient être des centaines, voire des milliers à avoir besoin d'aide, et même s'ils avaient de la chance, on ne pourrait pas tous les sauver.

Ils firent une nouvelle pause et Emmanuel s'éclipsa. Lorsqu'il revint, il avait le sourire aux lèvres. Un camp se trouvait non loin de là. Avec de l'eau, lui avait-on assuré.

Sur le sentier, ils entendirent le grondement d'un camion au loin et se cachèrent précipitamment dans les buissons. À travers les herbes hautes, ils le regardèrent approcher. Des coups de feu retentirent. Le son familier des kalachs. Les enfants se mirent à sangloter. Puis le camion passa devant eux, laissant un tourbillon de poussière dans son sillage. Il était rempli de soldats. Des rebelles. Par jeu, l'un d'entre eux tira plusieurs fois en l'air. Ils disparurent dans un nuage gris en riant.

*

Ecko était fatigué d'Orlando et voulait partir. Alors que les joueurs se prélassaient au bord de la piscine, Frankie et lui mirent un plan au point. Comme il leur restait un peu d'argent pour les frais généraux, ils décidèrent de passer quelques jours à Washington. Frankie appela leur agent de voyages, qui modifia leurs vols et réserva des chambres d'hôtel.

Le lendemain, ils bouclèrent leurs valises et se rendirent à l'aéroport, où ils prirent congé des Américains. Jimmie Abaloy et Dak Marial s'envolèrent pour Newark. Nelson Wek se rendait à Omaha, via Chicago. Nyal Roman embarqua sur le même vol pour se rendre à Akron. Ajah Nyabang avait le vol le plus long, à destination de San Francisco. Avant de se séparer, les joueurs se rassemblèrent autour de leurs entraîneurs, et Ecko prononça une courte prière, chargée d'émotion. Puis ce furent de longues étreintes, de tristes adieux et des promesses de rester en contact.

Ecko s'assit à côté de Samuel dans l'avion pour Washington et ils parlèrent de l'avenir. Il était convaincu que Samuel devait rester ici et demander la citoyenneté, mais ce projet soulevait trop de problématiques pour le jeune Soudanais. Ecko allait se renseigner auprès de leur ambassade à Washington.

La perspective de rester aux États-Unis bouleversait Samuel.

Ecko était obligé de lui rappeler qu'il ne pouvait pas rentrer chez lui, car il n'avait plus de chez-lui. Samuel avait des amis à Djouba, mais difficile pour ces derniers de prendre en charge un jeune homme de dix-sept ans. Et il n'avait pas d'autres parents pour l'accueillir. Toute sa famille vivait à Lotta. C'est là où il devait aller. Pour retrouver sa famille.

*

Ecko lui montra une liste d'une dizaine d'ONG et d'organisations humanitaires qui travaillaient dans les camps de réfugiés, au Soudan du Sud et dans les pays voisins. Il lui promit de les contacter tous, et de ne pas abandonner tant qu'il n'aurait pas trouvé la famille Sooleymon. S'ils étaient en vie, ils finiraient par arriver dans un camp, Ecko en était certain. Une fois qu'il les aurait retrouvés, il essaierait d'organiser le retour de Samuel. Toutefois cela prendrait du temps. Y retourner maintenant serait dangereux pour lui, et totalement contre-productif.

Au Reagan National, Ecko loua deux vans blancs. Leur hôtel était situé à McLean, près d'une autoroute. Ils prirent les clés des chambres pendant que les joueurs se rendaient à la piscine.

*

Lonnie n'avait guère envie de faire 4 heures de route pour aller à Washington, pourtant Ecko avait insisté. Les deux vieux amis discutèrent pendant que Lonnie progressait dans la circulation dense de l'Interstate 95. Quand il arriva à McLean, il savait qu'il allait signer un nouveau basketteur, un joueur qui n'intéressait personne.

Lonnie Britt dîna avec l'équipe et s'efforça de se montrer positif. Ils ne se laissaient pas abattre si facilement, mais leur élimination était un coup dur. Ils étaient aussi bons que les autres équipes, et rentrer si vite chez eux était un crève-cœur. Sur les neuf qui prendraient le long-courrier pour Djouba, seuls trois – Alek Garang, Quinton Majok et Riak Kuol – avaient une chance de jouer à l'université. Si l'équipe avait été sélectionnée pour le tournoi national, deux ou trois autres auraient peut-être été repérés.

Après le repas, Ecko demanda à Samuel de passer le voir dans sa chambre. Lonnie l'attendait et lui présenta ses sincères condoléances. Samuel le remercia du bout des lèvres. Son attitude changea cependant quand Lonnie déclara :

— Samuel, je veux que tu viennes à North Carolina Central. Je t'offre une bourse complète pour jouer avec les Eagles.

Samuel, sans voix, regardait Ecko d'un air incrédule.

— Je t'ai observé, reprit Lonnie, et j'ai été impressionné par ton jeu. Ecko ne tarit pas d'éloges à ton propos, et il m'a convaincu de te donner ta chance. Qu'est-ce que tu en penses ?

— Je ne sais pas. Je suis incapable de réfléchir là, maintenant. Merci, j'imagine.

Ecko abattit sa dernière carte.

— Samuel, voilà ce que je te propose. On va aller demain au service d'immigration de l'ambassade. Lonnie nous accompagnera pour leur expliquer que tu vas rester ici et t'installer à Durham. On demandera à l'ambassade de tirer des ficelles pour t'obtenir un visa étudiant en urgence.

Samuel secoua la tête.

— Merci, coach, mais je dois rentrer chez moi et retrouver ma famille. Ils sont en vie et ils ont besoin de moi.

— Écoute, fiston…

— Peut-être pas tous, mais je sais que ma mère est vivante et qu'elle a besoin de moi en ce moment même.

— On va les retrouver, Samuel. Seulement tu ne peux pas faire ça tout seul. On n'a aucune idée de l'endroit où ils sont. Le village a disparu et Rumbek n'est pas sûr. Et quel intérêt pour ta famille si tu te fais tuer à ton tour ?

Lonnie intervint :

— On fera le maximum pour t'aider, Samuel, je te le promets, mais pour le moment, il faut rester prudent. Viens à Durham avec moi. Tu pourras habiter chez moi jusqu'au début des cours. Après, tu emménageras dans un chouette campus et tu rencontreras tes nouveaux coéquipiers. Une bande de gars bien, tu verras. Ils seront ravis de faire ta connaissance.

— Et je n'ai pas d'argent. Comment suis-je censé aller à l'université ?

— Ne t'inquiète pas pour ça, répondit Ecko. Ta bourse couvre les frais de scolarité, la chambre, la pension et les livres. Le coach Britt te trouvera un petit boulot. Ça va marcher.

Samuel enfouit sa tête dans ses mains et parvint à articuler :

— Merci.

17

Le camp se trouvait au bord d'un ruisseau niché entre deux collines. Des dizaines de tentes et d'abris de fortune, faits de branches et de broussailles séchées, s'agglutinaient sur ses rives. La fumée de deux feux de camp leur donna l'espoir de trouver à manger. Le lit du ruisseau était sec, mais il y avait des mares d'eau boueuse. Les femmes et les enfants s'agitaient sans trop savoir quoi faire.

Emmanuel leur demanda d'attendre à l'ombre des arbres pendant qu'il allait repérer les lieux. Il emprunta un sentier et, alors qu'il s'approchait du campement, deux hommes lui barrèrent la route.

— Qu'est-ce que tu veux ? aboya l'un d'eux.

Tous deux étaient armés, l'un d'une massue, l'autre d'une machette.

— J'ai des femmes et des enfants avec moi. On vient du village de Lotta, qui a été attaqué.

— Ne restez pas ici, grogna l'homme à la massue.

— S'il vous plaît. On a faim et soif. On a marché deux jours et deux nuits.

— Vous ne pouvez pas rester ici. On n'a rien à manger et pratiquement plus d'eau.

— S'il vous plaît. On est affamés. Il y a des enfants.

— On est tous affamés. Et les fermiers nous ont demandé de partir. On boit leur eau, et ils ne sont pas contents. Ils ont menacé d'appeler les soldats pour vider le camp.

— On ne peut pas continuer. Par pitié, aidez-nous.

— Il n'y a pas de place pour vous. Et c'est trop dangereux.

— Vous n'avez pas le choix, renchérit l'homme à la machette.

— S'il vous plaît. Donnez-nous juste de l'eau et un peu à manger.

Les deux comparses s'observèrent. L'homme à la massue laissa tomber son arme et s'éloigna. L'autre déclara :

— Attends.

— Vous êtes ici depuis longtemps ? s'enquit Emmanuel.

— Environ un mois. La plupart d'entre nous viennent du village de Ranya. Et vous ?

— De Lotta. Qui a été incendié dimanche par les rebelles.

— Ils ont brûlé notre village aussi. On s'est réfugiés ici, mais maintenant, on doit vider les lieux. Les fermiers sont furieux, ils ne veulent pas de nous sur leurs terres.

— Quand partez-vous ?

— Demain.

— Et où allez-vous ?

Il secoua la tête pour signifier qu'il n'en avait aucune idée.

L'autre homme revint avec un seau d'eau et un tissu renfermant quelque chose. Ils raccompagnèrent

Emmanuel jusqu'aux arbres où Beatrice et le groupe l'attendaient. L'un des hommes lança :

— Désolé, mais vous ne pouvez pas rester ici. C'est trop dangereux. (Il posa le seau par terre, ainsi qu'une petite louche.) L'eau est sale mais on la boit. On n'a pas le choix.

Pendant qu'il donnait une louche de liquide brunâtre à chacun, son acolyte déballa le tissu et distribua des poignées de cacahuètes.

L'eau était dégoûtante, elle étancha pourtant leur soif. Les cacahuètes avaient un goût de bonbon au chocolat.

— Mangez lentement, chuchota Beatrice à James et à Chol. Faites durer le plaisir.

Mais ils étaient incapables de se réfréner.

*

Les deux vans s'arrêtèrent près du Lincoln Memorial et les joueurs en descendirent. Frankie leur donna des instructions et alla se garer. Les garçons se perdirent rapidement dans une foule de touristes qui saluaient la statue d'Abraham Lincoln et flânaient autour du miroir d'eau.

Ecko conduisit Samuel et Lonnie à l'ambassade de la République du Soudan du Sud, sur la 31e Rue, près de l'Observatoire naval des États-Unis. Ils avaient rendez-vous à 10 heures avec une certaine Maria Manabol, une charmante jeune femme à laquelle Ecko avait déjà parlé trois fois. Elle les accueillit dans une petite salle de conférences et leur offrit du café. Après un brin de causette, où elle exprima ses condoléances à Samuel pour la tragédie qu'il vivait et glissa un mot sur l'équipe de basket, elle demanda à Ecko et à Lonnie de l'accompagner. Ils laissèrent Samuel et la suivirent dans un bureau. Elle ferma la porte et leur fit signe de s'asseoir.

— Mon père, un soldat du gouvernement, a été tué pendant la guerre quand j'étais petite, alors je sais ce que Samuel traverse. Heureusement, j'avais un oncle ici aux États-Unis qui nous a fait venir, mon frère et moi. Je suis vraiment désolée.

Ils hochèrent gravement la tête et attendirent la suite.

— Hier, les troupes gouvernementales ont chassé les rebelles de Rumbek et sécurisé la zone. Elles sont allées dans les villages et n'ont malheureusement pas été surprises par ce qu'elles ont découvert. À Lotta, les rebelles ont rassemblé des centaines d'hommes dans l'église et y ont mis le feu, on ne connaîtra jamais le nombre exact de victimes. La plupart sont gravement brûlées. Jusqu'à présent, ils ont trouvé plus de deux cents corps éparpillés dans le village, principalement des hommes et des adolescents. C'est triste à dire, mais ce n'est pas rare dans cette guerre. Des atrocités indescriptibles. Nettoyer est une tâche abominable. Une centaine d'hommes ont été identifiés, principalement grâce aux cartes d'électeurs dans leur portefeuille. Les victimes féminines sont plus difficiles à identifier car leurs cartes sont restées chez elles quand elles se sont enfuies. Toutes les maisons ont été réduites en cendres.

Elle prit une télécommande et la dirigea vers l'écran mural.

— C’est très pénible à regarder. Je ne voulais pas que Samuel voie ça.

La vidéo avait été tournée caméra à la main par une personne qui accompagnait des soldats. Les corps étaient horriblement tuméfiés et maculés de sang noir. Des soldats masqués et gantés les jetaient à l’arrière d’un camion de transport. Au bout de trente secondes, Ecko détourna les yeux.

Elle éteignit l’écran.

— Samuel a-t-il un portable ou un ordinateur ?

— Non, répondit Ecko.

— Bon, alors peut-être qu’il ne verra pas ce film. Il circule sur Internet.

— On projetait de lui donner un téléphone et un ordinateur ce matin. Il va en avoir besoin.

— D’accord. Peut-être qu’il ne cherchera pas ces informations. On a retrouvé son père, Ayak Sooleymon, grâce à sa carte d’électeur. Bien sûr, il se trouvait dans l’église avec les autres, mais il a réussi à sortir avant d’être abattu. Ainsi, son décès est confirmé.

— Une idée de ce que sont devenus sa mère et ses frères et sœur ?

— Non, aucune. Comme vous le savez, plus de quatre millions de Sud-Soudanais ont été déplacés par les guerres et vivent dans des camps de réfugiés. Espérons que sa mère en trouvera un. Il est extrêmement difficile de localiser les gens, mais on les cherche tous les jours et, parfois, on a de la chance. Cela dit, la plupart sont recueillis dans des pays limitrophes. Certains vivent dans des camps depuis des années.

— Je n’arrive pas à l’imaginer, intervint Lonnie.

— Si j'ai bien compris votre plan, vous emmenez Samuel avec vous à Durham.

— Oui, pour jouer au basket.

— Eh bien, merci coach, il a beaucoup de chance.

— Ce n'est pas son avis, commenta Ecko.

— Je comprends. Nous allons faire une demande urgente de visa étudiant et Samuel pourra étudier à l'université. J'ai besoin de quelques signatures, puis je contacterai l'Immigration.

Ecko et Lonnie répondirent « merci » en même temps.

— Je vais attendre que vous lui annonciez la mort de son père.

— Je crois qu'il le sait.

— En effet.

Ecko et Lonnie se levèrent et, en ouvrant la porte, Lonnie lança :

— On joue ici contre Howard le 19 décembre. Samuel fera sûrement partie de l'équipe. Nous serions ravis de vous inviter.

— C'est une bonne idée, merci. Mon mari et moi adorons le championnat universitaire, vous pouvez compter sur notre présence.

*

Samuel était dans le hall de l'hôtel avec le coach Britt, en train de manipuler son nouveau téléphone et son ordinateur, quand les joueurs revinrent. Ils venaient d'être informés que leur ami ne retournerait pas à Djouba. Son sac était fait, avec quelques vêtements J. Crew, cadeau d'Ecko et des frais généraux.

Après de longs et émouvants adieux, ses coéquipiers le regardèrent passer la porte avec Ecko et Lonnie. Bien que meurtri, Samuel vivait leur rêve. Il s'installait aux États-Unis, disposait d'une bourse universitaire, et allait jouer dans de grandes salles. Et ils étaient très heureux pour lui.

Avant de monter en voiture, Samuel étreignit Ecko et le remercia chaleureusement pour tout ce qu'il avait fait. En regardant les yeux tristes de Samuel, Ecko songea que son poulain avait encore pris 2 centimètres.

II

18

Les jours n'avaient plus d'importance. Ils se ressemblaient tous. Ils avaient marché pendant trois jours, puis trois autres. Ils se levaient tôt le matin pour devancer le soleil, se reposaient durant les heures chaudes, et reprenaient leur route la nuit. Ils dormaient par terre, blottis les uns contre les autres pour se rassurer. Ils avaient faim et soif, et quand l'épuisement les empêchait de continuer, Emmanuel ramassait les figues pourries tombées des arbres, et ils les mangeaient avec voracité. À force de suppliques, le jeune garçon réussit à obtenir un sac de cacahuètes d'un fermier dinka, ainsi qu'une gourde d'eau. Un autre fermier, de la tribu nuer, les maudit et les menaça avec sa machette. Ils continuèrent à progresser lentement, à l'écoute des moindres bruits, par peur des camions et des soldats. Une dizaine de jours après le massacre, ils rejoignirent un autre groupe de réfugiés qui, d'après les rumeurs, se rendait en Ouganda. Beatrice ne voulait pas quitter son pays – elle ne l'avait jamais fait –, pourtant Emmanuel avait entendu, plus d'une fois, que les camps au Soudan du Sud étaient trop dangereux : les rebelles attaquaient et tuaient les hommes, violaient les femmes, et leur volaient le peu de nourriture en leur possession. Ils devaient se réfugier en Ouganda, et il était convaincu qu'ils allaient dans la bonne direction. Ce pays avait ouvert ses frontières et s'efforçait d'absorber le flot de réfugiés sud-soudanais qui cherchaient à échapper à la violence, mais ses camps étaient débordés. L'Éthiopie et le Kenya étaient sûrs, disait-on, seulement ces pays étaient beaucoup plus éloignés.

Ils poursuivirent leur marche, inlassablement, malgré la fatigue et la faim, espérant voir la frontière apparaître à chaque tournant. Ils étaient une centaine, presque uniquement des femmes et des enfants, un long et triste défilé de misère. La majorité étaient pieds nus. Peu d'entre eux transportaient des effets personnels. Aucun n'avait de nourriture ni d'eau. Près de la frontière, une large foule s'était massée devant une rangée de tentes. Ils firent halte au bord du chemin pendant qu'Emmanuel allait se renseigner. Les gens continuaient à affluer par centaines.

Beatrice serra James et Chol contre elle et regarda la file interminable de réfugiés derrière eux. Le camp devait disposer de nourriture et d'eau, sinon, pourquoi tant de monde s'agglutinerait à cet endroit ?

Ils passèrent la nuit sur place et, tôt le lendemain matin, reprirent leur chemin pour gagner le poste de contrôle, où on leur apprit qu'ils avaient désormais quitté leur pays natal. Un panneau indiquait en anglais : « Bienvenue au camp de réfugiés de Rhino en Ouganda. » Un homme en uniforme les orienta vers une tente, où ils gonflèrent la file d'attente. Alors qu'ils attendaient leur tour, Beatrice demanda à l'agent du gouvernement s'il savait où trouver à boire et à manger. Ses enfants mouraient de faim.

L'homme sourit et hocha la tête : juste après les tentes. Parvenue à une table, Beatrice donna leurs noms à un autre agent et expliqua qu'ils venaient du village de Lotta. Avait-il vu Angelina ?

— Désolé, on accueille mille personnes par jour. C'est tout juste si on arrive à suivre.

— Pouvez-vous chercher Angelina Sooleymon, s'il vous plaît ?

L'agent, qui avait sans doute entendu cette rengaine un millier de fois, inscrivit leurs noms sur son registre. Des papiers d'identité ? Non, ils avaient tout perdu dans l'incendie de leur maison. Elle n'avait pas d'argent, rien d'autre que les vêtements sales et miteux qu'ils portaient. Ils quittèrent les tentes pour rejoindre une longue colonne de réfugiés affamés qui patientaient derrière un gros camion. Beatrice respira une odeur familière. À l'arrière du véhicule, des travailleurs humanitaires remplissaient des bols en étain de porridge. D'autres tendaient des bouteilles d'eau en plastique aux réfugiés. Ils attentaient tous patiemment, peinant à croire qu'ils allaient enfin se remplir l'estomac. Beatrice remercia les travailleurs et elle s'installa derrière le camion, avec ses fils, pour boire et manger.

*

Après un séjour d'une semaine dans le sous-sol du coach Britt, où il avait profité des bons petits plats cuisinés par sa femme, et des heures de jeux vidéo avec ses enfants, Samuel emménagea dans une chambre de l'université North Carolina Central, dans le sud de Durham. Un espace moderne, plus proche d'un appartement que d'un dortoir, non loin du complexe sportif. Il le partagerait avec un autre basketteur qui devait arriver quelques jours plus tard. Lonnie l'aida à s'installer, puis l'accompagna dans les vestiaires du terrain de football américain, où il le présenta à son nouveau patron, T. Ray. Pour le salaire mirobolant de 7,25 dollars de l'heure, le salaire minimum – peu importe ce que cela signifiait –, Samuel décrocha son premier emploi – responsable adjoint de l'équipement de l'équipe de football américain.

— Les footballeurs, de vrais cochons ! râla T. Ray alors que Samuel pénétrait dans le luxueux vestiaire. Pour l'instant, tu es au plus bas de l'échelle : ton boulot est de nettoyer les lieux après chaque entraînement. Ensuite, tu donneras un coup de main pour la lessive, puis tu passeras tous les après-midi sur le terrain de foot à faire ce que je te dis. Compris ?

— Oui, monsieur.

— Présente-toi à 8 heures tous les matins et on se mettra au travail. Coach Britt m'a dit que tu devais bosser un maximum d'heures avant le début des cours, c'est bien ça ?

— Oui.

— D'accord. Bienvenue à bord. Je te présenterai aux entraîneurs adjoints. Les joueurs vont arriver dans une heure environ. Ils ne sont pas tendres avec les employés, du moins au début, mais ça n'a rien de personnel, alors ne le prends pas mal.

Samuel hocha la tête, se demandant à quoi s'attendre.

— Voilà Rodney, ton nouveau meilleur ami et le responsable de l'équipement.

Rodney l'accueillit chaleureusement, lui donna un polo et un short de l'équipe de nettoyage, et lui demanda de se changer. Rodney était impressionné par les Reebok dernier cri de Samuel. Ils se rendirent dans une pièce remplie de matériel, et chargèrent une pile de maillots, de survêtements et de chaussettes propres sur un chariot. Chaque article portait un numéro. Grâce à la liste des footballeurs et à leurs numéros respectifs inscrits sur le tableau d'affichage, Samuel déposa chaque tenue dans les casiers individuels correspondants. Rodney lui apprit à les disposer correctement. C'était un travail facile, et Samuel avait la chance de côtoyer une équipe. Ses entraînements ne commenceraient pas avant un mois et il n'avait aucun ami sur le campus, à part Rodney.

Il était aussi ravi de gagner 7,25 dollars de l'heure, et très reconnaissant à son coach de lui avoir obtenu ce job : c'était son seul revenu, il en avait vraiment besoin. Il prendrait tous ses repas à la cafétéria, mais il devait régler la facture de son nouveau téléphone portable, ainsi que d'autres frais divers. Dès que possible, il prévoyait de contacter les deux douzaines d'organisations humanitaires qu'il avait trouvées en ligne.

Après l'entraînement, il se rendit à la bibliothèque, se connecta au wifi, et comprit comment se servir de la photocopieuse. Il imprima des cartes en couleur du Soudan et des pays limitrophes, et fit un grand collage d'une zone d'environ 700 kilomètres carrés. Il localisa les camps de réfugiés et les colonies identifiées dans la région. Puis il lut, un par un, les articles de journaux et de magazines sur le sujet, ainsi que les rapports de l'ONU et de nombreuses ONG.

Comme il n'y avait pas de réseau Internet dans son village, ses connaissances en informatique étaient limitées, mais il apprenait vite. Si la survie de sa famille dépendait de ses compétences techniques, il passerait le temps nécessaire pour maîtriser Internet. Le combat s'annonçait titanesque, une épreuve sans commune mesure. Ce qui importait surtout, c'était de retrouver sa famille, et il y parviendrait, coûte que coûte.

Le soir, il couvrit le mur de sa chambre de cartes et prit des notes. Puis il lut des articles en ligne pendant des heures. Depuis toujours, il avait entendu des histoires sur la diaspora des Sud-Soudanais, sans saisir l'ampleur de la crise. Quatre millions de personnes, soit un tiers de la population, avaient été déplacées par des décennies de guerre, et la moitié d'entre elles vivaient dans des camps et des colonies. Les pays voisins absorbaient l'autre moitié, un trop-plein difficile à gérer. Il y avait neuf cent mille Sud-Soudanais en Ouganda, deux cent mille en Éthiopie et au Soudan, et cent mille au Kenya. D'autres étaient dispersés encore plus loin de chez eux, tous à la recherche d'un lieu sûr et de nourriture. Bidibidi, la plus grande colonie d'Ouganda, comptait désormais plus de deux cent mille réfugiés et avait atteint le point de rupture. Les gouvernements de ces pays faisaient leur possible et en appelaient à l'aide internationale. Qui arrivait certes, quoique insuffisante.

Quatre-vingts pour cent des réfugiés étaient des femmes et des enfants, les hommes étant ou morts ou en train de se battre. Seuls la Syrie et l'Afghanistan comptaient plus de réfugiés. Une étude de l'ONU prédisait qu'en l'absence d'un accord de paix pérenne, le Soudan du Sud déplorerait bientôt plus de personnes déplacées qu'aucun autre pays au monde.

Tard dans la nuit, Samuel s'efforça de localiser chaque camp de réfugiés, mais il y en avait des dizaines. Dans les camps les plus anciens de l'Ouganda et du Kenya, on avait octroyé aux réfugiés des petites parcelles de terre pour qu'ils cultivent un potager et construisent une hutte. Certains vivaient là depuis des années et n'avaient aucun espoir de rentrer chez eux. Des écoles de fortune étaient gérées par des bénévoles d'organisations humanitaires. Dans les camps plus récents, souvent moins bien organisés, les conditions de vie étaient plus difficiles. Les épidémies de choléra étaient courantes. Et pratiquement pas de soins de santé. Les réfugiés habitaient dans des tentes et des huttes et commençaient leur journée à rechercher eau et nourriture.

Comme il tombait de sommeil, Samuel fit ses prières et demanda à Dieu de sauver sa famille, du moins ce qu'il en restait.

19

Beatrice et deux autres femmes du village avaient réussi à rester ensemble et ne voulaient plus se séparer. Trois femmes, avec huit enfants entre quatre et treize ans. La première nuit, ils avaient dormi dans un champ, en bordure de l'immense colonie. À l'aube, la petite troupe se dirigea vers le centre et trouva rapidement un point de distribution de nourriture, grâce à des camions chargés de cuves de porridge et de riz chauds. La file d'attente était interminable. Il fallait s'armer de patience. Désireuses d'obtenir des informations, Beatrice et ses amies discutèrent avec les autres femmes en attendant leur tour. Elles apprirent qu'à l'autre bout du camp, des travailleurs humanitaires de nombreux pays distribuaient des vêtements et des médicaments sous de grandes tentes. Il y avait aussi plusieurs médecins, mais il était difficile d'en consulter un. James avait de la fièvre : il avait besoin de voir quelqu'un.

Les femmes voulaient se laver et trouver des vêtements corrects. Tous étaient en haillons et avaient abandonné leurs chaussures depuis plusieurs jours. Après le petit déjeuner, le groupe se laissa happer par le mouvement, passa devant des rangées de huttes précaires, d'abris délabrés et de tentes sales. Des femmes cuisinaient sur des feux de camp et des adolescentes transportaient de l'eau dans des pots sur leur tête. Beatrice et sa petite troupe enjambèrent un ruisseau étroit charriant des eaux usées et des déchets, et rejoignirent un long cortège. Un camion de nourriture se trouvait loin devant, or l'alimentation était leur priorité. Les premiers jours au camp, ils attendirent des heures pour assouvir leur faim et étancher leur soif. Après ça ils dormaient par terre, les enfants serrés contre les mères.

*

Le 11 août, Samuel se leva tôt et se souhaita un bon anniversaire. Il avait enfin dix-huit ans, mais il n'était pas d'humeur à faire la fête. Il savait que la journée entière passerait sans qu'il dévoile son secret. Il fit ses prières du matin, le cœur brisé en songeant à sa mère et à sa famille.

Après sa douche, il entendit le téléphone sonner et décrocha. Ecko Lam l'appelait pour lui souhaiter un bon anniversaire. Ils discutèrent pendant une demi-heure. Ecko était toujours au Soudan du Sud et allait bientôt rentrer. Samuel fut heureux d'apprendre que son entraîneur se trouvait à Rumbek. Ecko avait parlé aux militaires de Beatrice et de ses enfants. Et les nouvelles n'étaient pas bonnes. D'après des survivants de Lotta, les fuyards s'étaient éparpillés dans toutes les directions. Certains avaient été pourchassés et tués par les rebelles. La colonie la plus proche, Yusuf Batil, dans le Nil Supérieur, se situait à 160 kilomètres de Lotta. Il y avait d'innombrables camps, certains gérés par le gouvernement, avec des services de base, d'autres créés par des réfugiés en quête d'un lieu sûr. Au sein des structures gouvernementales, les déplacés étaient répertoriés et recevaient des soins, mais dénicher une personne revenait à « trouver une aiguille dans une botte de foin ». Ecko avait passé beaucoup de temps à recueillir des informations, prendre contact avec des organisations humanitaires et des chefs militaires. Il lui ferait un rapport complet à son retour aux États-Unis.

L'entraîneur voulait tout savoir des premiers jours de Samuel sur le campus. Il fut ravi d'apprendre qu'il aimait son travail. Les cours débutaient dans deux semaines, expliqua Samuel, qui était impatient de se faire de nouveaux amis. Les joueurs de football américain étaient sympathiques, même si ce n'était pas son sport, et il avait hâte de reprendre l'entraînement de basket.

L'appel terminé, Samuel s'assit sur son lit et pleura un bon coup. Puis il remercia Dieu qu'il existe des personnes comme Ecko Lam.

*

Le leader naturel de l'équipe de football s'appelait Devon Dayton, un robuste défenseur originaire de Charlotte. Il était expansif, drôle, sûr de lui, et passait son temps à raconter des âneries à ses coéquipiers. Il était également intimidant, comme la plupart des hommes de sa corpulence. Samuel n'avait jamais vu une telle masse de muscles.

Quand Samuel arriva dans le vestiaire avec une pile de serviettes propres, Devon l'interpella :

— Hé, le nouveau !

Il était assis sur un banc avec deux attaquants imposants et semblait agacé. Près de 450 kilos à eux trois.

Samuel posa les serviettes et s'approcha.

— Comment tu t'appelles ? demanda Devon.

— Samuel Sooleymon.

— C'est imprononçable. Trop de syllabes. Tu viens d'où ? Tu parles bizarrement.

— Du Soudan du Sud, répondit timidement Samuel.

Plusieurs footballeurs s'étaient rassemblés autour d'eux pour ne rien manquer de l'échange.

— C'est où ? interrogea l'un d'eux.

— En Géorgie je crois, répondit un autre.

— En Afrique, précisa Samuel.

Puis il se tut, attendant la suite.

— Écoute, reprit Devon, mon short était un peu humide quand je l'ai enfilé ce matin. Tu sais ce que ça fait de courir avec un short mouillé ?

Samuel les avait regardés s'entraîner pendant deux jours et savait que leurs tenues étaient trempées de sueur en moins d'une heure.

— Désolé, murmura-t-il.

— Samuel Sooleymon, répéta Devon tout haut. Tu peux l'épeler ?

— Oui.

— D'accord. Va écrire ton nom au tableau.

Samuel s'exécuta. Devon et ses comparses étudièrent son nom d'un air désapprobateur.

— Trop bizarre, commenta l'un d'eux.

Bizarre ? Le tableau de service était rempli de noms que Samuel n'avait jamais vus et qu'il n'était pas sûr de pouvoir bien prononcer.

— Il faut qu'on te trouve un surnom, reprit Devon. Que penses-tu de Sam ? Un bon vieux Sam ?

Samuel secoua la tête.

— Mon père n'aimait pas Sam.

— OK, répondit un autre footballeur. Alors Sooley.

— Sooley, ça me plaît, renchérit Devon. Vendu. Et, Sooley, à partir d'aujourd'hui, je préfère les shorts secs le matin.

Un entraîneur déboula dans le vestiaire en râlant, et les joueurs se dispersèrent rapidement. Les surnoms n'avaient plus d'importance. Quand Samuel se retrouva seul, il effaça son nom du tableau, reprit sa pile de serviettes, et alla la déposer sur une étagère. T. Ray lui ordonna de se dépêcher et d'apporter des bouteilles d'eau fraîche sur le terrain.

Le football américain était un sport étrange. Les entraînements s'apparentaient à un véritable chaos organisé : une centaine de joueurs se répartissaient sur le terrain et faisaient des exercices pendant qu'une demi-douzaine d'entraîneurs leur hurlaient dessus. Les séances du matin étaient principalement axées sur la condition physique. À un rythme effréné, sous un soleil de plomb, avec une série de sprints tellement éprouvants que les footballeurs les plus lourds s'effondraient. Au bout de deux heures, les joueurs retournaient au vestiaire, prenaient une douche, et abandonnaient leurs vêtements sales par terre. Le rôle de Samuel et des autres responsables de l'équipement était de les laver, les sécher, les plier et les ranger dans les casiers. Après une longue pause déjeuner, les joueurs passaient une heure avec leurs entraîneurs – les défenseurs dans une pièce, les receveurs dans une autre, et ainsi de suite. À 15 heures, ils enfilaient leur équipement complet et retournaient transpirer dans la chaleur de l'après-midi.

Samuel et deux employés rangèrent le vestiaire, puis se précipitèrent sur le terrain pour réapprovisionner les joueurs en eau et en boissons énergétiques.

Au début, les exercices de contact étaient effrayants : des brutes de 130 kilos faisaient tout pour s'entretuer et leurs entraîneurs leur criaient de cogner encore plus fort. Les collisions spectaculaires et les tacles violents aiguillonnaient les autres joueurs. Samuel était ravi de pratiquer le basket.

Après trois heures de ce déchaînement de violence, alors que les footballeurs se liquéfiaient dans la chaleur humide, l'entraîneur principal finit par céder et donna le dernier coup de sifflet. Samuel retourna au pas de course dans les vestiaires pour tout nettoyer. L'ambiance était beaucoup plus calme : les joueurs épuisés se déshabillaient et se dirigeaient vers les douches d'un pas traînant. Ils prenaient tout leur temps pour s'habiller. Après la pause du dîner, ils reviendraient assister à d'autres réunions le soir même. Après des journées de dix heures, Samuel comptait son argent.

Alors qu'il ramassait une pile de maillots sales, Devon lança :

— Hé, Sooley, viens un peu par là.

Samuel s'approcha, s'attendant à une vanne. L'équipe se regroupa rapidement autour de Devon.

— Écoute, Sooley, on sait que l'été a été difficile pour toi et qu'aujourd'hui, c'est un jour spécial. Puisque tu ne peux pas être avec ta famille, on s'est dit qu'on allait fêter ça ici.

Un mur de silhouettes s'ouvrit et le coach Lonnie Britt apparut avec un gros gâteau d'anniversaire planté de bougies et les mots « Bon anniversaire Sooley » écrits en gris et bordeaux, les couleurs de l'équipe. Tel un chef de chœur amateur, Devon agita les mains et l'équipe entonna une interprétation endiablée de *Happy Birthday*. La plupart braillaient délibérément à contretemps.

Samuel était sans voix.

— On est heureux que tu sois là, Sooley, lança Devon. Tu n'as pas choisi le bon sport, mais on aime aussi nos basketteurs. La majorité en tout cas.

Le coach Britt tendit le gâteau à Devon et étreignit Samuel, le gamin au grand sourire et aux yeux tristes.

*

Beatrice et ses amies passèrent leur troisième nuit à même le sol, sous une grande tente de style militaire avec une centaine d'autres personnes. Après les deux repas de la journée, les fringales s'étaient estompées et les enfants étaient revenus à la vie. L'avenir était sombre et le passé trop douloureux pour s'y attarder, mais le pire semblait derrière eux.

Tandis que James et Chol s'assoupissaient contre elle, elle songea qu'on était la mi-août. Samuel allait avoir dix-huit ans dans une autre partie du monde, et elle pria pour qu'il soit en sécurité.

20

Le samedi suivant, après un entraînement léger dans la matinée, l'équipe eut quartier libre le reste de la journée. Samuel et les trois autres responsables de l'équipement prirent en charge la lessive et le nettoyage du vestiaire. Ensuite, il retourna dans sa chambre, où un autre étudiant était en train d'emménager – Murray Walker, son nouveau meilleur ami. Ils se saluèrent, se serrèrent la main et s'assirent sur leurs lits respectifs.

Samuel, qui passait son temps sur Internet, s'était renseigné sur son colocataire, dont Britt lui avait donné le nom : Murray était en deuxième année et n'avait joué en moyenne que cinq minutes par match pendant sa première saison. Cinq minutes, 2 points, un rebond – la plus faible production des treize joueurs. Il mesurait 1,82 mètre, avait survécu aux sélections et intégré l'équipe.

— C'est quoi tout ça ? demanda Murray en désignant du menton le mur couvert de cartes et de notes.

— Un beau bordel, hein ? dit Samuel. Je vais me faire un plaisir de tout virer.

— Non, pas de problème. Le coach m'a dit que tu venais du Soudan du Sud, en Afrique.

— Et il t'a dit quoi d'autre ?

Murray sourit et haussa les épaules.

— Eh bien, j'ai cru comprendre que tu en avais bavé ces derniers temps. Vraiment désolé, mec.

Samuel se leva et s'approcha des cartes.

— Je viens d'un village près de la ville de Rumbek, au centre du Soudan du Sud. Mon village n'existe plus aujourd'hui, et ma mère est là quelque part, ajouta-t-il en pointant du doigt l'est de l'Afrique. J'espère que mes frères et ma sœur sont avec elle.

— Réfugiés ?

— En quelque sorte. Mon père a été assassiné par des rebelles le mois dernier.

— Oh, mec, je suis vraiment désolé.

— Merci. C'est très dur.

— J'imagine.

— J'ai lu sur Internet que tu étais originaire de Durham.

— Ouais. Je suis né ici.

— Pourquoi tu as choisi Central ?

— Parce que personne d'autre ne voulait de moi. On ne s'est pas vraiment battu pour me recruter. Le coach Britt m'a proposé de venir avec lui et on s'est tapés la main. Mes parents ont fait leurs études à Central, alors j'ai toujours été attiré par cette fac.

— Tu as de la famille dans le coin ?

— Ouaip. À dix minutes d'ici. Ma mère est avocate et mon père gère une banque alimentaire.

— C'est quoi, une banque alimentaire ?

— C'est un organisme de bienfaisance qui collecte des denrées et les distribue aux gens qui ont faim.

Samuel observa Murray d'un air perplexe.

— Y a des gens qui ont faim en Amérique ?

— Beaucoup, oui.

— Tu plaisantes ?

— Pas du tout, mec. Je sais que c'est difficile à croire pour toi, mais ici, dans le pays de l'abondance, il y a plein de gens pauvres. Tu veux en voir ? J'ai une livraison à faire.

— Pas vraiment. Je sais trop ce que c'est.

— Viens manger un hamburger et visiter les environs. Mon camion est rempli de nourriture, assez pour tout un régiment.

— Tu as un camion ?

— D'occase, mais il fonctionne. Allez, suis-moi.

— Bah, je suis un peu à court en ce moment.

— OK. Je t'offre un hamburger. Tu me paieras le prochain.

Ils se garèrent devant un McDonald's et descendirent du camion. Samuel avisa les caisses à l'arrière.

— Et d'où ça vient, tout ça ?

— On en achète une partie, mais la majorité provient de dons. On a un entrepôt plein, plutôt trois en fait, et on nourrit dix mille personnes par semaine.

Ils s'installèrent près d'une fenêtre et mangèrent en discutant de basket. Samuel voulait tout savoir sur le tournoi d'Orlando, les victoires et les défaites, et sur les recruteurs qui seraient aux premières loges. Deux ans plus tôt, l'équipe de Murray avait joué contre Houston Gold à Atlanta et s'était fait rétamer. Ils parlèrent du coach Britt. Murray l'adorait et Samuel pensait qu'il lui avait sauvé la vie. Ils évoquèrent les deux anciens joueurs arrêtés pour vol à main armée. De braves gars, d'après Murray, qui avaient tendance à faire de mauvais choix. Toute l'équipe s'inquiétait pour eux. Grâce à leurs avocats, ils avaient de bonnes chances de passer un accord et d'éviter la prison, mais ils ne pourraient pas étudier et jouer au basket pendant un an. Le coach Britt faisait attention à ne pas signer n'importe quel joueur, lui expliqua Murray. Toutefois en matière de recrutement, rien n'était jamais sûr. Ils parlèrent de la NBA, des autres équipes universitaires, du championnat et de la vie sur le campus.

— Et les filles ? demanda Samuel.

— Oh, il y a des tas de filles, tu verras ! Et elles adorent les sportifs. Avec ton accent bizarre, elles vont être folles de toi.

— Attends de m'entendre parler dinka.

Sa remarque entraîna une longue discussion sur la vie au Soudan du Sud.

Ils discutèrent à bâtons rompus et quittèrent le restaurant amis pour la vie.

21

À présent, Chol aussi avait de la fièvre, et son état de santé était pire que celui de son frère. Après le petit déjeuner, Beatrice entraîna ses fils dans les rues sales et trépidantes du camp, et demanda le chemin du dispensaire. Il y en avait trois, lui répondit-on, ou peut-être quatre, et le plus grand se trouvait à environ un kilomètre. Elle suivit la direction indiquée. À chaque pas, elle scrutait les visages, espérant voir celui d'Angelina. Elle avait rêvé qu'elle la retrouverait ici, avec Ayak, et qu'ils seraient à nouveau tous réunis.

Beatrice finit par arriver et ne fut pas surprise de découvrir un long cortège de mères avec leurs enfants malades, qui patientaient sous un soleil de plomb. La matinée entière s'écoula avant qu'ils parviennent à pénétrer dans l'immense tente bondée. Ils avaient sauté le déjeuner et ils mouraient de soif.

Le dispensaire était géré par un pasteur luthérien de Hambourg. Les médecins et les infirmières étaient allemands et parlaient l'anglais avec un fort accent. James et Chol étaient fascinés de voir des Blancs, une rareté dans cette partie du monde. Une infirmière examina les garçons et conclut qu'ils avaient le paludisme, une maladie courante au Soudan du Sud. Ils étaient probablement sous-alimentés, pourtant dans l'ensemble, ils s'en tiraient bien. L'infirmière donna à Beatrice un flacon de pilules avec des instructions.

— Depuis combien de temps êtes-vous ici ? demanda-t-elle.

— Je ne sais pas. Peut-être une semaine.

— Vous avez assez à manger ?

— Non, on n'en a jamais assez, mais on n'est plus affamés.

— Vous êtes installés où ?

Beatrice haussa les épaules, incapable de lui répondre.

— D'accord, où dormez-vous ?

— Par terre.

— Vous n'avez pas d'abri ?

— Non.

L'infirmière ouvrit un tiroir et en sortit deux cartes numérotées. Elle lui en tendit une.

— Il y a un centre de distribution au coin de la rue. Prenez ceci et on vous donnera des vêtements et de l'eau.

Beatrice la remercia et prit la carte. L'infirmière lui présenta la seconde, de couleur bleu ciel.

— Une nouvelle section s'est ouverte dans le camp. Au centre de distribution, vous verrez une pancarte « Logement ». Donnez-leur ce coupon et on vous attribuera une nouvelle tente, assez large pour toute votre famille.

Beatrice avait envie de pleurer de gratitude, puis elle pensa aussitôt à ses amies de Lotta.

— Mais je suis avec d'autres femmes. Et elles ont des enfants.

— Combien ?

— Deux familles.

L'infirmière lui donna deux autres cartes bleu ciel, et sourit.

— Ce soir, vous dormirez dans vos propres tentes. Ramenez-moi vos fils dans une semaine.

Beatrice oublia le repas manqué et se rendit rapidement au centre de distribution, où une nouvelle interminable file d'attente l'attendait. Elle entendit une voix forte et regarda dans cette direction. Sous une marquise, un prêtre muni d'un porte-voix disait la messe. Des milliers de gens étaient assis par terre autour de lui.

Pour la première fois depuis bien longtemps, Beatrice sut quel jour de la semaine on était.

*

Samuel avait beaucoup de difficultés à dormir. Le dimanche, il se réveilla avant l'aube et constata que Murray n'était pas rentré. Ce dernier avait une petite amie et l'avait prévenu qu'il resterait sûrement chez elle.

Samuel se doucha, enfila ses plus beaux habits, prit son petit déjeuner à la cafétéria, et parcourut 3 kilomètres à pied pour gagner l'église catholique du Sacré-Cœur. Il apprécia l'office, remercia Dieu de sa bonté, et pria avec ferveur pour sa famille.

Il n'y avait presque aucune personne de couleur autour de lui. Murray, qui était méthodiste, lui avait expliqué qu'il n'y avait pas beaucoup de catholiques noirs dans le Sud. De toute évidence, il avait raison.

L'entraînement du dimanche consista en trois heures de jeu, le soir, à l'heure la plus fraîche de la journée. Mais en plein mois d'août, il faisait chaud toute la journée, et le temps que Samuel retourne à sa chambre, sa chemise était trempée de sueur. Il enfila un short de sport et regagna le gymnase de Central, officiellement la McDougald-McLendon Arena, un titre ronflant qui méritait un surnom. Depuis des décennies, on l'appelait tout simplement le Nid. Grâce à T. Ray, Samuel avait sa propre clé. Il trouva un rack de ballons et se mit à faire des paniers pour la première fois depuis des jours. Cela faisait du bien de dribbler, de shooter, de récupérer tranquillement le ballon, puis de recommencer. L'air à l'intérieur du gymnase était à peine plus frais qu'à l'extérieur, mais à ce moment-là, c'était la température idéale. Ses tirs faisaient mouche avec une étonnante régularité. Il recula et recommença de plus loin.

Combien de paniers était-il capable de marquer en une heure avec un niveau de difficulté raisonnable ? Jetant un coup d'œil à l'horloge murale, il décida de tenter l'expérience. Avant chaque lancer, il se répéta mentalement les consignes. Derrière la ligne des 3 points, il réussit ses deux premiers tirs, puis en manqua trois. Deux sur cinq. Trois sur six. Quatre sur dix. Six sur quinze. Douze sur trente.

Soixante minutes plus tard, il avait fait deux cents tirs et en avait réussi un tiers.

C'était loin d'être suffisant.

*

La tente mesurait 6 mètres sur 6, avec un sol en plastique épais, une porte à fermeture Éclair, et trois fenêtres qui faisaient office d'aérations. Beatrice, une femme de grande taille, pouvait presque se tenir debout sans baisser la tête. C'était une tente trop grande pour le camping, mais trop petite pour l'armée – elle avait sans doute été conçue pour des réfugiés. Cela n'avait aucune importance, songea Beatrice. Cet espace leur offrait, à ses fils et à elle, leur premier moment d'intimité et leur premier sentiment d'appartenance depuis des semaines. Après avoir emménagé, avec très peu d'affaires, elle ferma la porte et les fenêtres et se blottit contre James et Chol, pour savourer leur tranquillité. Mais l'air devint rapidement épais et poisseux, et Beatrice ouvrit la porte et sortit à l'air libre. Ses amies de Lotta s'étaient installées chacune d'un côté, et pensaient que Beatrice avait fait un miracle.

Leur voyage était terminé. Elles avaient survécu au massacre et au cauchemar de la fuite, ils étaient arrivés dans un lieu sûr, qui leur offrait de l'eau, de la nourriture, et désormais un toit.

Les enfants avaient d'abord traîné autour des tentes, trop timides pour s'aventurer plus loin, mais à la nuit tombée, ils jouaient avec d'autres. Les tentes – il y en avait des milliers – étaient toutes identiques, alignées comme des petits soldats. Chaque habitation se trouvait à exactement 2 mètres de sa voisine, de sorte qu'à travers les murs en tissu vinyle, une famille installée quatre tentes plus bas entendait vos conversations. Une fois à l'intérieur, les femmes et les enfants avaient vite appris à chuchoter.

Sur chaque parcelle, 2 mètres de terrain se trouvaient devant la tente côté rue, et 2 mètres derrière, pour cuisiner et uriner. Des toilettes extérieures étaient disséminées çà et là, mais elles n'étaient pas assez nombreuses. De longues files se formaient devant les sanitaires, tandis que d'autres se soulageaient où ils pouvaient. La puanteur des défécations et de l'urine imprégnait l'air. La fumée âcre des feux de cuisine flottait tel un brouillard au-dessus du camp.

Beatrice rêvait d'avoir à nouveau quelque chose à cuisiner.

22

Lundi 17 août, jour de la rentrée, Samuel se réveilla tôt, alluma la lumière, ouvrit bruyamment les tiroirs, et se doucha en faisant un maximum de bruit. Mais cela ne suffit pas à tirer son colocataire de son hibernation. Samuel quitta la résidence et gagna rapidement le foyer des étudiants pour y boire un café tout en admirant les filles. Il avait déambulé sur le campus pendant des heures et connaissait les lieux par cœur. À 9 heures, il avait sociologie ; à 10 heures, études africaines ; à midi, mathématiques.

La partie la plus intéressante de la journée aurait lieu à 15 heures dans le Nid, quand l'équipe ferait la connaissance des entraîneurs. Selon les règles actuelles de la NCAA, ils avaient le droit d'être sur le terrain pendant une heure maximum, quatre jours par semaine, jusqu'à fin septembre, où les vrais entraînements débuteraient. Le premier match aurait lieu début novembre.

Comme il vivait aux États-Unis depuis près de six semaines, dont deux sur le campus de Central, le choc des cultures s'amenuisait. Il était fasciné par la richesse des étudiants. Tous possédaient un téléphone portable et un ordinateur, et la plupart, les filles surtout, passaient leur temps sur leurs écrans. Et les fringues ! Tous portaient des shorts coupés, des tee-shirts et des sandales, et semblaient en posséder un stock infini. Le petit placard de Murray était rempli de chemises – autant que dix hommes de Lotta. Samuel comprit vite qu'un étudiant ne pouvait pas vivre sans un solide sac à dos. Il en acheta un avec sa première paie, sur les conseils de Murray. Il était éberlué par le nombre d'étudiants qui venaient à la fac avec leur propre voiture. Se garer sur le campus était compliqué et très réglementé, pourtant la circulation était incessante.

Malgré son chagrin, Samuel était heureux de vivre et d'étudier sur un campus américain. Quand il se rendit au premier cours de sociologie, il découvrit une centaine d'étudiants dans une grande salle, et à première vue, il ne connaissait personne. Puis, dans le fond, il repéra le visage souriant d'un footballeur de première année. Il s'assit à côté de lui, tandis que le professeur rappelait la classe à l'ordre. Tous ouvrirent des ordinateurs portables.

Samuel ferma les yeux un instant, et pensa très fort à sa mère.

*

À 14 h 55, le coach Britt siffla la fin de l'échauffement et rassembla les joueurs dans un coin des gradins. Ils étaient au nombre de seize : dix titulaires, deux transferts, deux premières années et deux joueurs non boursiers[1].

1. Dans la sphère du sport universitaire américain, des joueurs peuvent devenir membres d'une équipe sans avoir été recrutés et bénéficier d'une bourse d'études. Ce sont généralement les plus faibles, souvent considérés comme des joueurs de seconde zone.

Sur les dix titulaires, trois quatrièmes années, cinq troisièmes années, et deux deuxièmes années, dont Murray.

L'entraîneur Britt présenta le directeur sportif et l'invita à dire quelques mots, ce que ce dernier fit avec plaisir. Le directeur souhaita la bienvenue à l'équipe, évoqua l'excellente saison qui s'annonçait, et ainsi de suite. Il voulait aussi leur parler de leurs deux coéquipiers, à présent sortis de prison, mais sous le coup de graves accusations. Il assumait la responsabilité de leur renvoi, ajoutant que l'université n'avait pas le choix. S'ils étaient innocentés, le président et lui-même envisageaient de les réintégrer. Surtout, il ne voulait pas que cet incident déstabilise l'équipe.

Après le départ du directeur, le coach Britt prit le relais. Il leur présenta les cinq managers étudiants, tous bénévoles, et leur expliqua combien ils étaient essentiels pour le bon déroulement de la saison. Puis il se tourna vers son collaborateur, l'entraîneur Jason Grinnell, et ses deux assistants, Jackie Garver et Ron McCoy. Les quatre hommes avaient fait leurs études ensemble à Central.

Il présenta ensuite le directeur des opérations basket-ball, le directeur du développement des joueurs, le directeur adjoint des opérations, le médecin de l'équipe et les deux coachs sportifs.

À Lotta, Samuel avait deux amis dont les familles possédaient de petits téléviseurs dotés d'une antenne satellite et d'un générateur, si bien qu'il avait regardé beaucoup de matchs universitaires et professionnels de basket américain. Le jeu, la popularité et le décorum le fascinaient. Il comprenait la plupart des tenants et des aboutissants des championnats, même si des questions demeuraient sans réponse. La plus déroutante était : pourquoi y avait-il tant d'hommes en costume sombre sur la touche pendant les matchs ? Qui étaient ces gens ? Une équipe de seulement cinq joueurs sur le terrain avait-elle vraiment besoin d'une demi-douzaine d'entraîneurs ? Souvent, il y avait plus d'hommes en costume que de joueurs en tenue.

Il avait posé la question à Murray, qui avait répondu de façon évasive.

— C'est comme ça. Pourquoi l'équipe de football américain a cent joueurs d'après toi ?

Le coach Britt annonça qu'il y avait six nouveaux visages. Il fit avancer les deux non-boursiers, puis les deux transferts. Le premier était Sherman Batts, qui avait passé la saison précédente dans un collège de Floride. Le second, Trevor Young, champion de lycée, n'avait pas beaucoup joué à Virginia Tech et ferait une année sur le banc.

Enfin, les deux premières années. Samuel Sooleymon, de la République du Soudan du Sud, et Michael Rayburn, de Wilmington. Il vanta leurs qualités, puis jeta un coup d'œil à sa montre.

— Bien, d'après la NCAA, il ne nous reste que quarante-cinq minutes aujourd'hui. Allons dans les vestiaires pour choisir vos casiers. D'abord les quatrièmes années, suivant la tradition. Ensuite, on vous donnera vos tenues d'entraînement, de nouvelles baskets, et tout le matériel nécessaire. Demain, vous passerez les premiers tests physiques, alors soyez là quelques minutes plus tôt.

23

Les journées se déroulaient toutes de la même manière. Rien n'enrayait la routine, rien ne modifiait un emploi du temps qui n'existait pas. Pour les réfugiés et les blessés de guerre, se réveiller dans un lieu sûr avec la promesse d'avoir de l'eau et de la nourriture était un don du Ciel. Beaucoup de leurs proches n'avaient pas survécu.

Debout la première, Beatrice fit attention à ne pas réveiller ses fils. Les premiers rayons du soleil filtraient à travers la fenêtre grillagée au-dessus d'elle. Elle entendit des chuchotements en provenance des tentes voisines, alors que les mères se mettaient en mouvement. Comme toujours, ses premières pensées furent pour ses enfants. James et Chol, tout près d'elle, se réveilleraient bientôt, et réclameraient à manger. Angelina avait disparu et la retrouver relevait du miracle. Et Samuel ? Le retour de l'équipe était prévu au plus tard le 1er août. Mais pourquoi revenir ? Samuel était forcément au courant du massacre. Il n'avait plus de foyer, plus de village. Où irait-il ? Dans les rêves de Beatrice, Samuel rejoignait Ayak, et ensemble, ils retrouvaient Angelina, puis tous trois venaient chercher Beatrice et les garçons dans le camp.

Ses prières matinales étaient toujours suivies de larmes. Il valait mieux pleurer seule, quand les garçons dormaient encore. Un long moment, elle leur caressa les jambes, tandis que le monde revenait à la vie autour d'elle. Des voix dans les tentes, des bruits sur le chemin boueux.

Bientôt, ce serait l'épreuve quotidienne de la quête du petit déjeuner. L'attente des livraisons. Les moteurs des camions annonçaient l'arrivée des travailleurs humanitaires. Tous étaient capables d'attendre pendant des heures. La nourriture était abondante, et dès qu'ils l'avaient compris, les ventres vides avaient pris leur mal en patience. Il leur fallut une heure pour le petit déjeuner – porridge et eau – une heure pour le déjeuner – haricots, riz et une petite miche de pain – et une heure pour le dîner composé des restes des précédents repas. Pas de viande, pas de fruits, pas le moindre grain de sucre, et pourtant, personne ne se plaignait. Ceux qui avaient connu la peur et la faim étaient soulagés que cela soit terminé.

Beatrice et les garçons se promenèrent dans la colonie tentaculaire et firent la queue aux différents points de ravitaillement. Puis ils patientèrent de nouveau pour obtenir des vêtements et des chaussures de seconde main. Enfin, ils déambulèrent sur les chemins de terre, sans but précis. Ils dénichèrent un petit marché et se demandèrent comment certains pouvaient avoir de l'argent pour faire des achats. Ils entendirent leur langue, le dinka, et le nuer, celle de leurs principaux rivaux, ainsi que l'azandé, le bari, le murle, l'anglais, et d'autres langues inconnues. Comme beaucoup de mères, elle cherchait un proche disparu. Beatrice avait appris aux garçons à scruter discrètement les visages de toutes les adolescentes. Il était possible qu'Angelina soit dans le camp.

Beatrice vit une femme blanche vêtue d'un tee-shirt « Médecins sans frontières » parler dans un téléphone portable. Elle se tenait devant une grande tente militaire qui faisait office d'hôpital. La femme termina sa conversation, prit une grande inspiration, et remarqua Beatrice. Supposant qu'elle parlait anglais, Beatrice lança :

— Je peux vous poser une question ?

— Bien sûr, répondit-elle avec un sourire.

— Où peut-on trouver un téléphone par ici ?

— Le réseau est très limité. À l'hôpital, nous avons notre propre antenne et notre générateur. Il y en a deux ou trois autres dans le camp.

— Je cherche mes enfants. Mon fils est parti aux États-Unis cet été pour jouer au basket. Je ne sais pas où il est et lui non plus ne sait pas où nous sommes.

— Il a un téléphone portable ?

— Non. Tout ce que j'ai, c'est le nom de son entraîneur.

— Où habite-t-il ?

— Quelque part aux États-Unis, mais il est sud-soudanais.

— Quelque part aux États-Unis, répéta la femme, l'air amusé. D'accord, donnez-moi son nom et dites-moi ce qu'il fait, je vais me renseigner.

— Son nom est Ecko Lam et il entraîne les équipes de basket du Soudan du Sud. Tous les documents ont brûlé avec ma maison.

— Je vois. Bon, voilà ce que je vous propose. Retrouvez-moi ici après-demain, autour de midi. Nous aurons peut-être de la chance.

— Merci infiniment.

*

Le premier match de football américain eut lieu à l'université Bethune-Cookman, à Daytona Beach, en Floride. Pour des raisons budgétaires, seule la moitié de l'équipe et quatre managers firent le déplacement. Ce qui fit sourire Murray.

— Ils arriveront sûrement à s'en sortir avec cinquante joueurs, railla-t-il.

Samuel bénéficiait d'un week-end de liberté, le premier depuis son arrivée. Tard dans la matinée du samedi, après avoir réussi à arracher Murray de son lit, il se rendit au gymnase avec son colocataire. Ils allumèrent les lumières et s'échauffèrent. Une règle tacite autorisait les joueurs à faire des paniers pendant les heures creuses, tant qu'aucun entraîneur n'était présent. Chaque joueur possédait une clé du gymnase et connaissait le code du vestiaire.

Après quatre entraînements, il parut évident aux yeux du reste de l'équipe que Sooley était doué d'une vitesse et d'une agilité hors normes. Il remporta facilement tous les sprints. Sa détente verticale était de 115 centimètres – les entraîneurs n'avaient jamais rien vu de pareil. Il pesait 86 kilos, mesurait 1,93 mètre, et continuait à grandir. Il était passionné de basket, jouait avec ses tripes, et malgré des entraînements éprouvants, il gardait toujours le sourire.

Le problème, c'est qu'il ne maîtrisait ni le tir ni le dribble, deux conditions *sine qua non* pour un meneur. En défense, il galopait comme une gazelle et contrait férocement les ballons, mais sa rapidité était aussi une faiblesse. Une simple prise d'élan et il perdait pied.

Après s'être exercé au tir pendant une demi-heure, Murray lui montra des exercices de maniement du ballon et lui apprit toutes les ficelles pour le protéger tout en surveillant ce qui se passait sur le terrain. Sur le tableau de l'effectif, Samuel était le troisième meneur de jeu, derrière Murray et Mitch Rocker, un quatrième année titulaire depuis trois ans. S'il gagnait encore 2 centimètres, et s'améliorait au contre, Sooley pourrait être ailier. Il était évident qu'il aurait le statut de « redshirt », à savoir qu'il ferait la saison sur le banc, ce qui lui permettrait de réaliser son cursus en cinq années au lieu de quatre. C'était intéressant pour lui qui n'avait que dix-huit ans et ne pouvait pas apporter grand-chose à une équipe aussi expérimentée. Le coach Britt envisageait trois quatrièmes années et deux troisièmes années dans son cinq majeur.

*

La famille Walker vivait dans le quartier de Trinity Park à Durham, à dix minutes du campus de Central. Leur maison se trouvait dans une rue ombragée bordée d'habitations à deux étages construites avant la guerre.

La mère de Murray, Ida, était née dans une famille aisée de Durham et ne s'était jamais aventurée très loin de chez elle. Son père était cadre dans une grande compagnie d'assurance-vie appartenant à une famille noire du pays. Son mari, Ernie, avait grandi dans la pauvreté et les champs de tabac au nord de Raleigh, et il s'était juré de ne jamais oublier la faim. Aujourd'hui directeur général de la banque alimentaire du comté de Durham, il était très fier de nourrir onze mille personnes par jour.

Ernie n'était pas du genre à sauter un repas. Quand Murray et Samuel arrivèrent samedi en fin d'après-midi, il faisait griller des blancs de poulet dans le patio malgré une chaleur accablante. Trempé de sueur, Ernie retournait la viande sur le barbecue, tout en suivant le match de football de Central à la radio. Il souhaita la bienvenue au nouveau colocataire de Murray – il avait entendu beaucoup de bien de lui – et leur parla football américain. Au bout d'un moment, les garçons se réfugièrent dans la fraîcheur de la cuisine, où Mme Walker râpait du chou pour la salade et faisait bouillir des épis de maïs.

« Mlle Ida », comme tout le monde la surnommait, était la directrice générale du Bureau d'aide juridique de Durham, où elle supervisait une équipe de vingt avocats, au service d'un nombre infini de clients défavorisés. Elle embrassa Samuel comme si elle le connaissait depuis toujours et lui demanda de s'asseoir alors qu'elle lui coupait une tranche de cake bananes et noix. Murray eut envie de mettre la main à la pâte et se mit à triturer la salade de chou, ce qui lui valut une sévère réprimande.

Samuel fut immédiatement conquis par Mlle Ida. Il n'avait jamais été en présence d'une femme qui décidait de tout autour d'elle. Elle mitrailla Samuel de questions sur ses études et sur sa nouvelle vie, sans toutefois mentionner sa famille. Murray lui avait raconté la tragédie et la précarité de sa situation, et tous étaient décidés à l'épauler de leur mieux. Tout en s'affairant dans la cuisine, elle posa des questions à Murray sur ses professeurs : lesquels préférait-il ? Après seulement deux semaines de cours, il n'avait pas grand-chose à raconter. Ils évoquèrent Jordan, la sœur aînée de Murray. Elle étudiait le droit à Vanderbilt et Samuel était déjà amoureux d'elle, même s'ils ne s'étaient pas encore rencontrés. Il la suivait sur les réseaux sociaux. Ils parlèrent aussi de Brady, un frère aîné qui avait abandonné Yale et causait du souci à la famille. Mais la conversation s'arrêta là.

Ernie entra dans la cuisine avec un plateau de blancs de poulet grillés, et Mlle Ida lui désigna l'endroit précis où il devait le poser. Tandis qu'il écoutait la famille bavarder, Samuel ne put s'empêcher de songer avec tristesse à sa mère. Il ne savait pas du tout où elle se trouvait, ni même si elle était en vie. Où habitait-elle ? Avec qui était-elle ? *S'il vous plaît, mon Dieu, faites qu'Angelina, James et Chol soient avec elle. Sains et saufs*.

Beatrice était aussi chaleureuse, intelligente et intéressante qu'Ida Walker, seulement elle n'avait pas eu la possibilité d'étudier à l'université. À Lotta, comme dans presque tout le pays, les filles les plus chanceuses passaient quelques années à l'école avant d'être renvoyées chez elles pour s'occuper de la maison. La plupart ne recevaient aucune instruction. Beatrice savait lire et écrire, rien de plus.

Samuel fit une prière pour sa mère, qui lui manquait énormément.

Ida faisait la cuisine, discutait avec son mari, donnait des ordres à son fils, et gardait un œil sur Samuel. Un garçon profondément meurtri qui avait besoin de tout l'amour et de tout le soutien qu'ils pouvaient lui offrir.

24

Alors que l'entraînement touchait à sa fin, et que les joueurs recouvraient leur souffle en terminant leurs cinquante tirs d'affilée obligatoires, Samuel entendit le coach Britt prononcer le nom magique d'Ecko. Samuel se retourna et vit son ancien entraîneur marcher à grands pas vers lui. Il courut le serrer dans ses bras. Comme il passait dans le coin, Ecko avait tenu à lui dire bonjour. Samuel trouva bizarre qu'il ne l'ait pas appelé avant de venir. Le coach Britt siffla et envoya ses joueurs à la douche.

Plus tard, dans le bureau du coach Britt, Samuel et son ancien entraîneur évoquèrent l'équipe du Soudan du Sud et échangèrent quelques potins. Murray les rejoignit, et quand Lonnie ferma la porte, le sourire d'Ecko s'envola.

— Écoute, Samuel, j'ai de bonnes et de mauvaises nouvelles.

Samuel ferma les yeux et s'affaissa sur son siège.

— Il y a deux jours, j'ai reçu un appel d'une Française, une infirmière qui travaille pour l'ONG Médecins sans frontières. Elle est en Ouganda, dans le camp de réfugiés Rhino.

— Je sais où il se trouve, coach. Je l'ai épinglé sur la carte. Plus de cent mille personnes vivent là-bas.

— Ta mère en fait partie. Hier, j'ai parlé à Beatrice. Elle va bien et elle est en sécurité.

Samuel enfouit son visage dans ses mains et refoula ses larmes.

— Merci mon Dieu, merci mon Dieu…

Les deux entraîneurs l'observèrent un moment.

— Je lui ai dit où tu étais et ce que tu faisais. Elle a été incroyablement soulagée d'apprendre que tu étais ici, à l'université.

— Vous avez parlé à ma mère ?

— Oui, et elle rappellera demain matin sur ton portable, vers 7 heures. Avec le téléphone de l'infirmière.

Samuel inspira profondément et sécha ses larmes. Une longue minute s'écoula avant qu'il reprenne la parole.

— D'accord. Et les mauvaises nouvelles maintenant.

— Tes frères sont avec ta mère et semblent en bonne santé. Mais Angelina ne s'en est pas sortie.

— Comment ça, elle ne s'en en pas sortie ? Qu'est-ce qui lui est arrivé ?

— Elle a été enlevée par les rebelles après l'incendie de ton village.

— Non !

Samuel se pencha et enfouit de nouveau son visage dans ses mains. Submergé par l'émotion, son corps tout entier se mit à trembler.

— Non, non, non, sanglota-t-il.

Murray, Ecko et Lonnie se regardèrent, puis baissèrent les yeux, tandis que les minutes s'égrenaient lentement. Ils ne pouvaient rien dire, rien faire, sinon rester à ses côtés et partager sa peine. Comment imaginer l'horreur que Samuel et sa famille étaient en train de vivre ? Dans ses dossiers, Ecko avait des renseignements sur tous ses joueurs, et il savait que le seizième anniversaire d'Angelina tombait le 2 septembre.

Avait-elle survécu jusqu'à cette date ? Ecko en doutait, tout comme Samuel. Les tueries étaient devenues si communes, les atrocités si indicibles, qu'on imaginait mal pourquoi l'ennemi aurait gardé la jeune fille en vie au bout d'un certain temps.

— J'aurais dû être là, souffla Samuel.

Le coach Britt sortit du bureau pour s'assurer que le vestiaire était vide. Quand il revint, il déclara :

— Viens à la maison, Samuel. Agnes a préparé le dîner et mes enfants seront contents de te voir.

*

Son téléphone sonna le lendemain matin à 7 h 04. Un appel international. Samuel ne pouvait quitter l'écran des yeux. Il était éveillé depuis une heure, même s'il avait peu dormi. Murray était habillé, assis sur son lit. Lui aussi attendait le grand moment.

Une femme charmante, avec un léger accent, se présenta : c'était Christine. Après les salutations de circonstances, elle tendit le téléphone à Beatrice Sooleymon.

— Maman, c'est vraiment toi ? balbutia Samuel.

Murray se leva, lui tapota l'épaule, et quitta la chambre.

Ils discutèrent vingt bonnes minutes. Même si c'était très pénible, Samuel voulut savoir ce qui s'était passé cette nuit-là à Lotta, et Beatrice, à travers ses larmes, lui raconta toute l'histoire. Elle ne savait pas précisément ce qui était arrivé à Ayak, elle craignait le pire. Samuel lui confirma que le corps d'Ayak avait été identifié par les troupes gouvernementales. Beatrice ne s'effondra pas, cela n'avait rien d'une surprise. Elle lui expliqua ensuite l'enlèvement d'Angelina, puis leur fuite du village, et leurs journées de voyage interminables, sans eau ni nourriture. À présent, ils étaient en sécurité dans le camp, entourés de braves gens qui s'entraidaient. Elle voulut tout savoir de sa nouvelle vie à l'université. Et, bien sûr, tout ce qu'il faisait. Ils pleurèrent beaucoup, et réussirent à rire une ou deux fois. Samuel voulait rejoindre sa famille, et la sauver bien sûr, mais c'était impossible. Il demanda à sa mère ce qu'il pouvait lui faire parvenir. Beatrice ne sut quoi lui répondre. Peut-être plus tard. Quand elle aurait une adresse permanente, Samuel pourrait leur envoyer des colis.

Grâce à ses recherches, Samuel savait que les gens fuyaient leur pays les mains vides et vivaient dans des camps pendant des années. La plupart dans des conditions misérables, avec tout juste de quoi survivre. La violence était rare, les maladies en revanche se répandaient partout, par les eaux usées et les aliments contaminés. Les efforts d'éducation étaient souvent réduits à néant par le manque d'infrastructures et d'enseignants. Des dizaines d'associations humanitaires du monde entier travaillaient héroïquement parmi les personnes déplacées.

Plus Samuel s'informait, plus il se sentait abattu. Ils avaient tout perdu : leur maison, leur mode de vie, et une grande partie de leurs amis et de leur famille.

En parlant à sa mère, il perçut son sentiment d'impuissance. En deux mois, leur monde avait été totalement dévasté. Et il n'y avait pas de retour possible. Samuel se rendit compte qu'il était son phare dans la nuit, et son rôle était de lui remonter le moral. Au moment de prendre congé, il discuta avec la Française, Christine, qui lui proposa de l'appeler sur son téléphone une fois par semaine. Ils convinrent du mercredi à 7 heures, heure américaine. Beatrice et ses fils se rendraient devant la tente de l'hôpital, et Samuel les appellerait. Christine l'avertit néanmoins que le réseau téléphonique n'était pas fiable.

*

Samuel raccrocha, rempocha son téléphone, et quitta la pièce. Il n'avait aucune envie de parler. Pas même à Murray. Il avait besoin d'être seul un moment pour pleurer la disparition d'Angelina. Il fit une longue promenade autour du campus et s'assit une heure sur un banc du parc, alors que l'université commençait à s'animer. Les cours n'avaient pas d'importance. Le basket pouvait attendre. Il téléphonerait à T. Ray et s'excuserait pour son absence au travail aujourd'hui.

Sa journée appartenait à Angelina. Il remercia Dieu d'avoir sauvé sa mère et ses frères, et pria de pouvoir un jour les faire sortir du camp pour venir près de lui, aux États-Unis.

Pour le moment, il voulait juste être seul. Il s'efforça de ne pas penser aux dernières heures d'Angelina, préférant se remémorer leurs souvenirs d'enfance, sa petite sœur qui dévorait des tonnes de baies, à s'en rendre malade, et suivait son grand frère sur tous les terrains de basket.

Il aurait dû être là pour elle.

*

Ecko et Lonnie s'assirent à une table tranquille dans un élégant restaurant du centre-ville. Une fois installés, Ecko déplia sa serviette, d'un blanc étincelant, et lança :

— Waouh. C'est toi qui régales, hein ?

— Oui. Ne t'inquiète pas. Ils ont tellement peur que je parte qu'ils ont augmenté mon enveloppe de frais.

— Et ton salaire ?

— Ils ont une proposition à me faire, je n'ai encore rien décidé.

— C'est pour ça qu'on déjeune dans ce lieu chic ? Pour parler tranquillement ?

— Oui. On ne risque pas de tomber sur des gens de Central ici.

Une serveuse leur tendit les menus et leur proposa des boissons. De l'eau, c'était parfait.

— Très bien, je t'écoute.

— Bah, tu sais comment ça fonctionne, Ecko. J'ai quarante et un ans et je suis à Central depuis quatre ans. J'ai gagné près de 70 pour cent de mes matchs et je n'ai pas envie de rester coincé ici. Je veux une promotion. La question est : qui sera sur le marché en avril prochain ?

— Et qui est sur la sellette ?

— Oui. Qui est sur la sellette ? J'imagine que Dulaney, à Iowa State, est grillé. Il a perdu vingt matchs ces deux dernières années.

— Je ne comprends pas pourquoi ils l'ont gardé. (Ecko étudiait le menu et secouait la tête.) Trente dollars le saumon fumé ?

— Ça en vaut la peine. Je t'invite, OK ?

— Désolé, Lonnie. Je serai toujours un immigré.

— Oui. Et tu prends toujours le plat le moins cher du menu. Détends-toi. C'est Central qui paie.

— À mon avis, renvoyer Dulaney coûtait trop cher, alors ils l'ont gardé une année de plus. Ça va être un désastre. Ils vont aussi mettre à la porte le directeur sportif. Talbott, à Miami, prend sa retraite.

Cette nouvelle fit sourire Lonnie.

— Il l'a annoncé ?

— Pas encore.

— Comment tu as eu l'info ?

Un serveur s'approcha et leur décrivit les spécialités. Tous deux commandèrent une salade de tomates et une truite grillée. Dès que le serveur se fut éloigné, ils se remirent à échanger les derniers ragots, petit rituel qu'affectionnaient tous les entraîneurs. Lonnie était prêt à prendre du galon et Ecko était convaincu que son ami avait les capacités de gérer une grande équipe, quoique peut-être pas au plus haut niveau. Le type de Richmond était fichu, mais Lonnie avait un poste plus important en tête. Ecko connaissait le directeur sportif de Creighton, qui n'était pas satisfait de la gestion de son équipe. L'entraîneur de Texas voulait négocier un nouveau contrat, l'université, quant à elle, traînait les pieds. Et ainsi de suite. En une demi-heure, ils firent le tour des potentiels postes intéressants, tout en mangeant leur salade de tomates.

Après les entrées, Ecko changea de sujet.

— Comment ça se passe avec Samuel ?

— Je ne sais pas. Je ne voulais pas vraiment de ce gamin, si tu te souviens bien.

— Merci encore, mon vieux. Tous les deux, on lui a probablement sauvé la vie.

— Qu'est-ce que tu veux dire ?

— Eh bien, si je ne l'avais pas sélectionné en avril, il aurait été avec sa famille quand son village a été attaqué. Et tel que je le connais, il aurait essayé de sauver tout le monde. Il serait probablement mort.

Lonnie secoua la tête.

— C'est quoi leur problème à ces gens ?

— Nous, ces gens, sommes maudits, et on n'est pas contents si on n'a pas au moins deux guerres civiles en cours. Tu as permis à Samuel d'avoir une bourse, une équipe, un cursus universitaire, une chance de jouer ici, de réaliser son rêve. S'il était rentré au pays avec l'équipe sud-soudanaise, qui sait ce qui lui serait arrivé. Son village a été réduit en cendres.

— Quel cauchemar. Je n'imagine même pas ce qu'il traverse.

— Je vais le voir ce soir. Pourquoi ne pas lui donner une semaine off ? Il a besoin de faire son deuil tranquillement.

— Bien sûr. Si tu veux. Je vais sûrement le mettre sur la touche pendant un an, même si ça ne m'arrange pas particulièrement.

— Ah ? Il ne se démarque pas pendant l'entraînement ?

— Disons que son jeu n'a pas changé ces deux derniers mois. C'est un jeune super. Il s'intègre très bien. Toujours le sourire aux lèvres. Il mouille le maillot et fait des bonds incroyables. Sauf que je n'ai pas de place pour lui dans l'équipe aujourd'hui.

— Sois patient. Il pourrait te surprendre.

— Tu me répètes ça depuis le début. Et je reconnais qu'à certains moments, quand il prend son élan, lève très haut le ballon, et effectue un tir fluide, il n'est pas sans me rappeler Michael Jordan, mais ce putain de ballon ne termine jamais au fond du filet.

— C'est un problème, en effet.

— Son maniement du ballon s'est un peu amélioré, seulement il ne sera jamais meneur.

— Donne-lui du temps. Ce n'est qu'un gamin.

— Ils le sont tous, Ecko.

— C'est vrai, pourtant celui-là est spécial.

25

Après avoir déchargé la cargaison de légumes, Murray et Samuel se rendirent à l'Internationl Rescue Committee, dans le centre de Durham. Mlle Ida connaissait bien leur travail et en avait parlé à Sooley, qui avait fait des recherches en ligne. Une certaine Mme Keyser attendait les deux basketteurs de Central.

Elle leur fit un résumé de l'histoire et des missions de l'IRC : le comité avait été fondé par Albert Einstein en 1933 pour aider les Juifs d'Europe à s'installer aux États-Unis, et était devenu l'une des plus grandes organisations humanitaires du monde. Le comité officiait dans toutes les régions frappées par la guerre, les persécutions, le génocide, les catastrophes naturelles, et donnait un toit, de la nourriture et des soins médicaux aux plus vulnérables. Il lui arrivait de relocaliser des réfugiés dans des pays occidentaux. Ces quarante dernières années, le bureau de Durham avait aidé plus de huit cents réfugiés originaires de vingt-cinq pays à emménager en Caroline du Nord. Dix-huit venaient du Soudan du Sud.

— Vous connaissez quelqu'un de votre pays ici ? demanda-t-elle.

— Non.

— Aucun membre de votre famille ne vit aux États-Unis ?

— Non.

— Le processus de relocalisation est généralement long et compliqué. La demande est très importante, et les places sont chères. Le département de l'Immigration accorde seulement cinq mille permis de séjour par an au Soudan du Sud, alors que les besoins sont bien plus importants. Et beaucoup de réfugiés dans le monde rêvent de vivre ici. Ida Walker m'a dit que vous aimeriez obtenir la nationalité américaine ?

— Effectivement.

— C'est bien. Le fait d'être déjà sur le sol américain est fondamental. Ne pensez même pas à repartir !

— Il n'y pense pas, répondit Murray avec un rire bref.

— Il ne sera pas simple de faire venir votre famille, mais votre meilleure chance est de devenir citoyen américain, puis de financer leur venue. Sans argent, c'est sans espoir.

— Combien de temps ça va prendre ?

Elle sourit et jeta un coup d'œil à ses notes.

— Longtemps, Samuel. Très longtemps. D'abord, vous devez terminer vos études. Soit quatre années.

Murray l'interrompit :

— Plutôt cinq, vu son niveau de jeu.

— Désolée.

— Il va sûrement rester sur la touche cette saison, ajouta Murray, et faire une année d'études supplémentaire.

— D'accord. Bon, peu importe. Étudier et obtenir un diplôme est essentiel. Ensuite, trouver un emploi et commencer une carrière. Plus vous réussirez, plus vous pourrez aider votre famille.

— Ce n'est pas vraiment ce que j'espérais entendre, marmonna Samuel.

— Je sais. Le processus est très long, même quand il aboutit. Et parfois, il n'aboutit pas.

— Mais ils sont dans un camp, avec tout juste de quoi manger et boire.

— Comme tant d'autres. Écoutez, je vais vous ouvrir un dossier, et vous pourrez m'appeler quand vous voudrez. Ou passer me voir. Je vous propose même de faire du bénévolat. Ida m'a dit que vous aviez réussi à entrer en contact avec votre mère via Médecins sans frontières ?

— Oui, je lui ai parlé il y a deux jours grâce à eux. Est-ce que je peux leur envoyer de l'argent ?

— Je ne sais pas, je vais me renseigner. Nous avons un bureau en Ouganda, à Kampala, je crois. Rhino est un camp bien établi, je suis sûre que nous avons quelqu'un là-bas.

— J'ai lu tout ce que j'ai pu trouver sur Rhino en ligne. Il y a un petit magasin d'alimentation où on peut acheter de la nourriture et des produits de première nécessité. Ma mère et mes frères ne possèdent rien, à part quelques vêtements qu'on leur a donnés. Ils dorment par terre, sans couverture. J'aimerais vraiment leur envoyer de l'argent.

Elle sourit et lui répondit avec chaleur :

— Je vais trouver une solution. Appelez-moi demain.

*

Les camions de nourriture étaient de plus en plus souvent en retard, jusqu'au jour où ils ne vinrent pas du tout. Pourtant, les files d'attente continuaient à s'allonger et les gens patientaient désespérément sous un soleil cuisant.

Beatrice et les garçons quittèrent une queue pour une autre, puis encore une autre. La rumeur courait qu'il y avait de la nourriture dans la partie ouest du camp, mais quand ils arrivèrent sur place, une foule dense encerclait le camion des Nations unies. Les agents distribuaient de petites portions de riz dans les récipients apportés par les réfugiés. Ceux qui n'en possédaient pas recueillaient la nourriture dans leurs paumes.

La pénurie les terrifiait, car elle leur rappelait de douloureux souvenirs. Tous avaient été affamés, et chaque jour, ils priaient pour manger à leur faim et rester en vie.

Comme 97 pour cent de l'eau potable de Rhino venait de l'extérieur, quand les livraisons d'eau cessèrent à leur tour, une grande agitation s'empara des habitants. Les enfants affamés gémissaient tandis que leurs mères faisaient du porte-à-porte pour quémander un peu de nourriture. Les tentes-hôpital, toutes administrées par des ONG étrangères, étaient submergées par des milliers de gens désespérés, qui réclamaient à manger et à boire.

Il plut pendant une semaine sans interruption. Les routes de gravier empruntées par les camions furent rapidement inondées et devinrent impraticables. La nourriture, l'eau et l'approvisionnement n'arrivaient plus. Les eaux de pluie dévalaient des collines, formant des rigoles et transformant les chemins de terre en rivières de boue. Les ruisseaux qui charriaient les eaux usées débordèrent. L'eau s'infiltra par les fenêtres des tentes, déchira les toits, et une couche brunâtre recouvrit le sol. Les puits servant à pomper l'eau s'effondrèrent sous le poids du sol meuble. Les latrines rudimentaires refluèrent et les déjections humaines se répandirent partout. Il plut jusqu'à ce que tout – les gens, les tentes, les abris, les jeeps, les camions, les dispensaires – soit recouvert de boue.

Quand la pluie s'arrêta et que le ciel se dégagea, le soleil envahit le camp de Rhino et la boue ne tarda à se solidifier. Les médecins et les travailleurs humanitaires se préparèrent à une nouvelle vague de malaria.

*

Mercredi 30 septembre, à la première heure, Samuel sortit discrètement de sa chambre, laissant Murray dormir à poings fermés, et alla s'asseoir sur un banc. Il composa le numéro de Christine, l'infirmière française. Il l'imaginait presque et se demandait quel genre de personne abandonnait son confort et sa sécurité pour aller lutter contre l'une des pires crises humanitaires du monde. Samuel se considérait comme généreux, mais sa compassion avait des limites. Il était admiratif de ces bénévoles qui risquaient leur santé, voire leur vie. Comme il connaissait la cruauté de son pays, il en avait une vision très noire. Ces personnes privilégiées souffraient peut-être d'un sentiment de culpabilité et trouvaient là une forme de rédemption.

Ou alors, elles estimaient simplement que toutes les vies étaient précieuses.

Il voulait aborder un certain nombre de sujets avec sa mère, à commencer par le moyen de lui envoyer de l'argent. Avec l'aide de Murray, il avait ouvert un compte courant et fait une demande de carte de crédit. Il économisait son argent et était fier de se débrouiller seul, comme n'importe quel étudiant.

Mme Keyser l'avait appelé pour lui donner le numéro d'une autre ONG, spécialisée dans le transfert de fonds en Afrique. Chaque année, les immigrants disséminés à travers le globe envoyaient dans leur pays d'origine plus de 2 milliards de dollars, de l'argent dont leurs familles avaient désespérément besoin. Bien que le Soudan du Sud soit un petit pays pauvre, avec un nombre limité d'expatriés, ses ressortissants transféraient 300 millions de dollars chaque année. Coordonner ces paiements et s'assurer que l'argent parvenait bien à destination était un défi de taille, mais Samuel avait trouvé une solution, et avait hâte de la soumettre à sa mère.

Or ce matin-là, Christine ne répondit pas au téléphone.

26

Samuel se rendit au gymnase, alluma une seule série de lumières pour ne pas attirer l'attention, s'étira cinq minutes puis se mit à tirer des paniers. Chaque fois qu'il pensait à sa famille, il manquait son coup. Quand il se concentrait sur son geste, il marquait. Une heure s'écoula, et il comprit à quel point il appréciait la solitude de la salle déserte, plongée dans la pénombre, avec ses trois mille sièges vides. À 8 h 30, à quatre cent vingt tirs, un concierge passa sous le panneau et le salua. Samuel fit de même et lui expliqua qu'il appartenait à l'équipe de basket, il possédait une clé. Le concierge ignora son commentaire et vaqua à ses occupations.

À 10 heures, Samuel fit une pause pour boire de l'eau et se rendit compte qu'il allait manquer son premier cours. Il décida de sécher la classe, ne serait-ce que pour une journée, et de se consacrer au tir en suspension. Il s'exerça jusqu'à midi, quand un groupe d'anciens élèves entra dans le gymnase pour tenir une réunion. Samuel retourna dans sa chambre d'étudiant et prit une douche.

Plutôt vieille école, le coach Britt pensait que les basketteurs devaient être longilignes, souples et agiles.

Il préférait la finesse à la musculature. C'est pourquoi il ne poussait pas ses recrues à soulever des poids. Quand il était assistant à DePaul, il avait vu une équipe entière décimée par les déchirures et les spasmes musculaires au bout d'une année de programme géré par un sergent instructeur qui adorait les haltères et les développés couchés. L'entraîneur croyait à la vitesse, pas à la puissance.

Pourtant, Samuel était passablement impressionné par le jeu, sans parler du physique, d'Abol Pach, l'ailier britannique qui avait pratiquement décimé à lui tout seul l'équipe sud-soudanaise lors du dernier match à Orlando. Pach était l'un des leurs, un Dinka de Djouba, élancé et souple, mais avec les bras et le torse plus musculeux et plus développés que la plupart des jeunes joueurs africains. D'après sa fiche, il mesurait 2 mètres et pesait 99 kilos.

Bien que Samuel ait regardé le dernier match depuis le banc de touche, dans un vertigineux brouillard d'incertitude quant au sort de sa famille, il se souvenait très bien de la force et de l'assurance de Pach autour de l'arceau. D'après la rumeur, le Britannique passait une heure par jour à développer ses muscles. Samuel avait également un souvenir vivace de la grande salle de musculation moderne où les joueurs du Magic transpiraient quand ils n'étaient pas sur le terrain. Si les meilleurs joueurs voulaient gagner en force, il ne voyait pas le problème.

Un entraîneur adjoint de football américain nommé Willis, l'un des deux Blancs du personnel d'encadrement, était en charge de la condition physique de son équipe. Au début, il avait dit à Sooley que la

chronique du *Guardian*. Le journaliste avait visité quatre camps en Ouganda et décrivait la vie quotidienne des réfugiés, pour la plupart originaires du Soudan du Sud.

Le décalage était inconcevable. Le doux jeune homme qui partageait la chambre de leur fils avait sa mère et ses deux frères dans ce lieu lugubre qu'on appelait Rhino ? Ernie et Ida avaient discuté avec Mme Keyser à l'IRC et réfléchi au moyen d'arracher Beatrice et les garçons à cet enfer, et de les insérer dans le système migratoire des États-Unis. Mais la triste vérité, c'était qu'au moins un demi-million de Sud-Soudanais avaient fait la demande avant eux, et la plupart avaient des proches aux États-Unis, des moyens financiers et des papiers en règle. Mme Keyser était trop professionnelle pour employer le terme « désespéré », pourtant, après avoir examiné toutes les possibilités, elle estimait les chances d'un rapprochement familial extrêmement minces.

Ida arriva après 18 heures et se précipita vers le four pour une inspection en règle.

— Qui vient ce soir, Ernie ? On a une idée ?

— Bien sûr que non. Il aurait fallu prendre les devants.

La table avait été mise pour cinq, un chiffre aléatoire. Murray ne s'embarrassait pas à planifier et il avait tendance à inviter tous ceux qu'il croisait dans les couloirs de la résidence. Il appelait parfois à la maison pour leur donner le nombre d'invités, mais pas souvent. Heureusement, les invitations étaient limitées par les places dans son pick-up Toyota. Quatre basketteurs aux grandes jambes semblaient le maximum.

Quand Murray arriva avec seulement Samuel, ses parents furent soulagés. Il se dirigea lui aussi vers le four et, alors que sa mère lui criait « Ne l'ouvre pas ! », il tira la porte d'un coup sec et reçut une bouffée d'air chaud.

— Ça sent bon !

— Content que ça te plaise, fit Ernie.

— Ferme ce four ! gronda Ida en le rejoignant.

Murray la saisit et la souleva pour la faire tournoyer. Ernie éclata de rire tandis qu'Ida poussait des cris de protestation. Une fois de plus, Samuel fut fasciné par ce joyeux chahut.

Les hommes s'assirent à table pendant qu'Ida découpait les tomates pour la salade.

— Ça s'est bien passé ce matin ? demanda Ernie.

On était mercredi, tout le monde connaissait l'importance de l'appel téléphonique.

Samuel sourit.

— Oui, j'ai parlé à ma mère.

— Alléluia ! lança Ernie en se frottant les mains.

— Comment va-t-elle ? interrogea Ida.

— Elle va bien, James et Chol aussi.

La pluie s'était arrêtée et les transports parvenaient à nouveau jusqu'au camp. Les Nations unies avaient achevé la construction d'une station de pompage et chaque habitant avait droit à près de 12 litres d'eau par jour, même si les files d'attente étaient toujours aussi interminables. L'argent que Samuel avait envoyé la semaine précédente était arrivé et Beatrice se sentait presque riche. Elle faisait très attention à cette manne providentielle, car les voisins se surveillaient de près et l'argent pouvait causer des problèmes. Elle avait acheté des conserves et des articles personnels, qu'elle partageait avec ses deux amies de Lotta. Toutes trois vivaient toujours dans leurs tentes et n'avaient aucune idée de la durée de leur séjour, ni de l'endroit où elles iraient ensuite. Cependant, on leur avait dit que ces habitations étaient temporaires.

Quand le dîner fut servi, la conversation passa de l'Afrique au basket. Les garçons s'entraînaient deux heures par jour et Britt les poussait à se dépasser. Étudiant en deuxième année, Murray s'inquiétait de son temps de jeu et avait peur de finir sur la touche. En tant que nouvelle recrue, Sooley était déjà heureux de faire partie de l'équipe. Sa carrière était devant lui.

Comme toujours, il apprécia le dîner en silence. La viande et les légumes étaient délicieux, la sauce riche et onctueuse. Mais il avait vu trop de photos et de vidéos des réfugiés affamés qui attendaient des heures pour un bol de gruau. Grâce à Internet, la vie dans les camps se matérialisait en couleur sur son ordinateur portable, et il ne pourrait plus jamais savourer un repas sans penser à sa famille.

27

Lonnie Britt n'était pas un lève-tôt, et la moitié de l'année il réussissait à dormir au moins jusqu'à 7 heures du matin. En revanche, de fin septembre – le début des entraînements officiels – au terme de la saison en mars, il se réveillait avant 6 heures, rongé par l'inquiétude. Le programme d'exercices du jour ; le premier match dans cinq semaines à peine ; une recrue qui venait de signer le contrat et avait changé d'avis ; le cinq majeur ; l'équipe B ; les étudiants qui séchaient les cours ; devait-il virer un non-boursier qui n'apportait rien d'autre que de la bonne humeur dans le vestiaire ? Et recruter. Toujours recruter.

Comme si ce n'était pas suffisant, à tout cela s'ajoutait le drame d'un jeune Africain dont le père et la sœur avaient été assassinés, et dont le reste de la famille vivait dans un camp de réfugiés en Ouganda. Sans oublier les deux anciens joueurs qui comptaient sur leurs avocats pour négocier un allégement de peine.

À 5 h 30, comme il avait les yeux grands ouverts, sa femme le poussa hors du lit pour essayer de dormir une heure de plus. Il prit sa douche sans faire de bruit, alla jeter un coup d'œil aux enfants, et s'enfonça dans la nuit pour gagner un café près du campus. Là, tandis qu'il mangeait ses œufs brouillés et sirotait son café noir, il parcourut le journal de Raleigh et vit que le classement de pré-saison des universités avait été publié. Sans surprise, l'université Duke avait l'équipe la plus en vue, principalement parce qu'elle avait recruté quatre premières années de dix-huit ans susceptibles de partir au mois de juin prochain. Comme tous les entraîneurs, Lonnie détestait l'idée que des étudiants de première année puissent évoluer en NBA, avec la fameuse règle du « one-and-done », qui autorisait les joueurs à participer à la « draft » après seulement une année d'université et à l'âge minimum de dix-neuf ans. Mais cela ne l'inquiétait pas vraiment. Il était rare qu'un joueur de la Conférence Est[1] soit drafté après seulement une année de fac. Cela n'était jamais arrivé à Central. Lonnie savait que ses étudiants de première année étaient à l'abri. Et, comme tous les entraîneurs, il enviait les remarquables talents que les programmes « one-and-done » attiraient.

Sans surprise, Central n'était pas dans le top 25. L'université n'avait jamais figuré sur la liste – que ce soit avant, pendant ou après la saison. D'après les rumeurs, les Eagles termineraient à la quatrième place du tournoi de la Mid-Eastern Athletic Conference – la MEAC – derrière Delaware State, Florida A&M et Norfolk State, mais ces prédictions se révélaient toujours fausses.

1. La NBA se compose de deux branches, la Conférence Est et la Conférence Ouest, comprenant chacune quinze franchises et trois divisions.

Deux ans plus tôt, ils avaient gagné vingt-trois matchs, remporté le championnat de la Conférence Est et été sélectionnés pour la « March Madness[1] », où ils avaient été éliminés au premier tour. L'année précédente, ils avaient gagné vingt matchs mais ne s'étaient pas qualifiés. Une autre saison de vingt victoires et Lonnie serait en mesure de briguer un poste dans une université plus prestigieuse.

Il se rendit en voiture au Nid et se gara à sa place attitrée. Le petit parking était vide. Il était 7 h 30. Il déverrouilla la porte qui menait aux vestiaires et se dirigea vers son bureau, quand il entendit un bruit de rebond. Dans la salle, il jeta un coup d'œil à travers les gradins. Sooley était seul au fond, dans la pénombre, et shootait de très loin, atteignant rarement son but. Son torse nu brillait de sueur. Après chaque tir, il courait récupérer la balle au vol, dribblait à droite et à gauche, faisait passer le ballon dans son dos, entre ses jambes, puis se redressait et shootait à nouveau. Son saut était toujours extraordinaire, même si le ballon heurtait systématiquement l'arceau.

Le plus impressionnant était de voir ce gamin à 7 h 30 dans la salle, où il s'entraînait manifestement depuis un bon moment.

L'une des problématiques de ce jeu, sans doute la plus importante, était de décider des postes. Samuel ne serait pas meneur et n'était pas prêt à devenir ailier.

---

1. Le championnat NCAA de basket-ball oppose les équipes masculines de basket-ball des universités des États-Unis, et se termine par un tournoi final, la « March Madness » à élimination directe, où s'affrontent soixante-huit équipes.

Lonnie avait décidé de mettre cette question de côté et d'observer la progression de sa récente recrue. Samuel serait sur la touche durant la saison prochaine.

Il le regarda un long moment et tenta de se représenter la peur et la confusion du jeune Sud-Soudanais. Sur le terrain, il était tout sourire et débordait d'énergie, même quand il manquait son objectif. Hors du terrain, cela dit, son regard se perdait dans le vide, son sourire s'effaçait, et ses pensées dérivaient vers un autre continent. Lonnie avait entraîné beaucoup de joueurs venus de foyers brisés et de milieux difficiles, jamais pourtant dans une situation aussi dramatique que Samuel Sooleymon.

Il pénétra sur le terrain et le héla.

— Bonjour, Sooley !

Le surnom était resté. Au début, Samuel avait résisté, du moins avec son équipe, puis il avait vite compris que les surnoms étaient communs aux États-Unis, et s'avéraient souvent une marque d'affection.

Samuel fut surpris et dribbla jusqu'au milieu du cours.

— Salut, coach !

— Tu es tombé du lit ?

— Je viens tous les matins, coach.

— Combien de tirs alors ?

— Cent quarante-deux. Je chauffe à peine.

— Combien de paniers ?

— Quarante-neuf.

Lonnie fit mentalement le calcul.

— Soit un taux de réussite de 39 pour cent. Sans défenseur, ce n'est pas très impressionnant.

Samuel haussa les épaules.

— Bah, c'est pour ça que je suis là, coach.

Lonnie sourit, satisfait de sa réponse.

— J'imagine. Écoute, le coach Grinnell a reçu un appel de l'assistant du doyen hier. Il paraît que tu as manqué des cours. Qu'est-ce qui se passe ?

Les épaules du basketteur s'affaissèrent et il regarda autour de lui d'un air coupable.

— Je ne sais pas, coach. Je n'ai pas d'excuses.

— Je sais que c'est lourd à porter. Je ne peux pas imaginer ce que tu traverses avec ta famille.

— Merci, coach.

— Mais tu as une bourse complète, Sooley. Tu sais ce que ça veut dire ?

— Je crois que oui.

— Ça veut dire que des gens financent tes études. Les contribuables de Caroline du Nord. Les gardiens du gymnase. Les chauffeurs de bus. Tes professeurs. Les parents de Murray. Les autres entraîneurs. On paie tous des impôts, et une partie finance l'université Central. Grâce à cet argent, tu peux étudier gratuitement et obtenir un diplôme. Alors le moins que tu puisses faire, c'est aller en cours et obtenir de bons résultats.

— Oui, coach. Je suis désolé, je vais me rattraper.

— À partir de maintenant, le coach Grinnell vérifiera tous les jours ta présence en cours. Si tu sèches, je le saurai.

— Je ne le ferai plus, coach.

Lonnie tapa dans ses mains et Samuel lui lança le ballon.

— Haut de la raquette.

Lonnie se posta dans le couloir pendant que Sooley s'exerçait à 6 mètres. Après plusieurs tirs ratés, il intervint :

— Prends ton temps. Tu es trop pressé. Concentre-toi pour que chaque shoot soit parfait.

Un peu plus tard, il lui lança :

— Redresse-toi, les épaules orientées vers le panier.

Et enfin :

— Ne bouge pas le coude. Visualise l'action avant de tirer. Imagine le ballon entrer dans l'arceau et plonger dans le filet.

Après cinquante tirs, dont dix-huit réussis, Lonnie garda le ballon et s'approcha de Samuel.

— Tu veux de l'eau ?

— Non, merci.

Les entraîneurs avaient remarqué que Sooley consommait beaucoup moins d'eau que ses coéquipiers.

— Murray est en train de faire passer un chapeau dans le vestiaire pour collecter de l'argent pour ta famille, dit Lonnie. Tu le savais ?

Samuel était sous le choc.

— Non, monsieur. Je ne savais pas.

— Bah, j'aurais mieux fait de me taire. Le truc, c'est que les entraîneurs n'ont pas le droit de mettre la main à la poche. Si on le faisait, on serait en violation de la règle de la NCAA qui interdit d'aider financièrement un joueur, un truc débile dans le genre.

— Merci, coach, mais je n'ai pas demandé d'aide.

— Je sais. J'imagine que tu as rencontré la mère de Murray, Mlle Ida ?

— Plusieurs fois, oui.

— Ida Walker est une force de la nature, et elle a décidé d'aider ta famille. Elle a appelé hier soir pour se renseigner sur le règlement de la NCAA. Je dois parler à l'avocat de l'université aujourd'hui.

— Elle est avocate pourtant.

— Dans un autre domaine. Peu d'avocats comprennent la logique complexe de la NCAA. Même les entraîneurs peinent à suivre.

— Elle ne m'a rien dit.

— Elle est très déterminée. Je ne voulais pas vendre la mèche, je veux juste que tu saches que tes entraîneurs et ton université te soutiennent à cent pour cent.

— Merci, coach. Mais je ne veux pas que mes coéquipiers me donnent de l'argent.

— Sooley, ils n'ont pas d'argent, d'accord ? C'est une bande de gamins fauchés, comme tous les étudiants, ils cherchent simplement à te donner un coup de main. Ils savent à quel point c'est dur pour ta famille. Et ils s'inquiètent pour toi.

Samuel se mordit la lèvre et hocha la tête.

— Je garde le ballon. Toi, tu vas en cours, ajouta Lonnie.

*

Face à la crise qui perdure et s'aggrave au Soudan du Sud, les Nations unies budgétisent en 2015 une aide de 800 millions de dollars, à répartir entre les pays limitrophes. L'aide envoyée directement à Djouba pose problème. Les rapports sur le terrain affirment que l'argent dont la population a désespérément besoin est détourné par le gouvernement. L'Ouganda doit recevoir la moitié du financement. Plus de sept cent mille Sud-Soudanais vivent dans une vingtaine de camps et de colonies et, au milieu de l'été, un millier de réfugiés arrive chaque jour. La situation est désastreuse. Les besoins en eau, en nourriture, en médicaments et en abris sont sans commune mesure.

Pour diverses raisons – le manque de moyens, la bureaucratie, les querelles locales, la corruption –, moins d'un tiers de l'aide de l'ONU arrive entre les bonnes mains. L'Ouganda fait de son mieux avec cet argent, tandis que les ONG s'efforcent de combler les lacunes. Des tentes dressées à la hâte pour cinq mille réfugiés en accueillent cinq fois plus. Les enfants meurent de faim, de malnutrition, du paludisme et d'autres maladies.

La crise avait ému le monde et attiré l'attention des journalistes occidentaux. Tard chaque soir, Sooley lisait les rapports en ligne. Une fois les lumières éteintes et la chambre silencieuse, il s'asseyait sur son lit et surfait sur Internet. De temps à autre, il dénichait des photos du camp de Rhino – Beatrice avait précisé que leur tente se trouvait dans le sud – et il étudiait les visages de centaines de ses compatriotes, espérant apercevoir celui de sa mère, de James ou de Chol. Il se raccrochait encore à l'idée absurde qu'Angelina était là, quelque part, à chercher sa famille.

Murray dormait depuis longtemps quand Samuel éteignait enfin son ordinateur portable, tirait le drap sur sa tête et récitait ses prières. Souvent, il s'autorisait à pleurer.

28

Beatrice rangeait ses pièces de monnaie dans une petite pochette en plastique qui ne la quittait jamais. Elle l'avait glissée dans une étole en coton nouée autour de sa taille. Elle en avait donné une partie à ses deux amies de Lotta, en leur faisant jurer de garder le secret. Comme personne n'avait d'argent dans les camps, toute rumeur à ce sujet était dangereuse.

Les nouveaux arrivants étaient logés dans des tentes, du moins pour les plus chanceux. Des milliers de réfugiés se trouvaient à l'extérieur du camp, attendant d'être admis, enregistrés, et surtout, nourris. Une fois à l'intérieur, ils dormaient à même le sol jusqu'à ce qu'une tente se libère.

Dans les sections les plus anciennes de la colonie, où certains réfugiés vivaient depuis des années, les huttes étaient en bois, en brique et en paille épaisse, des constructions faites pour résister au temps. Le gouvernement avait donné à plusieurs propriétaires un lopin de terre pour qu'ils puissent cultiver un potager et élever des poules ou des cochons. Cela avait fait naître un petit commerce, avec un marché animé en plein centre du camp sud. Ceux qui possédaient un peu d'argent pouvaient se procurer de la nourriture de meilleure qualité, des médicaments, des vêtements, et divers produits de première nécessité. La négociation et le troc étaient des pratiques courantes. Grâce aux 100 dollars que Samuel lui avait envoyés, Beatrice avait acheté quelques articles qui n'attireraient pas l'attention. Son fils lui avait expliqué qu'il avait un emploi en plus de ses études, et qu'il lui enverrait encore de l'argent. Pas trop, avait répliqué sa mère. Il lui promettait à chaque fois qu'il allait les tirer de là, même si cela prendrait beaucoup de temps.

Savoir son aîné sain et sauf, et à l'abri du besoin, était un baume pour le cœur de Beatrice, mais la vie dans le camp était terriblement monotone. Elle n'avait rien pour s'occuper, pour passer le temps. Pas de maison à nettoyer, pas de repas à préparer, presque pas de lessive à faire et pas de rivière pour laver, pas d'école pour les enfants. La messe hebdomadaire en plein air attirait des milliers de personnes et leur procurait un éphémère sentiment de normalité.

Un mercredi, elle se leva tôt avec les garçons et discuta avec ses voisines de l'épreuve du jour pour s'alimenter. Il y avait trois camions de nourriture à une demi-heure de marche, restait à deviner quelle serait la file d'attente la plus courte pour le petit déjeuner. C'était leur sujet de conversation principal, ils n'avaient rien de mieux à faire, et leurs préoccupations premières étaient l'eau et la nourriture.

Lorsque les enfants, au nombre de huit, furent réveillés, les trois femmes se mirent en route vers l'un des points de distribution. Mais la chance ne leur sourit pas : elles patientèrent deux heures pour un bol de riz et une miche de pain. Après leur maigre repas,

Beatrice confia James et Chol à ses deux amies, et entama ses soixante minutes de marche à travers les rues bondées pour gagner le dispensaire de Médecins sans frontières.

Chaque semaine, un nombre croissant de personnes s'agglutinait dans le camp. Elle traversa un dédale de tentes, emprunta un chemin bordé d'abris de fortune, puis une rue de maisons solides. Par endroits, les gens étaient entassés les uns sur les autres, tandis que dans d'autres, les habitats étaient beaucoup plus espacés. Tous avaient été « déplacés », chassés de leur pays natal par des hommes armés. Ses parents lui avaient parlé de l'époque où la famine obligeait les habitants à quitter leur maison pour chercher de quoi se nourrir. Désormais, c'étaient les seigneurs de guerre et les milices lourdement armées qui les forçaient à partir.

Christine apparut à l'entrée de la tente peu avant 14 heures, et en attendant l'appel, l'infirmière demanda à Beatrice des nouvelles de James et de Chol. Comme de coutume, les patients affluaient et de longs cortèges s'étiraient devant les différentes entrées.

Son téléphone bourdonna.

— Bonjour, dit-elle en souriant, avant de passer le portable à Beatrice.

Christine retourna à son travail pour leur laisser un peu d'intimité.

*

Le mercredi 11 novembre, après sa conversation avec sa mère, Samuel éprouvait le mélange d'émotions habituel, mais il ne voulait pas penser à sa famille maintenant. Son premier match avait lieu le soir même, et même s'il ne jouerait pas, il porterait le maillot des Eagles pour la première fois et les encouragerait depuis la touche. Il retourna dans sa chambre, réveilla ce gros bêta de Murray, et se rendit au gymnase. Il tira des paniers pendant une heure, assista à tous ses cours – il n'en manquait plus un seul maintenant qu'il était surveillé – et lava des maillots de football sales pendant une heure. L'équipe avait perdu quatre matchs d'affilée, mais la mauvaise saison touchait à sa fin. À 17 h 30, Samuel jouait à des jeux vidéo en écoutant du rap dans le vestiaire quand ses coéquipiers arrivèrent.

Quatre des joueurs du cinq majeur avaient été désignés avant même le premier entraînement. Mitch Rocker, un meneur de quatrième année, avait joué les deux dernières saisons et était le capitaine de l'équipe. Deux autres seniors, Dmitri Robbins et Roy Tice, avaient débuté l'année précédente aux postes d'ailiers, et n'avaient pas trouvé de concurrent à leur mesure. Un troisième année, Duffy Sunday, avait joué 20 minutes par match la saison précédente et s'était beaucoup amélioré au poste d'arrière. Aucun des trois plus grands joueurs de l'équipe ne s'était démarqué à l'entraînement, mais Melvin Montgomery, lui aussi en troisième année, avait plus d'expérience et serait titularisé comme pivot.

L'équipe était expérimentée, et les joueurs animés de grandes ambitions. Ils comptaient bien mettre en déroute leur premier adversaire, une petite université privée de Charlotte dont personne n'avait jamais entendu parler. C'était l'une de ces rencontres sans intérêt de pré-saison, tout sauf un vrai match, qui n'intéressait pas les supporters. Quand les Eagles entrèrent sur le terrain, le Nid était pratiquement vide, ce qui ne fit aucune différence pour Samuel Sooleymon. Il sourit à ses coéquipiers dans leurs superbes maillots gris et bordeaux, comme le sien. Il portait le numéro 22, l'un des rares disponibles, mais il s'en fichait. N'importe quel numéro aurait fait l'affaire. Il sourit à ses entraîneurs, aux ramasseurs de balles, aux managers, aux arbitres. Personne dans la salle n'était aussi heureux que lui. Il participa à l'échauffement avec plaisir, même s'il manqua tous ses lancers de loin. Sur la touche, il encourageait ses coéquipiers et jetait de temps à autre un coup d'œil à la section des étudiants. Aucun remplaçant n'avait jamais autant apprécié un match.

Treize joueurs étaient en tenue, dont Sooley et un des non-boursiers. L'autre n'avait pas été retenu. Les deux transferts n'avaient pas été autorisés à porter le maillot des Eagles, ils étaient quand même assis à l'extrémité du banc, où ils étaient censés faire du bruit. Sur les treize, tous foulèrent le terrain, sauf Samuel. Même le non-boursier Rontae Hammer joua 5 minutes et marqua un 3 points. En deuxième période, les Eagles s'abaissèrent au niveau de leurs adversaires et ne furent pas du tout à la hauteur. Après le match, le coach Britt, très mécontent, hurla dans les vestiaires, mais une victoire de 30 points contre une bande de petits Blancs apathiques était toujours bonne à prendre.

Quatre soirs plus tard, alors que l'équipe de football disputait un match à l'extérieur, les Eagles accueillirent une autre école inconnue au bataillon, dont le cinq majeur aurait eu du mal à battre l'équipe féminine de Central. Après une victoire écrasante, neuf joueurs obtinrent un score à deux chiffres, un record pour l'équipe. Murray avait inscrit quatre paniers à distance, soit 12 points. Il apparaissait comme un deuxième meneur solide, après Mitch Rocker, pourtant il n'allait sans doute pas jouer beaucoup. En son for intérieur, Samuel se disait que son colocataire n'était tout simplement pas assez rapide. Après trois mois d'entraînement, Samuel dominait facilement Murray dans les 1 contre 1.

Après deux victoires faciles, c'était au tour des Eagles de passer à la casserole, même s'ils n'en avaient guère envie. Ils firent une heure trente de bus jusqu'à Winston-Salem, et pénétrèrent sur le terrain du Joel Coliseum pour affronter Wake Forest devant neuf mille supporters déchaînés. Pour Samuel, s'échauffer pour la première fois devant une salle comble fut un grand moment d'émotion. Même s'il n'avait plus le droit de s'approcher du terrain après le coup de sifflet, il avait l'estomac noué. De toute évidence, l'équipe était sur les nerfs et ne réussit rien pendant les 5 premières minutes. Mené 14-0, Lonnie prit un temps mort et demanda à son cinq majeur si l'un d'entre eux avait l'intention de marquer ce soir-là. Oui, ils étaient sur les dents, et repartirent remontés à bloc, même si le panier semblait avoir rétréci. Rien ne rentrait. À la mi-temps, Wake menait de 20 points, et Samuel, malgré son expression de marbre, eut envie d'éclater de rire en voyant Lonnie gesticuler dans tous les sens.

Ils n'étaient pas efficaces. Après avoir réduit l'écart à 15 points au début de la seconde période, Central s'effondra sous le pressing de ses adversaires, et ce fut la débandade. Lonnie fit sortir les titulaires, et l'équipe B s'avéra encore plus désorganisée. L'attaque était désynchronisée, la défense une vraie passoire, et leurs adversaires survoltés. Après une défaite de 30 points, le trajet de retour fut des plus moroses.

Le samedi 21 novembre, les Eagles prirent un vol pour Knoxville, dans le Tennessee, pour disputer un autre match qu'ils auraient préféré éviter. Devant vingt mille supporters, dont pas un ne les soutenait, les Eagles s'en tirèrent avec les honneurs, malgré une défaite de 20 points. De retour à la résidence, Murray expliqua à Samuel que les grandes universités avaient besoin de victoires assurées en début de saison et qu'elles étaient prêtes à payer jusqu'à 100 000 dollars une équipe plus faible pour qu'elle vienne se faire botter les fesses.

— Alors le Tennessee nous a payés pour qu'on vienne chez eux et qu'on se fasse massacrer ?

— Exactement. On appelle ça les matchs « garantis ». Eux remportent une victoire et nous un chèque. C'est une pratique courante. Ça fait partie de la saison. En plus, ils prennent en charge nos frais de déplacement.

— Combien sont payées nos victimes ? interrogea Sooley.

— Beaucoup moins. J'ai entendu parler de 10 000 dollars. Et ils achètent leurs tickets de bus.

— Ah l'Amérique !

Au moins une fois par jour, Samuel était éberlué par les excès de la culture américaine, en particulier parmi les athlètes universitaires. Il avait toujours du mal à croire qu'on lui offrait une scolarité d'une valeur de 22 000 dollars par an, et que Central le payait 7,25 dollars de l'heure pour plier des serviettes et nettoyer les vestiaires de l'équipe de football américain.

Le 24 novembre, le dernier jour de cours avant Thanksgiving, Central reçut Campbell pour une nouvelle rencontre édifiante. Avec à peine une centaine de supporters dans les tribunes – les étudiants étaient déjà partis en vacances –, les Eagles prouvèrent que des jeunes de vingt ans pouvaient facilement se déconcentrer. Impatients de rentrer chez eux pour passer quatre jours de vacances loin des entraînements et des cours, et pour déguster des bons petits plats de maman, ils ne parvinrent pas à imposer leur jeu. Alors que Campbell, si. D'après les pronostics de Las Vegas[1], une autre étrangeté américaine que Murray essayait toujours de faire comprendre à son colocataire, Central était censé l'emporter de 12 points. Au lieu de quoi, les Eagles subirent une défaite de 10 points – qui plus est à domicile. Le coach Britt était furieux. Il ordonna à ses gars de disparaître de sa vue : il ne voulait plus les revoir avant dimanche après-midi ! Et ils avaient intérêt à être à l'heure, prêts pour un entraînement musclé.

1. Ensemble de pronostics sur les matchs et de cotes sur les équipes.

29

Depuis quinze ans, Christine Moran prodiguait des soins médicaux aux personnes les plus défavorisées de la planète. Elle était originaire de Besançon, dans l'est de la France, près de la frontière suisse, mais n'y était pas retournée depuis dix ans. Elle avait fait une école d'infirmière à Paris et, son diplôme en poche, avait voulu voir le monde. Médecins sans frontières l'avait engagée et envoyée au Bangladesh pendant deux ans. De là, elle avait gagné la Tanzanie et passé trois ans à s'occuper de Burundais qui fuyaient le génocide. Après cinq années à s'occuper de réfugiés, elle était rentrée en France et avait travaillé dans un hôpital de Lille. Au bout de quatre mois, elle avait démissionné lorsqu'elle avait compris que ses patients n'étaient guère malades, comparés à ceux des pays en développement. Elle était retournée en Afrique et avait été affectée au camp de réfugiés de Kakuma, au Kenya, où vivaient deux cent mille personnes déplacées, la plupart originaires du Soudan et de Somalie, mais aussi de vingt autres pays. Beaucoup étaient orphelins, et à son retour en France, leurs visages l'avaient hantée. Les regards tristes et désespérés de ces enfants souffrant de la faim, qui agonisaient ou s'accrochaient à la vie et retrouvaient peu à peu goût à l'existence. Elle en avait tenu des centaines dans ses bras alors qu'ils fermaient les yeux pour toujours.

Il y a trois ans, elle avait été affectée à Rhino Sud, une structure plutôt bien administrée. Les camps étaient tous bondés et déprimants, remplis de personnes déplacées qui avaient tout perdu, mais Rhino était bien organisé, la nourriture et l'eau arrivaient généralement à temps. Médecins sans frontières gérait deux grands hôpitaux, et le personnel de santé, un mélange de médecins et d'infirmières européens, américains et africains, travaillait sans relâche au moins douze heures par jour. L'emploi du temps était pénible, le mode de vie difficile, mais les soignants étaient animés par un désir profond de faire la différence, un patient à la fois. Au bout de quelques années, la plupart, épuisés, retournaient dans le cocon rassurant du monde civilisé, et même là, ils n'oubliaient pas ce qu'ils avaient accompli dans les camps et étaient fiers des vies qu'ils avaient sauvées.

Christine gardait discrètement son portable près d'elle. Le réseau était limité et le temps de communication précieux. Elle aimait le partager avec quelques-uns de ses patients qui avaient de la famille aux États-Unis ou en Europe. Elle avait parlé à Samuel à deux reprises et lui avait demandé de contacter des proches d'autres réfugiés du camp, ce qu'il avait fait avec plaisir.

Chaque mercredi, à 14 heures précises, Christine se rendait dans un coin de la tente, croisait le regard de Beatrice, et la conduisait dans une petite pièce où l'on stockait les fournitures. Aux alentours de 14 heures, le téléphone sonnait. Et Christine claironnait : « Bonjour, Samuel ! » Puis elle tendait le téléphone à Beatrice le temps d'une brève conversation.

*

À 6 heures, la femme de Lonnie poussa son mari hors du lit. Il n'arrêtait pas de gesticuler et ne cessait de la réveiller. Il était évident, du moins à ses yeux, qu'il n'arriverait pas à dormir. Alors qu'elle le pouvait, s'il la laissait tranquille.

Attablé dans son *diner* préféré, Lonnie parcourut le journal, histoire de s'occuper. Les seules nouvelles qui l'intéressaient étaient celles concernant le basket, et il vérifiait les informations en ligne tout au long de la journée. Duke comptabilisait six victoires et zéro défaite, et son match le plus serré s'était soldé par une victoire impressionnante de 18 points contre Villanova. Kentucky et Kansas étaient numéro 2 et numéro 3, tous deux invaincus.

Lonnie reposa le journal, engloutit son petit déjeuner, et fulmina en repensant à leur défaite de la veille contre Campbell. Comme toujours, il s'attendait à perdre un certain nombre de matchs de pré-Conférence, mais lui et son personnel comptaient sur une victoire contre Campbell.

Il traversa le campus désert en voiture et se gara près du gymnase. Alors qu'il se dirigeait vers son bureau, il entendit un ballon rebondir. Il était 7 h 20, la veille de Thanksgiving, et les seuls étudiants sur le campus étaient des étrangers, tous endormis. Excepté Sooley. Lonnie regarda à travers les tribunes et vit une silhouette familière dribbler et shooter. Il secoua la tête et gagna son bureau, où il regarda la vidéo du fiasco de la veille. Il joignit Jason Grinnell, son associé, co-entraîneur et ami, et se repassa une nouvelle fois le film. Puis il téléphona à deux recrues pour leur souhaiter un joyeux Thanksgiving.

À 10 h 30, sa femme l'appela pour lui donner une brève liste de courses. Il lui demanda s'il pouvait rentrer à la maison. Elle était d'accord, à condition qu'il oublie le basket durant les prochaines quarante-huit heures. Bien sûr, répondit-il, mais tous deux savaient que c'était un mensonge. Il verrouilla la porte de son bureau et s'apprêtait à partir lorsqu'il comprit que le ballon continuait à rebondir.

Sooley, trempé de sueur, sourit jusqu'aux oreilles en voyant son entraîneur se diriger vers lui.

— Tu shootes depuis combien de temps, Sooley ?

— Je ne sais pas, coach. Deux ou trois heures.

— Combien de tirs ?

— Six cent quatre-vingt-dix.

— Et combien de paniers ?

— Trois cent quarante-trois.

— Ça fait presque 50 pour cent.

— Oui, mais comme vous dites, je n'ai pas de résistance.

— Et tous depuis la ligne des 3 points ?

— 90 pour cent.

— Tu sais quelles sont les stats de l'équipe pour les 3 points ?

— 28 pour cent.

— 28 pour cent. Ce n'est pas terrible. Qu'est-ce que tu penses de notre équipe, Sooley, après cinq matchs ? On a toujours une autre perspective depuis le banc et j'aimerais avoir ton avis.

Sooley sourit, fit plusieurs dribbles, et lança :

— On est bons, coach. C'est juste trop tôt. On a beaucoup d'expérience. Une fois qu'on sera dans la Conférence, ça va rouler.

Lonnie sourit.

— Où est Murray ?

— Il dormait quand je suis parti.

— Il devrait passer plus de temps sur le terrain, tu ne crois pas ?

Sooley ne se voyait pas critiquer son colocataire, ni aucun de ses coéquipiers. Le problème de Murray, c'était qu'il préférait passer du temps avec Robin, sa dernière petite amie en date. De toute évidence, ils ne pouvaient se rassasier l'un de l'autre, et la chambre était devenue leur nid d'amour. Sooley passait au moins une heure tous les soirs à la bibliothèque ou au foyer des étudiants, en attendant le SMS qui l'autorisait à revenir.

— Il est bon, répondit Samuel. Il a juste besoin de jouer.

— Ah ouais ! En voilà une bonne. Donc, si tu étais moi, tu lui accorderais plus de temps de jeu ?

— Bien sûr, coach, je donnerais à tous les joueurs plus de temps de jeu.

Lonnie éclata de rire et jeta un coup d'œil au panier.

— Alors combien de tirs aujourd'hui ?

— Mille.

— C'est bien, fiston. Bon, je passe te prendre à 18 heures pour le dîner de Thanksgiving à la maison ?

— Merci, coach.

— Murray se joindra à nous ?

— Oui, il me l'a confirmé.

— Tu as déjà mangé de la dinde ?

— Non, monsieur, je ne crois pas.

— C'est très banal. Agnes cuisine du canard à la place.

— Je n'en ai jamais mangé non plus.

— Et tu dors chez les Walker ?

— Oui. Ils m'ont invité pour les fêtes.

— Bien. J'imagine qu'on peut se sentir seul dans la résidence.

Pas Murray.

— Oui, mais ça va.

— Tu as parlé à ta mère ce matin ?

— Oui, monsieur. Ils vont bien, je crois. La vie au camp n'est pas simple, enfin au moins ils sont en sécurité.

— Et toujours pas de nouvelles de ta sœur ?

— Non, monsieur. Pour tout vous dire, coach, on ne s'attend pas à en avoir. On ne la reverra jamais, on le sait. On continue à prier, bien sûr. Il faudrait un miracle.

— Nous aussi nous prions pour ta famille, Sooley, tous les entraîneurs.

— Merci.

— On se voit à 18 heures.

*

Samuel avait dormi plusieurs fois chez les Walker. Il avait sa place sur un grand canapé au sous-sol, entre une table de ping-pong et un écran plat de 1,60 mètre, où Murray et lui regardaient ESPN le vendredi et le samedi soir. Robin était souvent avec eux, bien que Mlle Ida ne l'autorise pas à dormir sous son toit. Selon l'humble et discrète opinion de Samuel, elle n'appréciait guère que son fils cadet entretienne une relation aussi sérieuse avec une fille de vingt ans. Mais il était évident que Murray était un enfant gâté qui faisait ce qu'il voulait.

Ces vacances étaient spéciales, car pour l'occasion, Jordan rentrait de la fac de droit. Samuel la suivait sur les réseaux sociaux, et il était totalement sous le charme, avant même qu'elle ne franchisse la porte et n'embrasse tout le monde. À vingt-quatre ans, elle était magnifique, sexy, intelligente et sans attaches. Samuel cherchait un moyen de la demander en mariage, ce qu'il aurait fait sans hésiter dans son pays. Au Soudan du Sud, les règles étaient différentes. On faisait sa demande au père d'une jeune adolescente. Un homme pouvait avoir plus d'une épouse. Un père pouvait offrir sa fille en cadeau. Et ainsi de suite. C'était un autre monde.

*

Le mercredi soir, alors que tout le monde regardait un film dans le salon – une tradition familiale –, Samuel ne put détacher son regard de Jordan. Mlle Ida le surprit une ou deux fois, mais il ne pouvait pas résister. Rien n'échappait à cette femme.

Le matin de Thanksgiving, il se réveilla tard et, attiré par de délicieux arômes, il se rendit dans la cuisine où toute la famille s'affairait en bavardant et en riant. Brady, le fils rebelle, avait débarqué peu après minuit, et était impatient de rencontrer Sooley. Il avait tellement entendu parler de lui ! Chaque Walker préparait un plat de son cru et avait une opinion arrêtée sur les ingrédients et la réalisation des autres recettes. Samuel s'installa à la table, un peu à l'écart. Mlle Ida avait préparé des gaufres aux noix de pécan, une autre tradition. Tout le monde s'assit pour savourer un copieux petit déjeuner. Dans un plat sur le fourneau, une énorme dinde attendait d'être rôtie pendant au moins six heures. Cinq, d'après Ernie. Au moins sept, de l'avis de Murray.

Tout en mangeant, la famille passa en revue le menu du festin. En plus de la dinde, il y aurait des huîtres accompagnées de sauce aux canneberges, des patates douces confites, des jarrets de porc au chou vert, des beignets de maïs, des abats en sauce, des pains de maïs aux jalapeños, des tourtes au potiron et aux noix de pécan. Au début, alors qu'il dévorait une deuxième gaufre aux noix de pécan, Samuel pensa qu'ils plaisantaient – on ne pouvait pas manger tout ça en un seul repas. Puis il comprit qu'ils étaient très sérieux.

Il appréciait l'ambiance chaleureuse et les boutades de la famille, mais par moments, il ne pouvait s'empêcher de penser à sa mère et à ses frères, à sa sœur, à ses voisins, à ses amis de Lotta. Aux morts. Aux disparus. Les plus chanceux survivaient dans des abris de fortune et passaient des heures à attendre un simple bol de riz.

30

Dimanche en fin de journée, l'équipe se retrouva au Nid pour l'entraînement tant redouté. Leur entraîneur était toutefois de meilleure humeur. Sur un grand écran, il leur diffusa le match contre Campbell et s'arrêta sur les pires phases de jeu. Ensuite, les joueurs se rendirent sur le terrain pour deux heures d'exercices ininterrompus. Au moindre faux pas, ils se faisaient enguirlander par les quatre entraîneurs.

Deux jours plus tard, ils firent une heure et demie de route pour jouer contre East Carolina à Greenville, favori de 10 points, et perdirent de 3 points durant les prolongations. C'était leur quatrième défaite consécutive et le retour en bus se passa dans un silence mortifère. En plus de la défaite, l'événement le plus déstabilisant de la soirée fut la vilaine blessure d'Evan Tucker, un ailier remplaçant. Au milieu de la deuxième mi-temps, il s'était élancé pour saisir un rebond. Il s'était mal réceptionné et était tombé sur le coude. On craignait la fracture. Il était encore à l'hôpital de Greenville avec l'entraîneur Jackie Garver. Les radios n'étaient pas encourageantes : il ne reviendrait pas de sitôt.

La saison de football américain était terminée. L'équipe avait gagné six matchs et en avait perdu autant. Samuel s'était fait beaucoup d'amis dans les vestiaires et était triste que cela s'arrête. Lonnie avait tiré quelques ficelles pour qu'il travaille encore plusieurs heures par jour. Il rangerait la salle de musculation et suivrait les instructions de T. Ray. Ses 7,25 dollars de l'heure étaient importants : Samuel les économisait pour envoyer le plus d'argent possible à sa mère.

Murray et Mitch Rocker, le capitaine, avaient lancé une collecte de fonds pour les réfugiés d'Ouganda. Ils avaient créé un site et sollicitaient des dons de la part des étudiants. Sans nommer Samuel, la page web présentait une vision très sombre de la vie dans les camps et faisait appel à leur générosité. Le 1er décembre, ils avaient levé près de 1 000 dollars, et Samuel était plus que reconnaissant. La difficulté était de faire parvenir la somme entre de bonnes mains. Beatrice l'avait averti que les réfugiés qui avaient de l'argent sur eux devenaient souvent des cibles.

*

Beatrice avait discrètement acheté des chaussures et des vêtements pour les huit enfants – James, Chol, et les six autres de Lotta. Cela n'avait pas manqué d'attirer l'attention des voisins, d'autant que tout le monde savait que son fils étudiait et jouait au basket aux États-Unis. Jusqu'à présent, cela ne lui avait pas causé de problèmes.

Leur existence morne s'était considérablement améliorée lorsqu'ils avaient appris l'ouverture d'une école à l'extrémité de Rhino Sud. Un matin à l'aube, Beatrice, ses deux amies et leurs huit enfants se mirent en route, avec une foule de gens, pour savoir si la rumeur se confirmait. Au bout d'une heure de marche, ils découvrirent avec stupeur un bâtiment moderne flambant neuf que des ouvriers étaient en train de terminer. Un panneau annonçait l'inauguration d'une école de l'ONU pour tous les enfants. L'exaltation était palpable dans l'assemblée. Les parents firent la queue pendant plusieurs heures, remplirent des formulaires, puis partirent en quête de nourriture. Le lendemain, ils retournèrent à l'école et confièrent leurs enfants au personnel enseignant. Des administrateurs et des professeurs bien habillés, tous ougandais, tous des hommes, les accueillirent et leur distribuèrent des crayons, des blocs-notes et des cahiers d'exercices. Les femmes retournèrent dans leurs tentes, sans enfants pour la première fois depuis des mois. Une journée d'école signifiait pour eux de l'instruction et un bon déjeuner.

Et des uniformes. Avant de les libérer en fin d'après-midi, on distribua une tenue aux enfants : chemise blanche et short bleu marine pour les garçons, chemisier blanc et jupe bleu marine pour les filles. Ils étaient ravis d'être habillés tous pareil. Soudain égaux et membres d'une vraie école.

*

Une série de quatre défaites consécutives créait forcément des tensions dans le vestiaire, et Central ne faisait pas exception à la règle. Jabari Nix, un ailier de deuxième année, avait joué en moyenne 5 minutes par match l'année précédente, et cela ne s'était guère arrangé depuis le début de la saison. Son meilleur ami, DeRell Compton, un arrière de 1,78 mètre, ne savait pas shooter. Tous deux n'étaient pas satisfaits de leur temps de jeu et un peu déprimés.

Samuel restait à l'écart de ces histoires. Lui ne rentrait jamais sur le terrain mais était heureux de faire partie de l'équipe. Mitch Rocker et Roy Tice s'efforçaient de leur remonter le moral. Murray jouait 10 minutes par match et n'était pas satisfait non plus, il restait pourtant optimiste et pensait que sa situation allait s'améliorer. Son ami l'avait mis plusieurs fois en garde contre Jabari et DeRell : ils pouvaient leur attirer des ennuis.

Après l'entraînement de vendredi, Sooley et Murray prirent une douche, puis regagnèrent la résidence. Robin était rentrée chez elle pour le week-end et Murray semblait perdu. Il proposa à Samuel d'aller manger un morceau et l'emmena en voiture dans une pizzeria. Le lendemain, ils avaient un match à domicile, et le coach Britt avait imposé un couvre-feu strict à 22 heures. Le coach Garver avait menacé de vérifier leurs chambres.

Pendant leur repas, le téléphone de Murray sonna. C'était Harry Greenwood, un ailier de troisième année qui vivait en dehors du campus. Le père d'Harry était avocat à Charlotte, et la famille était aisée. Après la pizza, ils se rendirent chez Harry, où une fête s'était improvisée. Toute l'équipe était là, ainsi que quelques non-athlètes et une flopée de filles. La musique était forte, la bière coulait à flots et les filles s'avéraient très amicales. Sooley avait rapidement compris que sur le campus, les sportifs suscitaient l'admiration des autres étudiants. Murray, célibataire pour la soirée, sympathisa rapidement avec deux étudiantes, à qui il présenta son colocataire.

Samuel déclina une bière. D'où il venait, les adolescents, comme leurs parents, ne pouvaient pas s'offrir de l'alcool ni de la drogue, et c'était la première fois qu'il était face à ce genre de tentations. Il discuta avec une jolie étudiante prénommée Nicole, qui parut s'intéresser à ses origines. Un ami lui tendit un joint et, d'un geste désinvolte, elle tira une bouffée de la cigarette roulée, avant de la proposer à Samuel, qui refusa poliment. Soudain, il se rendit compte que l'odeur d'herbe imprégnait tout l'appartement. Il n'avait pas l'habitude, mais il était évident que beaucoup de gens fumaient à cette soirée. Plusieurs étudiants, pas sportifs pour un sou, s'étaient rassemblés autour d'une petite table dans la cuisine, occupés à une activité qu'ils préféraient tenir secrète. Samuel partit en quête des toilettes, rassembla ses pensées, puis, sans un mot à personne, s'en alla. Central se trouvait au moins à une heure de marche.

Comme il n'avait pas de voiture – et ne savait pas conduire –, il n'avait pas exploré les alentours et ne se repérait pas très bien. Sur sa droite, le ciel était illuminé par les lumières lointaines du centre-ville de Durham. Il avança un moment dans cette direction, mais très vite, il comprit qu'il était perdu. Il emprunta une rue bordée de maisons modernes chic, sans doute un quartier blanc de la ville. Alors qu'il arrivait au bout de la rue, il sentit qu'une voiture le suivait. C'était un véhicule de police qui roulait au pas.

En ce vendredi 4 décembre, il faisait froid. Sooley avait les deux mains enfoncées dans les poches de son sweat-shirt Central.

Il vivait aux États-Unis depuis suffisamment longtemps pour savoir quelle impression pouvait donner un jeune homme noir se promènant la nuit dans un quartier de Blancs. Soudain, il fut submergé par la peur.

La voiture s'arrêta près de lui et une voix bourrue lança :

— Stop.

Samuel s'arrêta net et attendit que les deux policiers, deux Blancs, sortent lentement de leur véhicule et s'approchent de lui. Ses mains et ses genoux tremblaient.

L'un d'eux alluma une lampe, la dirigea sur son visage, puis l'éteignit. Un réverbère tout proche fournissait assez de lumière pour qu'ils se voient distinctement.

— Peut-on savoir ce que vous faites ici ? demanda l'agent Swain.

Il était poli et souriant.

— Oui, monsieur. Je suis étudiant à Central et j'essaie de retourner au campus.

— Avez-vous une arme ? Quelque chose dans vos poches ?

— Non, monsieur. Je suis étudiant.

— Ça, on a compris. Enlevez vos mains de vos poches, s'il vous plaît. Lentement.

Sooley obtempéra.

— Bien, reprit Swain. Vous n'êtes pas obligé de nous montrer vos papiers d'identité, mais ce serait mieux.

— Bien sûr. Ma carte d'étudiant est dans ma poche. Je peux la prendre ?

— Allez-y.

Il glissa lentement la main dans la poche avant de son jean et tendit sa carte à Swain, qui l'étudia un moment avant de lui demander :

— C'est quoi comme nom de famille, Sooleymon ?

— C'est africain. Je viens du Soudan du Sud. Je joue au basket pour Central.

— Vous mesurez combien ?

— 1,98 mètre.

— Vous n'avez que dix-huit ans ?

— Oui, monsieur.

Swain lui rendit sa carte et regarda Gibson, lequel déclara :

— Je ne suis pas certain que vous soyez en sécurité dans ce quartier.

Le quartier était parfaitement sûr, en dehors des policiers qui vous cherchaient des noises. Samuel hocha poliment la tête.

Swain indiqua une direction du doigt.

— Central se trouve au sud et vous vous dirigez vers l'ouest.

— Je suis perdu.

Les agents éclatèrent de rire et échangèrent un regard.

— D'accord, voilà ce que je vous propose, lança Swain : montez à l'arrière et on vous ramène au campus. Il fait froid, vous êtes perdu, alors on vous reconduit chez vous, OK ?

Sooley observa la voiture de police, puis les alentours, mal à l'aise.

Sentant son hésitation, Swain ajouta :

— Vous n'êtes pas obligé. Vous n'avez rien fait de mal et vous n'êtes pas en état d'arrestation. C'est pour vous rendre service, je vous le promets.

Sooley grimpa à l'arrière du véhicule. Ils roulèrent quelques minutes, puis le conducteur, Gibson, lui dit :

— Vous avez perdu quatre matchs d'affilée, les gars. Qu'est-ce qui se passe ?

Sooley était fasciné par les gadgets sur le tableau de bord. Un écran d'ordinateur rempli de données. Des radios. Des scanners. Bien sûr, il n'avait jamais vu l'intérieur d'une voiture de police.

— Bah, on a commencé par des matchs difficiles, ça n'aide pas.

Swain poussa un grognement.

— Ouais, mais vous en avez un facile demain. Bleufield State. C'est où d'ailleurs ?

— Je ne sais pas, monsieur. Déjà que je suis perdu ici. Pas entendu parler d'eux. Je vais passer la première année sur la touche.

— J'aime bien le coach Britt, reprit Gibson. Un type bien. D'après les rumeurs, il pourrait partir l'année prochaine.

— Aucune idée. Les entraîneurs ne nous parlent pas de ces trucs-là. Je parie que vous êtes fans de Duke.

— Pas moi, je peux pas les sentir. Je préfère Tar Heels. Swain est plutôt fan de Wolfpack.

La voiture birfurqua et Sooley reconnut la rue. Ils se dirigeaient bien vers le campus de Central. Quand Swain vit le portail, il pointa du doigt le parking et lança à son coéquipier :

— Arrête-toi là.

Gibson obéit. Swain se tourna vers Samuel.

— On ne voudrait pas te mettre mal à l'aise, on te laisse ici, d'accord ?

— Oui, monsieur. Merci.

— Bonne chance pour la saison, monsieur Sooleymon.

— Merci.

31

Après trois semaines sur le continent africain, Ecko était fatigué et avait le mal du pays. Sa famille lui manquait. Il avait assisté à un tournoi au Cap, en Afrique du Sud, assisté à des conférences à Accra, à Nairobi, et regardé une douzaine de matchs avec des amis entraîneurs au Sénégal, au Cameroun et au Nigeria. Il avait parcouru 12 800 kilomètres et passé le jour de Thanksgiving bloqué dans un aéroport d'Accra, la capitale du Ghana.

Il lui restait néanmoins une dernière étape, à laquelle il ne pouvait pas, en son âme et conscience, renoncer, même s'il en avait très envie. Il atterrit à Kampala, la capitale de l'Ouganda, et fut accueilli par un vieil ami, Nestor Kymm, l'entraîneur de l'équipe nationale ougandaise. Haut placé dans le gouvernement, le frère de Kymm savait quelles ficelles tirer. Le lendemain matin à l'aube, ils se rendirent à l'aéroport international d'Entebbe et se dirigèrent vers la zone de fret, à l'écart du terminal principal. Ils retrouvèrent un officier sanglé dans un uniforme impeccable nommé Joseph quelque chose. Incapable de prononcer le nom de famille de l'homme, Ecko l'appela simplement « monsieur ». Joseph ne s'en formalisa pas.

Ils grimpèrent dans sa jeep et firent le tour de deux larges pistes d'atterrissage, avec des voies de dégagement où certains avions-cargos attendaient de décoller alors que d'autres se garaient. Autour des pistes, une enfilade de grandes tentes militaires abritait des milliers de caisses remplies de denrées alimentaires. Joseph gara sa jeep près d'un bâtiment administratif et jeta un coup d'œil à sa montre.

— Votre vol décolle dans une heure environ, mais ici, rien ne fonctionne normalement. Peut-être que vous ne pourrez pas embarquer. Nous ne le saurons qu'à la dernière minute. C'est une question de poids et d'équilibre de l'appareil. (Il désigna le chaos ambiant d'un geste de la main.) Vous voulez visiter rapidement ?

Ecko et Kymm acquiescèrent. Bien sûr, pourquoi pas ?

Les tentes étaient séparées par des chemins de gravier. Des centaines d'ouvriers chargeaient et déchargeaient les caisses des camions à l'aide de chariots élévateurs. Joseph s'arrêta et désigna les environs. Devant eux, des rangées de tentes, à perte de vue. Derrière eux, le vrombissement des avions prêts à décoller, tandis que des dizaines d'autres attendaient leur tour.

— Nous nourrissons un million de réfugiés par jour, dispersés dans une cinquantaine de camps à travers le pays, expliqua Joseph. Certains sont faciles à atteindre, d'autres pratiquement inaccessibles. Tous sont surpeuplés et accueillent quotidiennement un flot de nouveaux arrivants. C'est une crise humanitaire sans précédent, et nous peinons à suivre. Ici, c'est un effort désespéré et conjoint de notre gouvernement et de l'ONU. La majorité de ces denrées alimentaires viennent des Nations unies, mais beaucoup arrivent des ONG. Actuellement, nous travaillons avec une trentaine d'organisations humanitaires du monde entier. Certaines ont leurs propres avions. Des cargos nous ont été prêtés par notre armée de l'air. D'autres par l'ONU. Par moments, dans la journée, c'est l'aéroport le plus fréquenté du monde. C'est peu dire.

— À quelle distance se trouve le camp Rhino ? interrogea Ecko.

— À environ une heure de vol. Un groupe danois s'y rend quatre fois par jour. Je vais essayer de vous faire monter dans l'un des transporteurs. Si ça ne marche pas, on en essaiera un autre. Comme vous pouvez le constater, on ne manque pas d'avions.

C'était un surprenant rassemblement d'appareils, presque tous des bimoteurs et des turbopropulseurs, des bêtes de somme adaptées aux pistes de terre étroites et irrégulières. Au sol, ils zigzaguaient entre entrepôts et pistes de décollage, où ils se mettaient en ordre de bataille, prêts à s'envoler. Sur l'autre piste, des avions identiques atterrissaient toutes les trente secondes et s'engageaient sur la voie de dégagement la plus proche. Chaque décollage et atterrissage soulevait un nuage de poussière tourbillonnante. Les voies goudronnées pouvaient recevoir de plus gros cargos, mais toutes les pistes étaient en terre ou en gravier. À un kilomètre de là, dans une partie beaucoup plus civilisée de l'aéroport, les vols commerciaux allaient et venaient à un rythme tranquille. Alors qu'ils observaient le ballet aérien, Joseph déclara :

— Comme vous pouvez l'imaginer, le contrôle aérien est un cauchemar, au sol comme dans le ciel, mais on s'en sort plutôt bien. On n'a pas eu d'accrochage depuis plus d'un mois.

— Est-ce que les vols sont sûrs ? s'enquit Ecko.

Joseph eut un sourire.

— Nerveux, hein ?

— Pas du tout.

— Eh bien, on ne peut voler que par beau temps. Ces avions vont dans le bush, or seule une poignée de villes disposent d'une piste et d'un contrôle aérien digne de ce nom. La plupart ne sont que des chemins de terre sans repère. Les hommes que vous voyez ici, ce sont les meilleurs pilotes du monde. Ils peuvent voler par n'importe quel temps, mais souvent, ils n'arrivent pas à atterrir. Alors quand il pleut, on les retient au sol.

— Et d'où viennent-ils ?

— La moitié de notre armée de l'air, l'autre moitié d'un peu partout dans le monde. Un paquet de gars de l'ONU, et un nombre étonnant de femmes. Pour répondre à votre question, on n'a pas eu de crash depuis sept mois.

Ecko serra les mâchoires, comme s'il n'avait pas peur. De toute façon, il était trop tard. Il avait promis à Samuel.

Comme la radio de Joseph grésillait, il s'éloigna pour prendre l'appel. Ecko et Kymm retournèrent dans l'ombre rassurante d'une tente, et observèrent l'indescriptible chaos organisé sous leurs yeux.

Joseph arriva au volant d'une jeep.

— Montez ! On y va !

Ils louvoyèrent entre les tentes et émergèrent devant trois turbopropulseurs identiques, que des employés chargeaient de caisses. Sur l'empennage figurait le nom de l'organisation à but non lucratif, un nom étranger avec en dessous, en petits caractères, le mot « Danemark ». Joseph s'approcha de l'un des pilotes, de toute évidence un Danois, et prononça les mots magiques. Puis il fit signe à Ecko et à Kymm de le rejoindre. Tandis qu'ils montaient à bord et prenaient place dans les sièges exigus juste derrière les pilotes, Joseph leur lança :

— Bonne chance, les gars ! On se voit à votre retour, si vous en sortez vivants !

Ils bouclèrent leurs ceintures et se mirent à transpirer dans la touffeur humide. Un employé ferma la porte et les pilotes actionnèrent des manettes. Ecko et Kymm les observaient avec fascination. Alors que le turbopropulseur se mettait à rouler, le copilote ouvrit son hublot et une vague d'air chaud s'engouffra dans la carlingue. La progression était lente mais stable.

Bien que nerveux à la perspective du vol, Ecko était ravi de cette aventure et se félicitait une fois de plus de n'avoir rien dit à sa femme. Il lui raconterait tout une fois rentré à la maison.

À 10 000 pieds d'altitude, la campagne ougandaise était magnifique, et Ecko s'imprégna de la beauté des paysages. Il fut frappé par le manque de routes et l'isolement des villages. Une fois de plus, il était reconnaissant à ses parents d'avoir élu domicile aux États-Unis.

Derrière eux se trouvaient trois grandes caisses, ainsi que des boîtes plus petites entassées dans le peu d'espace disponible. L'avion tanguait, vibrait et bourdonnait sans discontinuer. Malgré tout, Ecko se surprit à s'assoupir.

La descente devint intéressante quand Ecko et Kymm eurent un aperçu de la piste. À 3 000 pieds d'altitude, elle ressemblait à un simple sentier au beau milieu d'une forêt. On apercevait les huttes d'un village voisin, mais c'était la seule trace de civilisation à des kilomètres à la ronde. Lors de l'approche finale, le copilote se retourna et cria :

— Accrochez-vous !

Guère rassuré, Ecko enfonça ses ongles dans le genou gauche de son voisin au moment de l'atterrissage brutal. Lorsqu'ils purent à nouveau respirer, ils rirent nerveusement. Un atterrissage réussi était une petite victoire.

Deux camions patientaient devant un bâtiment métallique qui abritait des étagères chargées d'eau et de nourriture. Une fois les moteurs éteints, une équipe de jeunes hommes ouvrit les portes arrière et déchargea les caisses. En quelques minutes, les camions étaient pleins, et l'avion repartait à vide. Les pilotes les saluèrent de la main et reprirent leur route.

Le chauffeur du camion était également danois. Il se présenta avec un grand sourire et les invita à monter dans la cabine. La moitié de l'équipe s'installa au milieu du chargement. Le camp Rhino se situait à une demi-heure de route.

À leur arrivée, Ecko, incrédule, secoua la tête. Les abris s'étendaient sur des kilomètres, et des milliers de réfugiés, pour la plupart sud-soudanais, son propre peuple, marchaient en file indienne sur les chemins de terre, visiblement sans but. Le camion s'arrêta à un point de distribution où plusieurs autres transporteurs déchargeaient leur cargaison. Un soldat de l'armée ougandaise les guida dans les méandres du camp. Ecko portait un petit sac de sport rempli de cadeaux. Pendant près d'une heure, ils sillonnèrent la colonie, croisant d'innombrables personnes désœuvrées. De longues colonnes de femmes et d'enfants s'étiraient devant les points d'eau et de nourriture, les dispensaires, et les tentes où les travailleurs humanitaires distribuaient des médicaments et des vêtements de seconde main. Des centaines de femmes et d'adolescentes circulaient avec des pots d'eau sur la tête.

Devant la tente de Médecins sans frontières, ils demandèrent à voir Christine Moran, qui les conduisit dans une petite salle d'examen. Là, Ecko eut la joie de saluer Beatrice et ses fils. Chol et James portaient leurs uniformes scolaires impeccables, même s'ils manquaient la classe en ce jour spécial.

De son sac de sport, Ecko sortit des tee-shirts et des casquettes de Central. Les « Eagles » étaient inscrits partout. Il tendit à Beatrice une enveloppe contenant une longue lettre de Samuel, et une plus petite avec de l'argent liquide. Pour James et Chol, des cartes de Noël signées par tous les joueurs et les entraîneurs des Eagles. Ils discutèrent pendant une heure de Samuel et de sa nouvelle vie au campus, de ses études, de ses amis, de sa passion du basket. Sur son téléphone, Ecko montra une vidéo de Samuel et de son colocataire, Murray Walker – sa famille leur transmettait tous leurs vœux de bonheur pour Noël. Une autre vidéo montrait Samuel en train de dunker à l'entraînement.

Kymm prit des dizaines de photos avec le téléphone d'Ecko.

Six heures plus tard, l'avion-cargo danois vide atterrit à l'aéroport d'Entebbe. La nuit était tombée. Ecko remercia Kymm et lui fit ses adieux. Alors qu'il attendait son vol pour Nairobi, il envoya les photos à Samuel.

Déambulant dans le terminal, il se promit de faire tout son possible pour sauver la famille Sooleymon, même s'il savait que les chances étaient minimes. Il appela Samuel et discuta avec lui pendant une demi-heure, un appel international coûteux. Samuel adorait les photos et voulait tout savoir. Ecko fit attention de ne pas trop en dire sur la réalité de leurs conditions de vie et essaya de donner au jeune homme des raisons d'espérer.

*

Privés de trois joueurs en raison de violations du couvre-feu, ils allèrent disputer un match sur le campus de Furman, au nord de la Caroline du Sud, un mercredi soir. Le coach Britt fit jouer ses neuf joueurs, mais cela ne suffit pas. Les Eagles encaissèrent une défaite de 15 points et se retrouvèrent à trois matchs perdus sur cinq.

Heureusement, ils n'avaient pas de rencontre prévue la semaine suivante, le calendrier étant suspendu le temps des examens.

32

Tôt le vendredi matin du 18 décembre, l'équipe grimpa dans un bus à destination de Washington. L'humeur était légère. Les examens venaient de s'achever et les vacances de Noël approchaient. Un dernier match, et tous les joueurs, à l'exception de Samuel, rentreraient dans leur famille pour les fêtes. Sur l'autoroute, Samuel songea à son précédent séjour dans la capitale en août dernier, les deux jours qu'il avait passés avec ses coéquipiers sud-soudanais et leur amère déception après leur disqualification au tournoi d'Orlando.

Un moment très pénible pour lui, après le choc de l'attaque de son village. Quatre mois plus tard, sa vie avait changé du tout au tout, et pas une minute ne s'écoulait sans qu'il pense à son défunt père et au destin indicible de sa sœur bien-aimée. Ses coéquipiers étaient tout excités dans le bus qui traversait le centre de Washington et, malgré sa discrétion, Samuel fit de son mieux pour sourire et suivre le mouvement.

L'équipe descendit à l'hôtel Hyatt, non loin de la salle omnisports Capital One Arena. Ils déjeunèrent rapidement, et reprirent le bus pour visiter la ville. À 18 heures, ils enfilèrent leurs tenues d'entraînement et se rendirent sur le campus d'Howard pour une heure de tirs intensifs. À 20 heures, ils gagnèrent un restaurant à quelques rues de là, où ils furent accueillis par Maria Manabol, de l'ambassade de la République du Soudan du Sud. Elle avait rencontré Samuel et le coach Britt, ainsi qu'Ecko, en août à l'ambassade, où elle leur avait confirmé le décès d'Ayak Sooleymon. Elle leur avait également fourni des documents pour faciliter la demande de visa de Samuel, et suivi son dossier auprès des services de l'Immigration. Elle avait appelé Samuel toutes les deux semaines pour s'assurer qu'il s'habituait à la vie étudiante. Elle et son mari, Paul, un Américain de Pittsburgh, se révélèrent des hôtes parfaits. Ils accueillirent les joueurs dans une salle à manger privée, où ils se régalèrent d'une côte de bœuf avec toutes sortes de garnitures. Après le dîner, elle évoqua brièvement leur pays et ses défis. Elle ne mentionna pas la détresse de la famille Sooleymon, car tout le monde dans la salle connaissait leur histoire.

Les joueurs se couchèrent à 23 heures, avec pour instruction de dormir le plus tard possible le samedi matin. Le brunch était prévu à 10 h 30.

*

Malgré sa réputation de canard boiteux que les grandes universités se faisaient un plaisir d'écraser, Howard n'avait perdu que deux matchs et en avait gagné dix, dont un au cours des prolongations. Avant la saison, les Bisons étaient largement sous-estimés par les experts, qui les avaient classés parmi les derniers de la MEAC. L'équipe de Central était considérée comme favorite par plusieurs spécialistes. Vegas n'était toutefois pas d'accord et voyait les Eagles perdants de 4 points.

Deux heures avant le coup d'envoi de 15 heures au Burr Gymnasium, Maria et Paul prirent place dans les tribunes avec Samuel et discutèrent de la vie en général, du campus, du basket-ball et, surtout, des camps de réfugiés. L'ambassade avait reçu de nombreuses demandes de Sud-Soudanais installés aux États-Unis pour aider des proches. Maria avait été soulagée d'apprendre que Beatrice et ses frères avaient été localisés au camp Rhino, en Ouganda. C'était un petit miracle. Mais les faire sortir de là en réclamait un bien plus grand.

Avec sa diplomatie habituelle, elle rappela à Samuel ce qu'il savait déjà. L'immigration aux États-Unis était strictement contrôlée et très peu de ressortissants de leur pays obtenaient un permis de séjour. De plus, il y avait beaucoup de candidats avant lui. Sa famille n'avait pas d'autre soutien que Samuel, dont la citoyenneté n'était pas encore officielle.

Quand vint l'heure de se préparer, Samuel remercia Maria et Paul, les serra longuement dans ses bras, et leur promit de rester en contact. En partant, il ajouta :

— La saison prochaine, je serai sur le terrain.

— J'ai hâte ! répondit-elle.

*

Comme Lonnie et les entraîneurs le craignaient, la semaine de repos eut des répercussions désastreuses sur les joueurs. Avec le déplacement à Washington, les Eagles étaient encore plus déconcentrés. Howard, en revanche, ne l'était pas. Les Bisons réussirent leurs cinq premiers tirs alors que Central ne mit aucun panier. À 12 minutes de la fin de la deuxième mi-temps, avec une avance de 24 points, Howard fit des changements, et les remplaçants s'avérèrent aussi efficaces que les titulaires. Lonnie utilisa tous ses joueurs de réserve. Sauf Samuel. Pour ne rien arranger, à 3 minutes de la fin, Harry Greenwood, un ailier remplaçant, quitta le terrain en boitant, avec ce qu'il pensait être une entorse du genou. Les radiographies révéleraient un déchirement des ligaments, ce qui nécessitait une opération.

Perdre le premier match de la Conférence de 31 points n'était pas exactement le départ flamboyant que le coach Britt avait en tête. Les entraîneurs se rassemblèrent à l'avant du bus et, pendant quatre heures, ils ruminèrent leur échec. Le retour fut à nouveau silencieux, après une défaite embarrassante.

Dans les vestiaires du Nid, le coach Britt souhaita un joyeux Noël à ses joueurs et les renvoya chez eux pour les fêtes, en leur faisant promettre de revenir une semaine plus tard remontés à bloc. Une nouvelle saison allait débuter, et il se disait optimiste.

33

Le dimanche matin, alors que la résidence universitaire fermait ses portes, Murray et Samuel bouclèrent leurs valises et emportèrent leur linge sale chez les Walker. Murray avait prévu d'arriver à 10 h 15 précises. Ses parents seraient partis à l'église, or il n'avait aucune envie de les accompagner. Sooley était ravi d'échapper lui aussi à cette corvée. En son for intérieur, leur culte protestant le laissait perplexe, il préférait assister seul à la messe.

Une agréable surprise les attendait : Mlle Ida avait décidé de cuisiner et de profiter de sa matinée. Elle accueillit les garçons avec de chaleureuses accolades et des gaufres au chocolat. Pendant qu'Ernie faisait frire du bacon, elle les entraîna dans la maison, fière de leur montrer ses décorations de Noël. Jamais Samuel n'avait vu de sapin aussi grand.

Il était enchanté de passer plusieurs jours dans un foyer aimant, de savourer de délicieux repas, de dormir tout son soûl et surtout, de passer du temps avec Jordan, qui arriverait lundi soir.

— Tu as encore grandi, déclara Mlle Ida en l'examinant de la tête aux pieds. Combien tu pèses ?

— 95 kilos.

Elle lui tapota le torse.

— Tu as l'air plus musclé des épaules.

— Maman, il passe sa vie dans la salle de muscu, railla Murray. Il a pris 9 kilos ce semestre. On croirait qu'il joue au football américain.

Samuel éclata de rire.

— Ben, ce qui est sûr, c'est que je joue pas beaucoup au basket.

— On est deux alors ! renchérit Murray avec un rire un peu forcé.

Murray entrait peu sur le terrain et sa frustration ne faisait que croître. Samuel écoutait ses plaintes et le soutenait moralement, mais la défaite polluait les esprits, et des tensions étaient apparues au sein de l'équipe. Au fond de lui, Samuel pensait que son colocataire ne méritait pas plus de 10 minutes de jeu.

Il avait pris 10 kilos depuis le mois d'août. Entre la salle de musculation, les dîners copieux à la table des Walker, et la possibilité de s'entraîner à tout moment, Samuel s'était épaissi – ce n'était pratiquement que du muscle. À deux occasions, pendant l'entraînement, le coach Britt lui avait demandé s'il faisait de la gym en dehors du terrain. Même s'il préférait les joueurs élancés et souples, il pouvait difficilement lui reprocher ses biceps sculptés et ses jambes puissantes. De plus, Samuel avait à peine dix-huit ans, et était sur la touche pour le moment. Autant le laisser soulever tous les poids qu'il désirait.

Sooley mesurait 1,99 mètre, et sa prise de poids n'avait en rien amoindri sa vitesse. Il était de loin le plus rapide et le plus agile de l'équipe, et sa détente verticale atteignait 117 centimètres. Durant le long trajet de retour en bus de Washington, l'un des assistants, Ron McCoy, jeta un pavé dans la mare : pourquoi mettre Samuel une année entière sur la touche ? Ne valait-il pas mieux le faire jouer ? À quoi bon attendre ? La saison ne pouvait guère être pire. Lonnie l'écouta sans mot dire et lui promit d'y réfléchir. Avec deux blessés, l'effectif s'était réduit à onze joueurs. Avec un première année sur la touche et un non-boursier qui avait du mal à marquer à l'entraînement.

Après un brunch tranquille, Ernie et les garçons nettoyèrent la cuisine, puis s'installèrent dans le salon pour regarder les play-offs de football américain. Suivre l'action avec Sooley était très compliqué car il n'arrêtait pas de parler. Il posait sans arrêt des questions et semblait ne rien comprendre aux subtilités de ce sport.

Mlle Ida les laissa pour aller faire des courses.

*

Le mercredi matin à 7 heures, Samuel se rendit dans le garage pour attendre l'appel de Christine Moran. Elle avait quinze minutes de retard, lui expliqua-t-elle, car le réseau téléphonique fonctionnait mal ce jour-là, et les minutes étaient précieuses. Pouvaient-ils limiter leur conversation à dix minutes ? Bien sûr, répondit-il, avant de la remercier. Puis il entendit la douce voix de sa mère.

— Joyeux Noël, Samuel.

— Joyeux Noël, maman. Comment vas-tu ?

Il ferma les yeux et secoua la tête, se demandant comment une personne vivant dans de telles conditions pouvait souhaiter un joyeux Noël à son fils. Il n'osait imaginer combien cette période était déprimante pour sa mère et ses frères, et ne put s'empêcher de penser à leur dernier réveillon en famille.

Beatrice lui expliqua que James et Chol se débrouillaient bien à l'école et parlaient encore de la visite surprise du coach Lam, la semaine précédente. Les garçons portaient fièrement leurs casquettes et leurs tee-shirts de Central, suscitant les convoitises de leurs voisins. Le fait que leur frère aîné joue au basket aux États-Unis leur conférait un statut particulier. Beatrice dirait une prière pour son fils pendant la messe de Noël, et Samuel promit d'en faire autant. Il pensait à eux à chaque minute de la journée, lui assura-t-il.

L'appel fut trop bref, et quand il se termina, Samuel se laissa tomber dans un fauteuil de jardin, dans l'obscurité. Sa famille lui manquait énormément.

*

L'église était bondée, et Samuel trouva la célébration magnifique. Le prêtre fit un bref sermon. Un groupe de jeunes gens costumés joua une scène de la Nativité. La chorale des enfants, en robes bordeaux assorties, vola la vedette avec ses chants de Noël. La chorale des adultes fit trembler les fenêtres avec *Go Tell It on the Mountain* et *The Holy Baby*.

Jordan expliqua à voix basse à Samuel que ces chansons étaient transmises de génération en génération par les Africains-Américains.

*

Tard le lendemain matin, la famille se réunit autour du sapin et échangea les cadeaux. Pour les garçons, des jeans et des chemises décontractées pour l'école ; du parfum et un collier en or pour Jordan. Le plus gros cadeau de Samuel était un blazer bleu marine – son tout premier. Jordan lui offrit une superbe cravate. Il était ému par leur générosité et presque sans voix devant le nombre de présents. Il avait réussi à économiser quelques dollars pour leur faire des surprises à son tour : un flacon de parfum pour Mlle Ida ; un grand tablier de chef pour Ernie ; une ceinture en cuir pour Murray ; et pour Jordan, une paire de petites boucles d'oreilles – qu'elle mit immédiatement. Les Walker furent touchés par sa gentillesse et se sentaient coupables de recevoir des cadeaux de sa part, mais ils ne firent pas de commentaire pour ne pas le blesser.

Une fois tout déballé, ils décidèrent de passer à table. Jordan mit un CD de chants de Noël et la famille se dirigea vers la cuisine où chaque Walker était bien décidé à mener la danse.

34

Les vacances prirent brutalement fin après Noël, et les joueurs durent retourner au gymnase pour une reprise qui s'annonçait douloureuse. Les entraîneurs les attendaient de pied ferme, tels des sergents instructeurs. Le coach Britt commença par un rappel inutile de leur piètre début de saison. Trois victoires contre des chiffes molles, et six défaites, dont deux auraient pu être évitées. Ils étaient meilleurs que Campbell, mais Britt assumait la responsabilité de cet échec. Ensuite, ils avaient bien pris en tenailles l'équipe de Greenville, puis l'avait laissée s'échapper. En revanche, leur contre-performance contre Howard était inexcusable.

Après quinze minutes de sermon, il changea de ton et les somma de laisser ces déboires derrière eux. Il leur restait vingt et un matchs, dont neuf à domicile. Les rencontres importantes étaient à venir, alors inutile de ruminer ce départ laborieux.

Les joueurs étaient tous à fond avec lui, même s'ils avaient des problèmes plus pressants. Lundi, ils prendraient l'avion pour New York et auraient le rare privilège de jouer dans un tournoi d'été avec d'autres universités historiquement noires[1]. Les matchs se dérouleraient au Madison Square Garden et la plupart seraient retransmis sur ESPN. En cinq jours, Central jouerait contre Grambling de Louisiane, Prairie View du Texas, et Fisk de Nashville.

Lonnie leur parla du voyage, du tournoi et de leurs adversaires, qui avaient tous un bilan positif. Fin novembre, Fisk avait malmené Howard à Washington, sur le terrain même où Central s'était pris une raclée une semaine plus tôt. Assez parlé du passé. Son rapport d'évaluation dépeignait les trois équipes comme virtuellement invincibles, d'un niveau proche de la NBA.

C'était un discours à la fois d'encouragement et d'avertissement, qui laissa aux joueurs une impression mitigée. Mais ils allaient se frotter à de grandes équipes et étaient déterminés à bien jouer. Au coup de sifflet, ils entrèrent sur le terrain pour s'étirer et s'échauffer, puis se mirent à trottiner. Leurs entraîneurs semblaient décidés à leur faire transpirer la dinde, les tartes aux noix de pécan et les brownies au caramel, bref tous les excès de Noël. Quinze minutes après le début des sprints, un premier joueur rendit ses tripes.

Sur la route du gymnase, Murray expliqua à Samuel qu'il avait rendez-vous avec Robin après l'entraînement et que ce serait cool s'il leur laissait la chambre – le couple avait besoin d'intimité. « Bien sûr », avait

1. Les Historic Black Colleges and Universities sont des établissements d'enseignement supérieur américains créés avant 1964 avec pour objectif de servir les intérêts de la communauté noire.

répondu Sooley. Il ne lui disait jamais non. Puis Murray avait ajouté que ce serait génial si Robin pouvait rester dormir. Il y avait un canapé dans la salle commune au premier étage de la résidence – « Eh bien, qu'en penses-tu, cher colocataire ? » Sooley avait souri, haussé les épaules et répondu « Pas de problème ».

Après un entraînement éreintant, les joueurs s'étaient lentement déshabillés, changés, puis avaient regagné leurs pénates. La même épreuve les attendait le lendemain. Sooley doutait que l'un d'entre eux ait assez d'énergie pour le sexe. Pourtant Murray en avait à revendre, apparemment. Il lui avait proposé de le ramener, mais Sooley préférait marcher. Amusez-vous bien et à demain matin ! Pendant que les employés nettoyaient les vestiaires, Sooley se planqua dans la salle du matériel. Quand l'obscurité se fit, comme tout le monde avait vidé les lieux, il revint sur le terrain, alluma des lumières, et se remit à shooter.

Au bout de cinq cents tirs, il retourna au vestiaire, reprit une douche, et en guise de dîner, avala une boisson énergétique et des barres de céréales dénichées dans la cuisine de l'équipe. Il s'installa dans l'un des fauteuils confortables de la salle télé et regarda un match de NBA. Au moment de la deuxième période, il dormait profondément.

Il se réveilla avec l'émission *SportsCenter*, écouta les gros titres, et se rendit compte qu'il mourait de faim. Il enfila un sweat-shirt Central et partit en quête d'un petit déjeuner. La cafétéria n'était pas encore ouverte, aussi quitta-t-il le campus. Il marcha un kilomètre et demi pour gagner son café préféré, et avala deux sandwichs au poulet. Il envisagea de marcher 2 kilomètres supplémentaires pour se rendre à la messe du Sacré-Cœur, puis se ravisa. Le temps était menaçant et il ne s'habituait toujours pas au froid.

Quand le coach Britt arriva en début d'après-midi, il entendit le rebond familier du ballon de basket. Il observa le terrain et vit le spectacle habituel. Samuel Sooleymon tirait des paniers, torse nu, couvert de sueur. Deux évidences : le gamin de Lotta se transformait en un sacré spécimen et ses tirs ne heurtaient plus l'arceau.

*

L'entraînement débuta par la stratégie prévue contre Grambling, leur premier adversaire à New York. Les joueurs débordaient d'énergie, sauf Murray, un peu à la traîne.

Comme toujours, Sooley était infatigable et ne lâchait rien, aussi bien lors des exercices que des affrontements. Il était si puissant physiquement qu'il s'attirait des regards en coin de ses coéquipiers. Il souriait et parlait sans arrêt.

Pourtant, il finit par perdre son enthousiasme : il ne serait pas du voyage à New York.

35

Le lundi matin, à 9 heures précises, le coach Britt entra dans le vestiaire et inspecta ses troupes. Tous les joueurs étaient en blazer bleu marine, pantalon kaki et chaussures de ville. Pas de baskets. Leurs tenues lui plaisaient, pourtant il les tança un par un en les examinant. L'excitation était palpable : ils étaient prêts à partir. Il fit aligner les quatre managers étudiants, vérifia leur liste de matériel et, pour faire bonne mesure, sermonna le coach McCoy parce qu'il ne portait pas de cravate. Ce dernier en mit rapidement une.

Assis dans un coin, en tenue d'entraînement, Sooley observa la scène en s'efforçant de ne pas paraître trop déçu. Les joueurs lui avaient tous dit un mot gentil, mais ils savaient qu'il était effondré de ne pas faire partie de l'aventure. Son rendez-vous avec un agent de l'Immigration était prioritaire.

Quand tout fut prêt, les joueurs quittèrent le gymnase et montèrent dans un bus spécialement affrété pour eux, où les épouses des quatre entraîneurs les attendaient, dans leurs beaux habits du dimanche, et bavardaient avec animation du voyage. Deux d'entre elles et l'un des entraîneurs n'avaient jamais vu la Grosse Pomme. Trente minutes plus tard, le bus déposait le groupe au terminal privé de l'aéroport de Raleigh-Durham. Leur vol sans escale atterrirait à Teterboro, dans le New Jersey, peu après 14 heures.

Quand Sooley se retrouva seul dans le gymnase, il se mit à shooter.

Ce soir-là, Murray l'appela pour lui dire qu'ils étaient bien arrivés, et il lui parla pendant une demi-heure du voyage, de l'hôtel, et de l'immensité de Manhattan. Après avoir raccroché, Sooley s'assit sur son lit dans le noir, et regarda les dizaines de photos que ses coéquipiers avaient postées.

Il ne s'était jamais senti aussi seul.

*

Le lendemain matin à 9 heures, Mlle Ida attendait Samuel devant la résidence. Il portait ses nouveaux vêtements – blazer bleu marine, pantalon kaki, chemise blanche, et l'élégante cravate que Jordan lui avait offerte à Noël. C'était la première fois qu'il en mettait une, Murray avait passé une heure à lui apprendre à faire le nœud. Il s'était entraîné une bonne centaine de fois.

Mlle Ida passa sa tenue en revue et fut impressionnée par le résultat. Elle le fit monter en voiture et ils mirent trente minutes pour gagner les bureaux du service de la Citoyenneté et de l'Immigration de Raleigh. Leur rendez-vous de 10 heures avec le responsable de son dossier était si important que la date et l'heure n'avaient pu être modifiées. Mlle Ida avait demandé à reporter le rendez-vous mais ils avaient déjà énormément de retard dans le traitement des dossiers. Le service manquait cruellement de personnel. Sooley était prêt à tout pour faire avancer sa demande de citoyenneté et, de toute façon, il n'aurait pas pu jouer.

Ils attendirent une heure sur des chaises pliantes dans un couloir bondé en regardant des personnes étrangères aller et venir. À 11 h 15, on appela Samuel et on les invita à entrer dans un petit bureau d'angle où un charmant jeune homme s'excusa de les avoir fait patienter. Ils s'assirent, les genoux contre le bureau métallique, et discutèrent de la vie sur le campus de Central. La pièce n'avait pas de fenêtres et le thermostat semblait bloqué à 30 °C.

Un document à la main, le responsable du dossier passa en revue une série de questions inutiles, auxquelles Samuel répondit, pour la plupart par « oui » ou « non ». Les réponses plurent à l'homme, qui prit des notes dans le dossier. Vingt minutes plus tard, ils quittaient les lieux et retrouvaient l'air libre avec soulagement. L'échange aurait pu se dérouler par téléphone ou par courriel en moins de dix minutes.

— Ils voulaient juste te voir, commenta Mlle Ida.

Comme Samuel préférait ne pas retourner sur le campus – la résidence était déserte et il n'avait rien à faire –, Mlle Ida l'emmena déjeuner dans un *diner*, puis à son travail. Elle le présenta à plusieurs membres de son équipe, l'installa à un vieux bureau et lui donna une pile de documents à classer. Samuel enleva sa cravate et se mit au travail avec plaisir.

*

En fin d'après-midi, alors que Mlle Ida était en réunion, Samuel quitta le bureau et décida de retourner au campus à pied. Dans la brise douce, la longue promenade lui remonta le moral. Il était content de son rendez-vous avec le service de l'Immigration et savait qu'il était sur la bonne voie pour obtenir la citoyenneté. Dès qu'il l'aurait obtenue, il aurait franchi une première étape pour sauver sa famille.

Le gymnase était vide, comme le reste du campus. Il n'avait croisé personne, pas même un agent de sécurité. Pas une voiture en vue. Les parkings étaient déserts. Il se changea dans le vestiaire et gagna le terrain.

*

Central affrontait Grambling à 20 heures et la rencontre était diffusée sur ESPNU. Bien que las de regarder les matchs sans pouvoir jouer, Samuel était content de voir ses amis dans une salle aussi grandiose. Un large public était présent et l'ambiance festive.

Dans son dortoir, Sooley mangeait une pizza en encourageant ses coéquipiers. Mitch Rocker, le meneur de jeu senior, avait pris un bon départ et réussi ses trois premiers tirs. Melvin Montgomery et Roy Tice avaient bloqué la raquette en défense et étouffé les gros bras de Grambling. Murray entra en scène à la huitième minute et se fit immédiatement voler le ballon. À la mi-temps, les deux équipes étaient à égalité, et Central avait joué ses vingt meilleures minutes de la saison. Vegas donnait les Eagles perdants de 14 points. On avait oublié d'en informer les joueurs.

Alors que Samuel passait d'une chaîne à l'autre, on frappa doucement à sa porte. Au début, il crut avoir rêvé – il était seul sur le campus. Après le second coup, il se leva et découvrit Robin, tout sourire, sur le seuil.

— Salut Sooley, je peux entrer ?

— Bien sûr, répondit-il malgré son trouble.

Elle habitait à Raleigh, possédait une voiture, et semblait aller et venir comme bon lui semblait. Elle se laissa tomber sur le lit de Murray, sa deuxième maison.

— Tu regardes le match ? demanda-t-elle.

— Évidemment. Qu'est-ce que tu fais dans le coin ?

— Bah, je m'ennuyais. J'ai pensé que tu aimerais avoir de la compagnie.

Comme toutes les étudiantes, Robin était vissée à son portable. Alors pourquoi ne l'avait-elle pas appelé avant de passer ? Peut-être pour qu'il ne refuse pas ? Elle portait un jean moulant et un sweat ample. Elle enleva ses chaussures et se mit à bavarder. Elle était mignonne, sexy, pétillante, et semblait enchantée de le déstabiliser.

Robin faisait parler d'elle sur le campus. Elle appartenait à un groupe d'étudiantes qui tournaient autour des sportifs, et des rumeurs couraient dans les vestiaires, comme quoi elle se serait frottée d'un peu trop près à d'autres joueurs. Et Mlle Ida ne l'aimait pas du tout, un indice clair que cette fille pouvait lui attirer des ennuis.

Quand la deuxième mi-temps débuta, ils se concentrèrent sur le jeu et encouragèrent leur équipe : ils fustigeaient l'arbitre pour ses mauvaises décisions et rugissaient à chaque panier réussi. Grambling adopta une défense de zone 3-2 et ferma le milieu de terrain. Central n'était pas une grande équipe de tireurs extérieurs, et comme Mitch Rocker et Duffy Sunday n'arrivaient pas à marquer, le jeu leur échappa.

Lors d'un temps mort, Robin demanda à Sooley avec qui il sortait. Elle savait parfaitement qu'il n'était avec personne, car Murray lui racontait tout.

— Personne, reconnut-il.

— C'est difficile à croire. Toutes les filles que je connais veulent te voir nu.

Il rit, nerveusement. Ils furent distraits un moment, puis Murray entra sur le terrain à 7 minutes de la fin, Central étant mené de 10 points. Il se sentait mal à l'aise en regardant son meilleur ami à la télévision pendant que sa petite amie lui faisait du rentre-dedans.

Grambling l'emporta de 12 points. Sitôt le match terminé, Robin se tourna vers lui et lui lança :

— Tu veux t'amuser un peu ?

Sooley alla ouvrir la porte et désigna le couloir d'un signe de tête.

— Pas avec la copine de mon meilleur ami. Désolé.

— Allez, Sooley. Personne n'en saura rien.

— S'il te plaît. Va-t'en.

36

Robin lui envoya des SMS toute la journée, lui laissant entendre qu'elle pouvait repasser à la résidence. Sooley passa la journée au Nid, seul, à tirer mille paniers et à regarder des matchs du championnat universitaire et de NBA dans la salle télé. Il dormit même là, sur un canapé, porte fermée à clé.

Prairie View avait battu Central de 8 points.

Le soir du Nouvel An, il se rendit à pied chez les Walker et dîna avec la famille. Après, ils regardèrent Central disputer un bon match contre Fisk, une équipe nettement supérieure. Murray ne joua que 3 minutes en première mi-temps. Ses parents n'étaient pas contents. Au cours de la deuxième mi-temps, Sooley descendit au sous-sol pour échapper à la tension du salon et terminer le match seul. Jordan le suivit et, oubliant totalement la rencontre, ils se mirent à flirter outrageusement. Au début, Sooley fut ravi, mais il fut déconcerté quand Jordan se montra plus entreprenante. Mlle Ida, qui avait flairé l'embrouille, les rejoignit rapidement. D'un côté, Sooley fut soulagé. De l'autre, il eut du mal à s'endormir sur le canapé, obnubilé par les belles jambes de Jordan.

*

L'équipe rentra le Jour de l'an. Les trois défaites furent difficiles à avaler, et le coach Britt n'était pas du tout satisfait. Ils s'entraînèrent dur pendant trois jours d'affilée, et le 5 janvier, ils battirent une équipe de division 3 de 20 points, devant moins de deux cents supporters. Leurs fidèles avaient-ils déjà baissé les bras ? Apparemment, oui.

Puis l'effectif se réduisit à dix joueurs. Après le match, DeRell Compton, un remplaçant, envoya un courriel à ses coéquipiers :

Salut les gars. Je viens de voir le coach Britt et je l'ai informé que je quittais l'équipe. Je vais au Pico Community College, au Texas, où je pourrai JOUER tout de suite. Je vous aime et je vous souhaite une bonne saison. DeRell.

La nouvelle, bien que surprenante, n'était pas totalement inattendue. DeRell parlait beaucoup dans le vestiaire et sa frustration était connue de tous. Il ne leur manquerait pas. L'équipe ne comptait plus que huit titulaires, plus Sooley et le non-boursier qui ne jouait presque jamais. Harry Greenwood récupérait de son opération du genou et le coude d'Evan Tucker ne s'était pas bien remis.

À minuit, Murray était sorti avec Robin et n'était pas encore rentré. Sooley s'endormit et se réveilla peu après, quand son colocataire fit une entrée fracassante et alluma la lumière. Il était désemparé et avait besoin de parler. Quand Sooley recouvra ses esprits, il s'aperçut que les yeux de son ami étaient rouges.

— Elle a rompu avec moi, lâcha-t-il d'une voix rauque.

— Quoi ?

— Elle m'a largué, comme ça.

— Elle t'a expliqué pourquoi ?

— Bien sûr. On en a parlé pendant deux heures. Elle a dit qu'elle avait rencontré un autre gars et qu'elle voulait arrêter. Ce genre de conneries.

Sooley eut soudain l'estomac noué et fut horrifié en songeant à l'identité de cet « autre gars ».

— Désolé, mec. Je ne sais pas quoi dire.

— Y a rien à dire, OK ? Comment elle peut me faire ça ? J'aime cette fille et on vivait un truc génial. En plus, c'est un sacré bon coup. Merde, un jour on est à fond et le lendemain, elle a un autre mec ? J'en reviens pas.

Il se frotta les yeux et, un long moment, observa le sol d'un air douloureux, le cœur brisé.

Timidement, Sooley demanda :

— Une idée de qui est l'autre gars ?

— Non. Elle a pas eu le cran de me le dire.

Quel soulagement. En réalité, Sooley soupçonnait Robin d'avoir couché avec plusieurs autres athlètes, et il se réjouissait secrètement qu'elle débarrasse le plancher. Son meilleur ami méritait mieux.

Le téléphone de Sooley vibra discrètement. Il y jeta un coup d'œil et découvrit avec stupeur un SMS de Robin : *Je veux tjs te voir nu.*

Il glissa son portable sous son oreiller et s'allongea sur son lit.

Ah les filles !

37

La Conférence commença par un court trajet en bus jusqu'à Greensboro, pour rencontrer North Carolina Agricultural and Technical State, le plus grand rival de Central. Les étudiants étant toujours en vacances, les gradins n'étaient remplis qu'à moitié, et les deux équipes léthargiques. Au milieu de la première mi-temps, le coach Britt fit sortir Duffy Sunday, un arrière qui venait de faire trois briques, et le remplaça par Murray. Cherchant à prouver sa valeur, Murray intercepta aussitôt une passe en haut de la raquette, fonça jusqu'au panier et termina par un formidable dunk. Sooley ne l'avait jamais vu bouger aussi vite et son jeu inspira les Eagles. Lors de l'offensive suivante, Murray marqua un long 3 points qui enflamma le banc de touche. Central revint à la vie et marqua 10 points d'affilée, avec une avance de 6 points à la mi-temps. North Carolina s'effondra pendant la deuxième mi-temps, principalement parce que Murray était sur tous les fronts. Il joua 27 minutes et mena son équipe à une victoire de 15 points. Tout le trajet de retour, il fit chanter l'équipe à tue-tête. Tard ce soir-là, dans sa chambre, il appela Ernie, et tous deux refirent le match pendant une demi-heure.

Leur premier match à domicile contre Coppin State eut lieu le lundi 11 janvier. Mlle Ida, Jordan et Ernie arrivèrent tôt, et Sooley alla leur dire bonjour dans les tribunes avant la rencontre. Ils étaient tout émoustillés car Murray était dans le cinq majeur. C'était fou comme voir leur fils jouer donnait des ailes aux parents.

— Il est meilleur parce qu'il est enfin débarrassé de cette fille, marmonna Mlle Ida.

— Elle ne lui apportait rien de bon, mais il est sur le terrain parce qu'il le mérite, répliqua Ernie.

Sooley s'abstint de donner son avis. Robin avait enfin arrêté de lui envoyer des SMS et était sans doute passée à sa prochaine cible. Comme il devait filer se mettre en tenue, il étreignit longuement Jordan. Elle retournait le lendemain dans sa fac de droit et ne reviendrait pas avant plusieurs mois.

Murray était en grande forme. Mitch Rocker et lui opérèrent une défense rapprochée et imprimèrent au jeu un rythme lent, suivant les instructions du coach Britt. Les joueurs de Coppin State étaient petits et vifs : ils dominaient souvent le jeu rapide, mais avaient du mal à marquer de l'extérieur. Murray fit trois interceptions et six passes décisives en première mi-temps, et même s'il ne marqua pas, il passa 15 minutes sur le terrain. Il claqua deux paniers à 3 points au début de la deuxième mi-temps, et les Eagles firent la course en tête jusqu'à la ligne d'arrivée.

*

Quatre jours plus tard, l'équipe prit un vol pour Tallahassee pour affronter les Rattlers de l'Agricultural and

Mechanical University de Floride – la FAMU. C'était l'une des meilleures équipes de la pré-saison, qui avait battu Howard à domicile quatre jours plus tôt. Les entraîneurs de Central espéraient qu'avec deux victoires consécutives, l'équipe avait franchi un cap et trouvé une bonne dynamique. La nouvelle formation, avec Murray en meneur et Jabari Nix à l'aile, paraissait imbattable contre Coppin State. La FAMU, connue pour sa défense agressive en 1 contre 1, surprit les Eagles en exerçant une forte pression dès le coup d'envoi. Murray et Mitch Rocker eurent du mal à franchir leurs lignes de défense et à synchroniser leur attaque. Lorsqu'ils réussirent à traverser le milieu de terrain, 10 secondes s'étaient déjà écoulées[1], et ils ne parvenaient pas à imposer leur jeu. La Floride prit rapidement l'avantage et ne les laissa jamais revenir au score.

Durant le vol de retour, le coach Britt vérifia les résultats de la Conférence et eut la confirmation de ce qu'il redoutait. Central était la première équipe de la Mid-Eastern Athletic Conference à perdre dix matchs. Et deux de leurs adversaires, Howard et la FAMU, s'avéraient bien meilleurs que les estimations des experts. Avec six victoires et dix défaites, et quatorze matchs de Conférence à disputer, Lonnie avait le sentiment désagréable que son équipe était en chute libre. Et il ne savait pas comment la sauver.

Une fois rentré chez lui, il partagea une pizza avec sa femme et ses trois enfants. Il se coucha à 23 heures,

1. Lorsqu'une équipe a le ballon entre ses mains, elle n'a que 24 secondes et pas une de plus pour mener à bien une action offensive.

peina à trouver le sommeil, et fut réveillé à 3 h 30 le dimanche matin par un appel d'un des managers étudiants. Quatre de ses joueurs présentaient de fortes fièvres et des symptômes de la grippe. Lonnie appela le médecin de l'équipe et envoya les malades à l'infirmerie. Il convoqua les autres entraîneurs et leur demanda de se mettre en quarantaine pendant quarante-huit heures. C'était trop tard pour Jason Grinnell, qui avait de la fièvre.

— Ce satané avion était plein à craquer, grommela Jason.

Murray emmena un Samuel brûlant et parcouru de frissons à la clinique du campus. Le test de dépistage de la grippe s'avéra positif. Murray appela sa mère, qui lui ordonna d'accompagner immédiatement Samuel à la maison. Murray n'était pas encore malade, mais le virus se répandait comme une traînée de poudre sur le campus, et sa mère voulait l'éloigner de ses coéquipiers. Elle installa Samuel au sous-sol, lui donna ses médicaments, éteignit la lumière et lui conseilla de se reposer. Selon elle, la meilleure façon de combattre la grippe était de boire beaucoup d'eau et de dormir le plus possible. Les frissons continuèrent toute la nuit, l'empêchant de trouver le sommeil.

*

Avec quatre joueurs et un entraîneur en moins, Central reçut Morgan State le lundi suivant comme si toute l'équipe avait été frappée par un terrible virus. Morgan State était de niveau moyen, mais leur entraîneur était malin. Au courant des rumeurs de grippe, il remarqua que seuls six joueurs de Central s'échauffaient, aussi changea-t-il rapidement de stratégie, à savoir imprimer au jeu un rythme effréné, pour épuiser ses adversaires. Cela eut l'effet escompté : à la mi-temps, les Eagles étaient à la traîne.

Sooley suivit le match en ligne, mais il se sentait tellement mal qu'il se fichait complètement du résultat. Morgan State l'emporta de 18 points. C'était la quatrième nuit de Samuel dans le sous-sol sombre des Walker, et il avait toujours la sensation d'être passé sous un camion. Il n'en pouvait plus de la fièvre, des maux de tête et de la soupe à la tomate. Franchement, il était las aussi de son infirmière, qui venait prendre de ses nouvelles toutes les demi-heures. Durant la journée, elle l'appelait. Ernie aussi. Et Murray. Comment diable pouvait-il dormir ?

De toute évidence, la souche qui avait frappé le campus était particulièrement virulente. Sur les quatre malades, deux joueurs, Roy Tice et Duffy Sunday, étaient suffisamment remis pour faire le déplacement en bus jusqu'à l'université Delaware State. Pas Dmitri Robbins, ni Sooley. L'entraîneur Grinnell resta lui aussi à la maison, ce qui était aussi bien. Delaware State ne fit pas de quartier.

Deux jours plus tard, le même bus les ramena chez eux après un autre cuisant échec face à South Carolina State. C'était leur treizième défaite, la cinquième de la Conférence, et l'ambiance était des plus moroses. Le coach Britt ne cessait de vociférer après ses joueurs.

Il ne rêvait plus d'un poste dans une grande université. Pour l'instant, il espérait juste ne pas perdre le sien.

38

Après une semaine tranquille, tôt dans la matinée du samedi, Lonnie déverrouilla la porte de son bureau, et suspendit son geste en entendant un bruit familier de rebond. Sooley était de retour. Et il était temps qu'ils aient une petite discussion. Il l'observa un moment, puis entra sur le terrain. Tous deux s'assirent dans les tribunes vides, tandis que les premiers rais de l'aube striaient le sol.

— Le médecin a dit que tu étais guéri, lança Lonnie.

— Je vais bien, coach. La semaine a été longue, mais c'est fini.

— Tu as perdu combien de poids ?

— Quatre kilos et demi. Mais je suis déjà en train de les reprendre.

— Tu te sens faible ?

— Je suis à 90 pour cent, coach, et je récupère de jour en jour.

— Tu penses que tu es prêt à jouer ?

— Bien sûr. Mais on parle d'un vrai match ?

— Peut-être, oui. Ça m'embête de griller ton année de sursis, Sooley, et je comprendrais que tu ne sois pas d'accord. Enfin il faut regarder la vérité en face, hein ?

On a besoin de renfort. D'une nouvelle composition d'équipe. Peut-être même de nouveaux entraîneurs. Je ne sais pas. J'ai peur que les gars baissent les bras.

— Je suis prêt, coach. Ça craint d'être une année sur la touche. Tous ces entraînements et pas un seul match. Vous avez besoin de moi quand ?

— Je ne suis pas encore sûr. On joue ici demain après-midi. C'est censé être un match facile, seulement rien n'est simple pour nous en ce moment. Rontae est malade. Alors tu te prépares mentalement pour demain et tu te tiens prêt, OK ?

— OK, coach. Faites-moi juste entrer.

À la simple idée de jouer un vrai match pour la première fois depuis le mois d'août, sa première rencontre universitaire, Samuel flottait sur un petit nuage. Il shoota avec une détermination nouvelle, et ce tout le reste de la matinée. Quand il quitta le gymnase pour aller déjeuner, une légère neige tombait. Il trouva que c'était un bon présage. Sa première neige la veille de son premier match.

Les rues, bien que non déneigées, restaient praticables. Pour autant, s'aventurer un dimanche après-midi dans un froid glacial pour voir s'affronter deux équipes au bilan négatif n'était guère attrayant pour les supporters.

Des mois plus tard, des milliers de personnes prétendraient avoir assisté au premier match de Sooley, mais le nombre réel des supporters s'avérait plus proche de cinq cents.

Leur adversaire était Maryland Eastern Shore. Pendant les 10 premières minutes, les équipes, de force égale, inscrivirent des paniers chacune leur tour. Juste avant la mi-temps, Roy Tice écopa de sa troisième faute et, 1 minute plus tard, Dmitri Robbins fit de même. Pendant la pause, le coach McCoy chuchota à Sooley de se préparer.

À 6 minutes 20, Tice fit une erreur grossière. Lonnie perdit son sang-froid et décida de changer de stratégie. C'est alors qu'entra en scène Samuel Sooleymon, tellement oppressé qu'il avait du mal à respirer. Pour calmer ses nerfs, il se jeta sur le terrain en défense et heurta délibérément son adversaire. Le contact était rassurant. Mais son opposant lui échappa et fit un tir en suspension gagnant.

— Relax, Sooley ! lança son coach.

Il essaya de se détendre, de ne pas lâcher son joueur en défense, de se souvenir de la stratégie d'attaque, pourtant il ne voulait pas vraiment le ballon. Il était dans la raquette quand le meneur adverse se précipita vers le panier et prit son élan pour shooter. Sooley surgit de nulle part et claqua le ballon en dehors du terrain. Quelques secondes plus tard, l'attaquant qu'il marquait tira en suspension derrière la ligne de lancer franc, mais Sooley fit valdinguer le ballon par-delà la table de marque.

Les contres endiablés de Sooley enflammèrent le banc de Central. Son premier panier fut un magnifique alley-oop grâce à une passe parfaite de Murray, une combinaison qu'ils avaient perfectionnée à l'entraînement. Un contact visuel, un signe de Murray, un sprint jusqu'à l'arceau, une reprise de volée et un smash spectaculaire.

À présent en sueur, Sooley se sentait plus détendu et prêt à entrer réellement dans la partie. L'adversaire qui le suivait comme son ombre ne mesurait que 1,93 mètre, bien trop petit pour le gêner. Il récupéra une passe de Murray, dribbla jusqu'en haut de la raquette et se propulsa dans les airs. Un tir en suspension parfait, même si le ballon rebondit sur le rebord.

Il termina la première mi-temps sans marquer à nouveau. Les Eagles menaient de 8 points et le vestiaire était en ébullition. Après avoir perdu quatre matchs consécutifs, l'équipe semblait déterminée à l'emporter.

*

La légende de Sooley débuta 15 minutes avant la fin de la seconde période. Il était entré à la place de Dmitri, comme ailier fort. Murray perdit le ballon, le récupéra à l'arraché, le fit rebondir vers Mitch Rocker, qui se fit contrer. Une confrontation s'ensuivit. Les joueurs des deux équipes bataillèrent pour récupérer le ballon, qui leur échappa. Sooley le rattrapa au milieu du terrain avec 2 secondes seulement pour terminer l'offensive. Sans hésiter, il sauta et visa le panier. Ce n'était pas un effort désespéré contre la montre. Juste un tir en suspension parfait, lisse et précis, à 12 mètres, qui plongea directement dans le filet. Le banc de Central explosa de joie. La petite foule des supporters était en délire. Alors que Sooley s'éloignait en trottinant, le sourire aux lèvres, il jeta un coup d'œil au coach Britt, resté pétrifié, la bouche ouverte. Il réussit à hocher la tête, comme pour dire : « Vas-y, mon gars ! »

Le match n'était pas retransmis à la télévision, mais toutes les rencontres étaient filmées, et « le Tir » appartenait désormais à la postérité. Un responsable le posterait plus tard sur Internet, et il ferait le tour de la planète basket.

Melvin Montgomery, le pivot de troisième année, s'empara d'un rebond et fit une passe à terre à Mitch Rocker, qui prit son temps pour construire l'attaque. Sooley dégagea son défenseur, se débarrassa d'un écran et trouva une ouverture sur le côté. Mitch lui passa le ballon et Sooley bondit, bien au-delà de son défenseur à la peine, à une distance de 9 mètres. Là encore, un *swish*[1] parfait.

Une minute plus tard, il réussit un troisième panier à 3 points, et Eastern Shore demanda un temps mort pour se ressaisir. La courte pause n'y fit rien. Sooley manqua son coup suivant, puis fit une feinte et laissa son défenseur sur place, pour claquer un dunk.

— Passe le ballon à Sooley ! cria Lonnie à Mitch alors qu'il dribblait.

La stratégie était que Sooley esquive un écran, récupère une passe à terre et shoote. Il s'élança très haut, au-dessus du pivot adverse, et marqua sans effort. Avec sa taille et son étonnante détente, il semblait impossible à contrer.

Sooley termina le match avec 17 points marqués en 14 minutes, six rebonds, deux contres et deux interceptions. Le vestiaire était en liesse. Ses coéquipiers, ses managers et même ses entraîneurs célébraient leur nouvelle star, et le début d'une nouvelle saison.

---

1. Onomatopée désignant un panier marqué, où le ballon traverse le filet sans toucher ni l'arceau ni le panneau.

*

Tôt mercredi matin, Sooley était assis dans le gymnase, en haut des tribunes, et attendait l'appel de Christine Moran. Il avait hâte de raconter son premier match à sa mère et à ses frères, mais l'appel n'arriva pas. Il essaya de contacter Christine, en vain. Il n'y avait pas de réseau. Comme c'était déjà arrivé, il ne s'en inquiéta pas. Sa famille était en sécurité, logée et nourrie, et les garçons allaient à l'école, c'était le plus important. Sur son téléphone, il fit défiler les photos qu'Ecko avait prises au camp Rhino et regarda Beatrice et ses frères parler à la caméra avec enthousiasme et lui poser des questions sur sa nouvelle vie. Il l'avait visionnée des centaines de fois, et cela le faisait toujours rire et pleurer en même temps.

Il alluma la lumière et commença à s'entraîner.

*

Bethune-Cookman comptabilisait douze victoires et huit défaites, avec seulement deux défaites en Conférence. Les parieurs de Vegas les donnaient favoris de 13 points, même à l'extérieur, et ils entrèrent sur le terrain de Central avec une certaine assurance. Les trois mille cinq cents places du Nid étaient pratiquement toutes occupées. La section des étudiants faisait un sacré raffut. Sooley ne débuta pas la rencontre, mais entra à la sixième minute, impatient de s'emparer le ballon. Trop impatient, il commença par une brique puis récupéra le rebond et l'envoya à Roy Tice, qui dunka lourdement, égalisant le score. Lors de l'offensive suivante, il donna un coup de coude dans les côtes de son défenseur, trouva une ouverture, saisit une passe de Murray et se propulsa vers le plafond avec un superbe tir qui plongea tout droit dans le filet. C'était le premier 3 points du match pour Central, le premier d'une longue série.

À l'entraînement, il tirait de loin avec la confiance d'un vrai champion, et il était impossible de l'arrêter. Les entraîneurs avaient décidé lui donner le feu vert. L'ancienne formation d'attaque ne fonctionnait pas. Pourquoi ne pas en construire une nouvelle autour de Sooley ?

Quand Sooley inscrivit son troisième 3 points, Bethune demanda un temps mort. Leur meilleur défenseur était un petit ailier de 1,95 mètre, aux mains rapides comme l'éclair. Il pressa Sooley dès le milieu de terrain pendant que le reste de la défense attendait de lui tomber dessus. Sooley préférait une bonne passe à un long panier, et il distribua la balle à ses coéquipiers. Les quatre autres joueurs marquèrent à tour de bras. Central, qui enregistra 14 points d'affilée, menait de 15 points à la mi-temps.

Sooley revint dans le match à 16 minutes de la fin et marqua rapidement des 9 mètres. Il en avait réussi cinq sur huit à longue distance. La fois suivante, deux défenseurs l'attendaient, ce qui le fit sourire. Tout le faisait sourire. Comme la défense le marquait de près, il décida de rester à l'écart du panier pour permettre à Murray et à Mitch Rocker de s'infiltrer dans la raquette, où ils passaient souvent la main à Roy Tice, qui dunkait tranquillement. Quand la défense se replia pour protéger la raquette, Sooley était prêt à shooter à distance. Leur stratégie fonctionna à merveille, et Central battit Bethune de 20 points, avec un score de 92 points, un record pour la saison. Sooley en avait 24 à son actif, tout comme Roy Tice. Sooley avait également récupéré onze rebonds, réalisant son premier double-double[1].

Cinq jours plus tard, Central l'emporta facilement contre Norfolk State, chez eux, pour sa troisième victoire consécutive. Sooley inscrivit 20 points et bloqua sept tirs.

1. Expression utilisée lorsqu'un joueur réalise 10 points ou plus dans deux des cinq catégories suivantes : points, rebonds, passes décisives, interceptions et contres. Il existe de nombreuses variantes : le double-double (10-10), triple-double (10-10-10), double-triple-double (20-20-20), triple-double-double (30-30), quadruple-double-double (40-40), etc.

39

Le frère de l'entraîneur Jason Grinnell, Hubert, avait joué à l'université Duke, et était aujourd'hui entraîneur adjoint de l'équipe. Plusieurs fois par saison, Hubert récupérait des laissez-passer pour son frère, qui emmenait quelques-uns de ses joueurs voir un match au Cameron Indoor Stadium. Un dimanche après-midi, Jason emmena Murray, Sooley et Harry Greenwood à Duke assister à une rencontre des Blue Devils contre Louisville, retransmise à la télévision nationale. Duke était invaincu (22-0) et numéro 1 bien avant le début de la saison. Louisville était classé quatrième et n'avait perdu que deux fois.

Ils arrivèrent en avance et traversèrent une nuée de tentes, où des étudiants qui payaient 50 000 dollars par an de frais de scolarité campaient pendant des jours pour obtenir des billets. Un spectacle étonnant. Sooley ne put s'empêcher de penser à sa mère et à ses frères qui vivaient sous une tente depuis des mois, un abri qu'ils avaient la chance d'avoir, mais pour combien de temps ?

À l'intérieur du campus, ils visitèrent le Duke Basketball Museum and Athletics Hall of Fame, une luxueuse extension au stade. On pouvait admirer les trophées des cinq titres nationaux de Duke et les bustes en bronze de leurs champions « All-Americans » – Johnny Dawkins, Mike Gminski, Christian Laettner, Grant Hill, Jay Williams et Shane Battier. Un sanctuaire impressionnant. Sur des écrans géants étaient diffusés des vidéos interactives et les temps forts de leurs matchs. Hubert les accueillit et leur fit visiter les lieux. Il les conduisit sur le terrain, baptisé « Coach K » en l'honneur du mythique entraîneur de Duke, Mike Krzyzewski, et leur montra les dizaines de bannières de championnats et de maillots d'anciennes stars suspendus au plafond. La section des étudiants était déjà pleine et les « Crazies » rugissaient une heure avant le match.

Sooley, qui avait joué à l'Amway Center d'Orlando, fut surpris par l'esprit chaleureux du Cameron Stadium. Hubert lui raconta la célèbre anecdote : Duke voulait construire un palais de vingt mille places en l'honneur de son célèbre entraîneur, mais le coach K avait refusé. Le Cameron Stadium donnait à Duke un avantage immédiat d'au moins 10 points contre n'importe quel adversaire. Ses neuf mille trois cents fans déchaînés faisaient plus de bruit que n'importe quelle foule deux fois plus importante. En privé, les joueurs adverses admettaient que cette salle était intimidante.

Les sièges de Samuel et ses comparses se trouvaient deux rangs derrière le banc de touche de Duke – ils pouvaient presque toucher les Blue Devils. Ils suivirent l'échauffement avec admiration, tandis que l'ambiance montait en puissance. Les quatre joueurs de première année qui se destinaient à la NBA – Kevin Washington, Tyrell Miller, Akeem Akaman et Darnell

Coe – obtenaient à chaque match un score et un taux de rebond à deux chiffres, de sorte que les experts se demandaient s'il y avait assez de place pour ces quatre grands joueurs dans l'équipe All-America[1]. L'autre question que tout le monde se posait : lequel d'entre eux serait le premier choisi dans la draft, sachant que tous avaient l'envergure d'être sélectionnés au premier tour. Sooley les regardait avec envie. Au même âge que Samuel, ils avaient déjà un statut de champions, et seraient bientôt de riches stars. Bien que le Nid ne soit qu'à 5 kilomètres, il avait l'impression d'être dans un autre monde.

Le match fut à la hauteur de leurs attentes. Les deux équipes étaient bourrées de talents parfaitement formés. Pendant la première mi-temps, elles firent match nul. Au cours de la deuxième, les remplaçants de Duke se montrèrent efficaces et leur défense infatigable usa les Cardinals. À 6 minutes de la fin, l'inévitable se produisit. Les tireurs à longue distance de Duke firent un carnage. Ce jour-là, c'était Tyrell Miller et Darnell Coe. Ils enterrèrent Louisville en les bombardant de paniers à 3 points. La foule était tellement enragée que par moments, Sooley ne s'entendait plus réfléchir.

Samuel n'oublierait jamais cette expérience. Il avait adoré le spectacle, l'action, l'affrontement de deux grandes équipes et il était convaincu que sa place était sur ce terrain. Il était temps de montrer de quoi il était capable.

---

1. Équipe sportive virtuelle et honorifique composée des cinq meilleurs joueurs amateurs de la saison, désignés par les journalistes sportifs.

Et il n'était pas seul à le penser. Hubert n'en avait pas encore parlé à son frère, mais il avait discuté avec un autre entraîneur assistant de Duke de l'idée d'approcher Sooley pour lui proposer un transfert. Tous deux avaient entendu les rumeurs, visionné les vidéos, et décidé d'aller assister discrètement à un match dans le Nid. S'ils étaient convaincus par son potentiel, ils aborderaient le sujet avec le coach K.

Sur le chemin du retour, alors que leurs oreilles bourdonnaient encore, le coach Grinnell leur raconta son premier et unique match au Cameron Stadium. Il jouait depuis quatre ans à Wofford, et dans ce qui devait être une promenade de santé début décembre, son équipe avait affronté Duke et fait match nul pendant le temps de jeu réglementaire, puis perdu de 3 points au cours des prolongations. Grinnell avait manqué un tir de 9 mètres juste avant le buzzer, un tir qu'il aurait dû réussir et qui le hanterait le restant de ses jours.

Il neigeait à nouveau lorsqu'ils arrivèrent sur le campus de l'autre école de Durham.

*

Howard était en tête du MEAC avec une seule défaite et un jeu impeccable. Vegas les annonçait gagnants de 9 points.

L'entraîneur Britt avait parlé à son équipe dans les vestiaires et, bien sûr, leur avait rappelé leur échec cuisant à Washington le 19 décembre. Une embarrassante raclée de 31 points. L'heure de la revanche avait sonné.

Avec leurs trois victoires consécutives dans la Conférence, et l'émergence d'une star de première année, la foule des supporters ne cessait de croître. Le Nid était presque plein quand les équipes entrèrent sur le terrain, et les étudiants de Central étaient d'humeur tapageuse. La température extérieure glaciale semblait avoir engourdi les équipes, qui ne réussirent pas à ouvrir la marque dans les 2 premières minutes. À 15 minutes 20 au compteur, avec un score de seulement 4 points, le coach Britt demanda un temps mort et fit entrer Sooley et Jabari Nix. Jabari manqua un panier à 3 mètres, Howard récupéra le rebond et lança une rapide contre-attaque. Alors que son meneur de jeu se préparait à un lay-up facile, Sooley déboula de nulle part et frappa le ballon contre le panneau, puis s'empara du rebond et fit une passe à Melvin Montgomery, resté en retrait. Ce dernier dribbla jusqu'au panier et smasha sans effort. Le replay montrerait que le contre de Sooley était non réglementaire[1], mais les arbitres étaient trop stupéfaits pour réagir. L'entraîneur d'Howard, furieux, s'en prit aux arbitres, qui n'eurent d'autre choix que de le pénaliser. Alors que Mitch Rocker effectuait le tir de pénalité, les étudiants de Central se mirent à scander : « Sooley ! Sooley ! Sooley ! »

Au moment de l'engagement, Sooley échangea un regard avec Murray, qui se rua vers le coin du terrain

1. Pour être réglementaire, un contre doit être effectué durant la trajectoire ascendante du ballon et avant qu'il touche la planche, mais pas lorsqu'il redescend vers le panier ni s'il a heurté l'arceau. En cas de faute du défenseur, le panier est automatiquement accordé.

en dribblant. La passe de Murray était parfaite, et avant qu'un joueur d'Howard ne puisse réagir, Sooley réalisait un tir en suspension à 9 mètres du panier. Il enchaîna avec deux autres paniers à 3 points, et les fenêtres du vieux gymnase se mirent à trembler sous les applaudissements de la foule en délire.

En tant que rookie[1], Sooley était conscient du protocole, et il ne voulait surtout pas créer de tensions au sein de l'équipe à cause du nouveau venu qui s'accaparait le ballon. Il laissa passer une bonne occasion et fit une superbe passe à Roy Tice, qui hélas ne parvint pas à conclure. Au fil du temps, il devint évident qu'aucun de ses coéquipiers n'arriverait à scorer. Grands et massifs, les joueurs d'Howard ne cédaient pas un pouce de terrain à l'intérieur de la raquette. Aucun problème. Sooley resta à distance, se dégagea d'un écran, et marqua son quatrième tir consécutif de la ligne des 3 points. Il manqua les deux suivants et se remit à distribuer le ballon. À 3 minutes 35 de la première mi-temps, il sortit pour respirer et Howard reprit 6 points d'avance. À une minute de la fin, Roy Tice, un joueur d'intérieur, commit sa troisième faute et Lonnie le mit sur la touche. Alors que les Eagles étaient menés de 3 points, Murray lança une dernière offensive. Sa passe fut déviée et roula jusqu'à Sooley, qui se trouvait pratiquement au milieu du terrain. Son défenseur recula, le mettant au défi de tirer, et à 8 secondes du buzzer, Sooley tenta le coup. L'espace dégagé devant lui, il projeta le ballon très haut dans les airs, un lancer magnifique qui plongea dans le panier et égalisa le score.

1. Débutant.

La foule rugit encore plus fort et l'équipe retourna dans les vestiaires sous les cris de « Sooley ! Sooley ! Sooley ! ».

Sooley avait engrangé 14 points, soit quatre tirs à 3 points et un dunk. Il menait l'offensive, et à ce moment-là, ses coéquipiers étaient prêts à lui confier les rênes. Les entraîneurs aussi. Tous étaient d'accord sur la stratégie à suivre : il suffisait de donner ce satané ballon à Sooley.

Pendant les 3 premières longues minutes de la seconde mi-temps, alors que Sooley était assis sur le banc de touche, tous les yeux étaient rivés sur lui. Lorsque le coach Britt appela son nom et qu'il se dirigea vers la table de marque, la foule s'anima. Howard aussi, même s'il était impossible de défendre un tir de loin effectué par un joueur de plus de 2 mètres capable de sauter aussi haut. Il en réussit deux, manqua le troisième, et lorsqu'il marqua le suivant – le septième sur neuf – Howard demanda un temps mort. Leur entraîneur décida que la seule façon de l'arrêter était de le bousculer, quitte à commettre une faute.

Sooley passa la majeure partie de la deuxième mi-temps sur la ligne des lancers francs, et réussit calmement dix de ses douze lancers. Il termina le match avec 39 points à son actif, la moitié du total de l'équipe, et le troisième plus gros score personnel dans l'histoire de l'université. L'équipe d'Howard, humiliée, rentra chez elle avec une défaite de 12 points.

Tard ce soir-là, dans leur chambre, Sooley et Murray passèrent un bon moment sur les réseaux sociaux. Les supporters de Central étaient survoltés. Des filles les appelaient et laissaient des messages enflammés.

Comme le numéro de téléphone de Sooley était facile à trouver, les SMS affluaient par dizaines.

*

Le vendredi 12 février, les Eagles manquèrent les cours et se rendirent à Baltimore, à cinq heures de route. Le lendemain, à 13 heures, ils battirent Coppin State de 18 points. Sooley joua tout de même 29 minutes, marqua 31 points et fit quatre contres. Les Eagles passèrent deux nuits supplémentaires à Baltimore et, le lundi, l'emportèrent de 15 points contre Morgan State, au cours d'un match de folie. Les Eagles avaient inscrit 98 points, dont 36 par Sooley. De retour chez eux le samedi suivant, ils défirent South Carolina de 14 points devant une foule en liesse. Cette victoire, la septième d'affilée, permettait aux Eagles d'égaliser leur bilan à 13-13. Alors qu'il était maintenant question de participer à la Madness, ils étaient conscients que leur laborieux départ serait difficile à rattraper.

L'entraîneur Britt leur avait donné congé le dimanche, mais voulait qu'ils se présentent quand même au gymnase. Le médecin de l'équipe avait ordonné des examens de routine. Sooley pesait 102 kilos et mesurait 2,02 mètres, et était toujours en pleine croissance. Le dossier de presse de l'équipe, imprimé au mois de novembre précédent, indiquait alors 1,98 mètre et 95 kilos.

Le lendemain, Murray lui montra comment changer son numéro de téléphone.

40

Les tentes, qui n'étaient pas conçues pour durer, commencèrent à se détériorer au bout de six mois, à cause des intempéries. La saison des pluies était terminée, mais l'eau et la boue avaient imprégné les toiles, si bien que les rangées de tentes d'un blanc éclatant n'étaient plus qu'un agrégat de toiles brunes rapiécées à l'aide de vieux vêtements, de morceaux de plastique et de tôle. Certaines s'affaissaient, d'autres s'effondraient complètement, d'autres encore avaient été déplacées dans une autre section du camp. Beaucoup avaient été remplacées par des huttes fabriquées avec du carton et tous les matériaux qui vous tombaient sous la main. Le soleil brûlant érodait les coutures et les fermetures Éclair. Boucher les trous était devenu une corvée quotidienne.

Beatrice avait acheté trois bâches bleu vif au marché, pour elle et ses deux amies. Elles les drapèrent sur leurs toits et les fixèrent de leur mieux avec du fil de fer. Les bâches étaient un luxe dans cet environnement, ce qui ne tarda pas à attirer l'attention des voisins.

Tous les matins, les femmes se levaient tôt pour faire la queue à un point de distribution de nourriture.

Après le petit déjeuner, elles emmenaient leurs enfants à pied à l'école située à une heure de marche. Un ami, un vieux monsieur installé de l'autre côté de la rue, gardait un œil sur leurs tentes. Beatrice le remerciait en lui donnant des conserves de viande.

Des tensions étaient apparues dans le camp, alors que les rivalités ethniques traversaient les frontières et que la guerre faisait toujours fureur dans leur pays d'origine. Les Nuer, les Bari et les Azandé tenaient les Dinka pour responsables de la guerre actuelle, de ses atrocités, et de la diaspora qui les forçaient à vivre dans des camps. Les insultes et les bagarres étaient monnaie courante. Des adolescents et des hommes âgés formaient des gangs et s'affrontaient à coups de bâton et de pierres. Les soldats ougandais étaient censés réguler la violence. Leur présence faisait désormais partie de la vie à Rhino. Comme ces rivalités existaient depuis des décennies, l'atmosphère était délétère – une poudrière prête à exploser à la moindre étincelle.

Un matin, Beatrice et ses amies revinrent de l'école et, à première vue, ne remarquèrent rien d'inhabituel. Les bâches bleues étaient toujours en place, mais à l'intérieur des tentes, il n'y avait plus rien. Les voleurs avaient ouvert des brèches à l'arrière et tout emporté – nourriture, vêtements, couvertures, oreillers, cruches, les tee-shirts de Central, les souvenirs, absolument tout. Le vieil homme de l'autre côté de la rue, lui aussi un Dinka, avait disparu.

Les femmes ne cédèrent pas à la panique et décidèrent de garder le silence. Se plaindre ne ferait qu'attirer une attention indésirable. Et à qui dénoncer ce crime ? Il n'y avait pas de police, et les soldats ougandais étaient là pour faire régner l'ordre, pas pour s'occuper des petits larcins.

Les amies s'employèrent à réparer leurs tentes. Une fois seule, Beatrice se laissa tomber par terre et pleura à chaudes larmes.

Comment pouvait-on dépouiller les âmes les plus pauvres de la terre ?

*

Central acheva le mois de février par trois autres victoires – à domicile contre Norfolk State et Delaware State, et à l'extérieur contre Eastern Shore. Ils enregistraient à présent douze victoires contre cinq défaites en Conférence, soit un bilan de 16-13 au total, et se préparaient pour le tournoi MEAC, qu'ils devaient gagner pour accéder à la March Madness. Sooley affichait une moyenne de 31 points et huit rebonds par match. Il était devenu titulaire et jouait au moins 32 minutes par rencontre, plus que n'importe quel autre joueur, en dehors de Mitch Rocker, qui sortait rarement. L'équipe était bien rodée dans une rotation de huit joueurs, avec Murray et Rocker au poste de meneurs, Sooley et Roy Tice à l'aile, et Melvin Montgomery en pivot. Dmitri Robbins, Duffy Sunday et Jabari Nix n'étaient plus tout le temps sur le banc et bénéficiaient de réels temps de jeu.

Le dernier match de la saison eut lieu à domicile, contre la FAMU, champion régulier, avec un bilan de 15-2. Il se déroula l'après-midi du samedi 5 mars et, trois jours plus tôt, le président avait interrompu l'entraînement pour annoncer la venue de l'équipe de tournage de la chaîne ESPN au Nid.

La nouvelle avait électrisé le campus et huit mille étudiants s'étaient rués sur les tickets d'entrée. La capacité du gymnase n'était que de trois mille cinq cents places, dont un quart réservé aux abonnés. Le coach Britt récupéra cinq places pour chacun de ses joueurs. Sooley en donna trois à des filles qu'il appréciait.

Sooley fit l'objet d'un reportage où on retraçait les neuf derniers mois de sa vie. On le voyait faire la fête à Orlando avec ses coéquipiers sud-soudanais, puis on découvrait un plan fixe du camp de réfugiés de Rhino. Le journaliste évoqua la violence de son pays natal, la mort de son père, la situation difficile de sa mère et de ses frères. Il demanda à interviewer Sooley à plusieurs reprises, mais le coach Britt refusa. Il ne voulait pas de distraction, et n'aimait pas qu'un joueur suscite trop l'intérêt de la presse. Sooley était d'accord. Mlle Ida l'avait elle aussi mis en garde contre les journalistes.

*

Le jour de la rencontre, les fans arrivèrent tôt et envahirent les tribunes. Les techniciens de la maintenance avaient réussi à installer des gradins temporaires pour trois cents personnes supplémentaires, ce qui avait nécessité l'autorisation de la mairie. Le maire de Durham était un ancien élève de Central et le président lui avait offert d'excellentes places.

Une heure avant le coup d'envoi, l'orchestre se mit en branle et les élèves se trémoussèrent sous le panneau d'affichage. Les pom-pom girls des Eagles vibraient à l'unisson. Le Nid n'avait jamais été aussi bondé et l'ambiance était électrique. Quand la FAMU entra sur le terrain pour s'échauffer, elle fut accueillie par des huées. Quelques secondes plus tard, Mitch Rocker mena l'équipe de Central sur le terrain, sous un tonnerre d'applaudissements et de cris de joie. Après cet accueil triomphal, les étudiants se mirent à ânonner leur nouveau mantra : « Sooley ! Sooley ! Sooley ! »

Samuel rit avec ses coéquipiers, fit ses lay-ups et ses dunks, et s'efforça d'ignorer le vacarme autour de lui. Il savait que tous les regards étaient braqués sur lui et s'était habitué à cet intérêt nouveau, mais il était difficile d'en faire abstraction, et cela avait tendance à le déconcentrer. D'ailleurs la vie en dehors du terrain se compliquait, ce qui ne lui plaisait pas. Murray était devenu son conseiller, son protecteur, son garde du corps et son pitbull. Il lui assurait qu'il n'y avait pas de jalousie au sein de l'équipe. Tous ses coéquipiers étaient enchantés de leur série de dix victoires consécutives et de leur nouvelle star qui marquait 30 points par match. Fonce, Sooley !

La foule se calma pendant l'hymne national, puis gronda à nouveau quand les titulaires des Eagles furent présentés. Les caméras de télévision semblaient partout. Des bannières ESPN étaient suspendues dans les coins.

L'ouverture rêvée du coach Britt était un panier à 3 points de Sooley, l'idéal pour enflammer les tribunes. La stratégie avait été longuement répétée. Comme Sooley pouvait sauter plus haut que Melvin Montgomery – et que tous les autres pivots du championnat –, c'était lui désormais qui faisait les mises en jeu. Pour le quatrième match d'affilée, il envoya facilement le ballon à Murray. Son colocataire remonta le terrain, pointa du doigt plusieurs directions, donna une instruction incompréhensible, sembla frustré, secoua la tête, mais garda un œil sur le compteur. À 20 secondes, tous les Eagles se démarquèrent. Sooley fusa de la ligne de lancer franc, perdit son défenseur grâce à un solide écran de Roy Tice, se faufila sous le panier, ressortit de la raquette, se débarrassa d'un autre écran, et attrapa la passe de Murray dans le coin, à 9 mètres du panier. Un défenseur se précipita sur lui, mais Sooley avait déjà bondi et effectuait un tir en suspension parfait. Quand le ballon toucha le fond du filet, le Nid explosa de joie.

Il fallut plusieurs minutes aux joueurs de Floride pour s'adapter au chaos ambiant. Ils ne s'entendaient pas entre eux, pas plus qu'ils ne comprenaient leurs entraîneurs, et peinaient à imposer leur jeu. Pendant ce temps, les paniers à 3 points pleuvaient. Alors que Sooley remontait à nouveau le terrain, Mitch Rocker lui fit une passe dans le dos. Sooley l'attrapa et marqua à 7 mètres du panier. De son côté, la FAMU brûla presque toute sa fenêtre de tir avant d'envoyer le ballon hors du terrain. Sur la troisième possession de Central, Murray manqua un tir rapproché, mais dévia le rebond vers Mitch Rocker, qui trompa son défenseur et donna la balle à Sooley, lui aussi marqué de près. Aucune importance. Ignorant son adversaire, il s'élança et marqua son troisième 3 points consécutif. Un coup de sifflet signala une faute évidente, et

Sooley obtint un quatrième point. Il avait marqué les 10 premiers points du match en moins de 2 minutes.

La FAMU rata encore son coup et Mitch Rocker remonta tout le terrain avec le ballon. Sooley sortit de la mêlée et attrapa une passe à 9 mètres du panier. Il feignit un tir, esquiva deux défenseurs, fonça vers le panier et passa le ballon à Roy Tice qui réalisa un dunk aérien.

Menée 12-0, la Floride prit un temps mort.

Les Rattlers n'étaient pas à quinze victoires contre deux défaites par hasard et, en 5 minutes, ils réduisirent l'écart à 16-10. Après avoir réussi ses premiers tirs de loin, Sooley manqua les deux suivants. Sur un saut, il provoqua une faute de son adversaire, un bon joueur défensif. Sooley décida de le pousser à une troisième faute, qui fut signalée à 8 minutes 04. Lors d'un temps mort télévisé à 3 minutes 56, Central menait 39-34, et une bataille acharnée se livrait sur le terrain. À ce rythme, les deux équipes allaient marquer au moins 90 points.

À la mi-temps, Central faisait la course en tête avec 48 à 41. Sooley avait marqué 19 points et réussi cinq tirs à 3 points sur neuf.

*

La FAMU égalisa à 60 secondes du temps réglementaire. Quelques instants plus tard, le défenseur de Sooley commit sa quatrième faute. Son remplaçant s'avéra plus petit et bien plus lent. Il était temps de passer à l'action. Murray le servit en haut de la raquette et Sooley réalisa un superbe lancer. Les équipes marquaient à tour de rôle, mais les deux défenses montraient des signes de fatigue. Sooley se rendit compte que son défenseur ne suivait plus le rythme et appela le ballon. Il réussit deux 3 points d'affilée, donnant à Central un avantage de 10 points. Leur avance s'évanouit quand Sooley reprit son souffle à 5 minutes 10. Mitch et Murray firent tour à tour de mauvais choix, ce qui mit Lonnie dans tous ses états. Heureusement, ses joueurs ne pouvaient pas l'entendre. À 4 minutes de la fin, il demanda un arrêt de jeu alors qu'ils accusaient un retard de 2 points. Sooley était revenu dans le match. Son entraîneur le regarda droit dans les yeux :

— Shoote et ne rate pas.

Samuel marqua deux paniers de suite – toute la salle était debout. Les Rattlers avaient mal choisi leur moment pour se refroidir, car Central était prêt à les renvoyer chez eux. Lorsque Sooley claqua son onzième 3 points sur vingt, la FAMU utilisa son dernier temps mort pour stopper l'hémorragie. Trop tard.

Au coup de sifflet, les étudiants se déversèrent sur le terrain en hurlant de joie. Les joueurs furent submergés. Les étudiants les étreignirent et les congratulèrent. Ils les adoraient ! ESPN était ravie non seulement de ce match passionnant, mais aussi de la découverte d'une véritable star, qu'elle s'empressa de présenter au reste du pays. Sooley avait marqué 47 points, récupéré onze rebonds et fait dix passes décisives. Un triple-double.

Un présentateur sur le banc de touche voulut l'interviewer, mais Samuel se frayait un chemin dans la foule de ses admirateurs pour quitter la salle.

*

Le dimanche soir, Murray et Samuel se réfugièrent chez les Walker pour manger une pizza. La vie dans la résidence était devenue infernale. Des filles frappaient à leur porte à toute heure du jour et de la nuit. Sur le campus, Sooley ne pouvait pas faire grand-chose d'autre que se terrer dans le gymnase. Six semaines plus tôt, on le remarquait à peine en classe. Aujourd'hui, il signait des autographes et posait pour des photos. Un trajet de dix minutes pour aller d'un cours à l'autre prenait une éternité, tant il était sollicité. Tout le monde voulait une photo, un commentaire. Même des journalistes l'appelaient. Samuel ignorait les réseaux sociaux.

Dans la salle de jeu du sous-sol, ils regardèrent North Carolina infliger à Duke sa première et unique défaite de la saison, un match très serré jusqu'au bout, avec deux prolongations, qui se déroula au Cameron Stadium. Ils regardèrent ensuite *SportsCenter*, espérant voir les moments forts de *l'autre école* de Durham. Enfin, on parla des Eagles, et cela valait la peine d'attendre. Les journalistes avaient fait un montage des onze tirs à 3 points de Sooley, que le présentateur commenta. Un bref clip montrait la foule en train de chanter à l'unisson : « Sooley ! Sooley ! Sooley ! »

— Une étoile est née, déclara l'animateur avec emphase.

Samuel était aux anges. Murray était fier de son ami, même s'il commençait à s'inquiéter.

41

Samuel emménagea dans le sous-sol des Walker et Murray réintégra son ancienne chambre à l'étage. Tôt le lundi matin, Ida appela le coach Britt pour se plaindre que son protégé était victime de harcèlement. Il ne pouvait pas aller en cours, ni rester tranquillement dans sa chambre de la résidence, ni même prendre un repas à la cafétéria. Il n'arrivait même pas à traverser le campus sans attirer une foule autour de lui. Conscient du problème, Lonnie lui promit que le bien-être de Sooley était sa priorité.

Avant l'entraînement, Lonnie fit le point avec les joueurs de quatrième année, Mitch Rocker, Roy Tice et Dmitri Robbins, pour trouver une solution. S'ils adoptaient une approche musclée et exigeaient que les étudiants et les fans gardent leurs distances, leur jeune star allait passer pour arrogante et ingrate. S'ils ne faisaient rien, Sooley risquait de succomber au charme de toutes ces filles énamourées et de se laisser distraire.

Ils décidèrent de ne pas prendre de mesures et de changer d'air.

*

Tôt jeudi matin, le bus quitta le campus pour gagner Norfolk, à trois heures de route, et débuter le tournoi MEAC. Comme les joueurs allaient manquer une semaine entière de cours, les entraîneurs les incitèrent à réviser pendant le trajet. Ils ouvrirent leurs ordinateurs portables, leurs agendas, enfilèrent leurs écouteurs, et s'endormirent profondément. Quand ils se réveillèrent, ils écoutèrent de la musique et firent des jeux vidéo.

Les huit meilleures équipes de la Conférence s'affronteraient au Norfolk Scope, une salle omnisports de dix mille places qui avait accueilli le tournoi à de nombreuses reprises. Le vainqueur serait automatiquement invité à la March Madness. Les autres rentreraient chez eux.

Les matchs débutèrent mercredi à midi et, dès le premier coup de sifflet, rien ne se déroula comme prévu. La FAMU, tête de série n° 1, apparemment encore sous le choc de sa défaite à Durham le samedi précédent, semblait complètement sonnée. North Carolina, huitième du classement, tira 70 pour cent des paniers du match et gagna de 18 points. Une semaine plus tôt, la FAMU affichait un bilan de 24-5 et semblait promise au tournoi de la NCAA. À présent, les joueurs de Floride devaient trouver un vol de retour pour Tallahassee et se demandaient ce qui était arrivé à leur fin de saison.

Lors du deuxième match, Norfolk State, numéro 7 du groupe, maîtrisa facilement Howard, le numéro 2, et renvoya les Bisons chez eux.

Avant le troisième match, le coach Britt hurla à ses joueurs que tous les outsiders gagnaient ! Ils avaient beau être favoris de 11 points contre South Carolina State, les résultats de la saison et les prédictions de Vegas ne valaient rien. Son message fut reçu 5 sur 5. Sooley inscrivit 15 points dans la première mi-temps et 19 dans la seconde. Surtout, il était fier de ses huit passes décisives, dont cinq à Murray, qui encaissa 18 points, le meilleur score de sa carrière. Six Eagles engrangèrent des scores à deux chiffres et l'équipe tira 64 pour cent des paniers. C'était leur douzième victoire consécutive.

Le lendemain, la treizième équipe au classement fut mise en déroute par Delaware State.

Après leur match, les Eagles prirent une douche rapide et retournèrent dans les tribunes pour regarder Norfolk contre North Carolina. Ils affronteraient le vainqueur le samedi, avec en jeu le titre de champion et une participation à la Madness.

Comme leur campus était tout proche, Norfolk State attira une foule de supporters bruyants, et le Scope était bien rempli au moment du coup d'envoi. Les Eagles trouvèrent une section vide tout en haut des tribunes et mangèrent les pizzas et les hot-dogs apportés par les managers étudiants. Murray alla aux toilettes, et alors qu'il retournait vers les gradins, il tomba nez à nez avec un visage avenant. Large sourire, dents parfaites, main tendue.

— Salut, Murray, je suis Reynard Owen, de l'équipe Savage. Tu as une minute ?

Cela ressemblait plutôt à une prise d'otage. Murray n'eut d'autre choix que de lui serrer la main.

— L'équipe qui ?

— Savage. Nous sommes une société de management basée à Miami.

Murray recula d'un pas. Méfiant, mais tout de même intrigué.

— Quel genre de société ?

— Du management sportif. Nous représentons des athlètes professionnels, essentiellement des basketteurs.

— Oh, je vois. Vous êtes un agent.

Reynard secoua la tête et lui offrit son plus beau sourire.

— Non, pas moi, mais mon boss oui.

Murray fit un nouveau pas en arrière, quand enfin, il comprit la situation.

— Ah, d'accord. Vous cherchez à parler à mon colocataire. Vous n'avez pas le droit de l'approcher, sans quoi ce serait une violation du règlement de la NCAA. Et vous ne voulez pas être blacklistés. Qui est votre boss, déjà ?

— Arnie Savage. Il représente un tas de grosses pointures.

— Comme qui ?

Tel un magicien, Reynard exhiba une carte de visite.

— Ils sont trop nombreux pour être tous mentionnés. Jetez un coup d'œil à son site, vous verrez, il gère les carrières d'une foule de stars. Vous pensez que Sooley aimerait le rencontrer ?

— Non, ce n'est pas possible, pas maintenant en tout cas. Une rencontre de ce genre est interdite pendant la saison, vous le savez bien. Je ne suis même pas sûr que vous parler soit une bonne idée.

Murray dédaigna la carte, puis se ravisa en songeant qu'elle pourrait lui servir plus tard.

Reynard, qui connaissait son rôle par cœur, lui donna sa réponse habituelle.

— On ne fait rien de mal, Murray. Seulement votre ami ferait mieux de se préparer. Il va jouer en NBA.

— Ne me parlez pas de Sooley, gronda Murray, soudain énervé. J'ai passé tout mon temps avec lui depuis son arrivée aux États-Unis, on mouille le maillot ensemble à l'entraînement. Je l'ai vu grandir, et je le connais mieux que personne.

— Il est sûrement un *lottery pick*[1].

— Pas du tout ! Qu'est-ce que vous en savez ?

— C'est mon job.

— Ah, vraiment ? Vous avez joué à la fac ?

— Une fac publique près de Chicago, rétorqua Reynard sans se démonter.

— OK, d'accord, je ne vais pas me vanter, mais moi je sais de quoi je parle. Sooley est le meilleur, c'est sûr, mais il n'est pas prêt pour la NBA.

En réalité, des rumeurs couraient dans les vestiaires. Un blog obscur et loin d'être fiable considérait Samuel Sooleymon comme l'un des nouveaux « one-and-done » potentiels depuis sa performance dimanche dernier contre la Floride. Mais que ne trouvait-on pas sur Internet ? Murray n'était même pas sûr que son colocataire soit au courant. Les discussions allaient bon train, et ce genre de spéculations ne risquaient pas de disparaître, surtout avec un joueur qui marquait des paniers du milieu du terrain.

---

1. Un *lottery pick* est un choix de draft compris entre le premier et le quatorzième, soit un joueur parmi les plus convoités.

Reynard, en grand professionnel, avait le sourire vissé aux lèvres.

— D'accord, d'accord, on ne va pas se battre. Sa valeur augmente à chaque match et les recruteurs l'ont repéré. Arnie Savage est le meilleur dans son domaine, ne l'oubliez pas.

Murray sourit.

— Pour sûr.

Quand il reprit sa place dans les tribunes, Murray se demanda s'il devait rapporter au coach Britt sa discussion avec l'intermédiaire d'Arnie Savage. Il décida finalement de garder cet échange pour lui. Si Reynard disait vrai, et une petite voix lui soufflait que c'était le cas, les vautours ne tarderaient pas à descendre sur leur proie.

*

Un mois plus tôt, le 9 janvier, Central avait remporté sa première victoire de la Conférence à Greensboro, contre son plus grand rival, North Carolina A&T. Une victoire de 15 points contre un adversaire bien plus haut dans le classement. Ce que personne à Central ne savait à ce moment-là, c'était que six des joueurs de North Carolina, dont trois titulaires, souffraient d'une grave intoxication alimentaire et étaient presque trop faibles pour se mettre en tenue. L'entraîneur ne s'en était pas vanté, mais lors d'une conversation téléphonique amicale le lendemain, il en avait parlé à Lonnie, un vieil ami. Une fois l'intoxication alimentaire passée, A&T avait réalisé une saison respectable, terminant avec un bilan de 18-12, et 9-9 en Conférence.

Le jeudi soir, North Carolina avait battu Norfolk State durant les prolongations, se qualifiant pour la finale. Samedi après-midi, l'équipe s'apprêtait à affronter Central pour pouvoir accéder au tournoi de la NCAA.

Pour son sixième match, Sooley contrôla facilement l'entre-deux, et envoya le ballon à Mitch Rocker. Leur première attaque fonctionna à merveille jusqu'à ce que le tir rebondisse sur l'arceau. Sooley rata ses quatre premières tentatives longue distance et calma le jeu. Son défenseur, Carson, était un puissant ailier de 1,98 mètre qui bousculait, poussait et invectivait ses adversaires. Sooley et Carson se battirent pour récupérer un ballon perdu et roulèrent sur le sol. Deux arbitres intervinrent pour éviter une bagarre, et les deux joueurs se relevèrent, prêts à en découdre. Les équipes se séparèrent et les entraîneurs tâchèrent d'apaiser les esprits. Lonnie sortit Sooley, qui resta assis sur la touche les 10 dernières minutes de la première mi-temps, la mine sombre, à ruminer sa frustration. North Carolina menait de 8 points. Il n'avait marqué que 2 points, un faible score.

À la mi-temps, l'équipe était complètement désorganisée, en attaque comme en défense – le coach Britt avait du pain sur la planche. Il aboya après Sooley, lui dit d'arrêter de bouder comme un gamin de dix ans, de rentrer physiquement et mentalement dans la partie, et ainsi de suite. Sooley débuta la deuxième mi-temps le moral dans les chaussettes. Il avait pour consigne de pousser Carson à la faute.

Les deux meneurs de Central, Murray et Mitch Rocker, ralentirent le jeu et collèrent au score. À 14 minutes 20, North Carolina menait de 10 points, quand Carson se vit siffler une troisième faute personnelle. Sooley regarda avec satisfaction Carson se diriger vers le banc, puis réussit ses deux lancers francs.

Il était temps de passer à la vitesse supérieure. Sooley se faufila par l'extérieur, esquiva un écran, récupéra une passe et exécuta un excellent tir de 7 mètres qui atterrit droit dans le panier. Son défenseur, un joueur de première année de 1,95 mètre, semblait cloué au sol. Murray intercepta une passe et fit fuser la balle à travers le terrain, droit dans les mains de son colocataire, qui se trouvait pratiquement au même endroit que pour son précédent tir. Sooley claqua un autre 3 points.

L'exclusion de Carson fut brève. À 12 minutes 40, il revint dans le match comme une furie et rentra immédiatement dans Sooley de tout son poids. L'arbitre, qui l'avait à l'œil, lui donna un avertissement. Sooley se contenta de sourire. Roy Tice marqua un panier, égalisant le score. En défense, Sooley fit reculer Carson, le mettant au défi de tirer. Carson n'était pas un scoreur, mais il n'avait pas le choix, et il prit son appel. Sooley bondit à son tour, contra le tir et éclata de rire. Mitch attrapa le rebond et le passa à Murray au milieu de terrain, qui se retrouva dans un 3 contre 1. Sooley fila sur sa gauche, prit une courte passe et s'élança pour dunker quand Carson l'attaqua par-derrière avec un contre musclé. Sooley heurta le panneau arrière et atterrit durement par terre. Les sifflets fusèrent de toutes parts et les arbitres se précipitèrent pour éviter un pugilat.

Lonnie hurla à la faute technique et les deux bancs se levèrent pour protester. Sooley se releva avec un sourire et déclara que tout allait bien.

Les entraîneurs adjoints firent la leçon à leurs joueurs et la situation s'apaisa. Un arbitre harangua Carson et lui montra du doigt les vestiaires. La faute était flagrante, aucun doute là-dessus : cette fois, il était définitivement exclu.

Sooley marqua ses deux lancers francs. Sur le rebond, les Eagles exécutèrent une stratégie mise au point à l'entraînement avec Lonnie. Sooley contourna deux écrans, s'empara du ballon dans le coin, et marqua son quatrième panier à 3 points du match. Central menait de 5 points.

L'atmosphère électrique enflamma les Eagles, qui volaient littéralement sur le terrain. Après treize victoires consécutives, toutes sans appel, le match et le titre leur appartenaient. Et leur jeune star avait enfin trouvé son rythme de croisière. À 7 minutes de la fin, la rencontre avait basculé. La défense d'A&T s'était affaiblie sous l'effet d'une série de contres impressionnants et d'attaques éclairs de Sooley. Il conclut avec 28 points, le titre de meilleur joueur du tournoi, et pour la deuxième fois de leur histoire, les Eagles repartirent avec le trophée du championnat MEAC.

Le retour en bus fut une fête endiablée.

42

Le 13 mars eut lieu le fameux « dimanche de sélection ». Les portes du Nid s'ouvrirent à 14 heures et les étudiants affluèrent en masse. Pour la deuxième fois seulement de l'histoire de Central, l'équipe participerait à la March Madness, un événement important dans l'univers du basket américain. L'heure était à la célébration. Ils avaient rapporté un trophée, qui trônerait dans le hall et serait admiré pendant des décennies. Les supporters étaient venus soutenir leurs héros et découvrir leur prochain adversaire. Les sélections n'étaient plus un enjeu : la victoire de la veille avait donné aux Eagles son ticket d'entrée. D'autres pouvaient s'inquiéter, mais pas Central.

Pour les programmes modestes, une invitation était une aubaine. Les habitués considéraient l'événement comme allant de soi, trois ou quatre matchs supplémentaires à la fin de chaque saison. Pour les autres, c'était une fabuleuse opportunité.

Le coach Britt avait organisé un déjeuner d'équipe dans les vestiaires. En attendant que tout le monde soit là, les joueurs regardaient les experts d'ESPN et de CBS faire toutes sortes de suppositions. Deviner comment le comité allait sélectionner les soixante-huit équipes était impossible, mais cela n'empêchait pas les analystes de faire des plans sur la comète. Au milieu de l'avalanche de données, les commentateurs mentionnèrent plusieurs fois que Central, dont la place était assurée, détenait le pire bilan de la compétition (20-13). Ils ajoutèrent que l'équipe avait remporté quatorze victoires consécutives, toutes à l'extérieur, et avait une star de première année qui affichait une moyenne de 30 points par match. Ces informations avaient été données rapidement, car personne ne prenait Central réellement au sérieux. Après tout, il s'agissait de l'une des universités traditionnellement noires, qui n'allaient jamais très loin dans le tournoi. Le titre MEAC n'impressionnait guère les commentateurs.

*

Les play-offs d'après-saison de la NCAA avaient débuté en 1939, sous la forme d'un tournoi à élimination directe constitué de huit équipes. Il était passé à seize équipes en 1952 et à trente-deux en 1978. Au fur et à mesure que le sport universitaire gagnait en popularité et devenait plus spectaculaire, grâce aux dunks, aux tirs à 3 points et au chronomètre, le tournoi, surnommé par la suite « March Madness », n'avait cessé de prendre de l'ampleur. En 2000, il avait doublé de volume avec soixante-quatre équipes, dont la moitié était sélectionnée en remportant le titre de leur conférence. L'événement était désormais suffisamment élargi, pourtant, chaque année, une controverse éclatait lorsque certaines équipes étaient laissées pour compte. En 2011, une tentative de remédier à ce problème avait été mise en place avec l'ajout de quatre matchs de barrage destinés aux équipes mal classées. Surnommées le « First Four », ces rencontres préliminaires étaient disputées à Dayton, dans l'Ohio.

*

Comme tous les coachs, Britt voulait absolument éviter le First Four. Cette phase nécessitait un long voyage, ce qui signifiait moins de temps d'entraînement et de préparation. Et les équipes concernées étaient régulièrement battues au premier tour.

Le coach et ses assistants mangeaient des sandwichs et des chips avec les joueurs, tout en écoutant les experts se disputer. Alors qu'ils n'étaient d'accord sur pratiquement rien, un consensus général se dessinait sur le fait que Central, malgré sa sélection automatique, se dirigeait vers un match de barrage. Les treize défaites des Eagles dérangeaient tout le monde, sauf eux.

Les joueurs de Central profitaient de l'ambiance chaleureuse et de leur sentiment de victoire après une saison terminée en beauté, malgré des débuts difficiles. Un match de plus, et une participation à la March Madness, c'était la cerise sur le gâteau.

Lonnie pouvait à présent se vanter d'une moyenne de vingt et une victoires par an au cours des cinq dernières saisons, et bien qu'il soit dévoué à ses joueurs, il rêvait de nouveau à un plus grand destin. Il était encore sous le choc de l'appel d'une vieille connaissance, la veille au soir. On lui proposait de devenir entraîneur en chef adjoint d'une université de l'Atlantic Coast Conference – l'ACC –, à condition qu'il emmène Sooley avec lui. Lonnie avait été tellement surpris par l'offre qu'il n'en avait soufflé mot à sa femme. Ce sport pouvait s'avérer traître.

Le vacarme s'amplifiait tandis que les supporters faisaient trembler le sol des tribunes. L'orchestre jouait à plein volume. À 15 heures, les joueurs de Central firent leur apparition. Mitch Rocker, le trophée du tournoi MEAC à la main, emprunta le tunnel le premier, jusqu'à la scène aménagée sous un panneau rétracté. Il fut accueilli par des effusions de joie. Le terrain était rempli d'étudiants qui se pressaient devant, tels des fans déchaînés à un concert de rock. Il fallut beaucoup de temps pour les calmer, mais lorsque la rumeur s'apaisa enfin, plusieurs personnalités prirent la parole – le président, le doyen, le directeur des sports.

Le tableau d'affichage était suspendu au milieu du terrain. Un JumboTron – un équipement de retransmission vidéo dernier cri – faisait partie de leurs souhaits, mais il faudrait attendre plusieurs années pour l'obtenir. Des écrans géants avaient été installés aux quatre coins du terrain, et avant que l'entraîneur Britt ne prenne le micro, on diffusa un résumé de dix minutes de la saison, en insistant sur les dix derniers matchs. Les étudiants hurlaient à chaque fois que Sooley marquait un 3 points.

Le coach Britt remercia les supporters. Mitch et Lonnie remirent le trophée au directeur des sports. Lonnie demanda à Sooley de s'avancer et lui décerna la plaque du meilleur joueur du tournoi. Pour la quatrième fois en une heure, le mantra « Sooley ! Sooley ! Sooley ! » fit vibrer les vitres.

Quand le calme fut revenu, le coach Britt désigna le micro à Sooley, qui battit rapidement en retraite. L'idée de s'exprimer devant un public le terrifiait.

Puis il y eut un moment de flottement, dans l'attente de l'annonce de la sélection. À 16 heures, la foule se tut et les joueurs prirent leurs places sur la scène. CBS annonça les quatre premières têtes de série nationales : Duke, Gonzaga, Villanova et Kansas. Puis le First Four : Cornell jouerait contre UMass ; DePaul contre Iowa State ; BYU contre Creighton.

Et enfin, Florida State affronterait les Eagles de North Carolina Central, seizième du classement. La foule explosa de joie. Les joueurs bondirent dans tous les sens et se congratulèrent devant les caméras. Les entraîneurs s'étreignirent comme si un petit déplacement à Dayton, suivi d'un match contre Duke, était exactement ce qu'ils avaient en tête. Avec un grand sourire, Lonnie regarda Jason Grinnell et siffla entre ses dents :

— C'est quoi ce bordel ?

Jason répondit en souriant :

— Aucun respect, mec, aucun respect.

Le coach Ron McCoy prit un ton sarcastique :

— Cette fois, on est foutus.

La fête se calma tandis que l'équipe et ses fans suivaient le reste de la sélection. Les entraîneurs parvinrent à garder le sourire et à feindre l'exaltation, mais ils avaient l'impression de s'être fait flouer. Ils n'avaient pas le temps de s'entraîner. Ils ne savaient rien de cette équipe de Florida State, si ce n'est qu'elle avait battu les universités du Kansas et du Kentucky début janvier. Au cours d'une saison en dents de scie, les joueurs de Florida State comptaient vingt-deux victoires, douze défaites, et avaient failli battre Auburn en finale du tournoi.

Lonnie quitta la scène pour un aparté avec le directeur sportif. Il fallait organiser rapidement le déplacement. Un jet privé aurait été le bienvenu, ce qui n'entrait pas dans leur budget. Le reste était flou.

Ils se sentaient pénalisés, même s'ils participaient tout de même à la Madness, de justesse, une occasion à ne pas manquer. Les assistants étaient tous au téléphone : ils appelaient des entraîneurs, des recruteurs, d'anciens joueurs, des amis, toute personne capable de leur en dire plus sur les Gators de Floride. À la fin de la sélection, quand les supporters se furent dispersés, les joueurs regagnèrent le vestiaire et se mirent en tenue d'entraînement.

À 21 heures, les premiers pronostics furent mis en ligne. Florida State était annoncée favorite de 26 points. Pendant la nuit, un blizzard balaya la Caroline du Nord, paralysant la majeure partie de l'État. Au lever du jour, le campus ainsi que presque toutes les villes de Durham et de Raleigh étaient privés d'électricité. L'aéroport avait fermé ses portes. L'avion prévu pour l'équipe était bloqué à Philadelphie. La seule alternative était de louer un bus pour gagner l'Ohio, mais les routes étaient dangereuses sur les cent premiers kilomètres, et personne n'était vraiment enthousiaste à l'idée de passer la journée dans un bus. Le gymnase était froid et sombre – il était hors de question de s'entraîner. Le coach Britt faisait les cent pas chez lui, drapé dans une couverture, en attendant que le réseau téléphonique, l'électricité et le chauffage soient à nouveau en état de marche et que cette maudite glace fonde pour pouvoir partir avec ses joueurs. Quand il regarda par la fenêtre et vit la neige tomber sur le patio, il faillit se mettre à pleurer.

Vers 13 heures, l'aéroport de Raleigh-Durham rouvrit ses portes, mais en service limité. La région était toujours plongée dans le noir et les ordinateurs hors-ligne. Le service téléphonique fut rétabli vers 15 heures.

Juste après 16 heures, l'ensemble de la zone métropolitaine était de nouveau privé d'électricité.

À 8 heures mardi matin, jour du match, un bus affrété par le club quitta le campus avec à son bord dix joueurs, quatre entraîneurs, quatre managers, le directeur sportif et ses deux assistantes, le directeur de l'information des sports, le directeur des opérations basket-ball, le médecin de l'équipe, un préparateur physique, un coach sportif, et un chapelain bénévole. Pendant deux heures, le chauffeur suivit le flot de voitures sur l'I-40 jusqu'à ce que Raleigh soit loin derrière eux. À Winston-Salem, il bifurqua vers le nord, sur la I-77, où la circulation était au ralenti à cause du verglas. L'entraîneur Britt, ses trois collègues et la moitié des joueurs suivaient leur progression sur l'application GPS de leur portable. À moins d'un gros pépin, ils seraient à Dayton à 18 heures. Le coup d'envoi était prévu à 20 heures.

Lonnie était convaincu que dans l'histoire mouvementée de la Madness, aucune équipe n'avait jamais été aussi mal préparée. Il appela des amis dans le milieu pour trouver des renseignements sur les joueurs et les entraîneurs de Florida State. Ses assistants faisaient de même. Le directeur sportif informa la NCAA de leurs difficultés et déposa une plainte pour traitement injuste. Puis il appela le directeur sportif des Gators et lui proposa de retarder le début du match d'une heure. Les joueurs avaient besoin de s'étirer, de se détendre, de faire quelques exercices, et de manger un morceau. Son homologue de Florida State était d'accord, mais la NCAA refusa le différé. Ils avaient un contrat avec la chaîne CBS.

Les Gators s'étaient rendus à Dayton en jet la veille et avaient pu s'entraîner tranquillement. Ils étaient revenus sur le terrain mardi midi pour une séance de tirs décontractée.

*

Les Eagles arrivèrent à la Dayton Arena à 18 h 50. Une chaîne de télévision locale, qui avait eu vent de l'affaire, filma les joueurs en train de descendre du bus. Enfin ! Le coach Britt ne fit aucun commentaire.

Ils enfilèrent rapidement leur tenue bordeaux et entrèrent sur le terrain. La Floride avait accepté de ne pas ouvrir la salle avant 19 heures pour leur permettre de faire un petit entraînement.

En dépit de la tempête, des retards et de l'interminable trajet en bus, les joueurs étaient en grande forme, et riaient même de leurs déboires. Enfermés pendant dix heures dans une boîte en métal, ils étaient impatients de s'étirer, de courir, de sauter, de brûler de l'énergie. Lonnie dirait par la suite que ce fut la meilleure demi-heure d'entraînement de la saison. Dans les vestiaires, ils se restaurèrent de barres de céréales et de boissons énergétiques et écoutèrent un peu de musique avec leurs écouteurs. On n'entendait que des murmures et des rires nerveux.

Quand ce fut l'heure d'entrer en scène, Lonnie les rassembla.

— Deux choses, les gars. Premièrement, les experts ont annoncé qu'on allait perdre de 26 points. 26 points ! Ça veut dire qu'ils pensent qu'on n'a rien à faire ici. On n'est pas assez bons. On a perdu trop de matchs. En vérité, personne ne nous respecte. Ni les spectateurs. Ni nos adversaires. Ni le comité de sélection. Ni les gens de la NCAA. Ni les journalistes. Sans parler des beaux parleurs de la télé. Alors, on doit le gagner, leur respect. Et deuxièmement… (Il brandit une feuille de journal.) C'est le *Tampa Bay Times*, le journal le plus vendu en Floride. Leurs journalistes suivent Florida State. Hier, l'un d'eux a discuté avec Jerry Biles, l'entraîneur en chef des Gators. Je connais Jerry. Un mec réglo. (D'un geste théâtral, Lonnie étudia l'article de journal.) Ils parlent de la grande rencontre à venir entre Florida State et Duke, la tête de série n° 1, au premier tour. Le coach Biles a déclaré, je cite : « On a eu un tirage facile pour les préliminaires, après ça se corse. Mais on n'a pas peur de Duke. On a battu Kansas et Kentucky, et on est capable de battre n'importe qui ! Vous verrez ! » (Il baissa la feuille, observa ses joueurs d'un regard sombre, et répéta :) *Un tirage facile*. (Il froissa la page et jeta la boule de papier.) Un tirage facile ! rugit-il. Et ils parlent de leur match de jeudi soir à Memphis contre Duke. Comme si les jeux étaient faits ! Comme si on n'existait pas !

Personne ne bougeait. Personne ne respirait. On aurait pu entendre une mouche voler dans le vestiaire.

Il baissa la voix pour conclure :

— Je ne pense pas que ces connards se sont emmerdés à se renseigner sur nous, alors on va les secouer un peu. Sooley, tu commences sur le banc. Tu rentreras au bout de 3 minutes, alors tiens-toi prêt. (Il frappa dans ses mains.) Messieurs, nous méritons le respect. Et le respect est là, sur ce terrain. À nous d'aller le chercher.

43

Florida State gagna l'entre-deux et Central se prépara à une pression de milieu de terrain. Tous les joueurs étaient prêts à batailler comme des lions. Melvin rattrapa un tir manqué et le transmit à Rocker, qui prit son temps pour remonter le terrain. Avec 8 secondes au chronomètre, Murray manqua un tir de 6 mètres. Florida State en rata un à son tour, tout comme Central. Les deux équipes étaient au mieux de leur forme, bien qu'un peu fébriles. La glace se brisa quand Murray rata une passe qui lui valut une contre-attaque retentissante. Les Gators avaient deux meneurs de 1,78 mètre, plus rapides que tout ce que Central avait vu dans la MEAC. La première faute fut sifflée à 16 minutes 38 et le coach Britt fit rentrer Sooley. Remontant le terrain, à 15 secondes du chrono, il accéléra vers la ligne des 3 points, esquiva un écran et se positionna dans l'angle du terrain et appela la balle. La passe de Mitch était parfaite, tout comme son tir des 9 mètres.

Deux jours de repos complet s'avérèrent bénéfiques : les Eagles jouaient avec une ferveur que Lonnie ne leur avait jamais vue. Le blizzard avait été une bénédiction. Ils étouffaient les grands joueurs de Floride et les deux meneurs ne marquaient pas. Lorsque Sooley réussit son troisième tir à 3 points consécutif, un sifflement annonça le temps mort à moins de 16 minutes. Central menait 11 à 6, et Florida State était déstabilisée. Pendant l'interlude, le coach Britt insista sur le fait qu'ils étaient des outsiders et que personne ne les respectait. Il les mit au défi de frapper encore plus fort.

Les Gators ne firent aucun changement, comme s'ils espéraient voir Sooley se dégonfler. Cela n'arriva pas. Il manqua son quatrième 3 points, mais inscrivit le cinquième à 8 mètres, et la fois suivante, il fit une feinte, planta son défenseur, fonça vers l'anneau et passa la balle à Roy Tice, qui dunka avec aisance. Le score était de 16-8 et la Floride prit un temps mort.

Au cours des quatorze matchs qu'il avait joués, Sooley avait réussi 47 pour cent de ses tirs à 3 points, soit le deuxième meilleur score national. Il n'avait pas d'emplacement préféré : il tirait de n'importe où, parfois du milieu de terrain. Rapidement, ses entraîneurs avaient compris que, pour une attaque qui manquait de scoreurs, la meilleure stratégie était de laisser leur jeune recrue tirer à volonté. Outre sa précision, qui rendait son jeu fatal, il suivait souvent son tir et récupérait de longs rebonds qu'il transformait en passes décisives.

La Floride opta pour le « box-and-one », une tactique hybride entre défense individuelle et défense de zone, et assigna un « pickpocket » de 1,95 mètre à Sooley, chargé de lui voler un maximum de ballons. Chaque fois qu'il avait la balle, Sooley tirait ou feintait. Les feintes étaient mortelles, car le défenseur mordait à l'hameçon ou commettait une faute quand Sooley lançait une offensive. À la mi-temps, il avait engrangé 24 points avec six paniers à 3 points et six lancers francs. Central menait 41 à 30, mais le match ne semblait pas aussi serré que le score. Dans les vestiaires, le coach Britt continua à vilipender les spécialistes qui avaient si peu d'estime pour ses joueurs. Il les incita à se battre avec encore plus de hargne dans la seconde mi-temps.

Florida State maintint sa stratégie du « box-and-one », mais colla un autre défenseur aux basques de Sooley – qui s'avéra aussi inefficace que les deux précédents. Lorsque Sooley marqua des tirs en suspension et étonna la foule par un alley-oop dans le dos de Melvin, les Gators prirent un autre temps mort. Leur entraîneur regarda le tableau d'affichage avec incrédulité. 50-34. Ses joueurs lâchaient la rampe et s'énervaient. Le ciel leur tombait sur la tête et ils n'avaient aucun moyen de l'arrêter.

Comme ils avaient 20 points d'avance, à 9 minutes de la fin, Sooley vit enfin une occasion de briller, un coup qu'il n'avait jamais tenté… en match. Il l'avait expérimenté plusieurs fois à l'entraînement, sans grand succès. La victoire était à leur portée, mais les Gators avaient largement le temps de se refaire, et il ne voulait surtout pas exciter ses adversaires par des pitreries. Il en avait tout un répertoire, des coups bizarres imaginés sur les terrains en terre battue de Lotta.

Oh et pourquoi pas après tout ? Les Sud-Soudanais étaient connus pour leur audace et leur goût du risque, et s'il réussissait, il ferait la une de *SportsCenter*.

Il attrapa une passe sur la ligne de lancer franc, dos au panier. Des deux mains, il lança la balle au-dessus de sa tête, une fusée qui n'avait aucune chance de traverser le filet. Ce n'était d'ailleurs pas le but. Sooley fit volte-face, bouscula son défenseur, fonça dans le couloir et bondit alors que le ballon rebondissait sur le panneau. Melvin reconnut la tactique et se mit en position. Sooley, comme suspendu en l'air, garda le ballon une fraction de seconde, puis fit une passe vers l'anneau, au moment où Melvin s'élançait derrière les pointures de Floride et claquait un smash.

Le marqueur officiel, confus, n'eut d'autre choix que d'opter pour un tir manqué, suivi d'une passe décisive. Sooley s'en fichait. Lonnie aussi. C'étaient 2 points de plus pour les Eagles, et un dur revers pour leurs adversaires. La Floride demanda un autre temps mort alors que les Eagles étreignaient Sooley sous les hourras du public.

À 6 minutes de la fin, Sooley manqua son tir, et vit son rebond se transformer en panier facile pour les Gators. Ils renforcèrent la pression sur tout le terrain, empêchant Murray de marquer. Une série de 10-0 s'ensuivit, et le banc de Florida State revint à la vie. À 3 minutes 35, avec un score de 66 à 56 pour Central, Lonnie demanda un temps mort et rassura ses joueurs. Sooley avait-il besoin d'une pause ? Non. Pas de pause pendant la deuxième mi-temps.

Les Eagles n'avaient pas gagné quatorze fois de suite avec une attaque timorée, et Lonnie n'était pas prêt à changer de stratégie. Alors que tous les défenseurs guettaient Sooley, Mitch Rocker marqua un 3 points, et 30 secondes plus tard, Murray fit de même. La Floride se jeta à corps perdu dans la mêlée, épuisant ses dernières forces. Sooley en avait encore sous le pied. Il réussit son neuvième panier à 3 points à 1 minute 40 de la fin, assurant à Central la victoire, avec un score de 80 à 63. La Floride manqua une dernière occasion, Murray s'empara du rebond et, sans s'inquiéter du chronomètre, fit une longue passe à Sooley, à 9 mètres du panier. Sooley pouvait soit gagner du temps, soit foncer vers le panneau. Il préféra tirer en cloche et inscrivit un dixième 3 points.

Son exploit domina le résumé du match sur CBS, et le pays tout entier découvrit le petit prodige de première année. La passe aveugle de dos, qui heurtait le panneau, fut l'un des temps forts de la rencontre, même si les commentateurs secouaient la tête. Sooley avait engrangé 46 points, ce qui faisait de lui le septième meilleur joueur du tournoi NCAA, loin derrière le record apparemment intouchable d'Austin Carr, de Notre-Dame-du-Lac. En 1970, lors d'un match contre l'Ohio, Carr avait totalisé 61 points, et ce avant l'existence des paniers à 3 points. Si la règle avait été en place, Carr aurait obtenu 75 points.

Sooley avait réalisé dix tirs à 3 points sur vingt-deux, huit paniers sur neuf, onze rebonds, six passes décisives, quatre interceptions et quatre contres, le tout en 35 minutes.

*

Cette victoire, la première de Central dans la Madness, fit fondre les derniers éclats de glace qui s'accrochaient à Durham. Des fêtes spontanées fleurirent sur tout le campus et dans les appartements étudiants des environs. Les bars étaient bondés et joyeux et, dans les rues, le chant « Sooley ! Sooley ! Sooley ! » résonnait dans la nuit.

44

Les entraîneurs se réunirent brièvement à 7 h 30 dans le restaurant de l'hôtel. Ils s'installèrent dans un coin tranquille et sirotèrent leur café en attendant les menus. Les quatre hommes ne pouvaient s'empêcher de sourire. Lonnie posa son téléphone au milieu de la table, et déclara :

— On pose tous les portables, éteints. Le mien n'a pas arrêté de vibrer.

Les trois autres atterrirent au milieu. Jason Grinnell lança :

— Sooley m'a appelé à 6 heures ce matin, pendant l'une des rares phases où je dormais.

— Qu'est-ce qu'il voulait ? demanda Lonnie.

— Eh bien, aujourd'hui, on est mercredi : il parle à sa mère tous les mercredis matin à 7 heures.

— Il ne t'a pas réveillé pour te dire ça ? intervint Ron McCoy.

— Il a fait un cauchemar. Un avion défaillant. Il pense que c'est un mauvais présage et qu'on devrait prendre le bus pour aller à Memphis. Il paraît qu'il est très superstitieux.

— Ça nous ferait économiser 60 000 dollars de vol, fit remarquer Lonnie. Notre directeur sportif va adorer l'idée.

— Les managers ne retrouvent pas ses chaussettes après les matchs, reprit McCoy. Il les garde avec lui.

— Ouais. D'après Murray, il les lave lui-même et les étend sur la fenêtre. Il fait ça depuis le premier match.

— Bon, au moins, il lave ses chaussettes.

Une serveuse vint leur apporter les menus. Après son départ, Lonnie déclara :

— L'idée me plaît. Prenons le bus et laissons tomber Durham. Je veux éloigner Sooley du campus, de tout le monde. J'ai reçu cinquante mails hier de journalistes, d'entraîneurs, de vieilles connaissances à qui je n'avais pas parlé depuis des mois. Tout le monde veut le gamin maintenant.

— Toujours d'après Murray, les filles sont folles de lui, renchérit Jackie Garver.

— Ah, le bon vieux temps ! s'esclaffa McCoy.

— Dites aux managers de les laisser dormir demain, reprit Lonnie. On partira à 11 heures et on prendra notre temps pour aller à Memphis.

— En bus ?

— Oui. Si Sooley veut prendre le bus, pourquoi pas ?

*

Duke contre Central. Le numéro 1 contre le numéro 16, sorti des phases préliminaires. Jamais, dans l'histoire du tournoi, une équipe classée seizième n'avait battu la tête de série n° 1. Pas plus qu'une équipe classée quinzième, quatorzième, ni même treizième.

Duke contre Central, « l'autre école de Durham ». Duke, avec ses cinq titres de champion NCAA, ses trente-deux joueurs All-Americans, ses quarante et une participations au tournoi, ses seize victoires de conférence ACC, ses vingt-deux semaines consécutives à la première place, et ainsi de suite. À l'autre bout de la ville, les résultats de Central étaient loin d'être aussi impressionnants.

Duke, avec ses frais de scolarité s'élevant désormais à 50 000 dollars par an, sa dotation de 8 milliards de dollars, ses dizaines de chaires subventionnées, son taux de réussite de 95 pour cent, ses classements stratosphériques en médecine, en droit, en ingénierie, en arts et en sciences, ses milliards de dollars de subventions pour la recherche.

Riches contre pauvres. Privé contre public. Élites contre défavorisés.

Les commentateurs se frottaient les mains.

Et tout le monde avait les yeux braqués sur Sooley.

*

FedEx Forum. L'immense salle omnisports des Grizzlies de Memphis. L'Arkansas étant tout proche, leurs fans avaient afflué pour voir leurs Razorbacks bien-aimés se débarrasser d'Indiana State lors du premier match. Encore plus enthousiastes pour le deuxième tour, les fans attendirent avec impatience l'occasion de montrer leur ressentiment contre Duke. Les dix-huit mille sièges étaient pris, mais très peu de fidèles des Blue Devils étaient présents. Un tonnerre d'applaudissements accueillit la tête de série n° 1 lorsqu'elle entra sur le terrain. Puis, quand les joueurs de Central apparurent, la foule se mit à scander « Sooley ! Sooley ! Sooley ! ».

Pour Samuel, ce fut très déconcertant. Qui ne voudrait pas être l'objet d'une telle adoration ? Mais il avait l'impression que tous les regards étaient fixés sur lui. Ces deux derniers jours, il avait ignoré les caméras et parlé seulement à ses entraîneurs et à ses coéquipiers. Tous regardaient *SportsCenter* et suivaient la déferlante sur les réseaux sociaux. Ils étaient déterminés à le protéger autant que possible des perturbations.

Sooley sourit, s'étira et s'efforça d'oublier la foule. Il jeta un coup d'œil aux joueurs de Duke de l'autre côté de la ligne médiane et se demanda s'ils étaient aussi nerveux que lui. Les Blue Devils semblaient immunisés contre le trac – calmes, détendus, confiants. Ils avaient l'habitude d'être hués et raillés et, à l'extérieur, ils s'amusaient à attiser le mépris des foules. Ils étaient loin de leurs supporters du Cameron Stadium, et jouaient tous leurs matchs extérieurs dans des salles hostiles et bondées. Cela faisait partie de la mythologie de Duke. Les Blue Devils contre le reste du monde.

Darnell Coe était chargé de marquer Sooley. Ailier de 2 mètres, il engrangeait 12 points par match et était considéré comme le meilleur défenseur de Duke depuis Shane Battier. Sooley observa Coe du coin de l'œil, puis fit mine de l'ignorer, comme tous les joueurs de Duke, qui se désintéressaient totalement d'eux.

En tant que tête de série inférieure, Central fut présenté en premier et reçut un accueil enthousiaste de la foule, qui criait « Sooley ! » à pleins poumons. Les joueurs de Duke furent copieusement hués, mais semblaient s'en ficher. Au milieu du terrain, ils se déplaçaient comme si les Eagles n'existaient pas.

Leur centre, Akeem Akaman, mesurait 2 mètres. Lorsqu'il s'avança d'un pas pour le coup d'envoi, il fusilla Sooley du regard, qui s'élança dans les airs et envoya le ballon à Mitch Rocker.

La stratégie de Central était simple. Ils étaient arrivés jusque-là pour une seule et unique raison : les 3 points de Sooley. C'est avec cette tactique qu'ils allaient l'emporter. C'est avec cette tactique qu'ils allaient vivre ou mourir. Sooley resta en retrait, puis sprinta vers le panier, attrapa une passe à terre de Mitch et dribbla droit devant. Il était à 9 mètres du panier et Coe lui laissait l'espace, comme pour lui dire : « Vas-y ! »

Sooley prit son envol et shoota. Au lieu de suivre sa balle, il retourna vers le milieu de terrain alors que le ballon traversait le filet. Il revint en petites foulées, les bras levés sous les hourras de la foule en délire.

Duke n'avait pas de points faibles. Akaman et Kevin Washington dominaient à l'intérieur, et Coe, Tyrell Miller et Toby Frost étaient capables de marquer de n'importe où sur le terrain. Central n'avait pas assez de remplaçants pour survivre à un match physique avec beaucoup de pressing et de fautes, mais aucune équipe ne pouvait se permettre de laisser Duke mener le jeu. Le coach Britt décida de jouer agressivement.

Frost manqua son premier essai et Roy Tice contra un tir. Mitch remonta le terrain avec le ballon, échangea des passes avec Murray, et à 15 secondes, Sooley déboula de nulle part, s'empara du ballon et tira en suspension, cette fois de 10 mètres. *Swish*. Droit dans le filet. Explosion de joie dans les tribunes.

Le plan était de laisser Sooley bombarder l'adversaire de 3 points jusqu'à ce qu'il en rate un. Après un panier d'Akaman, Mitch envoya rapidement la balle vers l'avant, et Sooley l'attrapa dans le couloir gauche, Coe sur ses talons. Il feignit une passe, puis s'élança des 9 mètres. Lorsque son troisième tir plongea dans le filet, les gradins se mirent à trembler.

Peu impressionné, Duke poursuivit calmement son offensive. Tyrell Miller se heurta à un écran parfait et manqua son tir des 6 mètres. Puis Akaman récupéra le rebond et smasha sans effort.

Coe opérait une défense rapprochée et agressive. Sooley se débarrassait de tous les écrans, mais n'arrivait pas à déstabiliser son défenseur. Quand il eut le ballon pour la quatrième fois, il feignit un tir et trompa la vigilance de Coe. Il dribbla vers le panier, et face à un mur, passa la balle derrière son dos à Murray, seulement ce dernier ne transforma pas l'essai, et Kevin Washington récupéra le rebond.

La balle à la main, Toby Frost fit signe à ses coéquipiers de se détendre. À 17 minutes 40, Central menait 9-4, et le trac avait disparu. Frost marqua un 3 points, et Sooley en rata un dans la foulée. Les équipes mirent des paniers et firent des contre-attaques chacune leur tour, et à l'arrêt de jeu de moins de 16 minutes, ils étaient à égalité : 13 partout. Le match avait démarré sur les chapeaux de roues, à croire que les deux équipes étaient décidées à inscrire 100 points.

La défense de Duke trouva son rythme et augmenta la pression. Mitch et Murray faisaient leur possible pour s'infiltrer dans la raquette, mais Roy Tice et Melvin Montgomery ne parvenaient pas à marquer. Coe collait Sooley comme de la glu, l'empêchant de recevoir le ballon. Lorsque enfin Samuel saisit une passe, il shoota des 9 mètres, un lancer boiteux qui rebondit trop loin et leur coûta une contre-attaque et un magnifique 3 points de Duke.

Coe était féroce et physique et ne se gênait pas pour malmener son adversaire. Lorsqu'il donna un coup de poing à Sooley, une faute évidente, sans être sifflé, Lonnie explosa sur la ligne de touche, ce qui lui valut un regard glacial de l'arbitre. Malgré tout, il refusa de faire profil bas. Si les arbitres laissaient les joueurs adverses s'en prendre à sa star, il n'allait pas rester sans réagir. Il réclama une faute technique, et finit par l'obtenir, sa troisième de la saison.

Tandis que Tyrell Miller exécutait un lancer franc bien mérité, la foule dansait de joie.

Duke prit rapidement le large, marquant à l'intérieur comme à l'extérieur. Et comme Sooley était bloqué par Coe, Central n'avait pas de marge de manœuvre. Lonnie continua à haranguer les arbitres, qui finirent par se montrer plus sévères. Coe fut repris à l'ordre pour deux fautes consécutives, et alla se calmer sur le banc. Sooley inscrivit un tir de 7 mètres qui réduisit l'écart à 28-20 à 8 minutes 03.

Il était évident que le reste de l'équipe avait du mal à scorer. Pendant un temps mort de Central, Lonnie demanda à Sooley s'il avait besoin d'une pause. *Non, monsieur*. Pas question de sortir.

— Le ballon est à toi, lança Lonnie. Mets-le au fond du panier.

Avec Coe sur la touche et Duke sécurisant la raquette, Sooley se mit à shooter depuis les couloirs. Il marqua plusieurs paniers, fit des passes décisives, et quand Coe réintégra l'équipe à 5 minutes 22, Duke ne menait plus que 34 à 30.

L'inconvénient avec une équipe bien entraînée de quatre All-Americans, c'est qu'il y a toujours un joueur qui se donne à fond. Toby Frost avait fait deux dunks de suite sans que Mitch puisse l'arrêter. Ensuite, il avait marqué un 3 points, donnant à Duke un avantage de 11 points. Central se ressaisit, fit trois contres impressionnants, puis Sooley claqua son cinquième panier à 3 points.

À la mi-temps, Duke menait 46 à 35 et semblait imbattable. Sooley avait inscrit 22 points et marqué cinq paniers à 3 points sur dix.

Le vestiaire était silencieux. Les Eagles reprenaient leur souffle et se préparaient à l'épreuve de force de la deuxième mi-temps. Lonnie et les entraîneurs se réunirent et décidèrent de ralentir le jeu. Leur défense individuelle leur avait fait perdre 46 points et semblait impuissante. Ils optèrent pour une défense de zone 3-2, afin de bloquer le milieu de terrain et obliger Duke à lâcher du lest. Si leur tactique ne fonctionnait pas – et ils ne se faisaient guère d'illusion – ils gagneraient du temps et économiseraient de l'énergie pour la fin du match.

*

La défense de zone fut efficace pendant un temps : les deux équipes manquaient leurs attaques ou perdaient la balle. Quand Sooley put enfin mettre la main sur le ballon, il se mit en position, mais Coe l'empêcha de shooter. Il contrait tous ses tentatives avec agressivité. À 17 minutes 25, Coe écopa d'une troisième faute, mais resta sur le terrain. Sooley était déterminé à le pousser à la faute et ne cessa de le provoquer. Il passa à l'attaque en baissant l'épaule, ce qui était interdit et lui valut un deuxième avertissement. Au premier temps mort de la télévision, Duke menait de 12 points, par un score de 52 à 40, et Sooley avait manqué ses cinq dernières tentatives, de près comme de loin.

Il mit fin à sa traversée du désert par un shoot réussi à 6 mètres. Les Blue Devils réagirent aussitôt. Alors que Mitch remontait le terrain, Coe agrippa le maillot de Sooley et leurs pieds s'emmêlèrent. Ils chutèrent rudement par terre, sous les yeux de l'arbitre qui, furieux, pointa Coe du doigt et lui siffla une quatrième faute. Le banc de Duke, toujours très fébrile, cria au scandale. Coe quitta le terrain en secouant la tête. Les commentateurs visionnèrent la bande : Coe avait agrippé Sooley et l'avait fait trébucher, cela ne faisait aucun doute.

Sooley saisit une passe et, dans la foulée, inscrivit un 3 points. Un nouveau *swish*. En représailles, Tyrell Miller réussit à son tour un tir de loin. Puis les deux équipes eurent leur lot de paniers manqués. Duke avait 14 points d'avance et Central réduisit l'écart à 8, sans parvenir à prendre l'avantage. Lonnie demanda un temps mort à 7 minutes 08 pour faire respirer ses joueurs, et Sooley s'assit sur le banc pour une pause bien méritée. Duke menait 64 à 54.

Quand Sooley rentra à 5 minutes 50, Coe fit de même, mais avec quatre fautes, il devait se tenir à carreau. Sooley en profita pour shooter deux fois de loin. Sans succès. Comme les minutes s'écoulaient, Lonnie abandonna la défense de zone et opta pour un pressing de milieu de terrain. Les Eagles surprirent les Blue Devils par plusieurs contre-attaques successives. Ils n'avaient plus de jus, mais étaient prêts à tout pour s'imposer. Ce n'était pas le moment de céder à la fatigue. Ils luttèrent pour maintenir 8 points d'écart, 72-64, et le public était toujours à fond avec eux. Les Blue Devils se détendirent, gagnèrent du temps, et Kevin Washington réussit un 3 points. À 3 minutes de la fin, Duke leur fit perdre le ballon et enchaîna avec un panier facile, un contre et un smash.

Tout à coup, Duke avait 15 points d'avance. Le coach Britt prit une pause. Les supporters déçus s'assirent et regardèrent le tableau d'affichage. La salle n'avait pas été aussi calme depuis un bon moment.

Il restait 1 minute 58 de jeu. Duke 79, Central 64.

Les prochaines secondes seraient par la suite désignées comme la minute la plus spectaculaire de l'histoire du championnat. Murray envoya la balle à Mitch, qui fit une passe au milieu du terrain où Sooley la récupéra, dribbla deux fois et effectua un tir de 9 mètres qui traversa le filet. 1 minute 50. Tyrell Miller s'empara de la balle, sortit des limites du terrain et la fit rebondir rapidement vers Toby Frost. Mais Miller avait franchi la ligne de fond et l'arbitre siffla l'infraction. Dmitri Robbins fit une longue passe à Sooley, lequel sema Coe, dribbla dans son dos et shoota des 8 mètres. *Swish*. 1 minute 44. 79-70. Duke avait le ballon. Toby Frost trompa un écran et se démarqua, quand Sooley surgit de nulle part, bloqua son tir, puis lança une contre-attaque en 2 contre 1 avec Murray. Il fit rebondir la balle vers son colocataire, qui tira de 8 mètres et planta son troisième 3 points de suite. 1 minute 30. 79-73.

Lonnie leur demanda de reculer et de fermer le milieu du terrain. Murray dévia une passe rebond, le ballon s'échappa et quatre joueurs se jetèrent dessus. Dans la mêlée, au moins trois d'entre eux se bousculèrent et l'arbitre intervint. La balle à Central. Sooley se fraya un chemin à travers le couloir et perdit Coe sur un écran solide de Melvin Montgomery. Aucune faute se fut signalée alors que Coe était pratiquement tombé. Sooley se retrouva seul dans l'angle, et Mitch lui fit une passe parfaite. Il réussit son quatrième tir d'affilée des 8 mètres. 1 minute 10. 79-76. Central donnait tout. Murray et Mitch piégèrent Frost dans un coin. Sa passe sauvage fut récupérée à mi-terrain par Dmitri qui, sans réfléchir, la transmit à Sooley. Samuel s'élança des 8 mètres et quand la balle plongea dans le filet, un tonnerre d'applaudissements secoua le Forum. 79-79 ! Et seulement 60 secondes de jeu.

Duke, en difficulté, demanda un temps mort et le banc de Central célébra sa star. Lonnie réussit à faire asseoir ses cinq joueurs et s'efforça de les calmer. Mais le bruit était si assourdissant qu'il avait la voix éraillée à force de crier. Il était passé à une défense individuelle serrée et leur demanda de s'attendre à des tirs à distance. Il mit Sooley sur Toby Frost et lui dit d'aller jusqu'à la faute si nécessaire.

Frost remonta calmement le terrain en dribblant. Dix secondes, 15… Tyrell Miller fit écran pour Frost, qui attrapa une passe parfaite et lui donna le ballon. À 41 secondes du buzzer, Tyrell réussit un tir de 7 mètres. Duke se replia et rattrapa Mitch, qui passa la balle à Murray. Alors que Sooley se débattait avec Coe et tentait de se démarquer, un arbitre siffla. Coe écopa de sa cinquième faute et Sooley se présenta sur la ligne de lancer franc pour tirer deux fois dans les 18 secondes restantes. Il marqua le premier. 82-80. Central avait besoin de deux points, pas d'un seul, et personne dans la salle ne s'attendait à ce que Sooley mette le ballon dans le filet. Dès que l'arbitre lui donna le ballon, il l'envoya vers le panier et fusa derrière. Quand la balle rebondit sur l'arceau, il la transmit à Murray, seul dans l'angle. Son tir de 8 mètres fut le coup d'éclat de sa carrière : Central menait d'un point. Duke utilisa son dernier temps mort.

Incapables de s'asseoir et d'entendre quoi que ce soit, les joueurs de Central se regroupèrent autour du coach Britt qui leur hurla de tenir bon.

Frost remonta le terrain comme une fusée, échangea des passes rapides avec Tyrell Miller, mais aucun des deux ne trouva de coéquipier démarqué. À 5 secondes de la fin, Kevin Washington tenta un saut depuis la ligne de lancer franc, mais Roy Tice mit la main dessus. Le ballon rebondit sur Murray, qui vit son colocataire lui faire un appel dans le couloir opposé. Il fit une longue passe que Sooley saisit au rebond sur leur propre ligne de lancer franc et se propulsa dans les airs.

Défiant la gravité, Sooley s'éleva dans le Forum, le ballon dans sa main droite, très haut au-dessus de sa tête, comme Niollo. Il termina par un dunk phénoménal, qui fit trembler le sol jusqu'au Soudan du Sud.

Une foule envahit le terrain alors que les Eagles s'entassaient les uns sur les autres.

45

Les vestiaires étaient étonnamment calmes. Les joueurs étaient sur un petit nuage, trop sidérés et épuisés pour fêter l'événement. L'émotion leur serrait la gorge. Le coach Britt avait interdit aux caméras et à la presse d'entrer. La porte du vestiaire était verrouillée et gardée par les managers. Lonnie alla voir ses joueurs un par un, les serra dans ses bras, les félicita chaudement, et essuya quelques larmes. Au bout de 15 minutes, il s'adressa à toute l'équipe et leur dit combien il les aimait. Sa voix était éraillée et les mots lui manquaient.

Un étudiant entra pour les prévenir que les officiels du tournoi les attendaient. Lonnie demanda aux trois joueurs de quatrième année, Mitch Rocker, Roy Tice et Dmitri Robbins, de le suivre. Ainsi qu'à Sooley.

La salle de presse était pleine. Lonnie s'installa entre deux joueurs. Dès qu'il eut réglé son micro, les questions fusèrent. L'entraîneur sourit et leva les mains en signe d'apaisement.

— S'il vous plaît, un seul à la fois !

Puis il donna la parole à un journaliste au premier rang.

— Coach, vous pensiez vraiment pouvoir gagner ce match ?

Lonnie éclata de rire et ses joueurs sourirent.

— Je ne vais pas répondre à cette question. Soyons honnêtes, personne dans cette salle ne pensait qu'on pouvait gagner. Je crois que nous sommes encore tous sous le choc.

— Coach, votre stratégie, c'était que Sooley bombarde l'adversaire depuis le milieu de terrain ?

D'autres rires fusèrent.

— Oui, exactement. Une stratégie des plus simples : donner le ballon à Sooley.

Tous les journalistes connaissaient les chiffres. Sooley avait marqué 58 points, à égalité avec Bill Bradley, qui détenait le deuxième meilleur score du championnat NCAA. Il avait à son actif quatorze paniers à 3 points, douze rebonds, dix passes décisives, quatre interceptions et quatre contres. Un triple-double.

— Est-ce que le public vous a aidé à gagner ? interrogea un journaliste.

— Eh bien, c'est la première fois que je suis dans une salle où je ne m'entends pas penser. Mes oreilles bourdonnent encore. Comme vous pouvez le constater, je n'ai plus de voix, et j'avais du mal à communiquer avec mes joueurs. Alors, oui, le soutien de la foule a été essentiel.

— Coach, j'ai une question pour Sooley.

Lonnie leva les sourcils comme pour dire : *Allez-y.*

— Sooley, vous avez marqué quatorze paniers à 3 points, un record dans le tournoi. À quoi pensiez-vous à ce moment-là ?

Sooley ne s'était encore jamais adressé à la presse, et le monde était suspendu à ses lèvres. Il sourit et haussa les épaules, l'air gêné. Enfin, il répondit :

— Je ne sais pas. Je crois que je ne pensais à rien. (Tout le monde rit.) Vous savez, vous êtes tellement inondé d'adrénaline que vous jouez sans vraiment réfléchir.

— Mitch, ça fait quoi de voir jouer un coéquipier comme Sooley ?

— Bah, rien de spécial. Je le vois tous les jours à l'entraînement. Quand il s'enflamme, on lui donne le ballon.

— Sooley, vous venez de marquer 58 points contre un grand défenseur. Que pensez-vous de Darnell Coe ?

— Il est coriace, c'est l'un des meilleurs. Très physique, vous voyez. Tous les joueurs de Duke sont puissants. C'est leur jeu. Ils ont une grande équipe.

Mitch se pencha et ajouta :

— Pour être franc, quand il a la balle, personne ne peut l'arrêter. Il tire trop vite et saute trop haut. Parfois, à l'entraînement, on lui colle trois gars, juste pour s'amuser. Mais quand il s'envole, personne n'arrive à l'atteindre.

— Coach, comment allez-vous vous préparer au prochain match après une victoire pareille ?

— On sera prêts, vous pouvez me croire, répondit Lonnie.

Tous les journalistes, tous les fans connaissaient l'histoire de Samuel. La mort de son père. Sa sœur disparue. Sa mère et ses frères dans un camp de réfugiés. Tous voulaient lui poser des questions sur l'année écoulée, mais ce n'était pas le moment. Pourquoi risquer de saper le moral de la jeune star ?

*

Quand les joueurs furent enfin habillés, les managers firent sortir l'équipe par une porte latérale. Ils traversèrent le centre-ville de Memphis jusqu'au Rendez-vous, un restaurant connu pour sa côte de bœuf. Dans le salon privé, ils purent enfin se détendre et ne tardèrent pas à rire de bon cœur. Le lendemain, ils feraient la grasse matinée.

*

L'exploit de Central fit la une des journaux. Les sept autres matchs du jeudi avaient eu les résultats attendus et n'intéressaient pas les journalistes sportifs. Aux infos, on voyait en boucle les plus belles actions de Sooley. Ses quatorze tirs à 3 points, dont cinq en 58 secondes pour revenir au score. Ses contres. Le début de sa légende.

*

Vendredi, Murray et lui retrouvèrent Ida et Ernie au restaurant de l'hôtel pour le déjeuner. Jordan était venue en voiture depuis Nashville pour voir le match. Elle comptait juste assister à l'affrontement contre Duke, mais était ravie de rester pour le suivant. Murray avait marqué 12 points, dont le panier en or qui avait fait passer Central devant Duke, 83 à 82, 16 secondes avant la fin de la rencontre. Ils refirent le match et se réjouirent de partager ce grand moment. Jordan était assise près de Sooley, genoux contre genoux, sous la table bien sûr, car Mlle Ida voyait tout.

Plus tard dans l'après-midi, l'équipe fit un bref entraînement dans le Forum vide. Jason Grinnell avait lu dans un rapport que l'Arkansas était imbattable. Ils savaient pourtant à quoi s'en tenir, et ils pensaient encore à Duke. Lonnie l'avait compris et ne ferma pas l'œil de la nuit.

*

Samedi à 14 heures, les portes s'ouvrirent pour le match de 15 heures et les supporters de l'Arkansas étaient de retour. Ils remplirent le Forum très tôt et firent presque autant de bruit que le jeudi précédent. Leur amour pour Sooley s'était rapidement émoussé et ils avaient soif de victoire. L'université ne détenait qu'un seul titre national, en 1994, et avec l'élimination de Duke, les Razorbacks avaient la voie libre pour le prochain tour.

Sooley reprit là où il s'était arrêté, et lorsqu'il réussit son deuxième tir à 3 points, la foule se calma. La défense de l'Arkansas était nerveuse et paniquait à chaque fois que la star de Central touchait le ballon. Elle se concentra sur lui et laissa de l'espace aux autres joueurs. Sooley distribua le ballon à ses coéquipiers. À la mi-temps, il comptabilisait neuf passes décisives et 16 points. La deuxième mi-temps se transforma en une course contre la montre, les deux équipes luttant pour prendre l'avantage. Mais personne ne pouvait arrêter Sooley. Il marqua 46 points et fit treize passes décisives, et Central se qualifia avec 10 points d'écart.

En route pour le « Sweet Sixteen » – les seize dernières équipes du tournoi en lice.

46

Lundi matin, Lonnie Britt n'en pouvait plus du surnom « Cendrillon ». Tous les commentateurs sportifs l'employaient au moins une fois par phrase pour décrire leur nouvelle star. Central n'avait pas d'autres concurrents sérieux. À l'Ouest, Utah State, dixième du classement, avait éliminé l'UCLA, classé quatrième, ce qui constituait une petite surprise, mais rien de comparable avec ce qui s'était passé à Memphis.

Le président de Central les attendait dans son bureau, la porte grande ouverte. Sa secrétaire leur proposa des pâtisseries et du café, tout sourire. Lonnie n'avait jamais été aussi bien reçu. Alors qu'ils s'installaient dans de larges fauteuils en cuir, le directeur sportif arriva, et la porte se referma. Les félicitations étaient de rigueur. Quel week-end ! Bravo à tous !

Ils abordèrent la logistique du déplacement à Atlanta pour le prochain tour. Combien de billets seraient alloués ? Combien de gros donateurs étaient attendus ? Des politiciens voulaient être de la partie. Le bureau des anciens élèves n'avait jamais été aussi sollicité. Et la presse ! Des centaines de reporters et de journalistes réclamaient une anecdote, un entretien, et même s'il fallait profiter de cette rare occasion pour promouvoir l'université, Lonnie était bien plus préoccupé par la protection de ses joueurs. En particulier Sooley.

— Où est-il ? s'enquit le président.

— Il habite chez les Walker. Dans leur sous-sol. Je pense qu'Ida garde la porte. Il est là-bas depuis environ deux semaines. La résidence universitaire est devenue invivable.

— Il va en cours ?

— Oui, le plus souvent. Mais je doute que les joueurs y assistent ce matin. J'aimerais partir pour Atlanta demain, après l'entraînement, histoire de les faire sortir de la ville.

Le directeur sportif fronça les sourcils.

— Et leur faire manquer toute une semaine de cours ?

Lonnie eut un rire bref.

— Oh, parce que vous croyez qu'ils vont bosser cette semaine ? On joue contre Providence jeudi après-midi à 18 heures, et ils ne pensent à rien d'autre. C'est trop énorme. Nos gars sont en ébullition. J'aimerais faire un petit entraînement demain midi, puis prendre la route.

Le directeur sportif échangea un regard avec le président. Tous deux savaient très bien de quoi il retournait. Rien qu'avec trois victoires, l'argent coulait déjà à flots. À commencer par le contrat NCAA-CBS, soit 500 millions de dollars annuels, plus l'argent qui revenait aux conférences et aux gagnants. Central avait déjà engrangé 600 000 dollars, une somme tout à fait inattendue. Et dans la March Madness, plus vous gagnez de matchs, plus vous vous remplissez les poches.

Le coach Britt pouvait demander n'importe quoi.

Comme on pouvait s'y attendre de sa part, le président déclara :

— D'accord, mais vous direz bien à vos joueurs de réviser pendant leur temps libre.

— Bien sûr, répliqua Lonnie avec la même hypocrisie.

Ils n'emporteraient pas un seul ordinateur. On était au mois de mars. Ses joueurs auraient tout le temps de rattraper les cours manqués. Et il n'avait pas l'intention de les embêter avec les études pendant la semaine la plus incroyable de leur vie.

— Nous avons réservé des chambres au Marriott du centre-ville, reprit le président. Deux joueurs par chambre.

Lonnie sourit.

— Non, merci. On a déjà fait le tour des hôtels et aucun ne me plaît. Je vais cacher mon équipe, d'accord ? J'ai repéré un hôtel à Athens où personne ne nous trouvera. Deux joueurs par chambre.

Le président fit la moue.

— Mais le QG de l'équipe est le Marriott. Tout l'encadrement et les supporters y seront.

— Raison de plus pour planquer les jeunes. Je n'ai pas envie qu'on les harcèle. Murray m'a dit hier qu'il avait été approché par trois intermédiaires. Ils savent qu'il est le colocataire de Sooley. Murray leur a rappelé que c'est illégal d'entrer en contact avec lui. Mais ces types connaissent bien le système. Vous savez où ça va nous mener. Les pronostiqueurs annoncent déjà qu'il sera drafté au premier tour. Les vautours rôdent.

Ce sera bien quand la saison sera terminée. Mais pour l'instant, je ne veux pas de distractions.

Tous trois avaient regardé *SportsCenter* et étaient au courant des rumeurs.

— Vous pensez qu'il peut participer à la draft ? interrogea le président.

— Non. Il est trop jeune, trop brut, trop immature.

Même s'il avait marqué 58 points contre Duke !

Dans l'univers du basket-ball universitaire, tout le monde menait sa barque. Lonnie espérait un poste plus important et Sooley pouvait l'aider à l'obtenir. Sa recrue serait bientôt tentée d'aller à la draft et étudierait les possibilités qui s'offraient à lui. Un agent allait lui murmurer des mots doux à l'oreille et lui promettre des sommes mirobolantes. Dès que l'argent serait sur la table, les loyautés s'émousseraient.

— D'accord, vous voulez qu'on vous réserve des chambres ? proposa le président.

— Non, c'est déjà fait.

— Vous nous direz où séjourne l'équipe ?

— Seulement si vous me promettez de ne pas demander de selfie à Sooley.

Le président éclata de rire.

— Nous avons des demandes pour les places dans l'avion.

— Laissez tomber. On va prendre le bus.

— Le bus ? Il y a six heures de route pour aller à Atlanta.

— Ouaip. Et Sooley préfère le bus. Je suis sûr qu'il va étudier pendant tout le trajet.

— Allons, coach, fit le président, vous ne pouvez pas arriver au Sweet Sixteen en bus.

— Qu'est-ce qu'on connaît des arrivées au Sweet Sixteen ?

— En effet, répondit le directeur sportif. Bon, si Sooley veut le bus, prenez le bus.

*

Ida les réveilla à 8 heures et leur prépara leur petit déjeuner. Ernie voulait leur dire un mot. Ida et lui avaient peur qu'ils délaissent leurs études et qu'ils sèchent les cours. Après le départ d'Ernie, Ida fit promettre à Sooley d'aller en cours.

En vérité, Sooley était motivé. Il avait repéré deux filles très mignonnes en histoire américaine. Quand il arriva avec cinq minutes de retard, toute la salle se leva et l'applaudit. La professeure, bonne joueuse, laissa les étudiants acclamer leur héros. Sooley s'assit derrière les filles, à sa place habituelle, et ouvrit son ordinateur portable.

Au bout d'un quart d'heure, la professeure se rendit compte que personne ne l'écoutait, surtout pas Sooley, qui chattait en ligne avec les filles. Elle quitta son pupitre et s'approcha de ses étudiants.

— Puis-je avoir votre attention, s'il vous plaît ? Merci. Combien d'entre vous ont des frères et sœurs plus jeunes à la maison ?

Presque tous les étudiants levèrent la main.

— Et à combien d'entre vous ont-ils demandé une photo avec M. Sooleymon ?

Toutes les mains se levèrent. Elle sourit.

— C'est bien ce que je pensais. J'ai un fils de douze ans, et si je rentre à la maison sans photo, il ne me parlera plus. Sooley, pardonnez-moi de vous déranger dans votre travail, mais si vous voulez bien nous faire ce plaisir, j'excuserai toutes vos absences de la semaine dernière et de cette semaine. Qu'en dites-vous ?

La classe explosa de joie, et Sooley gagna l'estrade.

*

L'université voulait organiser une grande cérémonie de départ, un rassemblement à l'ancienne avec des discours, des pom-pom girls, une fanfare et des étudiants entassés dans les tribunes. Pourtant Lonnie refusa. Toute cette agitation ne les aiderait pas à battre Providence.

Mardi après-midi, Lonnie les fit transpirer, puis les envoya prendre une douche et se changer avant de monter rapidement dans le bus.

Quand ils quittèrent le campus, Roy Tice s'écria :

— Dis, Sooley, la semaine prochaine, quand on ira au Final Four, on pourra prendre l'avion ? D'après mon app, il y a trente-deux heures de route jusqu'à Phoenix. C'est tout droit par l'I-40.

Sooley avait mis ses écouteurs et faisait semblant de ne rien entendre. Il avait les yeux fermés, comme plongé dans une profonde méditation. Plusieurs se plaignirent du trajet en bus, mais ils étaient tellement exaltés que ce fut vite oublié.

Le coach Britt attira leur attention en leur montrant un film où Providence battait Butler, une bonne équipe, au deuxième tour. Et il leur rappela qu'une fois de plus, Central était donné perdant.

Toujours pas de respect.

47

La livraison spéciale fut acheminée par un camion de l'armée ougandaise. Elle était surveillée par deux soldats et par deux techniciens de l'armée. Quand le transport quitta l'aéroport d'Entebbe au petit matin, l'entraîneur Kymm était assis à côté du conducteur. Il aurait préféré un petit avion, comme celui qu'il avait pris avec Ecko Lam début décembre, mais la cargaison prenait trop de place. La nourriture et les médicaments étaient prioritaires sur tout le reste, or cette fois, il ne livrait que du divertissement, grâce à un riche magnat ougandais de la bière qui aimait le basket et sponsorisait les équipes nationales de Kymm.

Les sept heures de trajet sur les routes de gravier se transformèrent en neuf, et lorsqu'ils arrivèrent à Rhino, il était trop tard pour déballer la marchandise. Ils dînèrent et dormirent dans une caserne à proximité du camp. Le jeudi matin, les techniciens repérèrent les lieux et décidèrent que le meilleur emplacement était une colline non loin de la nouvelle école. Les techniciens et les soldats déchargèrent les écrans – au nombre de deux – sur une remorque plate, avec le générateur, l'émetteur, l'antenne, et des kilomètres de câbles pour relier l'ensemble. Deux écrans plats Samsung 8K de 3,80 mètres flambant neufs, les plus grands qu'on puisse trouver dans cette partie de l'Afrique. Kymm passa la journée à l'ombre d'un arbre, à regarder l'installation, tout en jetant un œil à son livre de temps à autre. Il voulut appeler Ecko à Atlanta, mais il n'avait pas de réseau.

*

Tard dans la nuit du mercredi au jeudi, comme tous les joueurs avaient regagné leur chambre, Lonnie se rendit au bar de l'hôtel où Ecko l'attendait dans un coin discret. Les journalistes n'avaient toujours pas découvert leur cachette dans un Holiday Inn d'Athens. Ecko avait assisté à l'entraînement de l'équipe à l'université de Géorgie et logeait lui aussi à l'hôtel.

Ils commandèrent des bières et discutèrent du match à venir contre Providence, de la stratégie à adopter. Lonnie se mit à rire.

— Quand tu n'as qu'un seul joueur, la stratégie est plutôt simple.

— Qu'est-ce qui se passera s'il se déballonne ?

— On ne marquera pas et on rentrera à la maison. J'aimerais tellement qu'un autre joueur sorte du lot et mette des paniers. Mitch ou Murray, voire Dmitri. Pour alléger la pression sur Sooley et relâcher la défense.

— Ce ne sont pas de grands scoreurs.

— Ne m'en parle pas. Et plus Sooley fait les points, plus les autres comptent sur lui.

— Je lui ai longuement parlé cet après-midi dans sa chambre et il semble bien gérer la pression. Tu as été malin de le tenir à l'écart de la presse. Quel cirque !

— Tu as vu la couverture de *Sports Illustrated* ? Il vient de paraître en ligne.

— Non, c'est quoi ?

— Une photo du gamin suspendu dans les airs, juste avant un dunk contre Duke, le coude à 1 mètre au-dessus de l'arceau. Avec la légende : « Sooley-mania. »

— Pas mal. Tu t'inquiètes pour lui, mais je t'assure qu'il est plutôt cool. Il a de la chance et il le sait. Ça ne lui est pas monté à la tête. Pas encore.

— Ses coéquipiers le soutiennent et le surveillent de près. C'est un groupe fantastique, Ecko. Je les adore.

— Tu vas encore plus les aimer quand ils gagneront les deux prochains matchs et t'emmèneront au Final Four.

Ils rirent et burent leur bière en regardant autour d'eux. Le bar était pratiquement vide.

— Que va-t-il se passer pour Sooley, Ecko ? demanda Lonnie. Tu as parlé à plus de recruteurs que moi. Je suis concentré sur le prochain match et je n'ai vraiment pas le temps d'y réfléchir.

— Tu te souviens de Frankie Moka, mon assistant de l'été dernier ?

— Bien sûr.

— Il est recruteur pour les Nuggets de Denver et il pense que le gamin sera drafté à la fin du premier tour. Les avantages sont évidents, un vrai potentiel de développement et de maturité. Les inconvénients sont moins clairs. Est-ce qu'il va se dégonfler comme une baudruche ? Une déferlante pendant quinze matchs, et après plus rien ? Ça s'est déjà vu. Ce que les recruteurs veulent voir, c'est un mauvais match. Personne ne réussit 50 pour cent de ses tirs à 3 points, alors que se passera-t-il quand il jouera comme un manche ?

— S'il te plaît, je n'ai pas envie d'y penser.

— Je sais. Je dis juste qu'il n'a pas le palmarès des autres premières années. Les quatre stars de Duke ont été repérées à quinze ans. Et les autres espoirs ont joué au moins deux ans à l'université. Pas Sooley. Donc, c'est un souci, mais ce n'est pas grave. Les recruteurs sont tous fous de lui.

Lonnie sourit et but une gorgée de bière.

— Je t'ai remercié de m'avoir demandé de lui proposer une bourse ?

— Oui, et je t'en prie. Parfois, on a de la chance. Tu sais, j'ai du mal à croire que quand je l'ai rencontré il y a un an, il mesurait 1,88 mètre, pesait moins de 80 kilos. En plus, il shootait n'importe comment.

— C'est un ovni ! On l'a mesuré la semaine dernière. 2,03 mètres et 104 kilos. Tout ce qu'il veut, c'est tirer des paniers et soulever des poids.

— Les filles ?

— Je ne m'en mêle pas, mais je suis sûr qu'il se débrouille très bien.

— Tu lui as parlé de la draft, des agents et de tout le reste ?

— Non, pas encore. Mais les chiens sont lâchés. Ça fait partie du business. Au moins trois intermédiaires ont approché Murray. J'ai fait la leçon à l'équipe devant Sooley et j'ai parlé aux quatrièmes années. Ils font attention à lui. Enfin tu sais comment ça se passe, dès que le championnat sera terminé, il sera libre de parler à un agent. Alors, c'est sûr, on le perdra. Personne ne peut dire non à l'argent.

Ecko acquiesça.

— Et il vénère Niollo, qui est devenu pro à dix-neuf ans, après un an à la fac de Syracuse. Bien sûr, Niollo a joué un basket très compétitif quand il était au lycée ici, aux États-Unis. Il a même été All-American. J'ai une question : quel est le seul lycéen qui a fait mieux que Niollo ?

— LeBron.

— LeBron. Et il n'a jamais mis les pieds à l'université.

— Que veut Sooley ?

— On a parlé de sa famille cet après-midi. C'est tout ce qui compte pour lui en ce moment. Il vous sera éternellement reconnaissant, à Central, à ses coéquipiers et à toi, mais quand il n'est pas sur le terrain, il ne pense qu'à sa mère et à ses frères. Je lui ai dit qu'un de mes amis entraîneurs en Ouganda s'était arrangé avec le gouvernement pour faire venir deux écrans géants dans le camp de réfugiés. Tu imagines ? La mère et les frères de Sooley vont le voir jouer. Le gamin était en larmes.

— C'est génial. Comment tu as fait ?

— Bah, c'est pas grand-chose. Tu me demandes ce qu'il veut ? Si l'argent peut aider sa famille à venir ici, il prendra l'argent. Si obtenir un diplôme en quatre ans et devenir citoyen américain peut accélérer le processus, alors il suivra cette voie.

— Il prendra l'argent.

— Sûrement.

— Il te fait confiance, Ecko. Tu ne connais pas un bon agent ?

— Je préfère ne pas m'en mêler. Bientôt, Sooley va entrer dans un tout autre monde, et mes conseils ne suffiront pas. C'est un gamin intelligent, il va s'en sortir. Enfin, j'espère.

*

Quand Samuel se positionna dans le cercle central pour l'entre-deux, il prit quelques secondes pour s'imprégner de l'immensité de la State Farm Arena d'Atlanta, repaire des Hawks. Sous l'un des panneaux, un groupe de supporters de Central scandait son nom, tandis que le reste des dix-huit mille spectateurs s'installaient à leurs places. Comme toujours, il se rappela d'où il venait et du chemin qu'il avait parcouru. Un an auparavant, il jouait sur des terrains en terre battue.

Il fit un signe de tête au pivot de Providence, un gars dégingandé aux pieds immenses, et envoya la balle à Mitch Rocker, qui prit son temps et vit aussitôt que deux Friars ne lâchaient pas leur star. Les trois autres étaient répartis dans le couloir, dans une sorte de défense de zone. Mitch se dirigea vers la ligne de lancer franc et passa la balle à Dmitri, qui manqua un tir facile à 6 mètres. Suivirent plusieurs tentatives avortées. La double garde rapprochée sur Sooley fonctionnait à merveille, car personne d'autre de Central ne parvenait à marquer. Les Eagles vivaient un début de match difficile, qui tourna à la catastrophe quand le meilleur buteur des Friars réussit son deuxième 3 points, portant le score à 12-2. Au premier temps mort télé, Providence avait 20 points d'avance, avec un score de 26-6, et Sooley n'avait toujours pas inscrit un seul point. La salle était silencieuse. Seul un murmure courait parmi les supporters, qui semblaient se demander si la légende était bien vraie.

Avec un défenseur collé à ses basques et l'autre entre le ballon et lui, Sooley peinait à se démarquer. Frustré, il flanqua un coup de coude au plus grand des deux et écopa de sa première faute. Ils ne le lâchaient pas d'une semelle. Mitch Rocker inscrivit un 3 points et, après un contre de Sooley, Murray en planta un autre. À 13 minutes 05, Sooley parvint à saisir une passe à terre sur la ligne de lancer franc et à se propulser au-dessus de ses défenseurs. Il se fit bousculer, mais un coup de sifflet retentit alors que le ballon traversait le filet, et il engrangea un troisième point suite à la faute adverse. L'avance de Providence était maintenant de 15 points. Roy Tice s'empara du rebond, fit une passe à Murray qui la transmit dans son dos à Sooley, lequel shoota des 9 mètres – un panier qui embrasa le public. Providence ralentit le jeu et les deux défenses se stabilisèrent. L'entraîneur Britt ne cessait d'invectiver les arbitres, qui voyaient bien que Sooley était bousculé et malmené. L'arbitre donna un premier avertissement, puis un deuxième aux défenseurs de Sooley, et la pression se relâcha juste assez pour que la star de Central reprenne la main. Il marqua deux autres paniers à 3 points et Providence réclama un arrêt de jeu à 7 minutes 40, son avance n'étant plus que de 8 points. Lonnie demanda à Mitch et à Murray de tirer de l'intérieur pour soulager Sooley. Roy Tice marqua deux paniers et les Friars en manquèrent quatre de suite. Sooley manqua un tir mais récupéra le rebond et fit une passe parfaite à Melvin Montgomery qui dunka. À la mi-temps, les deux équipes étaient à égalité – 40 partout. Sooley avait marqué 12 points et inscrit trois paniers à 3 points sur sept. Plus important encore, il avait occupé la défense des Friars, permettant à ses coéquipiers de reprendre la main.

*

À l'autre bout du monde, Beatrice, James et Chol, debout devant une foule de réfugiés, regardaient l'écran plat avec incrédulité. Avant le début du match, un commandant ougandais avait souhaité la bienvenue aux spectateurs et expliqué que la rencontre serait diffusée en couleur, un cadeau de son gouvernement. Il avait évoqué les deux équipes en compétition, le championnat américain, et présenté les invités d'honneur : la famille du jeune Samuel Sooleymon, le joueur le plus en vue d'Amérique.

Beatrice n'avait pu retenir ses larmes.

*

Dans les vestiaires, les Eagles étaient survoltés. Ils s'étaient remis de leurs débuts désastreux et avaient repris du poil de la bête. Lonnie leur demanda de jouer à fond et de contrer tous les tirs. Ce n'était qu'une question de temps avant que Sooley ne prenne le contrôle des opérations.

Il ne perdit pas une minute. Le premier tir des Friars rebondit sur l'anneau, Dmitri récupéra le rebond et s'échappa avec le ballon. Il trouva Sooley de l'autre côté du terrain avec une passe à terre, et avant que quiconque puisse l'approcher, Sooley shoota des 8 mètres. *Swish* parfait. C'était l'action d'éclat que la foule attendait pour s'animer. Après un panier de l'adversaire, Sooley se débarrassa de ses défenseurs et remonta le terrain comme une fusée, mais se prit un mur. Nouvelle faute contre lui. Remise en jeu. Sooley piqua un sprint vers le panier. Murray fit écran pendant que Sooley récupérait une passe en haut de la raquette, pivotait en l'air et frappait à 6 mètres. Providence marqua un panier, puis Mitch repartit avec le ballon. Alors que Sooley esquivait un écran, un de ses défenseurs lui agrippa le maillot. L'arbitre l'avait vu. Troisième faute, il était temps de temporiser.

À la remise en jeu, Murray trouva Sooley dans le coin pour son cinquième tir à 3 points. Providence devait se ressaisir, mais le coach décida d'attendre le temps mort télé. Erreur de sa part. Les Friars étaient soumis à une forte pression en défense et tiraient à côté. Mitch Rocker réussit un 3 points et Central obtint sa première avance à deux chiffres, avec un score de 53 à 42. Le banc était déchaîné et la majorité des dix-huit mille spectateurs encourageaient les Eagles.

Après le temps mort, les Friars se détendirent et mirent deux paniers. Sooley rata un tir de 8 mètres, suivit son ballon, manqua le rebond, et Central s'offrit une courte pause. Son avance s'était réduite de moitié. À 9 minutes 20, alors que son équipe menait de 7 points, Sooley tenta un tir de 8,50 mètres qui fit mouche. Il réussit un autre tir de loin, puis en manqua un, et commit une faute. À 8 minutes de la fin, il peinait à marquer et Lonnie le fit sortir pour le faire respirer. Pendant 2 minutes, Sooley regarda Providence marquer six fois de suite, et quand il reprit sa place à 5 minutes 50 de la fin, le score était de 63-56, et l'issue de la rencontre toujours incertaine. Mais ses deux défenseurs étaient fatigués de le suivre partout. Il planta son sixième 3 points, puis son septième. Lorsqu'il inscrivit le huitième à 4 minutes 45, Providence demanda un arrêt de jeu. Les Friars étaient menés 72 à 58, et à bout de souffle. Central ne lâcha pas un pouce de terrain, et Sooley, qui avait déjà 34 points à son actif, bombardait le panier adverse sans relâche. Lorsqu'il frappa d'une distance de 9 mètres, la foule se mit à scander son nom, faisant trembler la salle.

Sooley termina avec 40 points et une victoire de 15 points pour son équipe. Les Eagles étaient aux portes du Final Four.

48

Le match se termina à 2 heures du matin, heure d'Afrique de l'Est. Le coach Kymm avait emprunté le téléphone satellite d'un sergent ougandais pour composer un numéro américain. Sooley était assis en haut des tribunes de la State Farm Arena avec ses coéquipiers et ses entraîneurs, et regardait la rencontre Iowa State contre Maryland, quand son téléphone sonna. Un numéro bizarre s'afficha. Une seconde plus tard, il parlait à sa mère.

*

Ils n'eurent guère le temps d'apprécier d'appartenir aux huit dernières équipes en lice – l'« Elite Eight ». Vendredi, après avoir fait la grasse matinée, ils s'entraînèrent dans le Stegeman Coliseum vide, sur le campus de l'université de Géorgie. Puis ils étudièrent les rapports des experts sur le Maryland, leur prochain adversaire, et ils regardèrent, par intermittence, les quatre matchs de l'autre poule.

Le samedi, ils se levèrent de nouveau tard, prirent un brunch à l'hôtel, et se rendirent en bus dans un gymnase au centre-ville d'Atlanta. En tenue d'entraînement, ils firent deux heures de tirs avant le coup d'envoi. Les médias étaient partout et ils se prêtèrent au jeu des caméras. Le coach Britt à ses côtés, Sooley répondit aux questions habituelles des journalistes et, alors qu'il souriait et affichait sa modestie habituelle, ses coéquipiers scandaient en arrière-plan : « Sooley ! Sooley ! Sooley ! »

Le plus difficile, lorsqu'on était outsider, c'était la curiosité insatiable de la presse. Les entraîneurs laissèrent leurs joueurs savourer leur succès. Plusieurs journalistes les déclarèrent plus décontractés que leurs adversaires du Maryland, pourtant donnés favoris de 8 points.

*

Sooley remporta facilement l'entre-deux. Le pivot de Maryland l'avait laissé gagner pour enchaîner avec une interception inattendue : Mitch se fit voler le ballon et la contre-attaque se termina par un premier dunk pour l'adversaire.

Maryland comptait sept défaites, dont cinq dans la Big Ten, une puissante conférence dont six équipes étaient qualifiées pour la Madness. Trois d'entre elles avaient atteint les quarts de finale, soit la meilleure performance toutes ligues confondues. Les Terps étaient impitoyables en défense et n'avaient concédé que 61 points par match, ce qui les plaçait au deuxième rang national derrière la Virginie. Ils optèrent immédiatement pour une tactique « box-and-one », avec quatre défenseurs pour couvrir la raquette. Le cinquième, Omar Brazeale, nommé « joueur défensif de l'année » dans la Big Ten, fondit sur Sooley en milieu du terrain et se mit à l'injurier. Il allait vite se calmer. Sooley décrivit un large cercle, prit une passe rebond de Murray, et shoota des 9 mètres. Brazeale mesurait 1,98 mètre, mais n'avait pas la détente de l'étoile montante de Central, si bien que lorsque le ballon quitta les mains de Sooley, il était largement en dessous. Le ballon traversa le filet dans un souffle – un avant-goût de la déferlante à venir.

Maryland menait des offensives prudentes et ne semblait pas vouloir faire courir les Eagles. Avec 4 secondes au chronomètre, leur lancer rebondit sur l'arceau. Dmitri Robbins s'empara du rebond, pivota en l'air et fit une passe à Mitch, qui la dévia en souplesse vers Sooley. Ce dernier s'élança des 8 mètres et marqua son deuxième 3 points. Maryland manqua une nouvelle occasion et Murray lança une contre-attaque. Brazeale se heurta à un écran puissant, et quand Sooley réussit son troisième panier à 3 points dans les 90 premières secondes, la foule se mit à chanter son nom.

Central réussit sept de ses huit premiers tirs, et au temps mort télé, menait 18 à 7. Maryland était trop expérimenté pour céder à la panique et continua à contrôler son attaque. Le jeu ralentit considérablement alors que les Terps réduisaient l'écart. Sooley manqua deux frappes de loin et poussa Brazeale à commettre sa première faute. La deuxième survint rapidement, quand la star de Maryland se heurta à Melvin Montgomery. C'était un peu sévère – le banc adverse était furieux. Brazeale cessa de râler et comprit qu'il allait passer le reste du match à poursuivre Sooley sur le terrain et à se battre contre des écrans. Quand Sooley flanqua son cinquième 3 points à 7 minutes 20, Maryland demanda un temps mort. Central menait 34-24. Sooley avait marqué 22 points et cinq des huit paniers à 3 points. L'équipe tirait à 70 pour cent, un rythme effréné que les joueurs ne pouvaient pas maintenir, le coach Britt le savait. Il demanda aux quatre autres joueurs de dégager la raquette pour que Sooley puisse atteindre le panier.

Maryland construisit patiemment son offensive et réussit un 3 points. Quand Sooley récupéra le ballon en milieu de terrain, il fit deux dribbles, une feinte, et se précipita dans la raquette. Comme la défense était débordée, il fit une passe derrière son dos à Mitch Rocker, démarqué à 6 mètres. Ce dernier manqua son coup et Maryland reprit possession du ballon. Les deux équipes eurent un passage à vide. À 2 minutes de la fin de la première période, Maryland intensifia son jeu et fit deux contre-attaques réussies. Les Terps terminèrent sur les chapeaux de roues et à la mi-temps, ils n'étaient plus menés que de 4 points, 41 à 37. Sooley avait 24 points à son actif, dont cinq paniers à 3 points sur dix. Surtout, Brazeale avait commis trois fautes. Pendant la pause, le coach Britt élabora deux tactiques pour provoquer la quatrième faute du principal défenseur adverse. Après quoi, Sooley aurait la voie libre.

Maryland rata son premier tir de la seconde mi-temps. Mitch lança l'offensive et fit une passe à Sooley, positionné dans le cercle central. Le Sud-Soudanais fit signe à ses coéquipiers de se placer sur l'aile droite, comme s'il n'y avait que Brazeale et lui sur le terrain. Il feinta et puisque le défenseur ne le lâchait pas, il s'élança des 10 mètres et marqua. Maryland fit traîner l'action et mit un panier facile. Sooley se positionna sur la ligne de lancer franc avec Brazeale collé à ses basques. À 15 secondes de la fin, il se retourna et piqua un sprint pendant que son défenseur se heurtait à trois solides écrans. Brazeale se débarrassa des écrans mais perdit un temps précieux. Quand Sooley se propulsa des 7 mètres, Brazeale voulut l'arrêter et lui retomba dessus, écopant de sa quatrième faute. Pour une fois, la stratégie du coach Britt fonctionnait à merveille. Sooley réussit deux des trois lancers francs.

Avec Brazeale sur le banc, Maryland assigna deux défenseurs à Sooley, ce qui le fit sourire. Un joueur devait se démarquer, et Murray, peut-être le plus faible tireur de l'équipe, se vit pousser des ailes. Il marqua deux paniers à 3 points, si bien que Central menait par 52 à 39. Maryland réclama un temps mort.

Chaque action de leur star intensifiait la Sooleymania. Toute la défense était sur lui. Quand Sooley ne pouvait pas avoir le ballon, Mitch distribuait à Melvin Montgomery et à Roy Tice, qui marquait tranquillement. Lorsque Sooley récupérait le ballon vers le milieu du terrain, il trompait ses défenseurs avec des dribbles rapides comme l'éclair et des bonds spectaculaires qui se terminaient par des dunks ou des passes décisives.

À 6 minutes 02, Brazeale revint sur le terrain. Son équipe était menée de 16 points, avec un score de 68 à 52, et la foule en redemandait.

*

Le vacarme de la State Farm Arena n'était rien en comparaison de la clameur de la foule aux abords du camp Rhino. Chaque tir du jeune Samuel mettait son peuple en joie. Beatrice, James et Chol étaient traités comme des rois et célébrés à chaque coup d'éclat.

*

Avec 20 points d'avance, à 76-56, Sooley sortit pour souffler, et Maryland décida de jouer le tout pour le tout. Les Terps marquèrent huit paniers de suite, et le coach Britt prit un temps mort à 3 minutes 35 pour calmer les esprits. Sooley rentra et manqua un tir de loin. Maryland fit de même. Mitch eut un avertissement pour avoir marché, et Maryland envoya le ballon en dehors des limites du terrain. Les équipes reprirent leur souffle et se préparèrent aux 2 dernières minutes. Mitch utilisa à nouveau la technique du triple écran pour libérer Sooley, qui marqua des 9 mètres. Maryland était à nouveau dans les cordes. Roy Tice contra un shoot et le ballon atterrit entre les mains de Murray. Ce dernier fit une longue passe vers le panier où Sooley s'élança seul, saisit le ballon avec nonchalance et smasha. Maryland fit une remise en jeu qui prit les Eagles de court et finit par un lay-up. Les Terps se ruèrent sur la passe d'engagement de leurs adversaires, mais Mitch lança la balle à l'autre bout du terrain, où Sooley était démarqué. Il aurait pu gagner du temps, attendre la faute, ou s'éloigner. Au lieu de cela, il prit instinctivement son appel à 9 mètres et fit mouche.

Le coach Britt décida de ne pas temporiser : les Eagles continuèrent à se donner à fond. Durant les

10 dernières secondes, Maryland peina à dépasser le milieu du terrain et lança une brique. Roy Tice s'empara du rebond et se fit bousculer. Il réussit ses deux lancers francs juste avant le buzzer.

*

Le dimanche, en fin d'après-midi, quand le bus arriva sur le campus de Central, les étudiants attendaient leurs héros. Au bord de la route, ils applaudissaient à tout rompre, brandissaient des pancartes et jetaient des confettis. Devant le Nid, des barricades avaient été installées pour protéger les joueurs et les entraîneurs, qui descendirent sous les hourras de leurs fans. Une demi-douzaine de vans de télévision étaient garés n'importe comment et les caméras semblaient partout. À l'intérieur, c'était la folie : quatre mille étudiants et supporters remplissaient les tribunes et le terrain. Tous attendaient l'équipe qui, pour la première fois de l'histoire de l'université, faisait partie du carré magique : le Final Four. Quand Mitch les conduisit à travers le tunnel pour réapparaître au cœur de la foule, le chant familier de « Sooley ! Sooley ! Sooley ! » résonnait dans le vieux gymnase.

49

Pour le deuxième lundi matin d'affilée, Lonnie se retrouva dans le bureau du président, en compagnie du directeur sportif. Le président, toujours très occupé, avait annulé toutes ses réunions importantes. Le reste pouvait attendre.

Ils se réjouirent de leur succès et passèrent en revue les matchs du week-end précédent. Ils discutèrent du voyage à Phoenix, des déplacements à venir, des billets à prendre, autant de détails savoureux qu'ils n'auraient jamais imaginé avoir à régler.

Puis Lonnie leur fit une proposition surprenante :

— Écoutez, je voudrais que l'équipe quitte la ville le plus rapidement possible. C'est ingérable ici. Je ne réponds plus au téléphone et je n'ose pas ouvrir ma boîte mail. Tout le monde veut une part de Sooley. Il est devenu un phénomène de foire. Nous devons le protéger.

— Vous voulez partir tout de suite ? demanda le président, feignant la désapprobation, alors qu'il connaissait déjà l'issue de la discussion.

— Oui, aujourd'hui. Oubliez les cours cette semaine. Nos gars sont incapables d'étudier. Bon sang, ils ne peuvent même pas atteindre les salles de classe ! On va se planquer quelque part pour s'entraîner sereinement et échapper à cette folie.

— Vous avez un lieu en tête ? demanda le président.

— Oui. J'ai un ami entraîneur à Northern Arizona, à Flagstaff, à environ deux heures au nord de Phoenix. Je lui ai parlé hier soir et il est d'accord. Il va réserver des chambres d'hôtel à son nom et nous prêter le gymnase pour la semaine. On ne peut pas s'entraîner ici. C'est impossible.

Le président prit un air contrit.

— Ils vont manquer toute une semaine ?

— Absolument. C'est impératif. Parlez aux doyens, à leurs professeurs, et je m'assurerai qu'ils rattrapent les cours. Ils auront tout le temps de réviser en dehors des entraînements. Je ferai le nécessaire.

Tous trois connaissaient la chanson. L'équipe de Lonnie venait de rapporter 2 millions de dollars aux programmes sportifs de l'université. L'entraîneur avait carte blanche.

Le président haussa les épaules.

— Je suppose que vous voulez un avion cette fois ? lança le directeur sportif.

Lonnie rit.

— Eh bien, Sooley a demandé à prendre le bus et ses coéquipiers ont parlé de l'étrangler.

— J'espère qu'ils ne l'ont pas fait.

— Non, et cela n'arrivera pas. En réalité, ils sont très protecteurs avec lui.

— Où est-il ?

— Toujours dans le sous-sol d'Ida Walker. Et elle est inquiète. Tout le monde sait où il est, et des fans ont frappé chez eux la nuit dernière.

— Il faut les sortir de là, conclut le directeur sportif.

— Je suis d'accord avec vous, renchérit le président. Vous avez le soutien total de l'université, à tous points de vue.

— Merci.

— Alors vous prenez l'avion, n'est-ce pas ?

— Oui.

*

Quand ils montèrent dans le bus lundi après-midi, pas un des joueurs ne savait où ils allaient. On leur avait simplement dit de faire leur bagage pour la semaine. À présent, ils regardaient avec amusement les abords de l'aéroport de Raleigh-Durham. Ils descendirent au terminal général et s'avancèrent vers l'avion qui les attendait sur le tarmac.

Mitch Rocker finit par lancer à voix haute :

— Bon alors, coach, on va où ?

— À Disney World, répondit Lonnie. Et d'ici là, je veux que tout le monde révise.

C'était bien la dernière chose qu'ils avaient en tête.

Après le décollage, le système de navigation de la cabine et les écrans s'éteignirent. Pourtant, il était évident qu'ils prenaient la direction de l'ouest. Quatre heures et 3 200 kilomètres plus tard, ils entamèrent leur descente au-dessus des montagnes et du désert, des paysages inhabituels pour eux, ce qui confirmait l'idée qu'ils se rendaient en Arizona. Après l'atterrissage, Lonnie détailla aux joueurs le planning de la semaine. Il leur demanda de garder secrets leur lieu de séjour et leur programme. Pas un mot sur les réseaux sociaux.

Mardi, ils s'entraînèrent tôt au Walkup Skydome, sur le campus de Northern Arizona University (NAU), puis ils se détendirent en regardant des vidéos de Villanova, leur adversaire de samedi. Les Wildcats étaient tête de série n° 1 dans l'Est. Les deux autres équipes du carré magique étaient l'Oregon dans l'Ouest et le Kansas dans le Midwest. Après le déjeuner, ils révisèrent durant une heure laborieuse, puis reprirent le bus pour se rendre dans un parc national à une heure de route, où une météorite géante avait atterri cinquante mille ans plus tôt et bouleversé le site. Loin de chez eux, les joueurs, comme la plupart des entraîneurs, n'avaient jamais vu un paysage aussi accidenté et magnifique. Ils prirent des centaines de photos, même s'il leur était strictement interdit de publier quoi que ce soit sur les réseaux. Après le dîner, ils restèrent dans leur chambre et écoutèrent les commentaires en boucle sur le Final Four. Les Eagles et leur parcours improbable jusqu'à Phoenix étaient le sujet principal.

Les récits variaient peu. L'outsider, l'« autre école » de Durham, s'attaquait à des programmes de renom. La première université historiquement noire à aller aussi loin dans le championnat. Le jeu époustouflant de Samuel Sooleymon, un jeune prodige qui inscrivait en moyenne 41 points par match, un record dans les tournois actuels. Une équipe d'un seul homme face à d'immenses talents.

Mercredi matin, Sooley écouta sa mère lui raconter qu'elle l'avait vu jouer avec des dizaines de milliers d'autres réfugiés. Il était la fierté du Soudan du Sud, ou du moins de son peuple dispersé.

Le mercredi et le jeudi, les joueurs suivirent la même routine. Entraînement le matin, visites l'après-midi. Le meilleur moment fut une excursion dans le Grand Canyon.

Le vendredi, l'équipe fit deux heures de trajet pour se rendre au stade de l'université de Phoenix, à Glendale, où évoluaient les Cardinals de la National Football League. Les entraîneurs leur avaient montré des photos du stade, de l'intérieur et de l'extérieur, pour les préparer au choc de voir un minuscule terrain de basket au milieu d'un espace aussi vaste. Leur surprise se dissipa au fur et à mesure de la séance de tirs. Il y avait des caméras partout et une équipe de CBS les interviewa. Les joueurs savourèrent ce moment de gloire, même si tous les regards étaient tournés vers Sooley.

Critiqué pour avoir caché son équipe, Lonnie s'en fichait. Une fois sous le feu des projecteurs, ses joueurs firent des commentaires pertinents. Avec son sourire franc et sa nature enjouée, Sooley était déjà la coqueluche de la presse.

De retour à l'hôtel, ils regardèrent un film jusqu'à 23 heures, puis ce fut l'extinction des feux. Samedi matin, à 10 heures, ils prirent un brunch dans une grande salle de conférences pendant que le coach Britt passait en revue la stratégie. À midi, ils retournèrent à Glendale en bus. À 14 h 30, l'échauffement débuta. Les joueurs de Villanova entamèrent les étirements de l'autre côté, et plusieurs joueurs se retrouvèrent au centre et se saluèrent. L'entraîneur Jay Wright s'approcha et se présenta. L'ambiance était légère, voire festive, et les Wildcats formaient un groupe sympathique.

Sooley discuta avec le coach Wright, qui lui présenta Darrell Whitley, leur All-American. Avec un sourire, Whitley déclara :

— Je t'ai à l'œil, mec.

Sooley répondit sur le même ton :

— Moi aussi, mec.

C'était une rencontre au sommet, les experts en parlaient depuis une semaine. Whitley était une troisième année avec une moyenne de 20 points et dix rebonds par match, et on s'attendait à ce qu'il soit parmi les premiers sélectionnés de la draft. Les entraîneurs de Central avaient visionné des heures de matchs et trouvaient qu'il se relâchait parfois un peu en défense.

De retour dans les vestiaires, l'équipe se mit en tenue et s'efforça de se détendre. La plupart des joueurs portaient un casque ou des écouteurs et écoutaient de la musique.

Sooley consulta son téléphone et eut le plaisir de lire un SMS : *Bonne chance, Samuel. Je suis très fier de toi. Vas-y à fond* ! C'était son troisième texto en deux semaines de la part de Niollo. Il répondit par un rapide merci.

Juste avant d'entrer en scène, Lonnie rassembla ses joueurs autour de lui et leur rappela combien il les aimait. Qu'ils gagnent ou qu'ils perdent, ensemble, ils écrivaient l'histoire. Ils étaient la fierté de leur université, de leurs familles, de leur État et de toutes ces universités noires qui s'étaient battues pour en arriver là. Pour le restant de leurs jours, ils n'oublieraient pas ce qui allait se passer les deux prochaines heures. Le monde entier les regardait. Alors amusez-vous, les gars !

50

Les Walker – Ida, Ernie, Jordan et Brady – prirent place dix rangées derrière le banc, en plein milieu des fidèles de Central. Comme la plupart des supporters présents, ils n'avaient jamais assisté à un match de basket avec soixante-quinze mille autres personnes dans une salle aussi gigantesque. Ernie n'était pas satisfait. Le terrain est trop loin ; on ne voyait rien ; on entendait à peine le groupe. Ida finit par lui dire de se taire et de profiter du moment.

À l'autre bout du monde, Beatrice et ses fils furent à nouveau escortés par des soldats souriants jusqu'aux places d'honneur au premier rang. Une masse humaine se pressait autour de la remorque et de ses deux écrans géants. Même ceux qui pouvaient à peine voir le match étaient heureux de se tenir côte à côte et d'écouter les présentateurs américains planter le décor.

Ce samedi soir, une lune pleine brillait au-dessus de leurs têtes. Le lendemain, c'était dimanche, juste un jour de plus à survivre.

*

Être présenté dans un tel environnement était plutôt intimidant. Mais être présenté alors que des milliers de personnes scandaient « Sooley ! Sooley ! Sooley ! » était proprement effrayant. Pourtant, Sooley paraissait détendu et avait toujours le sourire. Central était manifestement le chouchou du public.

Une fois au milieu du terrain, les titulaires se serrèrent la main. Le pivot de Villanova, Wade Lister, mesurait 2,10 mètres et ne faisait pas semblant de sauter. Il avait gagné tous les entre-deux de la saison et Sooley n'était pas de taille. Quand Darrell Whitley, détenteur du ballon, se retrouva face à un écran, il tira calmement des 6 mètres, et les Wildcats ouvrirent le score.

Tous ceux qui regardaient le match savaient ce qui allait se passer. Sooley resta en retrait, puis se démarqua alors que Whitley se battait contre des écrans. Murray lui fit une passe rebond parfaite, que Sooley reprit en extension avant de shooter des 9 mètres. Lorsque le ballon plongea dans le filet, la foule, qui avait une demi-seconde de retard à cause de la distance, laissa exploser sa joie. Villanova manqua l'arceau, le rebond fut récupéré par Mitch Rocker qui fit une superbe passe dans son dos pour Sooley, qui fendit de nouveau l'air avec un second tir des 9 mètres.

Il semblait invincible, et pourtant, bien sûr, il ne l'était pas. Dans le basket-ball universitaire, il est rare qu'un scoreur affiche 40 pour cent de réussite à longue distance. Personne n'avait jamais atteint 50 pour cent sur une saison.

Après dix-neuf matchs, Sooley était à 46 pour cent. Pendant le tournoi, il était à 51 pour cent, un taux remarquable, qui n'était hélas pas tenable à long terme. Il allait avoir un passage à vide, et cela n'aurait pas pu plus mal tomber. Il manqua ses deux tentatives suivantes et la fureur de la foule s'apaisa. Intrépide en défense, Whitley envoya valdinguer un ballon dans les tribunes. Lorsque Sooley voulut faire une passe, il baissa trop l'épaule et fut mis à l'amende. Puis il rata un nouveau tir du milieu de terrain. L'attaque de Central était désorientée. Au premier arrêt de jeu, Nova menait 14-6.

Sentant la pression monter, Sooley échoua à marquer des 6 mètres tandis que Darrell Whitley réussit un 3 points. Murray et Mitch furent incapables de prendre le relais. Leur star était en pleine traversée du désert. À 22-6, Lonnie demanda un temps mort. Le public était atterré. L'horloge avait-elle fini par sonner la fin des réjouissances ?

Pendant les 8 dernières minutes de la première mi-temps, Central joua l'un de ses pires matchs de la saison. Ou alors, la différence de niveau était devenue évidente. Villanova opta pour une défense serrée et fut patiente à l'attaque, évitant les coups risqués.

Son shooteur neutralisé, Central perdit pied et subit plusieurs contre-attaques. À 5 secondes de la fin, Sooley marqua enfin un panier à 3 points, réduisant l'écart à 41-24. À la mi-temps, il avait inscrit 11 points, mais n'avait réussi que trois tirs à 3 points sur dix.

Dans le vestiaire, les Eagles étaient agacés, tendus. La frustration de ne pas jouer leur jeu. La peur que la magie s'arrête. Était-ce leur destin ? Faire la une des journaux grâce à l'ascension miraculeuse d'un étudiant de première année qui paraissait invincible, et flancher juste avant la ligne d'arrivée, lorsque la compétition devenait trop féroce ? Mitch Rocker et Roy Tice s'efforcèrent de remonter le moral des troupes. Le coach Grinnell prononça un discours vibrant. Le coach Britt pensait qu'une défense zone 3-2 pourrait fonctionner. Enfin tout le monde savait à quoi s'en tenir. Si Sooley ne marquait pas de la ligne des 3 points, ils n'avaient aucune chance.

Sooley commit sa troisième faute à 18 minutes 40. Lonnie, énervé, n'était pourtant pas prêt à le faire sortir. Il lui demanda de rester en retrait et d'éviter à tout prix une autre faute. Sooley marqua un 3 points dans la foulée, puis un autre, et la salle s'anima. Pourtant Nova était trop expérimentée pour se laisser déborder. L'équipe continua à mener l'offensive, renforça le marquage de Sooley quand c'était nécessaire, et creusa l'écart. À 9 minutes 25, le score était de 58 à 39, et une résurrection de dernière minute de Central semblait peu probable. Nova, qui disposait d'un banc important, n'hésita pas à faire des remplacements pour épuiser les Eagles en défense. Une minute plus tard, Mitch Rocker quittait le terrain en boitant avec une entorse à la cheville. Nova exerça une grosse pression que Murray eut du mal à gérer. Sooley l'aida à se démarquer, mais il manqua un tir qu'il n'aurait pas dû tenter, montrant à quel point les Eagles étaient désespérés. Grâce à leur détermination, ils restèrent à 20 points d'écart, mais ne purent faire mieux. À 2 minutes 44, et dans l'attente d'un miracle, Sooley tenta un tir de 7 mètres. Si le ballon traversait l'anneau, une remontée épique était possible. Comme contre Duke – cinq tirs à 3 points en 58 secondes ! Seulement le ballon ne rentra pas dans le filet. Nova menait 71-50 et Central ne parvenait pas à remonter la pente. Un dunk de Nova brisa définitivement les rêves de Central.

*

Sooley n'avait pas l'intention de pleurer. Il avait versé toutes les larmes de son corps l'année passée, et pour de vraies raisons, de vraies tragédies. Pleurer un match perdu lui semblait indécent au regard du sort de sa famille.

Les Eagles s'attardèrent au bord du terrain et félicitèrent les Wildcats, de grands joueurs, à l'esprit fair-play. Sooley donna une brève interview à CBS sur le terrain, avec son sourire désormais proverbial. Il se reprocha la défaite et avoua qu'il avait mal joué, mais cela avait été une formidable aventure pour lui et son équipe d'outsiders. Ils étaient fiers de ce qu'ils avaient accompli. Ils avaient gardé la tête haute. Et ce soir, ils avaient été battus par meilleurs qu'eux.

Lorsqu'ils se retrouvèrent enfin seuls dans les vestiaires, Lonnie sourit à ses joueurs et déclara :

— Personne ne pleure dans ce vestiaire, compris ? Repensez au mois de septembre dernier, quand on a débuté les entraînements. Aucun d'entre nous n'aurait imaginé être ici aujourd'hui, même dans nos rêves les plus fous. Nous avons réalisé un exploit. C'est du jamais-vu. Vous écrivez l'Histoire, les gars, et personne ne pourra vous l'enlever. Je vous aime. Vos coachs vous aiment. Savourons ce moment et restons dignes.

*

Ils réussirent à regarder la première mi-temps du match Oregon-Kansas, mais ils en avaient assez pour aujourd'hui. Leur saison était terminée et ils ne se souciaient pas vraiment de savoir qui disputerait le titre lundi soir. Mitch, la cheville bandée, boitilla jusqu'au coach Britt pour lui demander s'ils pouvaient partir. Le bus les emmena dans un bon steakhouse de Phoenix, où on leur avait réservé une salle privée. Le président de Central et son épouse étaient présents, ainsi que le directeur sportif et plusieurs autres personnalités. Les femmes des entraîneurs aussi étaient de la fête. Alors que Sooley cherchait une place, Ecko Lam apparut sur le seuil et s'avança pour le serrer dans ses bras. Ils s'assirent ensemble à une table avec Murray et Dmitri, et discutèrent du match.

Sooley avait obtenu un score de 22 points, soit près de 20 points de moins que sa moyenne du championnat. S'il avait marqué davantage, l'issue de la rencontre aurait été totalement différente. Il n'avait réussi que cinq de ses seize tirs à 3 points. Il avait perdu quatre fois la balle. Il n'avait fait aucun contre et n'avait pris que six rebonds. Une performance médiocre à tous les niveaux, pour laquelle Sooley n'avait aucune explication. Bien sûr, le cadre était intimidant, mais pas plus que pour ses coéquipiers. Ils avaient affronté une très bonne équipe, pourtant ce n'était pas la première fois qu'ils battaient des joueurs plus forts.

Sooley n'avait aucune excuse, aucune justification. Juste une mauvaise passe.

Ecko voulut détendre l'atmosphère.

— Tu sais que ça fait près d'un an qu'on s'est rencontrés à Djouba, aux sélections. Difficile à croire, hein ?

Sooley sourit et acquiesça. Ecko se tourna vers Murray.

— Il ne mesurait que 1,88 mètre, bondissait comme personne, mais était incapable de mettre un lay-up.

— Oh, vous faites pas de bile, coach. Il nous a dit combien il était bon en Afrique.

— Pourtant il ne l'était pas. Il a été le dernier sélectionné de l'équipe. Tu ne le savais pas, hein, Samuel ?

— Non. Vous ne me l'avez jamais dit.

— J'avais deux entraîneurs adjoints et aucun des deux ne voulait de toi. La dernière place a failli revenir à Riak Kuol, ce gars de 2,08 mètres du Nil Supérieur, tu te souviens de lui ?

— Bien sûr. J'étais sûr qu'il allait être sélectionné.

— Pourquoi vous avez choisi Sooley ? demanda Dmitri.

— Je ne sais pas. Il était un peu brut de décoffrage, comme beaucoup de jeunes Africains. Un matin, très tôt, pendant les sélections, je l'ai trouvé dans le gymnase en train de shooter tout seul. Il faisait chaud et il était trempé de sueur, mais ça paraissait évident que c'était son truc. Tirer, courir récupérer le ballon, tirer à nouveau. Il pouvait tenter pendant des heures. De plus, je savais que sa mère était immense et qu'il allait sûrement encore grandir. Je n'imaginais pas qu'il prendrait 15 centimètres en un an, personne ne pouvait l'anticiper. J'ai pris un risque, et j'en suis ravi. Ensuite, j'ai convaincu Lonnie de lui donner sa chance, et voilà.

— Le coach Britt ne voulait pas le faire signer ?

— Eh bien, vous connaissez le coach Britt. Lui et moi, c'est une vieille histoire. On s'apprécie depuis un bail. Aujourd'hui, il aime raconter que quand il a vu Samuel au tournoi de démonstration d'Orlando, il a tout de suite mesuré son potentiel. Le problème avec cette version des faits, c'est qu'une centaine d'autres entraîneurs étaient présents, et personne ne l'a compris. Personne d'autre ne lui a fait de proposition. Quand Central a obtenu une bourse supplémentaire, j'ai demandé au coach Britt de la proposer à Samuel. Et il l'a fait, c'est tout à son honneur.

*

Dimanche en fin de matinée, les joueurs en avaient assez de l'hôtel. Ils se réunirent et discutèrent de leurs projets avec leurs entraîneurs. Ils pouvaient rester pour regarder le dernier match lundi soir et reprendre l'avion mardi matin.

Ils avaient plutôt envie de rentrer chez eux.

III

51

Par une belle journée de printemps, un mercredi du début du mois d'avril, Sooley se leva tôt et quitta discrètement le dortoir pour appeler sa mère. Murray, qui dormait d'un sommeil de plomb, ne bougea pas d'un pouce. Ils avaient réintégré la résidence universitaire pour deux raisons. D'abord, ils en avaient assez de vivre avec Mlle Ida, Ernie, et leurs attentes démesurées. Ensuite, et surtout, la résidence était remplie d'admiratrices qui aimaient se prélasser dans leur chambre. La célébrité avait ses avantages ! Murray était heureux de partager la gloire de son ami.

Elle et les garçons s'en sortaient bien, lui dit Beatrice au téléphone, et il n'y avait pas de grand changement dans leur routine. Tous trois étaient tristes que la saison se soit terminée si brutalement et s'inquiétaient de la déception de Samuel. Ils étaient cependant déterminés à survivre. Samuel confia à sa mère que la fin de la saison était très déprimante. Tout à coup, les objectifs, les défis quotidiens, les rêves de victoire et de gloire, tout s'était envolé. Le temps se réchauffait, le printemps était magnifique, mais le basket était derrière eux.

Sa mère pouvait difficilement comprendre les décisions que Samuel devait prendre : quitter la fac à la fin de l'année, engager un agent, participer à la draft, devenir pro, ou oublier tout cela et poursuivre ses études à Central. Il ne voulait pas l'accabler avec ses propres soucis. Au bout de quinze minutes, la charmante Christine reprit le téléphone et lui dit au revoir.

Sooley se doucha et s'habilla en faisant le plus de bruit possible, puis laissa les lumières allumées, ce qui ne provoqua pas le moindre tressaillement chez son colocataire. Il quitta le dortoir tôt et alla faire une longue promenade sur le campus, chose qui serait impossible quelques heures plus tard. Il arriva au Nid sans être arrêté une seule fois par un étudiant qui voulait une photo.

Le coach Britt l'attendait dans son bureau avec le coach Grinnell. Habillés décontractés, ils sirotaient un café et semblaient discuter depuis un bon moment. Il y avait tellement de rumeurs sur Internet que leurs vies étaient perturbées. Sooley devait se décider rapidement.

— Tu as moins d'une semaine pour prendre ta décision, Samuel. Où en es-tu de tes réflexions ?

La NCAA cherchait des solutions pour inciter les étudiants de première année à rester à l'université. Par exemple, leur permettre d'engager temporairement un agent, de suivre une formation et d'être évalués par des experts qui détermineraient leurs chances d'être draftés, avec la possibilité d'y renoncer si celles-ci étaient trop minces. Ils pourraient alors poursuivre leurs études et ne pas perdre leur éligibilité à la draft. Ce n'était qu'une suggestion. Pour l'instant, si Sooley engageait un agent et participait à la sélection de la NBA, ce serait son unique et dernière chance. Il aurait sûrement la possibilité de gagner de l'argent en jouant en Serbie ou en Israël, mais son aventure dans le championnat universitaire américain serait terminée.

Il aimait Central et la vie à l'université. C'était le seul foyer qu'il avait connu aux États-Unis et l'idée de le quitter l'effrayait. Alors il lisait tout ce qu'il trouvait en ligne sur la draft – les pronostics sur les joueurs, les résultats de la loterie, les agents, les contrats de rookies, les millions de dollars à la clé, et les stars comme Kobe, LeBron et Kevin Garnett devenus professionnels juste après le lycée, sans passer par l'université. Il avait trouvé une foule d'histoires sur de grands basketteurs qui étaient restés à l'université pour voir leur carrière brutalement brisée par une blessure.

La question qui lui brûlait les lèvres était simple : *Et vous, coach, qu'est-ce que* vous *en pensez ?*

Sur Internet, les spéculations allaient bon train quant aux nouvelles fonctions de son entraîneur, mais tous les blogs s'accordaient sur le fait que Lonnie Britt allait quitter Central.

Sooley haussa les épaules.

— Je ne veux pas partir, coach, mais tout est une question de timing, vous voyez ?

— Tu as déjà parlé à un agent ?

— Pas encore. Leurs émissaires nous tournent autour, Murray et moi. Vous croyez que je devrais ?

— Tu as besoin d'un agent, Samuel. Mais sois prudent.

Sooley absorba l'information d'un air impassible. Il savait parfaitement que Lonnie avait lui-même un homme qui cherchait activement des ouvertures dans tout le pays. Son agent était un renard rusé de Houston, qui représentait de nombreux entraîneurs de basket-ball universitaires. Selon les rumeurs en ligne – et elles ne manquaient pas – Price menait sa barque du côté de Purdue, de Marquette, et plusieurs autres universités concernées par le jeu annuel des chaises musicales.

— J'hésite à te recommander un agent, Samuel. Il y en a énormément et je n'ai pas beaucoup d'expérience en la matière. Enfin je reçois des appels.

Jason Grinnell se mit à rire.

— Ouais, nous recevons des appels, Samuel. Tous les agents du pays, certifiés ou non, essaient de mettre un pied dans la porte. Je n'ai jamais eu autant d'amis.

Les rires se turent et un silence gênant s'installa. Finalement, Sooley demanda :

— Et qu'est-ce que je suis censé faire ? Vous pensez que je suis prêt pour la draft ? Ou je dois rester à la fac ?

Lonnie lui sourit.

— Tu es largement aussi bon que les grands joueurs du tournoi. Nous croyons en toi et nous voulons que tu réussisses. J'adorerais te coacher pendant trois années de plus, seulement ça n'arrivera pas. Tu ne peux pas refuser l'argent, Samuel.

— Qu'est-ce que vous allez devenir ?

— Je ne sais pas. Beaucoup de rumeurs. Mais je ne suis pas pressé. Toi, en revanche, tu dois prendre une décision.

— Vous connaissez Arnie Savage ?

— Je ne l'ai jamais rencontré, il paraît qu'il est bien. Pourquoi ?

— Son intermédiaire est très insistant. Il s'est pointé à Norfolk, et aussi à Memphis, après notre victoire sur Duke. Il a abordé Murray et voulait me parler.

— Murray ne m'a rien dit.

— À moi non plus. Les contacts n'étaient pas autorisés, mais c'était juste un intermédiaire. J'ai fait des recherches sur Savage et il paraît réglo. Il gère des dizaines de joueurs en NBA.

— Tu veux que je passe des coups de fil ?

— Non, monsieur, merci. Je me renseigne par moi-même, et puis Murray assure mes arrières.

— Tu dois le faire, Sooley, dit Jason. Tu ne peux pas dire non à l'argent.

— Je sais.

*

Murray s'assit dans la cuisine avec ses parents et but une gorgée de soda. Il n'y avait pas de casserole sur la cuisinière ni de plat au four, aucun des arômes délicieux habituels chez les Walker.

Ida était perturbée, et ce depuis un moment.

— Il n'a même pas dix-neuf ans. Il faut avoir dix-neuf ans, non ?

— En quelque sorte. Il faut avoir dix-neuf ans l'année où tu es drafté.

— Il est trop jeune.

— C'est la règle, maman. Et en quoi est-ce si grave ? Regarde le base-ball. Et le hockey ! Chaque année, des centaines de jeunes de dix-huit ans passent pros à la sortie du lycée. C'est comme ça depuis des années, des décennies même. Al Kaline a remporté la Ligue américaine de base-ball à seulement vingt ans. Joe Nuxhall a gagné son premier match avec les Reds de Cincinatti à l'âge de quinze ans.

— Qui ? demanda Ida.

— Et ces vieux types blancs ont un rapport quelconque avec Sooley et la NBA ? lança Ernie.

— Non, aucun rapport. C'est juste que des jeunes de dix-huit ou dix-neuf ans passent pros tout le temps de nos jours. Duke en a trois ou quatre cette année. Kentucky en a perdu au moins deux. En quoi ces gars sont-ils plus mûrs que Sooley ?

— Ce n'est qu'un gosse, répliqua Ida. Je n'arrive pas à croire qu'on parle de ce sujet.

— Accepte-le, maman. Il a besoin de signer avec un agent et d'entrer dans la draft.

Ernie secoua la tête.

— Ça ne me plaît pas. Il devrait terminer ses études avant de penser à passer pro.

— Je ne suis pas d'accord, rétorqua Murray. Et s'il y a un million de dollars à la clé ? Il dit non, revient à Central, et se blesse ? Pourquoi prendre ce risque ? Tout ce que veut Sooley, c'est gagner de l'argent et faire venir sa famille aux États-Unis. Il ne pense à rien d'autre. Bien sûr, un diplôme universitaire, ce serait bien, et il aimerait en avoir un. Mais il ne dormira pas tant que sa mère et ses frères ne seront pas ici, sains et saufs.

— Il ne va pas gagner *un million de dollars*, quand même ? s'alarma Ida.

Murray poussa un soupir de frustration.

— Maman, je sais que tu ne suis pas le jeu en ligne, et c'est tant mieux. Mais à l'heure actuelle, la plupart des experts et des blogueurs pensent que Sooley sera drafté au milieu ou à la fin du premier tour, probablement entre la quinzième et la vingtième place. Selon la grille actuelle, son salaire garanti pour la première année serait d'environ 2 millions de dollars. Le double pour la deuxième année.

Incrédule, Ida secoua la tête.

— Il ne sait même pas conduire, lâcha Ernie.

— Ben, je vais lui apprendre. Dans quelques mois, il aura sa Porsche.

— Dieu nous garde !

*

Assis dans un coin tranquille, Reynard Owen regardait la pluie drue tomber sur le parking. Le restaurant se trouvait à la périphérie de Chapel Hill, à vingt-cinq minutes du campus de Central. Pile à l'heure, le petit pick-up bleu se gara à côté de l'élégante Jaguar noire de Reynard. Sooley ouvrit la portière côté passager, se déplia pour sortir du véhicule, et admira la Jaguar. Murray le rejoignit et fit un commentaire drôle. Puis tous deux traversèrent le parking en riant. À l'intérieur, Reynard leur fit signe, et les deux amis s'installèrent à sa table, à l'abri des oreilles indiscrètes.

Reynard était la décontraction même. La veste ajustée, les lunettes siglées, la Rolex en or. Du haut de ses trente ans, il respirait le succès et la richesse. Cela faisait partie de son rôle. Sooley et Murray, deux étudiants fauchés, étaient impressionnés, mais c'était le jeu, ils le savaient. Reynard n'était rien de plus qu'un commercial envoyé par son patron pour briser la glace avec un client potentiel.

Ils discutèrent du tournoi, et Reynard leur demanda s'ils s'étaient remis de leur défaite contre Villanova. Non, pas vraiment. Ils commandèrent des hamburgers et des frites, et après le départ de la serveuse, Murray déclara :

— Allons droit au but, d'accord ? Sooley et moi, on doit retourner à la bibliothèque et étudier toute la nuit.

Ils séchaient les cours de temps à autre. La Madness leur avait laissé une bonne gueule de bois, et ils avaient du mal à s'en remettre. De plus, l'histoire de Sooley ne faisait que commencer : tout le monde se demandait s'il allait passer pro.

Reynard afficha son plus beau sourire.

— Bien sûr. Mon patron est Arnie Savage. Un mec cool d'environ quarante-cinq ans qui a joué un peu pour Gonzaga il y a vingt ans. Un des meilleurs dans son domaine. Je suis sûr que vous avez fait des recherches et trouvé la liste des joueurs de NBA qu'il représente.

Sooley et Murray hochèrent la tête. Oui, ils avaient vérifié.

— Arnie touche un paquet, tous les agents le savent. En fait, l'argent n'est pas un problème à ce stade, il est contrôlé par le syndicat des joueurs. Les anciens ne veulent pas que les jeunes s'approprient tout le fric. Je suis sûr que vous connaissez la grille de salaires des rookies en NBA ?

Tous deux acquiescèrent.

— Selon les résultats du premier tour de la draft, Arnie négociera un contrat de quatre ans, avec les deux premières années garanties.

— Le premier tour, reprit Murray. Vous êtes sûr qu'il sera sélectionné au premier tour ?

— Murray, écoute, si Arnie n'en était pas convaincu, je ne serais pas avec vous aujourd'hui. Il a déjà suffisamment de clients, il ne perd pas son temps avec les derniers choix, OK ? Arnie accorde beaucoup d'importance aux relations humaines. Il est très attaché à ses protégés et devient généralement leur ami, leur confident. Il préfère passer du temps avec ses joueurs plutôt que de négocier des contrats en Europe. Vous comprenez ?

Ils hochèrent la tête.

— Ne vous méprenez pas. Il a des clients en Europe, de grands joueurs, et il fait des pieds et des mains pour les faire revenir aux États-Unis, où ils sont censés évoluer. Mais le plus gros de son job, c'est la NBA.

Ils ne cessaient de hocher la tête.

— Outre l'amitié et les conseils, Arnie signe de gros contrats de sponsoring. Il n'est pas rare qu'un de ses clients gagne plus d'argent en dehors du terrain que pendant le championnat. Arnie est malin, il comprend la valeur marchande réelle de ses joueurs.

— Et plus on gagne, plus il gagne, commenta Sooley.

— Absolument. Il touche 4 pour cent de vos revenus, comme tous les agents. En ce moment, il gère 200 millions de salaires cumulés, alors le calcul est simple. Chaque année, il fait partie des dix meilleurs agents sportifs. Sans parler des contrats publicitaires.

Murray continuait à acquiescer comme si tout cela n'avait aucun secret pour lui. Le top 5. Vingt-six joueurs de NBA. Quatre All-Stars.

Sooley en avait le vertige. C'était exaltant d'entendre son nom dans la bouche des experts qui l'imaginaient parmi les futurs draftés. Il s'était surpris à rêver de gagner des fortunes. Pourtant là, assis en face d'un homme qui pouvait l'aider à réaliser ses rêves, il se sentait dépassé.

Leurs plats arrivèrent, mais personne ne toucha à son assiette.

— La vision d'Arnie est très simple, reprit Reynard. Allons le voir. Si vous le rencontrez, il vous expliquera tout. Sooley, il peut prendre en main les cinq prochaines années de ta vie et faire de tes rêves une réalité.

— Où est-il ? interrogea Murray.

— Miami. South Beach. Il aime le soleil. (Il désigna la fenêtre.) Quel temps de chien ! Il paraît qu'il va pleuvoir trois jours.

— C'est ta Jaguar, là ? demanda Murray.

— Ouais.

— Plaques du Maryland ?

— Washington. Je couvre cette partie du pays pour Arnie.

— Combien de gars dans l'équipe ?

— On est quatre et on voyage énormément, surtout à cette période de l'année. On regarde beaucoup de matchs, de vidéos. On fait du networking à longueur de journée.

— Ça te plaît ?

— J'adore.

Murray était intrigué. Son avenir en NBA était loin d'être garanti. Peut-être devrait-il s'intéresser au métier d'agent ?

— Quand M. Savage veut-il nous voir ?

— Oh, il peut prendre un vol jusqu'ici. Et personne ne l'appelle M. Savage. Arnie suffira. Surtout, ce serait plus amusant pour vous d'aller le voir. Il habite dans une villa géniale, où il y a des fêtes tous les soirs. Il peut vous envoyer son jet en un rien de temps.

— Un jet privé ? demanda Murray.

— Bien sûr. Il en a deux.

Marché conclu.

52

Ecko Lam était de passage en ville. En vérité, deux de ses amis avaient besoin de lui.

Le premier était le jeune Samuel. Ecko passa le prendre à la résidence universitaire un samedi matin tôt, et l'emmena dîner dans le centre-ville de Durham. Dès qu'ils furent installés, Ecko lança :

— Bon sang, fiston, tu as encore grandi ?

— On dirait bien, répondit Sooley en souriant. Je ne me suis pas mesuré depuis un moment.

— Combien tu pèses ?

— Pas assez. Devinez avec qui j'ai eu une longue conversation hier soir ?

— Niollo ?

Sooley rit.

— Comment vous le savez ?

— Tu m'as demandé de deviner. J'ai vu juste. Qu'est-ce qu'il a dit ?

— *Prends le fric et tire-toi.* Il m'a dit que je ne serais peut-être jamais dans une aussi bonne position. Et il a parlé des risques de blessures. Il a joué un an à Syracuse, s'est présenté à la draft à l'âge de dix-neuf ans, et a été le septième sélectionné.

Ils commandèrent du café, du jus de fruit et des œufs. Ecko hocha la tête. Cela n'avait rien d'un scoop pour lui. Il connaissait Niollo depuis quinze ans.

— Il m'a expliqué aussi que la première année était plutôt dure, et que c'était pareil pour tous les joueurs. Il faut un moment au corps pour s'adapter à un calendrier de quatre-vingt-deux matchs, mais il pense que je suis prêt physiquement pour l'encaisser.

— D'après les rumeurs, il va quitter Miami.

— On n'en a pas parlé. C'est pas mes affaires. Je lui ai posé des questions sur les agents, mais il n'avait pas vraiment d'avis. J'ai eu l'impression qu'il n'était pas emballé par le sien.

— Eh bien, Samuel, j'imagine que c'est réglé. Si Niollo te dit de passer pro, c'est ce que tu devrais faire, non ?

— Qu'est-ce que vous en pensez ?

— J'ai tendance à faire passer les études en premier. Je suis très fier de mon diplôme de Kent State, car je suis le premier diplômé de ma famille. Si ça ne tenait qu'à moi, je te dirais de faire des études de médecine et de retourner au pays pour construire des hôpitaux.

— Bah, ils les brûleraient. Et c'est dix ans d'études, Ecko. Pour bien gagner sa vie, mais pas des millions.

— Alors tu rêves de millions ?

— Ce sont les sommes en jeu aujourd'hui. Dingue, non ?

— Oui. Je préfère les diplômes, Samuel, mais soyons honnêtes, personne ne m'a proposé de jouer en NBA. Mon incroyable talent n'a pas été estimé à sa juste valeur. Sans grande surprise, je n'ai pas été drafté. Alors je suis devenu entraîneur.

— Et heureusement pour moi ! Que se serait-il passé si on ne s'était pas rencontrés ?

— Je préfère ne pas l'imaginer.

— Moi non plus. J'ai lu un article sur moi hier soir. Il y en a beaucoup en ce moment. Un gars qui travaille pour ESPN, un bon auteur, dit que dans l'histoire du basket-ball, aucun joueur n'est allé aussi loin en douze mois. Taille, technique, maturité, résultats, tous les critères. Et aussi les tragédies. Il y a un an, je mesurais 1,88 mètre et je jouais sur des terrains en terre battue en Afrique. Aujourd'hui, je fais 2,03 mètres et j'ai une chance d'être drafté au premier tour.

— Et alors, ça te plaît de lire des articles sur toi ?

Ecko avait l'air amusé.

— Parfois. J'aimerais aussi lire ce qui est faux. Certains inventent des histoires, vous savez ? Alors Murray parcourt Internet pour les découvrir.

— Comme je le dis souvent, profite du moment présent.

— Ce ne serait pas malin de refuser l'argent, hein, Ecko ?

— Non. Tu dois le faire, Samuel. Tout le monde dit que tu seras sélectionné au premier tour. Je le pense aussi. Tu ne peux pas tourner le dos à l'argent.

— Je sais. Le meilleur moyen d'aider ma famille est d'en gagner beaucoup et de rencontrer des gens importants. Et ça n'arrivera pas ici, à Central.

— Je suis bien d'accord avec toi.

*

Lonnie ferma la porte à clé. Il prit place derrière son bureau et observa Ecko, qui avait le sourire aux lèvres.

— Je n'ai pas envie de partir, dit Lonnie. J'adore ces gosses. Je les ai recrutés, je leur ai fait des promesses, je les ai vus grandir, et j'ai vécu une sacrée aventure avec eux le mois dernier. Comment leur annoncer que je m'en vais ?

— Tous les entraîneurs doivent partir un jour ou l'autre. Ça fait partie du jeu. Ce sera dur, tout le monde va pleurer un bon coup, puis un nouvel entraîneur prendra le relais, et tes protégés passeront à autre chose. C'est la vie.

— Je sais. Je sais.

— C'est ton rêve. C'est pour ça que tu as travaillé si dur. Tu l'as mérité, Lonnie. Il est temps pour toi de passer à l'étape supérieure.

— Est-ce que je l'ai vraiment mérité ? Sooley est un miracle comme on n'en rencontre qu'une fois dans une vie. Si tu l'élimines de l'équation, on aurait fait une saison merdique. Je n'ai pas formé ce gamin. Il s'est transformé en un monstre puissant décidé à conquérir le monde. Et nous, on s'est contentés de suivre le mouvement.

— Tu as gagné vingt matchs par an cinq années de suite. Dans ce business, ça te donne droit à une promotion et à une jolie augmentation.

— Une sacrée augmentation ! Dix fois ce que je gagne aujourd'hui.

— Que dire de plus ? Qu'en pense Agnes ?

— Tu plaisantes ? Elle veut que je prenne l'argent !

— Alors prends-le et arrête de te plaindre.

— Pourquoi je ne peux pas emmener Sooley avec moi ?

— Parce que hier soir, il a reçu un appel de Niollo, qui lui a dit qu'il était prêt à jouer en NBA. Il lui a dit de prendre l'argent et de se tirer. Il va partir.

— Tant mieux pour lui.

Ils gardèrent le silence un long moment, la mine sombre. Lonnie ne s'imaginait pas réunir l'équipe pour lui faire ses adieux. Ses joueurs savaient déjà qu'ils allaient perdre Sooley. Perdre aussi leur entraîneur allait les achever.

— Pour être franc, Agnes n'a pas très envie de déménager à Milwaukee. Elle a eu assez de neige quand on était dans l'Iowa. Et les enfants aiment leur école.

— Bah, ils seront heureux partout où vous irez. Ne t'inquiète pas pour la neige, au cas où tu ne serais pas au courant, la terre se réchauffe. Allez, Lonnie, Marquette est un grand club de basket et ils te font un pont d'or. Tu as quarante ans, tu vas aller loin. Combien de fois avons-nous eu cette conversation ?

— Tu as raison.

Lonnie jeta un coup d'œil à sa montre. Ecko fit de même.

— J'ai envie de déjeuner dans un restaurant chic. C'est à mon tour de régaler, mais je suis fauché et tu es riche maintenant, alors l'addition est pour toi.

— OK, OK.

*

Pour la énième fois au cours d'un tête-à-tête tendu, Murray rappela à son père qu'il avait vingt ans, qu'il était capable de prendre ses propres décisions, et que s'il voulait passer le week-end à South Beach avec Samuel et les autres, il le ferait. Il était assez âgé pour voter, s'engager dans l'armée, acheter une voiture – à condition de pouvoir s'en payer une bien sûr – et signer des contrats, voilà tout. Ainsi soit-il.

Ils se trouvaient dans le bureau exigu d'Ernie, à la banque alimentaire du centre-ville. Ernie pensait que ce projet était une mauvaise idée, tout comme Ida. Et Murray en avait assez qu'ils veuillent tout contrôler. Il avait choisi d'affronter son père parce que Ernie était plus doux. Un « Non » de Mlle Ida aurait été plus intimidant.

Mais cela n'avait pas d'importance. Les garçons avaient pris leur décision. Murray dit au revoir à son père et claqua la porte en sortant. Ernie attendit une demi-heure et appela sa femme.

Tous deux perdaient le sommeil à l'idée que Samuel abandonne l'université pour jouer en NBA. Ils l'avaient pratiquement élevé ces huit derniers mois et le considéraient comme faisant partie de leur famille. C'était un garçon intelligent, mais pas assez mûr pour prendre une décision aussi importante. L'argent pouvait le détruire. Les requins allaient le manipuler. Les tentations seraient immenses. Il ne savait même pas conduire, et n'était assurément pas prêt pour la gloire et la fortune.

53

Juste à l'heure, un 4 × 4 noir se gara devant la résidence où Murray et Sooley attendaient avec impatience. Ils jetèrent leurs sacs de sport à l'arrière et grimpèrent dans le véhicule. Reynard leur avait conseillé de voyager léger. Ils seraient en short et tee-shirt tout le week-end. Il pleuvait à Durham, mais à South Beach, c'était grand bleu, soleil et bikinis.

Il était presque 17 heures, le vendredi après-midi. Sooley regarda son portable, fronça les sourcils, et murmura :

— C'est ta mère. Pour la troisième fois. Je ne peux pas ignorer ses appels.

— Si, insista Murray. Je le fais bien, moi. Mes parents vont trop loin, Sooley.

— Ils sont juste inquiets. Je la rappellerai dans l'avion.

Un pilote les accueillit dans le salon VIP de l'aérogare. Il s'empara de leurs sacs et les emmena jusqu'au tarmac où les attendait un magnifique jet privé. Puis il leur fit signe de monter à bord.

— En route pour Miami, messieurs !

Les deux complices grimpèrent rapidement dans l'avion, où Reynard les attendait, un verre à la main.

Une charmante hôtesse de l'air prit leurs vestes et leur offrit une boisson. Bière pour tout le monde. À l'arrière, une superbe femme blonde vint à leur rencontre.

— Je vous présente ma petite amie, Meg, déclara Reynard. Meg, voici Sooley et Murray.

Elle leur serra la main tandis qu'ils admiraient ses yeux d'un bleu profond.

Ils s'installèrent dans de confortables fauteuils en cuir, s'imprégnant des moindres détails de la luxueuse cabine. Meg, qui portait une jupe courte et moulante, croisa les jambes, et le cœur de Sooley manqua un battement. Murray s'efforça de ne pas la regarder et s'adressa à Reynard :

— C'est quel genre d'avion ?

— Un Falcon 900.

Murray hocha la tête, comme s'il s'y connaissait en jet privé.

— Quelle portée ?

— À peu près partout, en fait. On est allés en Croatie l'année dernière pour voir un jeune prometteur. Un déplacement inutile. Arnie en a marre de gérer les joueurs européens. Il en a assez aux États-Unis.

L'hôtesse de l'air apparut avec un plateau chargé de deux bouteilles de bière glacées. Meg opta pour un verre de vin. L'avion se mit à rouler alors que Murray demandait des précisions sur les capacités techniques de l'avion. L'hôtesse leur demanda d'attacher leurs ceintures pour le décollage, puis se rendit à l'arrière de l'appareil. Quinze minutes plus tard, elle réapparut avec des boissons fraîches et demanda aux passagers s'ils avaient faim. L'idée de déjeuner à 40 000 pieds d'altitude dans un environnement luxueux était un peu vertigineuse. Les deux complices commandèrent des petites pizzas.

Passionnée de basket, Meg les interrogea sur leur parcours jusqu'au Final Four. En raison du travail de Reynard, elle avait regardé beaucoup de basket, universitaire et professionnel, et connaissait tous les joueurs, les entraîneurs, et même certains arbitres. Reynard estimait qu'il assistait personnellement à au moins soixante-quinze matchs par saison, et Meg l'accompagnait souvent.

Ce n'était pas une mauvaise vie, songea Murray, avant d'interroger Reynard sur son travail. Sooley consulta son portable, vérifia qu'il avait du réseau, et alla à l'arrière pour appeler Mlle Ida. Pas de réponse.

*

La villa d'Arnie se trouvait non loin de l'océan. La maison, comme ses voisines, avait manifestement été conçue par des architectes avant-gardistes qui cherchaient à s'en mettre mutuellement plein la vue. Les portes d'entrée étaient invisibles. Les étages supérieurs formaient des angles étranges. L'une des maisons était composée d'une série de trois silos en verre reliés par ce qui ressemblait à une passerelle chromée. Une autre s'apparentait à un bunker grotesque bâti sur le modèle d'une coquille de noix, sans une seule paroi en verre cette fois. Après huit mois à Durham, Sooley n'avait jamais vu de maison ressemblant de près ou de loin à ces structures bizarres.

Celle d'Arnie était l'une des plus belles, sur trois niveaux, avec des vues époustouflantes. La limousine se gara dans l'allée circulaire et un maître d'hôtel aux pieds nus les accueillit. Il les précéda dans l'entrée, là aussi dépourvue de porte, qui donnait sur un large vestibule aux plafonds immenses, où étaient suspendus des mobiles imités de Calder.

— La fête a lieu là-bas, déclara le majordome en désignant la piscine éclairée et entourée d'invités.

— On doit se changer d'abord, dit Reynard.

Meg et lui s'éclipsèrent. En jeans élimés, tee-shirts et baskets, Sooley et Murray se sentaient trop habillés. Tous les invités portaient des shorts. Certains avaient des chaussures. Ils se rendirent au bar, prirent une autre bière, et regardèrent deux filles sauter dans la piscine. Des haut-parleurs cachés diffusaient un rap tranquille. Les invités allaient et venaient dans la propriété.

— Hé ! Sooley !

Un homme s'approcha, grand sourire et main tendue. Il se présenta, Julian quelque chose, et déclara qu'il travaillait avec Reynard. Tous les invités avaient un lien quelconque avec le basket et, à ce moment-là, Samuel Sooleymon était le joueur universitaire le plus en vue du pays. Une foule se rassembla rapidement autour de lui, il bavarda avec les uns et les autres. Quelqu'un lui tendit une bière fraîche. Plusieurs filles s'approchèrent.

Elles étaient séduisantes, de toutes les couleurs – noires, blanches, métisses –, et ne semblaient pas avoir plus de vingt ans. Plusieurs se pavanaient en minuscule bikini, d'autres en mini-short moulant et top évocateur. Murray, fidèle à lui-même, se mit à flirter.

Le dîner fut servi sur une longue table dressée dans la pièce principale. Parmi les invités, des agents qui travaillaient avec Arnie, deux responsables des Heat de Miami, des entraîneurs de la région, des amis du quartier. Cette ambiance décontractée donnait l'impression que, dans le monde d'Arnie, une fête comme celle-ci pouvait se matérialiser à tout moment.

Où était Arnie ? Murray posa la question à Reynard, qui répondit que son patron avait pris l'avion et devait arriver sous peu.

D'autres invités les rejoignirent. Murray reconnut Lynn Korby, un meneur des Heat blessé le mois précédent. Son équipe terminait la saison avec un match à l'extérieur. Les play-offs débuteraient dans une semaine. Quand Sooley vit Korby, il se demanda si Niollo allait faire une apparition. Murray, quant à lui, n'y croyait pas.

Après le dîner, un DJ apparut et fit pulser la musique. Une piste de danse émergea, à côté de la piscine, rapidement envahie de couples virevoltants. Derrière une rangée de haies, avait lieu une fête plus modeste. Dans un grand jacuzzi à remous, une demi-douzaine de jeunes femmes à peine vêtues s'éclaboussaient, une flûte de champagne à la main. Sooley et Murray prirent place dans des fauteuils et profitèrent du spectacle.

— Sooley, mon vieux, on est loin de Durham, commenta Murray.

Ils discutèrent, dansèrent, et burent des bières jusqu'à minuit passé. Comme les réjouissances semblaient sans fin, Sooley déclara qu'il en avait assez. Un employé les conduisit à leur chambre au deuxième étage, qui faisait penser à un dortoir design. Ils s'installèrent dans des lits simples identiques et s'endormirent avec le brouhaha de la fête à l'arrière-plan.

*

Tard le lendemain matin, Reynard vint les chercher et les conduisit à une terrasse près de la piscine. Une grande marquise la protégeait du soleil et un ventilateur rafraîchissait l'air. Arnie Savage était au téléphone. Il se leva d'un bond dès qu'il les aperçut. Le téléphone disparut rapidement. Il se présenta, leur serra chaleureusement la main, et s'excusa d'avoir manqué sa propre fête la veille. Il les invita à s'asseoir et, une minute après, une jeune femme vint prendre leur commande. Omelettes, pancakes, jambon, toasts à l'avocat, ils avaient l'embarras du choix.

Murray regarda Reynard.

— Qu'est-ce que vous prenez ?

— Œufs pochés sur toasts à l'avocat, c'est toujours un bon choix.

— Le meilleur, renchérit Arnie. Je vais prendre la même chose.

— Je voudrais des gaufres et du bacon, lança Murray.

— Moi aussi, renchérit Sooley.

Café et jus de fruit pour tout le monde.

Sooley avait lu tellement d'articles sur Arnie qu'il avait l'impression de le connaître depuis des années. L'homme était généralement classé dans le top 10 des agents de la NBA, et avec sa liste impressionnante de clients, il était considéré comme l'un des meilleurs.

Les deux amis s'attendaient à un commercial chevronné, prêt à leur vendre la lune. Au lieu de cela, ils furent désarmés par sa voix douce et tranquille. Il s'exprimait lentement et semblait peser chacun de ses mots. Il les faisait parler, et buvait leurs paroles, sans jamais cligner des yeux.

Ils racontèrent leur saison miraculeuse, leur épopée jusqu'au Final Four. Bien sûr, Arnie était dans les tribunes. Il ne manquait jamais les phases finales.

Leurs assiettes arrivèrent et ils mangèrent d'un bel appétit. Arnie avait joué à l'université et semblait prêt à taper la balle. Il courait 15 kilomètres par jour et jouait beaucoup au tennis. Entre deux bouchées, il lança :

— Alors, Sooley… j'imagine que je peux t'appeler comme ça ? Je veux dire, la moitié du monde te surnomme Sooley, mais tu préfères peut-être Samuel ?

— Sooley, c'est bien, intervint Murray.

Samuel acquiesça.

— Va pour Sooley alors. Je peux te demander où tu en es de ton processus de sélection d'un agent ?

— Je viens seulement de commencer. Vous êtes le premier que je rencontre. Moi et mon consultant ici présent, on va en choisir deux ou trois, et avoir une petite conversation avec eux. C'est bien comme ça que ça se passe, non ?

— Il n'y a pas de règles. Ce que tu proposes me semble très bien.

Murray, désormais consultant, déclara :

— Alors dites-nous, où le voyez-vous dans la draft ?

— Eh bien, mon équipe et moi t'avons regardé jouer, Sooley, en direct et en replay, et nous avons discuté avec de nombreux recruteurs. Pour les avantages – et il y en a beaucoup plus que d'inconvénients –, ta taille bien sûr, ta vitesse, ta dextérité, ta détente verticale, ton tir, tout en somme. À mon avis, tu as l'âge parfait. Tu as l'esprit d'équipe, tu es souriant, et le monde entier est tombé dans la Sooleymania. Tu as superbement géré le succès et toutes les équipes pros aimeraient te recruter.

— Et les inconvénients ? interrogea Murray en mordant dans une autre gaufre.

Arnie sourit et but une gorgée de café.

— Le manque d'expérience. Tu n'as pas joué au basket au lycée. Tu as fait seulement une année d'université, voire un semestre. Pratiquement tous les joueurs qui seront recrutés aux deux premiers tours sont suivis depuis des années. Les quatre joueurs de Duke ont évolué au niveau national quand ils avaient quinze ans et tout le monde a pu les observer. Je n'ai pas besoin de vous rappeler que dans le monde du sport, il y a plein d'histoires de sportifs sortis de nulle part qui brillent pendant une courte période, puis disparaissent du jour au lendemain. Es-tu un phénomène éphémère, Sooley ? Certains le pensent. Pas moi. Certains s'inquiètent aussi de ton dernier match. Tu n'as pas bien joué contre Villanova et les mauvaises langues disent que tu as craqué sous la pression.

— Il a marqué 58 points contre Duke, rétorqua Murray.

— Je sais. Vous m'avez demandé les inconvénients, je vous les donne. Moi, je me fiche de tout ça,

Sooley. Je suis sûr que tu as le physique, le talent et l'intelligence pour faire une longue carrière en NBA.

— Alors vous me voyez sélectionné où ?

— Tu as vu les projections. Beaucoup d'experts sont sur le coup. Mon équipe et moi, on simule une draft tous les jours dans mon bureau et on passe des heures à faire monter et descendre des noms. Au premier tour, on a à coup sûr les quatre joueurs de Duke, deux autres de Kentucky, Nkeke dans l'Oregon, Dokafur au Minnesota, tous des premières années. Puis Darrell Whitley à Villanova, Long à San Diego, le grand Russe à Gonzaga, et Barber au Kansas. Ça fait douze, et c'est à peu près à ce moment-là que ton nom devrait être appelé.

Arnie les avait énumérés comme s'il avait mémorisé toutes les statistiques et était dans la tête de tous les directeurs sportifs.

— Alors douzième au mieux ? déclara Murray.

— Neuvième, dixième au mieux. Quinzième au pire. Mais assurément le premier tour. Je négocierai pour toi un contrat de quatre ans, avec deux ans garantis.

— Combien ? demanda Sooley.

— Tu connais la grille des salaires, et tu sais que ça dépend de ton club d'arrivée. Mais une proposition de l'ordre de 15 millions est réaliste.

Sooley ne put s'empêcher de sourire, tout comme son consultant. Reynard l'étudia attentivement et vit sur le visage du jeune basketteur l'habituelle moue incrédule. Rêver était inévitable, seulement entendre ces chiffres de la bouche d'un spécialiste comme Arnie causait toujours un choc.

Sooley posa sa fourchette et but une gorgée de jus d'orange. Sa bouche s'était brutalement asséchée. Son défunt père gagnait 200 dollars par mois en sa qualité d'instituteur, et seulement huit mois par an.

Arnie garda le silence un temps, prit une bouchée, et continua :

— Je prends 4 pour cent, c'est le taux standard. Quand les contrats publicitaires tomberont – il y en aura peu la première année – je t'aiderai à louvoyer et je monterai à 10 pour cent. Encore une fois, c'est assez standard. Et je garde l'argent, Sooley. Je pourrais écrire un livre sur les sportifs passés pros qui ont dilapidé des millions et quitté la compétition complètement fauchés. Pas mes talents. J'ai une équipe d'investisseurs qui fait tout pour vous protéger, vous et votre argent. Mes clients réussissent sur le terrain, en dehors du terrain, et dans les affaires.

— Alors c'est vous qui gérez l'argent ? interrogea Murray.

— En effet. Mes rookies ont le nécessaire pour changer de mode de vie. Tu es en NBA maintenant, Sooley, alors on attend de toi un certain standing. Fringues, voiture de sport, appartement, cadeaux pour la famille et les amis, bel appartement. Je déconseille toujours à mes joueurs d'acquérir un bien immobilier tant qu'ils n'ont pas de contrat longue durée et que leur avenir est incertain. Et je ne peux pas contrôler l'avenir. Une fois que tu seras bien installé, on décidera du salaire mensuel approprié. On déterminera le montant en fonction de tes besoins. Je n'oublie jamais qu'il s'agit de ton argent, pas du mien. Cela dit, si tu veux le récupérer en totalité, trouve-toi un autre agent.

Encore une fois, Sooley, je protège mes clients. S'ils n'ont pas besoin de ma protection, je perds mon temps.

Sooley avait perdu l'appétit et ne faisait que hocher la tête.

Arnie prit une autre bouchée, lui laissant tout le temps de poser des questions. Comme rien ne venait, il reprit :

— Le problème principal, c'est l'entourage. Tu vas attirer toutes sortes de gens, et tous voudront leur part du gâteau. Tu as de la chance d'avoir un ami comme Murray.

Sooley éclata de rire.

— Il aura sa part aussi !

Ils rirent de bon cœur ensemble.

— Tu vas avoir besoin de lui, renchérit Arnie. Et de sa mère.

— Ma mère ? s'étrangla Murray.

— Oui. Ida. J'ai eu une longue conversation avec elle ce matin.

— Non ! Vous vous moquez de moi. Ne me dites pas qu'elle vous a appelé ?

Murray secouait la tête, humilié.

— Eh bien, si.

— Je suis désolé, Arnie. Vraiment.

— Désolé pour quoi ?

— Elle se mêle de tout. Je n'en reviens pas.

— Détends-toi, Murray. On a eu une conversation passionnante. Elle vous considère tous les deux comme ses fils et veut vous protéger.

— Je suis désolé, répéta Murray.

— Ne le sois pas. Ma mère est morte quand j'avais dix ans. Réjouis-toi d'avoir la tienne à tes côtés.

Murray et Sooley échangèrent des regards embarrassés.

— Qu'est-ce qu'elle voulait ? s'enquit Sooley.

— Eh bien, elle a demandé à voir le contrat que je veux te faire signer. Ça ne me dérange pas. Je suis un livre ouvert, Sooley. Pas de secrets, pas de tabous. Elle est avocate, c'est bien qu'elle jette un œil sur le contrat. Des objections ?

Sooley leva les deux mains, paumes ouvertes.

— Écoutez, tout ce que veut Mlle Ida me va. Je ne suis pas de taille contre elle.

— Elle est dure en affaires, intervint Murray. Elle voudra sûrement négocier vos 4 pour cent à la baisse.

Arnie laissa échapper un rire.

— Ne t'inquiète pas pour moi. Je suis sûr que Mlle Ida et moi, on trouvera un terrain d'entente. Je négocie avec des directeurs sportifs et des propriétaires de grandes marques de sport depuis vingt ans.

— Et je vis avec elle depuis vingt ans. Devinez qui a toujours le dernier mot ?

— Eh bien, elle veut que vous reveniez en un seul morceau. Et je lui ai promis que ce serait le cas.

— On peut rester jusqu'à demain ? demanda Sooley.

— Bien sûr. Bonne idée. J'ai un 18 mètres, un joli petit bateau. Allons faire une balade en mer ce matin et pêcher quelques poissons.

— Génial !

54

Tard dans la nuit de lundi à mardi, les joueurs de Central reçurent une convocation par mail du coach Britt à une réunion d'équipe. À ce moment-là, son départ n'avait plus rien d'une surprise. Les spéculations allaient bon train. Deux sites Internet suivaient les mutations des entraîneurs de sports universitaires majeurs et, depuis la fin de la saison, c'était le déluge habituel de commérages au sujet des promotions et des renvois. Au moins dix universités de renom embauchaient de nouveaux coachs.

Ils se réunirent dans les vestiaires à 16 heures. L'ambiance était morose. Les quatrièmes années – Mitch Rocker, Roy Tice et Dmitri Robbins – avaient été conviés, alors qu'ils avaient joué leur dernier match avec Central. Le coach Britt les avait recrutés et voulait leur dire au revoir. Sooley était présent également, même si tout le monde se doutait qu'il ne reviendrait pas.

Comme toujours, ces adieux recelaient un sentiment de trahison. Tous les joueurs s'étaient engagés à consacrer quatre ans de leur vie à l'entraîneur et à son programme. Soudain, ils n'étaient plus assez bien pour lui. Il préférait un poste plus ambitieux et mieux rémunéré. D'un côté, les joueurs étaient heureux pour leur entraîneur qu'ils aimaient et voulaient voir réussir au plus haut niveau. De l'autre, ils auraient préféré qu'il reste. En tant qu'équipe, ils venaient de réaliser l'impensable et l'avenir semblait radieux.

Lonnie fut aussi bref que possible. Il avait accepté un contrat de quatre ans à l'université Marquette, à Milwaukee, et il partirait sous peu. Il était désolé de les quitter, de laisser derrière lui des joueurs qu'il avait recrutés et qu'il chérissait de tout son cœur, mais cela faisait partie du jeu. Chacun devait poursuivre son chemin.

Il les surprit en leur annonçant que Jason Grinnell lui succéderait au poste d'entraîneur principal. Ce fut un soulagement pour toute l'équipe. Pas un mot n'avait filtré à ce sujet, pas même sur Internet. Jason était populaire auprès des joueurs et avait participé au recrutement de la plupart d'entre eux.

Sentant sa voix se briser, Lonnie les remercia pour les formidables moments qu'ils avaient passés ensemble : il ne les oublierait jamais. Puis il sécha ses larmes, leur adressa un dernier sourire, et quitta la pièce.

Jason Grinnell se leva pour prendre la suite de la réunion.

*

Deux jours plus tard, Sooley signa un contrat avec Arnie Savage et s'inscrivit à la draft de la NBA. Central publia aussitôt une déclaration. Personne ne fut surpris.

Le contrat fut passé au peigne fin par Ida Walker, qui réclama plusieurs changements. L'avocat d'Arnie le lui avait envoyé par mail, et quand elle l'avait lu pour la première fois, elle avait cru défaillir. Mais plus elle entrait dans le vif du sujet, mieux elle en comprenait les enjeux. C'était aussi simple qu'Arnie l'avait promis. Il était facile de travailler avec son avocat. Hé ! Ils étaient tous dans le même bateau et avaient le même objectif.

Sooley commençait à s'agacer des tentatives d'Ida de le surveiller et de le contrôler. Aux yeux de Murray, l'implication de sa mère était tout bonnement insupportable. Même s'il doutait d'en avoir le courage, il caressait l'idée de prendre une année sabbatique et de travailler comme assistant de Sooley. Son ami avait vraiment besoin de lui et sa vie allait grandement se compliquer. Et Murray était séduit par l'argent, les jets privés, les filles, la gloire qui rejaillissait sur lui, sans oublier l'excitation pure de vivre une saison de NBA.

Le début du rêve, songeait-il.

*

Les cours se terminaient le 2 mai, mais Sooley peinait à tenir le cap. Pourquoi était-il censé étudier s'il ne revenait pas à l'automne ? Comment rester motivé et songer à trois années d'études suivies avec un diplôme universitaire à la clé alors qu'il était sur le point de gagner des millions en jouant au basket ? C'était tout simplement impossible. Sans parler des examens de fin d'année.

Tout bascula un soir, à la bibliothèque, où il était censé réviser son examen de biologie – en réalité il cherchait à échapper à Murray, qui ne le lâchait pas. Il tournait en rond quand Reynard lui envoya un SMS pour lui demander comment il allait. Sooley sortit dans la fraîcheur du soir et l'appela. Lorsqu'il lui raconta qu'il étudiait pour les examens, Reynard eut un fou rire et fut incapable de s'arrêter. Sooley se sentit plutôt stupide.

— J'ai une idée, dit Reynard. Au lieu de te préoccuper de passer en deuxième année, pourquoi ne pas venir avec moi chez Arnie quelques jours ? Il y a deux entraîneurs adjoints de NBA en ville et Arnie pense que tu devrais t'entraîner et parler avec eux du Combine. Je viendrai te chercher demain.

Sooley accepta sans hésiter.

Le lendemain matin, il se leva et attendit le départ de Murray. Il entassa tout un tas de vêtements et d'articles de toilette dans un grand sac de sport et un sac à dos. Quand la berline noire se gara devant la résidence, Sooley jeta ses sacs dans le coffre et s'engouffra sur la banquette arrière.

En quittant le campus, il se rendit compte qu'il ne reviendrait probablement jamais, ce qui le rendit tellement triste qu'il en eut les larmes aux yeux. Quand il était arrivé en août, il était encore sous le choc des horreurs de la guerre dans son pays, et ne savait même pas si sa famille était vivante. La mort de son père était aujourd'hui confirmée, mais beaucoup de ses proches avaient disparu. Par compassion, le coach Britt lui avait proposé une bourse, une offre très généreuse.

Il songea à sa mère, combien elle serait déçue qu'il renonce à ses études, mais il ne voulait pas s'inquiéter de cela maintenant. Elle comprendrait peut-être un jour.

Il attendit d'être à South Beach pour envoyer un message à Murray : *Vais à South Beach chez Arnie qq jours. Ne dis rien à ta mère. Tout va bien.*

Ce à quoi Murray répondit : *Imbécile ! Et les exams ?*

Quoi les exams ?

Je vais le dire à maman.

*

Comme l'impressionnante villa d'Arnie n'incluait pas de terrain de basket, il en empruntait un à une école privée du coin. En fin d'après-midi, sur le chemin du gymnase, Reynard expliqua à Samuel qu'Arnie était à Philadelphie pour rencontrer Darrell Whitley, de Villanova. Si Darrell acceptait leur contrat, leur agence aurait deux joueurs susceptibles d'être draftés au premier tour, le rêve de tout agent.

Van et Herman les attendaient en tirant des paniers. Les présentations faites, ils se déclarèrent enchantés de faire la connaissance de Sooley. Van avait été entraîneur adjoint pour les Mavericks de Dallas, et Herman avait été une fois recruteur pour le Magic d'Orlando. Tous deux étaient dans l'orbite d'Arnie, mais leur positionnement n'était pas clair. Van prenait l'entraînement au sérieux. Arnie lui avait demandé de montrer à Sooley une demi-heure d'étirements, et de lui rappeler que cette routine faisait désormais partie de son quotidien. Une fois bien détendu, Sooley commença les exercices de tir. Après plusieurs jours de repos, cela faisait du bien de dribbler et de mettre des paniers.

Pendant une pause, ils évoquèrent le Combine. Van pensait que c'était une bonne idée. Herman avait des doutes. Arnie n'avait pas encore décidé si Sooley devait participer. Environ la moitié de ses clients l'avaient fait, et l'événement ne l'impressionnait guère. Chaque année, les soixante à soixante-dix meilleurs espoirs de la draft étaient invités au NBA Draft Combine, un concours de trois jours très médiatisé. Les joueurs étaient examinés sous toutes les coutures : taille avec et sans chaussures, poids, taux de graisse, agilité, envergure, vitesse, taille des mains, détente verticale, sèche et avec élan. Sans oublier les concours de tirs, les 3 contre 3, les interviews et les présentations pour la presse.

Sooley était impatient de montrer de quoi il était capable. Herman pensait que ce n'était pas une bonne idée. La cote de Sooley n'avait jamais été aussi élevée. Pourquoi courir le risque d'une contre-performance ?

Ils firent des séances d'entraînement tous les jours, une le matin et une en fin d'après-midi, quand le gymnase était disponible. Les entraîneurs et les joueurs changeaient presque tous les jours, au gré des allées et venues des amis d'Arnie. Certains vivaient dans la région, mais la plupart étaient de passage, toujours pour des raisons liées au basket.

Plus Sooley passait de temps dans la somptueuse propriété d'Arnie, plus il avait envie d'y rester. Les examens étaient passés – comme si cela avait de l'importance ! Les cours étaient terminés et Murray, son consultant, travaillait à la banque alimentaire pour 8 dollars de l'heure.

Il commanda un petit déjeuner et mangea au bord de la piscine avec les invités qui avaient passé la nuit dans la propriété. Il avait rencontré une foule d'entraîneurs, de recruteurs, d'anciens joueurs, d'agents, de représentants de marques de chaussures, et pas mal de gens dont le rôle était flou. Reynard lui avait chuchoté que la plupart étaient des parasites, à la recherche d'un emploi planqué dans l'entourage d'une personne influente.

Arnie était rarement présent. Il voyageait en jet presque tous les jours et comptait sur son personnel pour gérer la villa et le défilé des invités.

Sooley n'avait pas vraiment d'endroit où aller. Il comptait sur Reynard pour lui dire s'il abusait de l'hospitalité d'Arnie. Ce à quoi Reynard avait répondu en riant :

— Allons, Sooley, tu es une pépite. Un choix du premier tour. Tu peux rester autant que tu veux.

Il parlait tous les jours à Murray et de temps en temps à Ida. Il appelait sa mère tous les mercredis matin, mais n'avait pas encore trouvé le courage de lui avouer son nouveau projet. Le matin, après une grasse matinée, il faisait de longues promenades sur la plage, au moins une heure de musculation et s'entraînait deux fois par jour avec des entraîneurs différents. Quand Arnie faisait une apparition, ils parlaient de la draft et des pronostics. Naturellement, Sooley était impatient de savoir quelle équipe il intégrerait, et où il vivrait dans les années à venir. La NBA comptait trente franchises à travers tout le pays, et certaines villes présentaient plus d'attraits que d'autres. Mais cela n'avait pas vraiment d'importance, la rémunération serait mirobolante dans n'importe quel club. Cela dit, être une star des Celtics ou des Lakers n'était pas la même chose que jouer pour Sacramento. Comme tous les joueurs, il rêvait d'un contrat lucratif avec une franchise légendaire, et d'un gros partenariat avec la télévision.

Arnie discutait avec des recruteurs toute la journée et continuait de penser que Sooley serait choisi au milieu du premier tour. Brooklyn, Denver et Houston semblaient de bons candidats ? Cependant tout pouvait changer très vite à l'approche de la sélection. Chaque année, on assistait à une avalanche de transactions qui faisaient passer les joueurs d'une équipe à l'autre.

Début mai, Arnie décida que le Combine n'était finalement pas une bonne idée. Les recruteurs avaient suffisamment pu observer Sooley. En effet, aucun joueur universitaire n'avait suscité plus d'intérêt et plus d'images que lui au printemps dernier. Sa vitesse, sa rapidité, ses sauts, ses tirs, tout était documenté, et le Combine n'apporterait rien de plus. Une mauvaise séance d'entraînement, des résultats qui ne répondaient pas aux attentes ne pouvaient que faire descendre sa cote. Bien que déçu, Sooley faisait confiance à son agent.

Puis Arnie était reparti, en quête d'un autre contrat. Sooley avait supplié Murray de venir pour un week-end de fête et de filles, mais ses parents l'avaient menotté à son travail à la banque alimentaire.

Sooley avait rencontré une fille. Elle s'appelait Valerie. On la surnommait Val ou Vallie, comme on voulait. C'était l'une des filles qui se prélassaient à la piscine en bikini et aimaient montrer leurs jambes et leurs abdos musclés. Elle avait joué au basket à South Florida jusqu'à ce qu'une blessure au genou ruine sa carrière, et elle s'était empressée de lui montrer sa cicatrice à la jambe, le seul défaut de son corps parfait. Ils avaient passé leur première nuit ensemble dans la chambre de Sooley et pris un petit déjeuner au bord de la piscine. La deuxième nuit, ils étaient allés dans le petit appartement de Val au coin de la rue et n'avaient pas beaucoup pris l'air. Âgée de vingt-quatre ans, elle vendait des biens immobiliers et gérait son propre emploi du temps. Le troisième jour, Sooley était franchement mordu. Le quatrième, un mercredi, il oublia d'appeler sa mère.

Si Reynard avait été avec lui au lieu d'être dans son jet, il aurait prévenu Sooley que la fille était une fauteuse de troubles. L'univers d'Arnie attirait de nombreuses jeunes filles qui bien sûr animaient les soirées, mais la plupart rêvaient de la grande vie et de la gloire. Arnie savait néanmoins qu'il ne devait pas s'en mêler. Sa maison faisait office de sas pour ses clients, une transition entre l'espace rassurant du campus et la jungle clinquante du divertissement à gros budget. Dès que ses joueurs devenaient professionnels, ils étaient confrontés à plus de tentations qu'un étudiant pouvait l'imaginer. Arnie se sentait obligé de les préparer à franchir le cap.

Bien qu'indulgent, le célèbre agent gardait un œil sur tout ce qui se passait chez lui. Son personnel décontracté surveillait ses invités, prenait des notes et lui faisait des rapports. Le sexe, l'alcool et l'herbe étaient attendus – et il y en avait beaucoup – mais si ses invités distribuaient et consommaient des drogues plus dures, Arnie voulait être au courant. Il avait banni plusieurs dealers et personnes malintentionnées. Même chose pour les jeux d'argent. Si un de ses joueurs avait un faible pour les paris, il n'hésitait pas à intervenir.

Arnie avait été informé que Sooley avait une copine, et que la fille semblait intéressée. Il donna l'ordre de les surveiller de très près.

55

La draft eut lieu le 8 juin au Barclays Center à Brooklyn. Sooley avait invité Murray, qui avait accepté avec enthousiasme. Il avait aussi convié les parents de Murray, mais ces derniers avaient décliné son offre. Ils ne voulaient pas faire une telle dépense et désapprouvaient son choix d'arrêter ses études. Sooley ne fit qu'aggraver la situation en leur proposant d'acheter leurs billets aller-retour à New York. Cela les vexa, ils ne firent pourtant pas de commentaires. Ils ne dépenseraient jamais, sous aucun prétexte, l'argent gagné par le jeune Samuel et ne l'humilieraient pas non plus en refusant sa généreuse proposition. « Il ne se rend pas compte », avait commenté Ida. Ils le remercièrent et prétextèrent des obligations professionnelles.

Vallie ne fit pas non plus le déplacement, même si ce n'était pas faute de vouloir participer. Arnie lui avait fait comprendre que, même si le voyage était censé être festif, ils avaient d'importantes affaires à régler, et Arnie ne voulait pas que son précieux client soit distrait. Il préférait que cette fille ne soit pas près de Sooley lorsqu'ils négocieraient les termes de son contrat. Sooley avait avoué à Reynard que, en toute honnêteté, cela le soulageait car il avait besoin d'une pause avec Val. À la demande de Reynard, ils firent halte à l'aéroport de Raleigh-Durham pour récupérer Murray qui, selon Reynard et Arnie, avait une bonne influence sur Sooley.

Arnie et ses acolytes arrivèrent la veille et prirent leurs quartiers au dernier étage de l'hôtel Latitude, un cinq étoiles huppé à trois rues de Barclays. Dans le penthouse, un buffet et un bar étaient à disposition des invités. En plus de Sooley, Arnie avait signé Darrell Whitley de Villanova, un joueur potentiel du top 10, et Davonte Lyon d'Auburn, un autre joueur de dix-neuf ans qui avait fait tourner toutes les têtes lors du Combine. Avec trois joueurs pressentis pour être draftés au premier tour, Arnie était l'agent du moment, et son quartier général était devenu une ruche débordant d'activité, où se mêlaient responsables d'équipe, recruteurs, journalistes, joueurs, entraîneurs et épouses.

Darrell Whitley arriva avec un grand sourire et donna une franche accolade à Sooley. La dernière fois qu'ils s'étaient vus, c'était à Phoenix, pour le dernier match de Central. Darrell lui présenta ses deux frères et ses deux amis. Sooley n'avait que Murray dans son entourage. De combien de personnes avait-il besoin ? Il poserait la question à Reynard. Davonte Lyon entra à son tour, salua le groupe, et leur présenta trois de ses compagnons. Sooley se sentait vraiment à côté de la plaque. De bonne humeur, les gars discutèrent à bâtons rompus. Arnie leur avait réservé un bon dîner, mais après, ils avaient quartier libre. Darrell déclara qu'il connaissait la ville et qu'il les emmènerait en boîte de nuit.

*

La draft était retransmise en direct sur ESPN et en streaming live sur The Vertical. À Durham, Ernie avait fermé la porte de son bureau exigu et suivait l'émission sur un petit écran. Ida s'était installée dans sa salle de conférences au bureau juridique et regardait la draft avec son équipe sur une télévision beaucoup plus grande. À South Beach, Vallie s'était campée dans un bar avec des amies et avait commencé à boire une heure avant le début des festivités. Au domicile d'Arnie à South Beach, tout le monde – personnel et invités – s'était rassemblé dans la petite salle de cinéma du sous-sol pour vivre ce grand moment. Lonnie Britt regardait l'événement depuis une chambre d'hôtel à Des Moines, où il poursuivait une recrue prometteuse. Ecko était chez lui à Cincinnati, dans son salon, avec son fils de quinze ans. Ses anciens coéquipiers – l'équipe d'été du Soudan du Sud et les Eagles de Central – étaient fiers et impatients de voir leur ami devenir millionnaire.

Sooley et Darrell avaient reçu des invitations pour la Green Room, un salon situé devant le podium de la draft où les joueurs attendaient, avec leurs agents, leurs familles et quelques amis, l'appel magique. La Green Room permettait à la sélection de se dérouler sans encombre, car les premiers sélectionnés, après avoir embrassé leurs proches, montaient sur le podium où ils brandissaient le maillot de leur nouvelle équipe et posaient devant les photographes avec le commissaire de la NBA, Adam Silver. Les invitations avaient été lancées avec prudence, en raison de l'embarras possible pour un joueur de premier plan qui espérait entendre son nom, et était relégué au second tour. Cela s'était déjà produit, et pour éviter ce désagrément, seuls les vingt premiers joueurs environ étaient conviés.

Les heureux élus se réunirent, se tapèrent dans la main et se donnèrent l'accolade, s'efforçant de paraître calmes, détendus, et pas le moins du monde préoccupés par l'équipe qui allait les choisir, les rendre riches et lancer leur spectaculaire carrière. Sooley était assis entre Arnie et Murray, qui était encore plus nerveux que lui. Imaginez être dans le même espace que vingt gars de votre âge, tous sur le point de signer un gros contrat, dont certains allaient devenir des stars, voire des légendes.

Le premier choix revint aux Timberwolves, et Adam Silver appela Tyrell Miller, de Duke. La Green Room explosa en applaudissements tandis que tout le monde félicitait le premier sélectionné de la draft. Tyrell posa avec le commissaire et sourit aux caméras.

Les quatre suivants correspondaient aux prévisions des experts. Après le cinquième, Arnie, qui regardait tout cela sans notes, lança à Darrell avec une assurance tranquille :

— C'est ton tour, mon grand.

Cleveland choisit en effet Darrell, et alors qu'il montait sur scène, Arnie chuchota à Sooley :

— Ils vont faire un échange demain. Avec l'Indiana.

Sooley ne sut pas quoi répondre. La draft, avec sa loterie[1], ses tractations et ses échanges, était parfois

1. Le premier choix de la draft est déterminé par une loterie à laquelle participent toutes les équipes non qualifiées pour les play-offs.

incompréhensible. Chaque sélection faisait tomber des dominos dans des directions différentes. Quand Phoenix prit Antonio Long de San Diego State, Arnie murmura à Sooley :

— Tu vas aller à Detroit, mais ils vont t'échanger contre Washington.

— Maintenant ?

— Non, à la neuvième place. Que penses-tu de Washington ?

— Je signe où ?

Sooley fut immédiatement séduit par l'idée de Washington, une ville qu'il connaissait. À part les déplacements de mars à Dayton, Memphis et Phoenix, il n'avait jamais quitté la côte Est. Et Durham n'était pas loin. Les Walker seraient pratiquement à côté. Il avait déjà visité le campus d'Howard, l'ambassade du Soudan du Sud, et plusieurs monuments. Oui, Washington ferait très bien l'affaire.

Lorsque son nom fut cité au moment du neuvième choix, il monta sur l'estrade, et des supporters dans la foule se mirent à scander : « Sooley ! Sooley ! Sooley ! »

*

Pendant que ses joueurs faisaient la fête en ville, Arnie travailla jusque tard dans la nuit sur les procédures d'échanges, afin d'envoyer Darrell Whitley chez les Pacers de l'Indiana et Sooley chez les Wizards de Washington. À 7 heures le lendemain, il prit le petit déjeuner avec le directeur général des Wizards et mit la dernière main au contrat, un accord de quatre ans d'une valeur de 14 millions de dollars, dont la moitié était garantie.

*

Durant le vol de retour, Sooley décida qu'il avait besoin d'une pause de South Beach. Il descendit de l'avion avec Murray à Raleigh-Durham et dit au revoir et merci à Arnie et à Reynard. Après avoir quitté l'élégant Falcon, ils traversèrent le terminal privé jusqu'au parking et regagnèrent la camionnette bleue de Murray, si vieille que le compteur kilométrique était resté bloqué à 320 000 kilomètres. Le parcmètre réclamait 18 dollars par carte de crédit, une somme que Sooley régla avec enthousiasme.

Alors qu'ils prenaient la route, Sooley lança à son complice :

— Tu as compris cette histoire de prêt ?

— Pas tout. Arnie va t'avancer de l'argent ?

— Ouais. J'ai dit à Reynard que je n'avais pas de voiture, et il a répondu que ce n'était pas un problème. Arnie peut me prêter 100 000 dollars tout de suite, que je lui rendrai dans un mois, quand je toucherai le premier règlement.

— C'est légal ?

— Reynard dit que oui. D'après lui, les agents prêtent souvent de l'argent aux joueurs même avant la draft, ce qui n'est pas très légal pour le coup.

— Ouais, un gars d'Arizona State s'est fait prendre il y a quelques années, non ? La NBA a disqualifié l'agent, qui a porté plainte. Ça a été un gros scandale.

— Eh bien, Reynard dit que c'est bon maintenant parce que j'ai quitté la fac et que je suis officiellement un pro. T'en penses quoi ?

— Ça paraît réglo. J'imagine qu'on va t'acheter une voiture, dès que tu auras passé le permis de conduire bien sûr.

— Oh ça. Écoute, Murray, j'ai besoin d'aide. Je dois acheter une voiture en effet, et aussi trouver un endroit où vivre à Washington. J'ai un million de détails à régler et c'est un peu flippant. J'aimerais que tu m'aides, au moins cet été.

— Tu veux m'engager ?

— Exactement. Reynard a proposé ses services, mais il est très occupé. Et je te fais confiance, Murray. Qu'est-ce que t'en dis ?

— Combien ?

— Huit dollars de l'heure.

Les deux complices éclatèrent de rire, et quand ils retrouvèrent leur sérieux, ils roulèrent en silence un moment. L'exaltation, l'incrédulité et le vertige des deux derniers jours commençaient à se faire sentir.

Murray finit par reprendre la parole.

— Il faudra convaincre Mlle Ida. Elle ne va pas apprécier.

— Je parie que si, avec 14 millions sur la table. Et puis, je peux la convaincre. Elle pense que je suis spécial.

— Tu es spécial, Sooley.

— Pour toi, je suis toujours Samuel.

— Enfin, tu vois ce que je veux dire.

Après un nouveau silence, Murray demanda :

— Alors, quel genre de voiture tu as envie de conduire ?

— Une Ford Explorer.

Murray éclata de rire.

— Non, non, Samuel. Quand on gagne autant d'argent, on ne conduit pas une Ford.

— J'ai pris ma décision. Le coach Grinnell en a une et il me laisse la conduire.

— Le coach Grinnell est marié et a trois enfants. Tu es en NBA, Samuel, tu ne peux pas conduire une bagnole familiale. Il te faut une voiture de luxe, comme une Porsche.

— Je ne suis pas prêt pour ça. Et puis, ça coûte trop cher. J'ai vu une Porsche en vente sur Internet pour plus de 100 000 dollars.

— Et alors ?

— Alors, je préfère une Ford Explorer à 40 000 dollars.

— Waouh. Tu as tellement de choses à apprendre.

Ils s'arrêtèrent dans un fast-food pour prendre des hamburgers et des frites, puis se rendirent au bureau d'aide juridique, où Sooley fut accueilli comme un héros. Ida le serra dans ses bras, les larmes aux yeux, puis le présenta à tout le monde.

Lorsqu'ils se retrouvèrent seuls dans son bureau, il la mit au courant de l'échange avec Washington, et elle se réjouit à l'idée qu'il habite si près de chez eux. Puis elle lui expliqua, d'un ton qui ne souffrait aucune réplique, qu'elle préparerait un testament tout simple, qui laisserait tout en fiducie à sa mère et à ses frères.

— Je n'avais pas pensé à ça, admit Sooley.

— Il y a beaucoup de choses auxquelles tu n'as pas pensé, mais je suis là pour ça. L'assurance maladie, ton visa. Tout un tas de documents. Quand vas-tu signer le contrat et recevoir l'argent ?

— Dans un mois environ.

— OK. Le contrat revu que tu as signé avec M. Savage stipule que 10 pour cent de la somme doivent être versés sur ton compte bancaire. Il garde le reste pour l'allocation et les investissements. Tu comprends ?

— Oui, madame.

— Tu dois ajouter le nom d'une autre personne à ton compte au cas où il faudrait accéder à l'argent. Cette personne ne pourra le toucher que s'il t'arrive quelque chose.

— Vous imaginez qu'il peut m'arriver quelque chose ?

— Je suis avocate et tu es mon client. C'est mon métier d'imaginer ce genre de choses.

— Arrête, maman, protesta Murray.

— Fais ce que je te dis, d'accord ?

— Arnie me prête 100 000 dollars jusqu'à ce que je touche le gros lot.

— Je suppose que c'est légal.

— Oui.

— Il a besoin d'acheter une voiture, intervint Murray. Il veut une Ford Explorer.

— C'est à lui de choisir.

— J'aimerais envoyer de l'argent à ma mère.

— Nous allons y réfléchir. Je ne suis pas sûre que ce soit prudent. Elle s'est déjà fait dépouiller une fois.

— Mais je veux l'aider.

— Je comprends, Samuel. Moi aussi. On va trouver une solution.

— Je peux financer leur venue aux États-Unis maintenant ?

— On en reparlera ce soir. Je suis attendue au tribunal dans une demi-heure. Que voulez-vous pour le dîner ?

— Une bouteille de champagne.

— Vous aurez du thé glacé. Et à manger ?

— Oh, ton fameux poulet au citron, avec les champignons et la sauce.

Elle sourit.

— Tout ce que tu voudras, Samuel.

56

L'exaltation de l'achat d'un nouveau véhicule retomba quand Sooley échoua à obtenir son permis de conduire. Il se débrouillait bien sur la route, même si les huit voies de circulation le mortifiaient, mais il lui manquait trop de points à l'écrit. Embarrassé, il avait avoué à Murray qu'il avait eu du mal à réviser. Il était distrait et n'avait pas pris l'examen au sérieux.

Ida s'en amusa et déclara à Ernie que cet échec était probablement un coup sain porté à son ego. Le couple accepta que Murray travaille pour Sooley pendant tout l'été. Leur protégé avait besoin d'aide sur de nombreux fronts. Il entrait dans un monde fabuleux, qui comportait toutefois de nombreux pièges. Et honnêtement, ils ne voyaient pas comment convaincre Murray que transporter des caisses de denrées était plus important qu'aider son ami. C'était une telle opportunité qu'ils n'avaient opposé qu'une résistance symbolique.

Le lendemain de l'examen, Murray emprunta la berline familiale et partit à Washington avec Sooley. Ils prirent une chambre dans un hôtel du centre-ville et visitèrent des immeubles luxueux. Sooley voulait un grand appartement, avec des chambres pour sa mère et ses frères. Murray l'en dissuada. Il devait commencer modestement, et monter en puissance par la suite si nécessaire. Les prix des appartements, petits et grands, étaient scandaleux. Bien que totalement accablé par le processus, Sooley était impatient d'avoir un si bel espace pour lui tout seul. Murray le persuada de verser une caution de 5 000 dollars pour un logement neuf, non meublé, avec deux chambres à coucher, dans le CityCenter, non loin de la Capital One Arena. Le bail était de douze mois.

Ils s'arrêtèrent au siège des Wizards, qui furent enchantés de rencontrer leur nouvelle star. Puis ils déjeunèrent avec le directeur général dans un restaurant chic. Sooley reçut un appel du propriétaire des Wizards, un investisseur privé qui avait acheté l'équipe quatre ans plus tôt pour 900 millions de dollars, d'après des magazines économiques en ligne. Le propriétaire était impatient de le rencontrer et déjeunerait avec lui à son retour. Il lui souhaita la bienvenue à bord et lui promit un grand avenir ensemble.

*

Le festival de musique reggae et rap Rauncheroo se tenait chaque année en juin à l'Acropolis Resort, sur l'île Paradise, aux Bahamas. En plus d'attirer des dizaines de milliers de fans déchaînés du monde entier, il était connu pour recevoir les plus grands groupes de hip-hop et de musique insulaire. C'était aussi le lieu de prédilection des célébrités, l'endroit où l'on pouvait être vu et admiré par des fans en adoration. Murray en avait entendu parler, Sooley non, mais la veille de la draft, Darrell Whitley et sa bande avaient discuté de l'événement dans une boîte de nuit de Brooklyn. La fête durait trois jours, avec beaucoup de filles, pour la plupart venant d'Europe. Dès leur retour de Brooklyn, Murray en avait parlé avec Sooley, et tous deux avaient consulté les réseaux sociaux. Ils s'étaient extasiés devant les milliers de photos et en avaient conclu que le festival était un événement incontournable. Il attirait de nombreux acteurs et athlètes professionnels, des grands noms de la NBA qui venaient se défouler après la saison, ainsi que des joueurs de football américain qui faisaient une pause avant leur camp d'entraînement d'été. Et la liste des chanteurs et des musiciens présents comprenait pratiquement toutes les célébrités imaginables. Sooley en parla à Vallie, qui bien entendu était partante à mille pour cent. Puis il en discuta avec Whitley, qui eut une idée : inviter Reynard, qui leur obtiendrait un jet privé. Deux draftés au premier tour ne pouvaient pas prendre des vols commerciaux.

À leur retour de Washington, Sooley mentionna au cours du dîner chez les Walker qu'il devait voir Arnie à South Beach pour discuter de propositions de sponsoring. Murray l'accompagnerait. Ils n'évoquèrent pas le festival devant Ida et Ernie, car ils ne voulaient pas créer de polémique. Sooley était agacé de leur ingérence et Murray avait hâte de retourner chez Arnie à Miami.

Le lendemain, ils prirent un vol sur Delta Airlines et arrivèrent à la villa dans un modeste taxi. Reynard était emballé par le festival et avait déjà pris des billets d'entrée et réservé un hôtel, ainsi qu'un jet. Arnie, qui était divorcé, avait assisté à l'événement deux ans auparavant et préférait les rejoindre plus tard. Darrell Whitley arriva avec Jared, un de ses frères, et Reggie, son « manager ».

Murray aimait ce titre et se présentait dorénavant comme le manager de Sooley.

Le lendemain, ils firent la grasse matinée, puis montèrent dans deux limousines pour se rendre à l'aéroport, où les attendait un élégant Gulfstream 6. Leur groupe était composé de Sooley, Murray, Darrell, Jared, Reggie, Reynard et sa copine Meg, et Vallie. Pour faire bonne mesure, Sooley avait invité deux amies de Vallie, Tiff et Susan, deux anciennes athlètes séduisantes qui passaient leur temps au bord de la piscine d'Arnie. Dix personnes au total dans un avion qui pouvait en accueillir quinze. Les hôtesses de l'air leur servirent du champagne avant même qu'ils ne bouclent leur ceinture. Ils firent un sort à plusieurs bouteilles pendant le vol de cinquante-cinq minutes pour Nassau. Sur l'île, une série de limousines colorées attendait les célébrités.

Ils se rendirent à l'Acropolis, où on leur donna les clés de leurs appartements. La suite de Sooley disposait de deux chambres, une pour Vallie et lui, l'autre pour Murray, Tiff et Susan. La disposition des lits ne convenait pas, mais personne ne s'en souciait. Il y avait au moins trois canapés par suite. Ils prirent un copieux petit déjeuner au buffet près d'une des piscines et en profitèrent pour observer la population. Les concerts devaient débuter vers 14 heures. Une foule se massa autour de la scène en plein air. Bientôt, un puissant rap retentit dans tout le complexe hôtelier, qui comptait un millier de chambres, pas moins de huit piscines, des toboggans aquatiques, des bains à remous, des saunas, trois casinos, des restaurants et des bars partout. Les fans affluaient – peu d'entre eux avaient plus de trente ans – et parlaient différentes langues. Sooley était souvent reconnu et posait fièrement pour des photos.

C'était une fête débridée, sans règles apparentes.

Murray aimait les cartes, en particulier le black jack, et tard dans l'après-midi, quand ils lâchèrent enfin les filles, Sooley et lui se rendirent dans un casino pour disputer quelques parties. C'était beaucoup plus calme : ils appréciaient de s'être éloignés de la musique. Sooley repéra Alan Barnett, des Knicks, seul à une table où on jouait gros. D'après la rumeur, il était l'un des plus fervents parieurs de la NBA et faisait des folies. Rudy Suarez, le quarterback des Vikings, passa dire bonjour à Barnett. Cool, n'est-ce pas ? Sooley était impatient de commencer à jouer au basket, à gagner et à rencontrer d'autres sportifs célèbres comme lui.

Il perdit 500 dollars la première heure et fit une pause. Il lui faudrait du temps pour s'habituer à gaspiller de l'argent. Murray, lui, avait gagné un paquet et ne voulait pas quitter sa table. Sooley alla au bar, prit une bière et observa les gens autour de lui.

À la nuit tombée, le festival battait son plein : trente mille fans déchaînés se pressaient contre la scène. Comme il n'y avait pas de places assises, une immense cohue, un verre à la main, bondissait au rythme des pulsations sourdes. La tête d'affiche de la soirée, Dock Ripp et ses mauvais garçons de Philadelphie, était prévue à 20 heures. Le concert commença à 22 heures, et la musique devint encore plus forte, la foule encore plus débridée. Dans le feu de l'action, Sooley et Vallie dansaient, s'embrassaient, se tripotaient, et allaient boire un verre de temps à autre au bar.

Quand la musique s'arrêta à 2 heures du matin, les invités se dispersèrent et gagnèrent les différents bars. Sooley et Vallie étaient épuisés et trempés de sueur. Ils retournèrent dans la suite, prirent une douche et s'écroulèrent de sommeil. Ils ne savaient pas où était Murray.

Ils dormirent jusqu'à midi et prirent un brunch au champagne au bord d'une piscine, dans une partie tranquille du complexe. Murray les retrouva et s'empressa de leur annoncer qu'il avait gagné 4 000 dollars au black jack. Sooley lui fit remarquer qu'il était peut-être temps d'encaisser ses jetons. Murray avait d'autres projets. Il déjeuna avec eux pendant qu'ils étudiaient les clients. Après son départ, ils se changèrent et sautèrent dans l'eau pour un après-midi paresseux au bord de la piscine. Darrell, Jared et Reggie les rejoignirent, ainsi que Tiff et Susan. Les jeunes hommes étaient bouche bée devant le défilé de filles en bikini.

La deuxième soirée fut semblable à la première, avec des concerts de groupes en vogue. Lors d'une pause, Sooley tomba sur Darrell qui avait croisé Wazy Starr, une actrice de télévision qui organisait une fête dans sa suite. Sooley et Vallie, fatigués de la musique et du chaos ambiant, se rendirent à la soirée au dix-huitième étage. L'appartement, deux fois plus grand que celui de Sooley, était rempli d'inconnus. Murray n'était pas parmi eux. Jared Whitley les retrouva et les présenta à Wazy, mais l'actrice était complètement défoncée. Un épais brouillard de fumée de marijuana flottait au-dessus de leurs têtes. Tout le monde semblait fumer des joints à cette soirée. Vallie en prit un, le donna à Sooley, qui en tira une bouffée. À une table, des gens d'Hollywood sniffaient des lignes de coke en riant aux éclats. Un serveur apparut avec un grand plateau de gobelets en plastique remplis de punch. Vallie en saisit deux et en tendit un à Sooley, puis ils se mêlèrent à un autre groupe. Quelqu'un reconnut Sooley, qui sourit pour la photo. Sa tête tournait, mais il s'amusait énormément. Une grande blonde lui demanda un autre selfie et Sooley la serra contre lui. Vallie s'était éloignée pour chercher un autre verre. Jackie travaillait dans le « cinéma ». Elle le prit par la main et l'entraîna dans une pièce contiguë, où la musique était plus forte. Sooley regarda autour de lui, Vallie n'était nulle part en vue. Jackie se pendit à son cou et, à la première occasion, l'embrassa sur les lèvres. Puis elle lui demanda où il dormait cette nuit-là.

— Dans ma chambre, répondit-il.

Elle voulut savoir le numéro et il se mit à rire. Elle attrapa deux punchs sur un plateau et lui en donna un. Puis elle fouilla dans sa poche et en sortit de petites pilules.

— Tu en as déjà pris ? interrogea-t-elle.

— C'est quoi ?

— Molly. Et de la bonne. Deux, et tu tiens toute la nuit !

Elle en glissa une dans sa bouche, l'avala, et la fit descendre avec son punch. Si elle pouvait le faire, lui aussi.

Sooley savait que la Molly était de l'ecstasy, une drogue dont il avait seulement entendu parler. À part un peu d'herbe ici et là, après la saison, il n'avait jamais rien pris.

Elle lui en mit trois autres dans la paume et lui souffla :

— Garde-les pour plus tard. Je viendrai te chercher.

Il glissa rapidement les pilules dans une poche.

— Problèmes en vue, murmura Jackie.

Sooley se retourna et vit Vallie près de la porte, en train de discuter avec une autre fille.

— On se voit plus tard, d'accord ? ajouta Jackie.

— D'accord, répondit-il, impatient de s'éloigner d'elle.

Il rejoignit Vallie, qui ne semblait pas irritée, et ils décidèrent de quitter la fête. Ils retournèrent au concert où tout le monde dansait. Sooley se sentait plus alerte, plus heureux, et sa vision, brouillée par l'alcool et l'herbe, se fit soudain plus nette. Vallie ne le lâchait pas d'une semelle et, à un moment donné, lui demanda :

— C'était qui cette fille ?

— Je ne sais pas, bébé, je ne l'avais jamais vue.

Sooley dansa comme un fou et avait envie de monter sur scène pour chanter ses propres chansons. Il ne s'était jamais senti aussi exalté, aussi invincible. Quand Vallie partit chercher des boissons, il la suivit et avala rapidement une autre pilule.

Le concert terminé, ils regagnèrent la suite, où Murray avait improvisé une autre fête. Tiff et Susan dansaient toutes seules, sous les yeux de quatre types que Sooley ne connaissait pas. Sooley se sentit soudain étourdi, léthargique, le corps lourd comme du plomb. Bien qu'il ait transpiré pendant des heures, il remarqua que son front était brûlant. Pour ne pas être en reste, Vallie s'était débarrassée de son tee-shirt moulant et dansait avec ses amies. Murray se joignit aux filles et un autre groupe arriva avec des bouteilles de champagne. Pas question de manquer une fête pareille, alors Sooley se glissa dans la salle de bains et avala un autre cachet.

57

Murray se réveilla en entendant des cris stridents. Vallie se tenait sur le seuil de sa chambre, complètement hystérique.

— Il ne bouge plus ! Il ne bouge plus ! Murray, fais quelque chose !

Murray attrapa un short, l'enfila, et faillit tomber. Le sang battait à ses tempes et sa vision était floue, mais cela n'avait pas d'importance. Il se précipita dans l'autre chambre où Vallie restait pétrifiée face à Sooley, inerte sur le lit, partiellement recouvert d'un drap.

Il ne portait qu'un short, et était raide comme du bois. Murray bondit sur le lit et le secoua frénétiquement en le suppliant de se réveiller. Tiff et Susan regardèrent avec horreur Murray tenter de le ranimer. Finalement, il s'arrêta et recula, alors que les trois filles restaient bouche bée devant la silhouette sans vie.

— Qu'est-ce que tu lui as donné ? hurla Murray à Vallie.

— Rien, rien du tout ! Il a bu, et il a pris un peu d'herbe, mais c'est tout. Je te le jure, Murray. Je ne lui ai rien donné et je ne l'ai rien vu prendre.

Murray appela la réception et réclama en urgence un médecin et une ambulance. Ensuite, il essaya de contacter Reynard, sans succès.

— Habillez-vous ! aboya-t-il aux filles.

Il tira le drap pour recouvrir son ami, s'assit au bord du lit, et se mit à pleurer.

Peu après, deux médecins s'engouffrèrent dans la suite, suivis d'un homme en costume noir, de la sécurité de l'hôtel.

Pendant que Vallie, Tiff et Susan sanglotaient sur le canapé et que Murray faisait les cent pas, les médecins examinèrent Sooley avec leur stéthoscope, et secouèrent la tête, la mine sombre. Un autre homme en costume, un enquêteur, arriva et examina les lieux. Il commença à poser des questions. Aucun d'eux n'avait donné de drogue au défunt, ils étaient prêts à le jurer. L'enquêteur ne les croyait pas. Murray lui assura que son ami ne se droguait pas. Bien sûr, ils avaient bu – trop – et ils avaient fumé de l'herbe. Rien de plus. Non, il ne les croyait décidément pas.

Quand Reynard arriva enfin, il faillit s'évanouir en comprenant ce qui venait de se passer.

Le policier vit un short sur une chaise et demanda à qui il appartenait. Vallie répondit que Sooley l'avait porté la nuit précédente. L'agent en fouilla les poches et dénicha une pilule. Il leva les yeux sur le petit groupe.

— Ecstasy. Où il a trouvé ça ?

Les quatre amis, et Reynard, étaient désemparés. Et personne ne les croyait.

*

Ils déposèrent son corps sur une civière trop petite pour un homme de plus de 2 mètres, et le recouvrirent d'un drap, mais ses pieds nus dépassaient.

— Ne quittez pas cette pièce, grogna le policier en suivant le brancard.

Après son départ, Reynard se tourna vers Murray.

— Je dois passer un coup de fil. Arnie. Toi, contacte ta mère. On a un type aux RP qui va préparer un communiqué. Ça va être terrible.

— C'est déjà terrible, marmonna Vallie en reniflant.

Dans la tête de Murray, se mêlaient la peur, le reproche, l'incrédulité, la douleur et la culpabilité. Seule certitude : il ne pouvait pas appeler Mlle Ida. Finalement, il se leva, sécha de nouveau ses larmes, et alla s'enfermer dans la deuxième chambre avec son téléphone.

Ida quitta son bureau en larmes et rentra à la maison, où Ernie l'attendait. Trop sidérés pour parler, ils s'assirent dans leur antre sombre, la chaîne ESPN en sourdine, en attendant que la nouvelle tombe. À 12 h 02, un bulletin d'information interrompit l'émission *SportsCenter*. Le visage souriant de Samuel Sooleymon apparut sur l'écran. Son décès aux Bahamas était désormais confirmé. Âgé de dix-huit ans, l'étoile montante du basket avait probablement été victime d'une overdose.

La nouvelle se répandit comme une traînée de poudre et les téléphones se mirent à bourdonner.

Ecko Lam se trouvait à Djouba, à la recherche de nouveaux talents pour son équipe des moins de dix-huit ans, quand sa femme lui apprit le drame au téléphone. Il s'isola dans un vestiaire. Plus tard, il fit asseoir ses joueurs et leur annonça que Sooley, leur nouveau héros national, était mort.

Lonnie Britt était sur une bretelle d'autoroute de Milwaukee quand il reçut l'appel de Jason Grinnell. Il réussit de justesse à se garer sur le bas-côté, où il resta un long moment pour rassembler ses esprits.

Sur le campus, un groupe d'étudiants se retrouva devant le Nid et s'assit sur les marches pour pleurer. C'était un dimanche de juin et le gymnase était fermé. D'autres étudiants qui passaient par là les rejoignirent. D'autres encore arrivèrent avec un premier bouquet de fleurs et une affiche du visage souriant de Sooley. Au-dessus, en caractères gras, était écrit à la main : *Au revoir, Sooley. Avec notre amour éternel.* La foule s'élargit peu à peu, et un van de télévision d'une chaîne de Durham se gara devant le gymnase. Une équipe de reportage en descendit, mais les étudiants refusèrent de dire quoi que ce soit devant les caméras.

Après avoir été relâché par la police, Reynard rassembla son groupe, et la plupart quittèrent rapidement Nassau. Murray et lui restèrent sur place pour s'occuper des formalités de prise en charge du corps. Dans le vol de retour, l'ambiance était digne d'une morgue.

*

Arnie croisa le Gulfstream quelque part au-dessus de l'Atlantique. Son avocat et lui avaient rapidement affrété un Lear plus petit, qui fusait vers Nassau. Reynard n'étant pas autorisé à quitter l'hôtel, il ne put les accueillir à l'aéroport. Les deux hommes prirent un taxi jusqu'à la station balnéaire, où ils furent briefés par la police, qui poursuivait son enquête. Ces derniers avaient enregistré les déclarations de toutes les personnes dans l'entourage du défunt et étaient à la recherche d'une inconnue, une Américaine, grande et blonde, brièvement vue avec Sooley la nuit précédente. Le corps se trouvait à la morgue, en attendant la décision des autorités concernant l'autopsie, ce qui pouvait prendre jusqu'à deux semaines. Il y avait peu de chance que la police libère le corps et le renvoie aux États-Unis, mais cette décision revenait au gouverneur. La procédure pouvait également être accélérée.

L'avocat d'Arnie avait engagé le plus grand cabinet juridique de Nassau, qui ne manquait pas de relations. Il ne s'inquiétait pas des poursuites pénales. En effet, jusqu'à présent, le seul crime envisageable était la possession de substances illicites par le défunt lui-même. Néanmoins, Arnie savait d'expérience qu'il était plus sûr de prendre un avocat.

Jackie apprit la nouvelle à l'hôtel. Elle chuchota à sa meilleure amie qu'il était temps de filer. La mort de Sooley était triste et choquante, mais le festival touchait à sa fin, elle allait poursuivre la fête ailleurs.

*

Après la sensation d'engourdissement initial, Ecko songea avec effroi à Beatrice. Il était peu probable qu'elle apprenne le drame, n'est-ce pas ? Par qui ? Mais Sooley était devenu célèbre dans son pays, et avec quatre millions de réfugiés sud-soudanais dispersés dans des camps, la nouvelle pouvait très bien se frayer un chemin jusqu'à Rhino.

Il appela le portable de Christine Moran, sans succès. Pas de réseau. Il attendit une heure et fit une nouvelle tentative. Toujours rien. Comme on était un dimanche, tout fonctionnait au ralenti. Christine répondit au troisième appel et Ecko se présenta : ils s'étaient rencontrés brièvement début décembre, quand il était venu voir la famille Sooleymon au camp. Oui, elle se souvenait de lui. Il lui donna la raison de son appel, puis lui demanda une immense faveur : pouvait-elle annoncer à Beatrice que son fils était mort ?

Horrifiée par cette idée, Christine refusa tout net. Ecko la supplia d'y réfléchir : elle était la seule à pouvoir s'en charger. Lui était à Djouba pour entraîner une équipe et n'avait pas la possibilité de laisser ses joueurs. Qui d'autre au monde pourrait atteindre Rhino ?

L'infirmière accepta de prendre le temps de la réflexion. Elle raccrocha et appela immédiatement le bureau de Médecins sans frontières à New York. Bien sûr, il était fermé le dimanche. Elle contacta alors un ami du bureau de Paris, à son domicile, et lui demanda de vérifier l'information. Elle ajouta que sa couverture réseau n'était pas bonne et lui donna un numéro de téléphone satellite à rappeler une heure plus tard. Son collègue fit des recherches et lui confirma le décès.

Christine comprit qu'elle n'avait pas le choix. Comme elle avait vu la mort plus souvent que la plupart des vétérans de guerre, et sous toutes ses formes, elle pensait être capable de tout endurer. Mais pas ça.

Elle avait appris à connaître et à admirer Beatrice. Lui annoncer que son fils aîné était mort était impensable.

Elle consulta deux amies infirmières, et toutes trois convinrent que le mieux était de l'annoncer à Beatrice et aux garçons à l'hôpital, dans un espace privé où ils pourraient faire leur deuil. De plus, elles auraient des sédatifs sous la main.

Christine songea à en prendre un elle aussi. Elle envoya un messager chercher la famille.

*

Dimanche, en fin de journée, plusieurs centaines d'étudiants étaient rassemblés au Nid, où ils s'étreignaient, pleuraient et se consolaient de leur mieux. Des dizaines de bouquets couvraient les marches de l'entrée et des affiches de leur héros bordaient le trottoir. Des bougies avaient été distribuées pour être allumées à la nuit tombée.

Ida appela le maire pour lui demander d'envoyer deux voitures de police à leur domicile. Beaucoup de gens passaient, voire frappaient à leur porte, or Ida et Ernie n'étaient pas d'humeur à recevoir les journalistes et les curieux. La télévision était éteinte. Jordan allait arriver de Houston où elle faisait un stage dans un cabinet d'avocats. Brady revenait de Boston.

Et Murray était au poste de police, pour parler aux autorités compétentes. On ne savait pas qui prendrait les prochaines décisions, mais la police avait mentionné le gouverneur à plusieurs reprises.

Murray, Arnie et Reynard s'étaient mis d'accord pour rester ensemble et ne pas chercher de coupable.

Sooley avait envie de participer au festival. Il voulait faire la fête et lâcher prise. C'était son idée de parler à Whitley et de prendre le jet. C'était lui qui avait invité les filles. Et encore lui qui avait insisté pour aller à la fête dans la suite de l'actrice. À un moment donné, il s'était procuré des pilules d'ecstasy et les avait avalées. Personne ne l'avait forcé. C'était cela, pour Murray, le plus difficile à croire. Sooley n'était pas un consommateur de drogue, il l'avait dit et répété à la police. Les deux amis vivaient ensemble depuis près d'un an et Murray le connaissait mieux que personne. Ce type ne se droguait pas ! Il était fier de son corps, de son endurance, de son talent, et il était déterminé à devenir une légende.

Murray était d'accord pour ne pas désigner de coupable, sans pour autant faire retomber la faute sur Sooley. Il savait toutefois ce qui l'attendait chez lui. Ses parents penseraient toujours qu'il avait détourné Sooley du droit chemin. Et il n'avait aucune envie de les affronter seul.

Murray les appelait toutes les deux heures. Il avait contacté le funérarium de Durham. Il avait engagé un directeur de pompes funèbres à Nassau et appelé la compagnie aérienne pour organiser le transfert du corps – 4 000 dollars pour l'expédier, 2 000 dollars pour le réceptionner. Arnie couvrait tous les frais. Murray enchaînait les coups de téléphone dans un but précis. Ne pas réfléchir.

Arnie était impressionné.

Tard dans la nuit de dimanche à lundi, la police l'appela pour le prévenir que l'autopsie aurait lieu de manière accélérée, le lendemain matin à 9 heures, à

Nassau. De l'avis de l'inspecteur en chef, elle n'était pas nécessaire. La cause de la mort était évidente. Il ne croyait plus à un acte criminel, même s'il devait mener son enquête jusqu'au bout.

— On dirait que ce jeune homme s'est un peu trop amusé, conclut-il.

58

Le lundi après-midi, Arnie et Reynard rentrèrent à Miami en avion. Ils proposèrent à Murray de les accompagner. Ce dernier refusa poliment, il devait ramener son ami chez lui.

Le mardi matin, Murray quitta Nassau sur un vol Delta, assis près du hublot. Quelque part, dans les entrailles de l'appareil, se trouvait un autre passager, son ami bien-aimé, enfermé dans un cercueil. Sooley adorait raconter son voyage de Djouba à Orlando l'été précédent, le premier vol des Sud-Soudanais, si exaltés qu'ils n'avaient pas pu dormir la nuit précédente. Un voyage de trente heures qui, une fois terminé, avait définitivement calmé leurs fantasmes sur les déplacements en avion.

Aujourd'hui, c'était son dernier vol.

Avant le décollage, Murray chaussa ses lunettes de soleil et se mit à pleurer.

Même s'il jouait les durs devant Arnie, il s'en voulait terriblement, et il s'en voudrait toute sa vie. Et rien ni personne ne pourrait le convaincre qu'il n'avait pas fait défaut à son ami.

Il se mordit la lèvre pour ne pas laisser échapper ses sanglots, mais il n'avait jamais eu aussi mal, physiquement et émotionnellement, de toute son existence.

*

Mercredi, Ida et Ernie prirent la décision d'organiser une commémoration au Nid. Le président de Central avait fait pression en ce sens et fini par convaincre Ida que l'université et surtout ses étudiants souhaitaient rendre un dernier hommage à Sooley.

Ernie aurait préféré une cérémonie privée à l'église du Sacré-Cœur, suivie de funérailles rapides. Au début, Ida était d'accord avec lui. Murray s'était vite rangé à l'avis du président, car il savait que les étudiants voulaient participer. Et contrairement à sa mère, Murray avait trouvé la force de régler les détails administratifs.

Il publia une déclaration en ligne pour annoncer que l'office aurait lieu à 15 heures samedi après-midi au gymnase, et serait ouvert à tous. Une messe funéraire privée aurait lieu le lendemain à l'église.

Puis il s'occupa de la presse. Les journalistes pourraient-ils venir ? La messe pouvait-elle être télévisée ? Qui prendrait la parole ? Pouvait-on mettre de la musique ? Laquelle ? Murray devait négocier avec la sécurité du campus.

*

Le rapport d'autopsie ne fut pas une surprise. La drogue illégale MDMA, acronyme de son nom chimique 3,4-méthylènedioxy-méthylamphétamine, communément appelée ecstasy, était présente dans le corps du défunt. La pilule trouvée dans le short de Sooley était un comprimé de 120 milligrammes de MDMA. Au moins deux, voire trois pilules avaient été absorbées dans les cinq heures précédant la mort. Le laboratoire qui avait fabriqué ce comprimé avait ajouté de la caféine, de l'éphédrine et de la cocaïne. Le taux d'alcoolémie du défunt était de 2 grammes par litre – il était en état d'ébriété. On avait aussi trouvé de la marijuana dans son sang. Sa température corporelle avait augmenté dangereusement et provoqué une insuffisance rénale aiguë, cause de la mort.

Les avocats d'Arnie à Nassau réussirent à empêcher la publication du rapport d'autopsie.

*

Les panneaux de fond étaient relevés. Sur le terrain, d'innombrables rangées de chaises pliantes, toutes identiques, toutes occupées. Le gymnase était bondé – le sol, les gradins mobiles, les sièges permanents, les allées. Les gens endeuillés se tenaient immobiles, la mine sombre, tandis qu'une chorale de femmes fredonnait un hymne funèbre. Quand elles eurent terminé, une porte s'ouvrit derrière l'assemblée. Un prêtre en robe blanche apparut, suivi du cercueil. Les quatre mille personnes se levèrent et se retournèrent pour regarder la procession. Huit Eagles marchaient à côté du cercueil, une main sur le couvercle. Derrière les porteurs, le reste de l'équipe deux par deux, puis les entraîneurs, menés par Lonnie Britt, qui tenait la main de sa femme. Enfin, la famille – tous les Walker, d'abord Ida et Ernie, puis Murray, Jordan et Brady.

Le cortège s'avança lentement dans l'allée centrale tandis qu'un quatuor à cordes jouait *Amazing Grace*. Ils déposèrent Sooley au pied d'une scène improvisée, sous une chaire empruntée à une église. Le prêtre fit signe à l'assemblée de s'asseoir et, lorsque la congrégation fut installée, les femmes se mirent à sangloter. Un autre hymne funèbre chanté par la chorale ne fit qu'augmenter le chagrin des proches.

Murray, au comble de la frustration, avait fini par interdire toutes les caméras, sauf celles d'ESPN. Ces derniers avaient accepté de diffuser l'événement en direct et de partager les images avec d'autres médias. Quand Lonnie Britt monta sur le podium, il savait qu'il s'adressait à un immense public.

— Sooley. Sooley. Il suffisait de prononcer son nom, de voir son sourire, pour être sous le charme…

Avec l'assurance et l'éloquence d'un prédicateur chevronné, il évoqua l'enfant du Soudan du Sud. Personne ne chercha à retenir ses larmes, pas même son entraîneur.

Après un autre cantique, Murray s'avança pour prononcer un douloureux éloge funèbre, une mission qu'il s'en voulait d'avoir acceptée. Il fit de son mieux, puis toussa, manqua s'étouffer, suscita quelques rires, et finit par abandonner, submergé par l'émotion. Il retourna à sa place à côté d'Ida, qui lui tapota le genou.

— Beau travail. Je t'aime.

Les écrans géants diffusèrent un montage vidéo : Sooley plaisantait avec les journalistes ; Sooley s'envolait pour faire un dunk incroyable ; Sooley tirait du milieu du terrain. À chaque panier, la foule applaudissait et pleurait en même temps.

59

Deux jours après l'enterrement, alors que les Walker étaient encore sonnés, Murray s'arma de courage pour descendre au sous-sol et fouiller dans les affaires de son ami disparu. Son ordinateur portable et son téléphone étaient toujours sur la table de ping-pong. Murray n'eut pas la force de les ouvrir, de toute façon il n'avait pas les codes d'accès. Il ne voulait pas connaître les secrets de son ami, si toutefois il en avait. Sooley passait beaucoup de temps sur les réseaux sociaux. Après leur défaite contre Villanova au premier tour, le 17 mars, la renommée de Sooley s'était répandue à la vitesse de la lumière et il avait fait parler de lui dans le monde du basket. Le nombre de ses abonnés sur Facebook était passé de vingt mille à quatre cent mille en quelques jours. Il avait posté des tonnes de photos, discuté avec ses fans et partagé ses impressions sur le tournoi. Au fur et à mesure que Central progressait et devenait l'épicentre de la March Madness, le nombre de ses abonnés avait grimpé en flèche. Quand l'équipe s'était rendue à Phoenix pour le Final Four, la Sooleymania était lancée, et plus de cinq millions de fans avaient liké sa page. Ils avaient suivi de près la draft et les commentaires de Sooley, qui s'adressait régulièrement à son public. Sa mort brutale avait provoqué un véritable séisme parmi ses supporters, dont le nombre avait encore doublé sur les réseaux.

Murray consultait la page de son ami presque tous les jours. Les messages des fans au cœur brisé étaient souvent très pénibles à lire. Les émotions étaient simplement trop brutes. Il poussait un juron, quittait la page, et la rouvrait le lendemain pour un rapide passage en revue.

Il fouilla le sac à dos de Sooley, feuilleta une pile de cahiers et de magazines sportifs. Dans un agenda que Sooley utilisait rarement, Murray trouva des notes intrigantes. Sur une page était agrafée la carte de visite d'un « conseiller » du nom de Gary Gaston, appartenant à la société Aegis Partners. Il ouvrit son propre ordinateur portable et fit une recherche rapide qui ne lui apprit pas grand-chose. La société était basée à Bethesda et son domaine d'activité était la « sécurité internationale ». Au dos de la carte de visite, le conseiller avait griffonné son numéro de téléphone portable. Murray le composa, et une voix répondit d'un ton abrupt :

— Gaston à l'appareil.

Murray se présenta et lui donna la raison de son appel.

— Oh, je connaissais plutôt bien Sooley. Je l'ai même rencontré une fois, quand vous étiez à Washington pour chercher un appartement.

Murray tombait des nues.

— Je ne le savais pas.

— Vous faisiez une sieste. Je suis venu à votre hôtel, le Hyatt. J'ai retrouvé Sooley au bar et on a sympathisé.

— Je peux vous demander de quoi vous avez discuté ?

— Eh bien, tout d'abord, je suis vraiment désolé de ce qui s'est passé. C'est un drame terrible et j'imagine que vous êtes tous sous le choc.

— En effet. J'étais l'ami le plus proche de Sooley et je ne l'ai jamais entendu parler de vous ou de votre société.

— Nous sommes discrets, c'est notre métier. Nous travaillons beaucoup en Afrique, des montages compliqués que je ne peux détailler, mais de temps à autre, on nous engage pour extraire des gens et les ramener ici.

— Extraire des gens ?

— Oui. Sooley était convaincu qu'il allait gagner beaucoup d'argent. J'imagine qu'il avait raison. Il voulait nous engager pour sortir sa famille d'un camp de réfugiés en Ouganda.

— Et comment faites-vous ça ?

— Écoutez, je préfère ne pas en parler au téléphone. Ni par mail ou par SMS. Tout laisse des traces.

— OK. J'ai remarqué que le site de votre société était plutôt vague.

— Nous ne faisons pas de publicité, vous comprenez ? Sooley nous a trouvés par le biais d'une association humanitaire qui travaille avec des réfugiés.

— Il les connaissait toutes, n'est-ce pas ?

— C'est aussi mon impression.

— Donc, vous ne pouvez rien me dire ?

— Si, mais pas au téléphone. Si vous voulez prendre un café avec moi, je vous expliquerai volontiers la situation.

— Quand pouvons-nous nous rencontrer ?

Gaston le mit en attente un moment, puis répliqua :

— Après-demain, ça vous convient ?

— Parfait. Quand et où ?

— Écoutez, j'ai vraiment apprécié votre ami. J'adore le basket universitaire, j'ai suivi la draft, et j'étais heureux de pouvoir l'aider. Si vous voulez, on se retrouve à mi-chemin pour déjeuner.

— D'accord.

— Charlottesville est à trois heures de route pour vous et à peu près autant pour moi. Ma femme est de la région, alors retrouvons-nous là-bas.

Au cours du dîner, Murray expliqua son projet de rencontrer Gaston à ses parents qui, compte tenu des récents événements, se montrèrent plutôt sceptiques. Mais maintenant que son emploi de manager était terminé, Murray avait besoin de s'occuper. Et il n'allait pas se laisser dicter sa conduite.

Il alla en voiture à Charlottesville et retrouva Gaston dans un café en plein air, sur une rue piétonne du centre-ville. À son agréable surprise, Gaston était un Africain-Américain d'une cinquantaine d'années, et au lieu du costume noir auquel Murray s'attendait, il portait un jogging gris de marque avec des baskets Adidas dernier cri. Ils s'installèrent à l'ombre, commandèrent du thé glacé et des salades, puis Gaston lui raconta son histoire.

Diplômé de l'Académie navale, il avait fait carrière dans le renseignement militaire avant de rejoindre

Aegis quelques années plus tôt. Sans donner d'informations sur la société, il lui expliqua qu'il connaissait très bien l'Afrique, qu'il avait sillonné tout le continent et qu'il avait beaucoup de relations.

Murray lui relata sa rencontre épique avec Sooley et l'année fabuleuse qu'ils venaient de vivre. Gaston semblait au courant de nombreux détails, notamment sur la saison.

— Le contrat était d'une valeur de 14 millions. Je suppose que Sooley n'a pas mis la main sur l'argent, n'est-ce pas ?

— Non. Il n'a même pas vu le contrat. Cela devait se faire environ un mois après la draft. C'est de l'histoire ancienne maintenant.

— Dommage.

— Tragique. Vous avez utilisé le mot « extraire ». Qu'entendiez-vous par là ?

— Eh bien, nous étions en train de mettre au point un plan, et Sooley était très enthousiaste.

— Quel plan ?

Leurs salades arrivèrent et ils se mirent à manger.

— D'abord, nous devions nous occuper des papiers de sa mère et de ses frères. Passeports ougandais, visas, autorisations d'entrer aux États-Unis, toute la paperasserie habituelle. Nous avons un arrangement avec des employés du gouvernement ougandais pour qu'ils ferment les yeux. Comme vous pouvez l'imaginer, ils n'hésitent pas à se débarrasser de certains réfugiés. Ils essaient de nourrir un million de personnes, un nombre qui ne cesse d'augmenter. L'idée était de les faire sortir du camp, de les emmener à Kampala, de leur donner des vêtements neufs, de nouvelles identités, et de les mettre dans un avion pour les États-Unis.

— Plutôt simple.

— Plutôt simple quand on a beaucoup d'argent. La partie la plus coûteuse est le transport aérien. Les vols commerciaux sont inexploitables, car il n'y a pas de vol direct entre Kampala et les États-Unis. Il faut prendre une correspondance. Seulement une escale signifie des employés des douanes curieux qui réclament des documents en règle. L'année dernière, nous avons eu un incident qui s'est terminé par un désastre.

Murray prit une bouchée et attendit la suite.

— Vous voulez m'en dire plus ?

— Oui, si vous voulez. Nous projetions d'extraire une famille somalienne d'un camp de réfugiés au Kenya. Leurs proches aux États-Unis avaient rassemblé un peu d'argent et nous avons décidé de tenter le coup. C'était une erreur. La famille ne pouvait s'offrir un jet privé. Personne ne le peut, à moins, bien sûr, de signer un gros contrat avec la NBA. Quoi qu'il en soit, nous avons fait embarquer la famille sur un vol commercial de Nairobi à Londres. L'immigration britannique, qui est plutôt du genre coriace, l'a stoppée à Heathrow. Elle a découvert que leurs papiers étaient faux, et la situation a dégénéré. La famille est maintenant coincée au Royaume-Uni, dans un centre de détention, et sera probablement renvoyée en Somalie, où elle ne sera pas en sécurité. Inutile de vous dire que nous ne tenterons plus les vols commerciaux.

— Et le jet privé ?

— Eh bien, c'est un voyage de 11 000 kilomètres qui prend entre treize et quinze heures, selon le vent, les intempéries et autres paramètres de ce genre. Un seul jet dispose d'une telle autonomie. Le Gulfstream G650.

— J'ai volé sur un Gulfstream, grâce à Sooley, bien sûr.

— La plupart n'ont pas l'autonomie nécessaire. Il faut que ce soit un G650.

— Combien coûte le vol ?

— 350.

— 350 000 dollars ?

— Ouaip. Environ trente heures de vol, porte à porte, à 10 000 dollars de l'heure. Plus quatre pilotes, les dépenses, les bénéfices, l'addition grimpe vite. Au total, le voyage prend quatre à cinq jours, si tout se passe bien. Et peu de compagnies privées acceptent d'aller en Afrique.

— La compagnie est au courant ?

— Non. Nos documents sont très bien faits. Les pilotes auraient eu des copies des passeports et des cartes d'identité, mais une fois la famille de Sooley passée par la douane ougandaise, ils auraient été libres. Jusqu'à leur arrivée ici.

— Et ensuite ?

— Eh bien, Murray, c'est là que Mlle Ida intervient.

Murray failli rire. Il secoua la tête d'un air incrédule.

— Comment connaissez-vous ma mère ?

— Sooley a pensé à tout. Il savait qu'elle pouvait s'occuper de l'immigration américaine. Quand l'avion aurait atterri à Raleigh, la famille se serait rendue à l'immigration, comme des centaines de personnes le font chaque jour aux frontières. Ils auraient été mis en détention. Mlle Ida aurait fait aussitôt une demande d'asile, aurait obtenu une audience accélérée, puis les aurait fait libérer et placer dans une maison confortable en attendant leur procès, ce qui peut prendre des mois.

Murray secouait toujours la tête.

— Qu'arrive-t-il à la compagnie de jets ? J'imagine qu'ils peuvent avoir des problèmes.

— Probablement. Nous prévoyons toujours une petite amende. Encore une fois, nous espérions que Mlle Ida s'occuperait de l'immigration. Le montant de l'amende était la seule inconnue.

— Combien coûte l'opération dans son ensemble ?

— Un demi-million de dollars. Je le répète, pratiquement personne ne peut se l'offrir. On parle de réfugiés et de leurs familles, de gens qui n'ont rien.

— C'est beaucoup d'argent.

— En effet. Il faut de l'argent pour acheter les fonctionnaires ougandais. Sans parler des dépenses courantes. Et mon temps est précieux. Je dois participer au voyage pour m'assurer que tout se déroule comme prévu.

— Votre société a déjà réussi une de ces extractions ?

— Deux, mais je ne peux pas entrer dans les détails. Disons simplement qu'elles impliquaient de riches familles syriennes qui voulaient faire sortir des proches de camps.

— Donc, ce n'est pas votre principale activité.

— Oh non ! Nous nous occupons principalement des otages et des enlèvements. Nous sauvons des gens et les ramenons chez eux. Malheureusement, le kidnapping est une activité importante dans le monde en développement, et nous avons une certaine expertise en la matière.

Murray repoussa sa salade.

— On dirait que cette affaire d'extraction nécessite une bonne dose d'illégalité.

Gaston sourit et but une gorgée de thé glacé.

— C'est une question de point de vue. Cherchez « faux passeports » sur Internet, vous serez surpris. Une centaine de sites propose la fabrication et la vente de faux papiers. C'est un crime. Nous en achetons tout le temps, alors oui, en un sens, nous enfreignons la loi. Mais nous ne faisons de mal à personne et nous écopons rarement de sanctions. Et je suis sûr qu'en Ouganda, une loi interdit la corruption des douaniers. Ou peut-être pas. En tout cas, dans le tiers monde, la pratique est courante. Ça fait partie du fonctionnement du pays. Sooley l'avait compris et était prêt à tenter sa chance. Il ne voulait pas intervenir en personne. Il n'avait qu'à régler nos honoraires et on s'occupait de tout.

Murray était impressionné par le projet qu'avait élaboré Sooley, et ce, sans en parler à personne.

— Je n'en reviens pas qu'il ne m'ait rien dit.

— Tout s'est passé très vite. Il a pris contact avec moi environ deux semaines avant la draft, quand tout le monde pensait qu'il serait sélectionné au premier tour. L'argent était à sa portée. Il aurait fini par vous le dire parce qu'il avait besoin de votre mère.

— J'imagine, oui. C'était un gars intelligent.

— Très intelligent, et très déterminé. On était très heureux à l'idée d'aider Sooley parce que, de toute évidence, il en aurait les moyens. Ou du moins, c'était bien parti.

— C'était son rêve. Faire venir sa mère et ses frères aux États-Unis.

— Désolé de ne pas pouvoir vous aider, Murray. Ces pauvres gens vont passer des années dans ce camp, n'est-ce pas ?

— Probablement. Et Sooley ne peut plus rien faire.

— Je suppose que sa mère a appris la nouvelle.

— Oui. Des travailleurs humanitaires le lui ont dit.

— Pauvre femme.

— Elle ne saura jamais à quel point elle est passée près du but.

— Je peux vous demander ce qui s'est passé aux Bahamas ?

Murray haussa les épaules.

— Il a fait une mauvaise expérience. Une fille lui a donné des pilules. Sooley n'était pas un consommateur de drogue, loin de là. Il a attendu la fin de la saison pour fumer son premier joint, et il n'a pas aimé. Il buvait des bières, rien de plus. C'est tellement triste. C'était un type formidable.

— En effet. Je suis vraiment désolé.

— Merci. Et merci de m'avoir accordé tout ce temps.

Gaston régla la note. Ils se serrèrent la main et promirent de rester en contact.

60

Murray prit son temps pour rentrer à Durham. Il se sentait encore plus mal et l'idée de passer une autre nuit avec ses parents dans cette atmosphère morose ne l'enchantait pas du tout. Au cours du dîner, il raconta son voyage à Charlottesville et son déjeuner avec Gary Gaston. Ida et Ernie furent stupéfaits par le plan de Sooley pour sauver sa famille, un projet audacieux, dont il ne leur avait pas touché un mot.

Le 4 juillet ne fut pas un jour de fête chez les Walker. Jordan resta quelques jours, sans parvenir à leur remonter le moral. Le 6 juillet, Murray se rendit à Charlotte où se déroulait le premier tour du tournoi de démonstration international. Ecko était présent avec sa dernière fournée de jeunes talents sud-soudanais. Le nouvel entraîneur principal de Central, Jason Grinnell, était là également, ainsi que Lonnie Britt, pour observer de près les joueurs d'Ecko, où se cachait peut-être une autre star.

Murray les dénicha au Spectrum Center, repaire des Hornets. Les deux coachs l'invitèrent dans la suite des entraîneurs pour passer un moment avec eux et leurs collègues. Les discussions tournaient beaucoup autour de la miraculeuse ascension de Central jusqu'au Final

Four, et Murray apprécia d'être au centre de l'attention.

Ce soir-là, au cours d'un long dîner, Murray et les trois entraîneurs s'efforcèrent de parler de tout sauf de Sooley. Sans succès. Les quatre hommes étaient profondément meurtris, et encore sous le choc après la disparition de leur ami. Ils évoquèrent, chacun leur tour, des proches ou des inconnus qui leur avaient tendu la main dans cette période difficile. Sooley avait électrisé le monde du basket et touché d'innombrables personnes. Beaucoup voulaient garder le lien avec ce jeune homme et son histoire hors du commun. Jason Grinnell expliqua que le programme de Central avait reçu plus de 50 000 dollars de dons de la part de fans du monde entier. Celui d'Ecko avait également reçu de nombreuses aides pour soutenir les basketteurs du Soudan du Sud.

— Sooley a toujours des millions de followers sur les réseaux sociaux, commenta Murray. Je regarde tout le temps, même si certains commentaires me font presque pleurer.

— Moi aussi j'ai voulu les lire, mais c'est vraiment trop dur.

— J'ai une idée, Murray, lança Ecko. Et si on capitalisait sur la popularité de Sooley ? Pourquoi ne pas créer une fondation à son nom, dont les bénéfices reviendraient à l'aide humanitaire pour notre peuple ?

— Excellente idée, renchérit Lonnie. Je parie que tu pourrais collecter une fortune, Murray.

— Et pourquoi pas quelques dollars pour cette bonne vieille université de Central ? ajouta Jason.

— Comment on crée une fondation ? s'enquit Murray.

— C’est facile, répondit Ecko. Tout le monde en a une. Celle pour qui je travaille a des avocats qui te guideront. Tout ce dont tu as besoin, c’est d’un ordre de mission, d’un site Internet sympa, et d’une personne pour la gérer. Pas besoin d’une structure sophistiquée. Mets le lien sur les réseaux sociaux de Sooley et je parie que tu auras des tonnes de réactions.

— On n’a pas besoin de l’autorisation du fisc ? interrogea Lonnie.

— Si, mais tu peux toujours lancer la procédure, répondit Ecko. J’ai déjà entendu des avocats en parler. Je parie que ta mère connaît toutes les ficelles. Son cabinet juridique est à but non lucratif, n’est-ce pas ?

— Oui. Ils ne parlent jamais de bénéfices. Et quelle serait la mission de la fondation ?

— Elle peut être triple. Premièrement, une aide humanitaire pour les réfugiés. Deuxièmement, soutenir le basket pour les jeunes au Soudan du Sud. Troisièmement, récolter de l’argent pour des bourses d’études au nom de Sooley à Central.

— On devrait siéger tous les trois au conseil d’administration, ajouta Ecko, avec qui tu voudras. On verra combien d’argent rentre et on décidera comment le distribuer.

Jason émit un sifflement.

— Ça pourrait être énorme.

*

Pour la première fois depuis une éternité, Murray se leva tôt et se rendit à Durham. Il acheta des sandwichs et les apporta au bureau d’Ida pour un déjeuner de travail. Naturellement, elle était sceptique. L'idée de tirer profit du nom de Sooley ne lui plaisait pas trop. Murray objecta au mot « profit », et Ida s'excusa en disant qu'elle l'avait employé par inadvertance. Bien sûr, il n'était pas question de faire des bénéfices. Elle n'avait pas vu son fils aussi investi et enthousiaste depuis que Sooley et lui étaient revenus de la draft à New York. Elle suggéra qu'ils en discutent avec Ernie au cours du dîner. Murray n'en demandait pas plus.

Grâce aux fonds que Sooley avait empruntés à Arnie – un prêt qui jusqu'à présent n'avait pas été mentionné par l'agent – Murray dépensa 4 000 dollars pour la conception du site Internet, 2 500 dollars pour des conseils juridiques et 2 000 dollars pour les services d'un entrepreneur de dix-neuf ans qui dirigeait sa propre société spécialisée dans le marketing en ligne. Il ouvrit un compte bancaire, loua une boîte postale et lut péniblement les statuts et les règlements de l'IRS envoyés par l'avocat.

Le 19 juillet, un mois jour pour jour après cet horrible dimanche matin à l'Acropolis, la Fondation Sooley était née. Le site présentait un magnifique croquis en couleur réalisé à partir de la photo préférée de Murray. On voyait Sooley, le ballon très haut au-dessus de sa tête, un sourire malicieux aux lèvres, s'envolant au-dessus de l'anneau pour un dunk fracassant. Il y avait des photos de camps, d'enfants affamés, mais aussi d'adolescents en pleine santé jouant au basket sur des terrains en terre battue, et un hommage à la grande équipe de Central qui avait captivé la planète basket. Une foule de liens renvoyait aux réseaux sociaux.

À minuit, le jour du lancement, plus de cinquante mille personnes avaient visité le site et onze mille avaient fait un don, soit un total de 148 000 dollars. Murray referma son ordinateur portable et essaya de trouver le sommeil. À midi le lendemain, le montant avait grimpé à 305 000 dollars, et le déluge se poursuivait. Le fonds était devenu viral.

La popularité de Sooley dépassait l'imagination. Sa mort tragique n'avait fait que renforcer le désir du public de lui rendre hommage, à sa manière. Les messages de condoléances affluaient de toutes parts avec des dons.

Au bout de soixante-douze heures, plus de cent mille personnes avaient payé par carte de crédit, avec un versement moyen d'environ 8 dollars. Quatre jours plus tard, le fonds avait dépassé le million de dollars, et Murray donnait des interviews.

Il envoya un long mémo à son conseil d'administration – Ecko, Lonnie, Jason et Ida – et décrivit en détail le projet de Sooley pour faire venir sa famille aux États-Unis.

Avec l'approbation du conseil, il appela Gary Gaston.

61

Trois semaines plus tard, Gaston arriva au domicile des Walker pour une réunion préparatoire. L'une de ses associées, une Africaine-Américaine nommée Silvia, avait fait le déplacement avec lui. Elle était spécialisée dans la « logistique d'extraction », un concept que Gaston ne prit pas la peine de détailler, et les Walker ne demandèrent pas d'éclaircissements.

Une semaine plus tôt, Gaston avait expliqué à Murray qu'une femme était nécessaire dans l'équipe, car Beatrice et les garçons se sentiraient plus à l'aise en sa compagnie. Ils seraient sans doute déstabilisés, voire traumatisés, et les femmes géraient mieux ce genre de situations. Il avait été question qu'Ida fasse le voyage, même si elle n'en avait guère envie. Idée vite abandonnée quand Gaston avait précisé que Murray et lui, ainsi que leur complice féminine, pouvaient être arrêtés à leur arrivée sur le sol américain. Ils seraient accusés de complicité d'immigration clandestine. Gaston était prêt à prendre le risque. Murray ne se découragerait pas pour si peu. Ida refusait catégoriquement d'être arrêtée. Elle devait rester opérationnelle pour traiter les questions juridiques et négocier avec les services migratoires. Gaston leur expliqua que lors de leurs deux extractions réussies, toutes deux concernant des Syriens, les avions avaient atterri à Bangor, dans le Maine, où l'Immigration n'était pas aussi agressive qu'à Miami, par exemple. Les familles s'étaient rendues aux autorités, avaient été placées en détention, et personne n'avait été mis en cause pour complicité.

Au cours du dîner à la table d'Ida, Gaston leur détailla les étapes de l'extraction et répondit à toutes leurs questions. Il leur montra les faux passeports des Sooleymon. À l'aide de photos qu'Ecko avait prises avec eux en décembre, le faussaire avait réalisé un travail d'orfèvre pour produire des passeports ougandais. Comme Sooleymon était un nom familier dans toute l'Afrique de l'Est, et que Beatrice, James et Chol n'étaient pas des prénoms rares, leurs nouveaux passeports portaient leurs vrais noms. Murray avait obtenu leurs dates de naissance auprès d'Ecko.

Gaston répéta l'histoire qu'il avait déjà racontée à Murray au sujet de l'extraction désastreuse de la famille somalienne un an plus tôt à Heathrow. Leurs documents étaient irréprochables, mais le fonctionnaire de l'Immigration était devenu soupçonneux quand la mère avait oublié sa date de naissance fictive.

Ernie voulait savoir ce qui risquait d'aller de travers. Certains problèmes étaient prévisibles, néanmoins il restait toujours des inconnues. Leur plus grande crainte était le vol. Le Gulfstream 650 disposait d'une autonomie de 12 000 kilomètres, et Entebbe se trouvait à 11 700 kilomètres de l'aéroport de Raleigh-Durham. En volant vers l'ouest, ils seraient certainement confrontés à des vents contraires, et si ces derniers étaient trop forts, l'avion serait forcé de faire un arrêt pour se ravitailler. Atterrir n'importe où en dehors des États-Unis était risqué. Les pilotes surveilleraient de près la météo et sauraient à quoi s'attendre avant de décoller. Le plan B était d'atterrir aux îles Canaries, une escale habituelle pour les vols internationaux, où les douaniers étaient connus pour fermer les yeux. Gaston avait des contacts sur place.

Il pouvait aussi y avoir des difficultés à Rhino pour faire sortir Beatrice et les garçons. Et d'autres risques encore, mais dans l'ensemble, Gaston et Silvia étaient confiants.

Après avoir pris congé, Murray alla dans sa chambre et boucla sa valise. Comme il le faisait presque toutes les heures, il vérifia l'état du fonds, qui s'élevait maintenant à plus de 3 millions de dollars. Il avait été obligé d'embaucher à la hâte une secrétaire à temps partiel pour gérer des détails et s'assurer que les deux cent soixante-cinq mille donateurs soient remerciés comme il se devait. Ils avaient installé un logiciel plus puissant et fait les mises à jour nécessaires. Murray peinait à tout gérer seul et avait besoin d'une aide à plein temps. Ce n'était vraiment pas le moment d'aller en Ouganda.

Mais il n'avait pas l'intention de rater l'aventure.

*

Avant que les passagers bouclent leurs ceintures, le copilote leur souhaita la bienvenue à bord et leur donna des informations. Grâce à un vent arrière, leur temps de vol estimé n'était que de treize heures. Quelques minutes avant le départ prévu à 11 heures, l'hôtesse de l'air prit leurs commandes de boissons et leur remit les menus.

Le jet semblait tout en or. Les fauteuils inclinables en cuir étaient confortables et profonds. La moquette épaisse et pelucheuse. Une table en acajou trônait à l'arrière, et au-delà, deux canapés-lits, avec des draps en soie. Il y avait plusieurs écrans, avec un choix infini de films et de chaînes.

C'était le troisième voyage de Murray en jet privé, et son instinct lui soufflait que ce serait le dernier. Les cours débutaient deux semaines plus tard, et la routine reprendrait. Sans Sooley et sans le coach Britt, la saison de basket s'annonçait peu prometteuse.

Murray prit place à l'arrière, enleva ses chaussures, s'attacha, et se promit de profiter du vol.

*

Les deux soldats faisaient partie de l'armée ougandaise, les troupes que l'on voyait habituellement dans le camp. Ils portaient l'uniforme vert standard, des bottes noires brillantes, des bérets noirs élégants et, comme toujours, des kalachnikovs en bandoulière. Ils dénichèrent Beatrice derrière sa tente, en train de s'occuper de son petit potager. Ils se montrèrent amicaux et lui demandèrent poliment s'ils pouvaient avoir une discussion privée avec elle.

Ils l'informèrent qu'elle avait été choisie pour emménager dans une section plus récente de Rhino, dans une maison agréable. Elle devait cependant rester discrète. Beatrice avait entendu parler de nouveaux logements pour remplacer leurs tentes délabrées, ces rumeurs circulaient depuis des mois. Les réfugiés passaient la moitié de leur temps à disséquer les commérages ou à en créer d'autres.

Ils retournèrent dans sa tente où un troisième soldat les attendait avec deux sacs de voyage de l'armée. Beatrice hésitait et déclara qu'elle n'était pas sûre de vouloir déménager. Ses amis vivaient à côté et elle n'avait pas envie de partir sans eux. Les soldats eurent un sourire et répondirent qu'ils la rejoindraient le lendemain. En quelques minutes, elle avait emballé tout ce qu'elle possédait – vêtements, couvertures, oreillers, boîtes de conserve, quelques cahiers d'école et deux bidons en plastique pour transporter l'eau. Les soldats s'emparèrent des sacs et s'éloignèrent. Beatrice observa sa tente, son foyer depuis un an, et se demanda si elle la reverrait un jour. Une jeep de l'armée était stationnée tout près. Les soldats aidèrent Beatrice à s'asseoir sur le siège passager et jetèrent les sacs à l'arrière, où un autre soldat était assis. La jeep traversa lentement le village et arriva près de l'école. Devant le bâtiment, à l'ombre d'un arbre, se tenait un enseignant avec James et Chol.

— Pourquoi emmène-t-on les garçons ? demanda Beatrice aux soldats.

— Nous avons une surprise pour vous. Ça va vous plaire.

Les garçons se serrèrent sur la banquette arrière et dirent au revoir à leur professeur. Ils n'étaient jamais montés dans une jeep. En fait, ils se souvenaient à peine de leur dernière balade dans un véhicule motorisé, le vieux pick-up de leur oncle à Lotta.

Leurs déplacements allaient nettement s'améliorer.

Alors qu'ils quittaient Rhino, Beatrice fut saisie d'inquiétude. Elle demanda à nouveau au chauffeur :

— Où allons-nous ?

— À Kampala, puis aux États-Unis.

Beatrice resta sans voix. Ils roulèrent pendant près d'une heure sur une large route de gravier très fréquentée, en évitant les camions de ravitaillement et les véhicules de transport de troupes. À l'aéroport, un petit avion-cargo de l'armée de l'air ougandaise attendait qu'un autre atterrisse et roule vers l'entrepôt.

Se tournant vers la banquette arrière, un soldat demanda aux garçons :

— Vous êtes déjà montés dans un avion ?

Ils secouèrent la tête et regardèrent, les yeux écarquillés, la jeep s'arrêter à côté de l'avion-cargo. Beatrice n'avait jamais imaginé voyager en avion, aussi ne comprenait-elle pas ce qui se passait. Tout à coup, elle était terrorisée et ne voulait pas quitter le véhicule. Les soldats l'amadouèrent en lui promettant un vol sûr et une visite de la grande ville avant de partir pour les États-Unis. Une fois dans l'appareil, les soldats bouclèrent la ceinture de Beatrice, puis celles des garçons, et leur souhaitèrent bonne chance. Les deux moteurs se mirent en marche et la carlingue commença à trembler. Deux pilotes sympathiques, aux lunettes d'aviateur, se retournèrent, leur firent un sourire et un signe du pouce. Beatrice était trop tendue pour bouger, mais les garçons avaient le sourire aux lèvres.

*

Murray, Gary et Silvia se prélassaient sous un large parasol au bord de la piscine et sirotaient des boissons non alcoolisées. Ils patientaient depuis deux jours. Dans le bush, les plans les plus élaborés étaient souvent mis à mal par les dérèglements du trafic aérien. Il ne fallait pas trop s'inquiéter. Les retards étaient habituels. Et ce n'était pas trop pénible d'attendre au Serena, un hôtel cinq étoiles au milieu du quartier commercial de Kampala.

Le téléphone de Gaston sonna.

— Une heure, parfait, répondit-il à son interlocuteur.

Il fit un signe de tête à Murray et à Silvia. Tous trois regagnèrent leurs chambres, se changèrent et se rendirent dans le hall. La famille arriva dans un véhicule blanc non militaire, preuve que l'Immigration avait désormais pris le relais. Le conducteur portait un uniforme officiel. Il ouvrit la porte latérale et aida Beatrice à descendre de la voiture. Les garçons apparurent derrière elle. Tous trois étaient pétrifiés, ne sachant que dire ni que faire. L'hôtel Serena était un vaste et magnifique édifice. Ils venaient de traverser le chaos d'une grande ville embouteillée, une première.

Gaston s'avança.

— Nous représentons votre famille américaine. Nous sommes ici pour vous ramener chez vous.

Murray sourit aux garçons.

— Je m'appelle Murray. J'ai vécu avec votre frère, il était mon meilleur ami.

James et Chol l'avaient immédiatement reconnu grâce aux vidéos que Samuel avait envoyées. Ils lui serrèrent maladroitement la main.

En entrant dans le hall, les portiers, toujours courtois, affichèrent un sourire poli, puis échangèrent des regards entendus. Des Américains bien habillés et trois réfugiés africains en haillons.

Sans surprise, les garçons avaient faim. Ils n'avaient jamais mangé au restaurant, Beatrice non plus, et une fois leurs bagages confiés à la réception, ils suivirent Gaston à une table d'angle, où ils pourraient discuter tranquillement. Et la conversation fut animée. Comme Beatrice avait compris qu'ils allaient bel et bien aux États-Unis, elle avait une foule de questions. Les garçons demandèrent à Murray ce qu'ils devaient manger et Murray commanda des cheeseburgers et des sodas. Bien sûr, ils voulaient parler de Samuel.

Pour des gens qui avaient passé un an à dormir sur le sol dur d'une tente, des jours entiers à attendre de l'eau et de la nourriture, pour des gens qui avaient perdu la moitié de leur famille ainsi que tout espoir en l'avenir, et qui ne savaient pas pourquoi ils avaient été arrachés au camp ougandais, c'était tout simplement bouleversant. Beatrice pleura à chaudes larmes, puis elle rit, elle mangea, et fit de son mieux pour comprendre Murray, qui s'efforçait de lui expliquer le fonctionnement d'une association à but non lucratif aux États-Unis. Il finit par abandonner et déclara :

— Disons simplement que tout ça, c'est grâce à Samuel.

Après un long déjeuner, ils accompagnèrent la famille dans leur grande chambre à deux lits. Murray leur montra comment faire fonctionner la douche et les toilettes. Du balcon, il désigna la grande piscine et proposa aux garçons de les emmener nager dès qu'ils se seraient changés.

Gaston appela la réception et commanda un taxi pour aller faire quelques emplettes. Silvia et lui accompagnèrent Beatrice pour acheter de nouveaux vêtements. Il était impératif que la famille, désormais ougandaise à part entière, ait l'air d'immigrants en règle. Si un agent des douanes vérifiait leurs bagages, il trouverait de beaux vêtements, rien qui sorte de l'ordinaire. Et ils avaient grand besoin d'habits neufs. Impossible de maintenir une hygiène de vie dans les camps, la saleté et la crasse étaient incrustées dans les tissus.

Dans la piscine, Murray s'étonna de la maigreur de James et de Chol. Ils étaient déjà grands pour leur âge, onze et treize ans, et on pouvait presque compter leurs côtes. Il n'avait jamais vu d'enfants aussi maigres dans son pays. Alors qu'ils s'ébattaient dans l'eau, Murray les observa attentivement, à la recherche du moindre indice révélant qu'ils partageaient le même fabuleux ADN que leur frère. Comme ils ne savaient pas nager, ils restaient dans la partie peu profonde, et en les écoutant discuter et jouer, Murray se remémora les histoires merveilleuses que Sooley lui avait racontées sur ses petits frères. James lui ressemblait, disait-il, et c'était vrai. Chol serait le meilleur joueur de basket de la famille. Ils le sauraient bientôt.

L'eau était le sujet du jour. L'eau dans la piscine. L'eau dans la baignoire. Mais surtout l'eau qui coulait sans discontinuer du robinet et qu'ils pouvaient boire à volonté. Les garçons prenaient douche sur douche, et Murray n'avait pas le cœur de leur dire qu'à Durham, il y aurait une facture d'eau tous les mois. Quand ils en avaient assez de la douche, ils retournaient à la piscine.

Murray se rappela que les managers de l'équipe s'étaient étonnés de la faible consommation d'eau de Sooley.

Après un bon dîner, ils se retrouvèrent dans la chambre de Gaston pour passer en revue le programme du lendemain. Jusqu'à présent, tout s'était déroulé comme prévu. Gaston sourit en songeant à ce qu'un peu d'argent pouvait faire dans cette région du monde. Les dessous-de-table fonctionnaient certainement aussi aux États-Unis, mais il en fallait beaucoup plus.

62

Ida pensait que l'heure optimale pour atterrir à l'aéroport de Raleigh-Durham était vers 14 ou 15 heures. Même si elle avait négocié un accord avec les services de l'Immigration et des Douanes, elle savait d'expérience que la situation pouvait mal tourner. Elle aurait peut-être besoin d'une heure ou deux pour se rendre au tribunal de l'Immigration, où un juge était prêt à la recevoir.

*

À 4 heures du matin, ils quittèrent l'hôtel dans le même van et roulèrent une heure jusqu'à l'aéroport d'Entebbe. Gaston remercia le chauffeur et lui donna un gros pourboire. Il avait distribué beaucoup de bakchichs à Kampala. Une femme douée de la même autorité qu'Ida Walker les accueillit au terminal de l'aviation générale et les conduisit à l'intérieur. Le mot *Douane* était brodé sur sa poche de poitrine, et elle avait l'air d'être la propriétaire des lieux. L'endroit était désert : il y avait peu de monde dans cette partie de l'immense aéroport. Elle prit les six passeports, désigna une cafetière dans un coin, et s'éclipsa. Sur le tarmac, leur beau jet scintillait dans la lumière tandis que les pilotes effectuaient les contrôles de routine.

James et Chol portaient des shorts kaki assortis, des polos blancs, des chaussettes et des baskets blanches. Beatrice avait trouvé un *gomesi* jaune vif, la robe traditionnelle des Ougandaises, qui lui tombait jusqu'aux pieds. Elle aurait préféré un habit de son propre pays, mais pour le moment, elle faisait semblant d'être ougandaise. Quoi qu'il en soit, tous trois étaient adorables et donnaient l'impression d'une famille prospère, qui allait vivre une nouvelle aventure aux États-Unis.

Sans demander leurs cartes d'identité, la douanière rapporta les passeports tamponnés – ils étaient libres de partir. Deux hommes en uniforme scannèrent leurs bagages, puis les placèrent sur un chariot qu'ils poussèrent jusqu'au jet. Le passage à la douane prit moins de quinze minutes. À bord, Murray présenta la famille à l'hôtesse de l'air, qui les installa dans un espace avec quatre grands fauteuils, et leur demanda ce qu'ils désiraient boire. Bien sûr, les garçons avaient faim et réclamèrent leur petit déjeuner.

James, le clown de service et portrait craché de Samuel, déclara à Murray que cet avion était un peu plus beau que le bimoteur ougandais qu'ils avaient pris la veille. Murray fit visiter l'appareil aux garçons et leur promit qu'ils pourraient regarder autant de films qu'ils le voulaient pendant les quinze prochaines heures.

*

À 14 heures, heure de la côte Est, Ida et son équipe se réunirent dans le hall du terminal privé de l'aéroport international de Raleigh-Durham. Deux avocats de son bureau l'accompagnaient, et elle avait demandé à Tyler Guy, l'avocat pro bono de Sooley spécialisé dans l'immigration, de se joindre à eux. Ida avait travaillé avec l'International Rescue Committee, et Mme Keyser – qui avait rencontré Samuel au mois de septembre précédent – était présente.

Quatre agents de l'ICE – les services de l'Immigration américaine – arrivèrent et la situation se compliqua immédiatement. Ida parvint à détendre l'atmosphère en plaisantant un peu, mais les agents de l'ICE n'étaient pas faciles à dérider. Ils avaient un travail à faire : arrêter et détenir les personnes prises en flagrant délit d'entrée illégale dans le pays.

Quand le Gulfstream atterrit à 14 h 10, il fut dirigé vers un espace à 50 mètres du terminal. Le temps que ses moteurs soient coupés, trois berlines ICE stationnèrent devant, avec autant de feux bleus clignotants allumés que possible.

À bord, Silvia s'assit près de Beatrice et des garçons et tenta de les rassurer.

— Nous en avons déjà parlé, et il n'y a aucun moyen d'éviter ce qui va se passer. Vous allez être arrêtés, emmenés en détention, mais vous ne serez pas enfermés longtemps. Quoi qu'il arrive, soyez polis avec les agents. Ils ne font que leur travail.

Alors qu'il fallait affronter la réalité, Murray avait l'estomac noué. Pourquoi se donner la peine de faire entrer des réfugiés en douce si c'était pour qu'ils soient arrêtés ? Mais il savait que sa mère contrôlait la situation.

Gaston récupéra les faux papiers de la famille.

— Gardez le sourire. Tout va bien se passer.

Dix minutes s'écoulèrent, puis quinze. Ida et son équipe attendaient nerveusement à l'intérieur du terminal. Enfin, la porte de l'avion s'ouvrit et des agents de l'ICE grimpèrent les marches. Dix minutes de plus passèrent. On avait promis à Ida qu'elle serait autorisée à parler à la famille avant qu'elle ne soit emmenée. Enfin, Murray apparut, suivi de Silvia, James, Chol, Beatrice, Gary Gaston, et les agents de l'ICE. Les trois réfugiés n'étaient pas menottés et furent conduits dans le terminal où Ida vint à leur rencontre :

— Bienvenue, Beatrice. Je suis la mère américaine de Samuel et je suis ravie de rencontrer sa vraie mère.

Elles s'étreignirent, s'embrassèrent et Ida s'étonna de la grande taille de Beatrice.

Murray présenta James et Chol, et pendant quelques minutes gênantes, ils discutèrent et leur souhaitèrent la bienvenue aux États-Unis.

Ensuite, comme prévu, les agents de l'ICE menottèrent – plutôt doucement – les trois clandestins, et les emmenèrent dans un centre de détention fédéral près de Raleigh, où Beatrice serait placée dans une cellule à l'étage des femmes. James et Chol iraient ensemble dans la section des mineurs.

Ils savaient qu'un bref séjour en prison était inévitable, mais c'était quand même déstabilisant de se retrouver derrière les barreaux. James et Chol plaisantèrent sur le fait que la veille, ils avaient dormi dans le luxueux hôtel Serena, alors que la nuit précédente, ils étaient dans le camp Rhino.

Comparés au sol de la tente, les lits superposés bon marché de leur cellule n'étaient pas si mal.

*

La loi américaine exige que toute personne qui entre illégalement dans le pays et demande l'asile politique soit détenue par l'ICE le moins longtemps possible avant d'être présentée à un juge de l'Immigration.

À 10 heures le lendemain matin, Ida et son équipe attendaient dans la salle d'audience du juge Stanley Furlow, ancien stagiaire de l'aide juridique et diplômé de la Central Law School. Beatrice et les garçons arrivèrent, tous souriants, vêtus de ce qu'ils portaient dans l'avion. Ils discutèrent quelques minutes avec leurs avocats. Puis le juge Furlow appela leur affaire et leur posa séparément les mêmes questions basiques. Ils ne pouvaient pas contester grand-chose, pas à ce moment-là en tout cas. Lors d'un procès qui aurait lieu dans plusieurs mois, le gouvernement pourrait faire valoir que ces trois personnes ne remplissaient pas les conditions d'asile. Ce serait un autre combat, pour un autre jour.

Des documents furent échangés et les avocats discutèrent à voix basse avec leurs clients. Après environ une heure, le juge Furlow déclara que la famille était libérée et confiée à la garde de leurs protecteurs, Ernie et Ida Walker, et qu'une date de procès serait fixée ultérieurement.

Une petite procession quitta le centre-ville de Durham et dix minutes plus tard, elle emprunta une rue non loin du campus de Central. La maison avait été construite par un promoteur de logements à bas loyers, en partenariat avec la municipalité. Murray avait apporté un peu d'argent du fonds Sooley. Les murs extérieurs étaient du même jaune vif que le *gomesi* de Beatrice.

Une foule était déjà sur place. L'IRC avait rassemblé une douzaine de réfugiés sud-soudanais de la région et les avait invités à accueillir la famille Sooleymoon. La plupart des employés d'Ida étaient là, ainsi qu'Ernie, le coach Grinnell et sa femme.

Lorsque Beatrice et les garçons remontèrent le trottoir, la foule applaudit.

— Bienvenue dans votre nouvelle maison !

Quand Beatrice et ses fils entrèrent et découvrirent le mobilier, les jolis tableaux au mur, les tapis et la table couverte de nourriture, ils furent bouleversés.

*

En fin d'après-midi, bien après le départ des invités, Ida demanda à Beatrice si elle voulait aller au cimetière. Oui, elle était prête. Les familles prirent deux voitures et roulèrent jusqu'au Rustling Meadows Memorial Park, un cimetière moderne sans caveaux ni pierres tombales. Toutes les tombes étaient identiques, disposées en demi-lunes parfaites sur une vaste prairie vallonnée.

Ils se garèrent près de la chapelle et empruntèrent un chemin bien entretenu jusqu'à la sépulture. Ida s'arrêta et désigna une tombe plus récente, recouverte de terre rouge et de fleurs fraîches. Murray prit James et Chol par la main et les conduisit tout près. Une plaque de granit neuve portait l'inscription « Samuel Sooleymon, né le 11 août 1997. Décédé le 19 juin 2016 ».

Les garçons se mirent à sangloter. Murray s'éloigna et les regarda tomber dans les bras de leur mère.

La scène était déchirante, et ni Murray ni Ida ni personne ne pouvait imaginer leur douleur.

*

Deux jours plus tard, après le travail, Murray passa prendre James et Chol dans leur nouvelle maison. Il leur demanda d'enfiler leurs nouvelles baskets. Il les emmena au campus et se gara devant le Nid, à la place réservée au coach Grinnell. Il leur montra fièrement sa propre clé, ouvrit la porte latérale et les guida dans le couloir souterrain jusqu'à ce qu'ils émergent sur le terrain. Les garçons ouvrirent de grands yeux pour s'imprégner du lieu, avec son plancher en bois brillant, ses milliers de sièges marron, ses bannières suspendues au plafond. Dans un coin, une énorme photo de Sooley en action.

— C'est ici qu'il a joué, murmura Murray.

Ils coururent d'un bout à l'autre du terrain en tentant de s'approprier l'histoire écrite ici par leur grand frère. C'était vertigineux. Murray trouva une étagère de ballons et en jeta quelques-uns par terre. À treize ans, Chol mesurait déjà plus de 1,80 mètre. Il dribbla deux fois, se releva et tira des 6 mètres.

Rien que le filet.

63

Par une spectaculaire journée d'automne, au début du mois de novembre, une petite foule s'était réunie, sur invitation uniquement, devant la salle McDougald-McLendon, également connue sous le nom de Nid et repaire des Eagles. Dans la brise légère, ils s'assirent sur des chaises pliantes et attendirent le début de la cérémonie. À côté d'un petit podium, sous un drapé marron et gris, une œuvre d'art ou une sculpture allait bientôt être dévoilée.

Parmi les invités, tous les membres de l'équipe actuelle des Eagles, ainsi que leurs entraîneurs et leurs managers. Une douzaine d'employés du bureau du directeur sportif. Dix du bureau du président. Des étudiants. Les familles Walker et Sooleymon, et leurs amis proches. Une centaine de personnes en tout. Il avait été question d'une célébration plus importante, mais la brièveté de l'événement imposait une assemblée restreinte.

Il n'y eut qu'un petit discours. Le président monta sur le podium.

— Merci d'être venus. Cette cérémonie ne sera pas longue, mais restera gravée dans nos mémoires. Nous sommes réunis aujourd'hui pour rendre hommage au plus grand héros de l'histoire de notre école et pour dévoiler une statue en bronze à son image. Sooley est arrivé sur ce campus il y a un an, un étudiant-athlète inconnu qui ne pouvait pas rentrer dans son pays. Cette université l'a recueilli et lui a donné une bourse d'études. Nous n'avions aucune idée du destin qui l'attendait. Nous lui avons offert cette opportunité sans savoir le cadeau qu'il nous ferait en retour. Il nous a emmenés vers des sommets que nous n'avions jamais atteints et, franchement, que nous n'imaginions pas toucher du doigt un jour. Il jouait avec une ferveur contagieuse, avec un talent immense, et avec la dignité d'un héros. Nous n'oublierons jamais Sooley, son sourire, son enthousiasme, sa passion du basket et son indéfectible loyauté envers ses coéquipiers. Nous n'oublierons jamais ce qu'il a fait pour cette université.

« Au mois d'août, son colocataire et meilleur ami, Murray Walker, m'a suggéré de célébrer Sooley par un symbole pérenne sur le campus. Nous avons interrogé notre département artistique et les idées ont fusé. Ce que vous êtes sur le point de voir est une statue en bronze du grand Sooley en action. Elle a été réalisée par l'un des nôtres, Ronnie Kelso de Wilmington. Je vais demander à la mère de Sooley de venir nous faire l'honneur… Mme Beatrice Sooleymon.

De l'autre côté de la rue, un groupe d'étudiants s'était arrêté pour observer la scène.

Au premier rang, Beatrice s'avança. Le président lui tendit un petit cordon, qu'elle tira avec précaution, et le drapé tomba par terre. Tout le monde applaudit tandis que Beatrice admirait la ressemblance.

Sooley, figé dans les airs, tenait le ballon au bout de son bras, sur le point de smasher. À sa base, une plaque avec l'inscription : « Sooley. En 2016, Sooley a joué vingt matchs et est devenu le joueur le plus populaire du basket-ball universitaire. Il a conduit les Eagles au Final Four. Puis il a tiré sa révérence, mais il vivra éternellement dans le cœur de ses admirateurs. »

De l'autre côté de la rue, les étudiants se mirent à scander doucement : « Sooley ! Sooley ! Sooley ! »

NOTE DE L'AUTEUR

Quand j'avais treize ans, un soir, assis dans les tribunes, je regardais avec fascination le jeu de Pistol Pete Maravich, qui venait d'inscrire 40 points contre les Rebels de l'université du Mississippi. Il était incroyable – puissant, infatigable, et, bien sûr, extrêmement talentueux. Sa performance a changé ma vie, car à cet instant, j'ai décidé de devenir une star comme lui. Je n'arrivais pas à me choisir un surnom approprié, mais j'étais certain que mes fans le feraient pour moi. J'ai tiré des paniers pendant des heures, j'ai intégré l'équipe du lycée et j'ai rêvé que des recruteurs universitaires venaient frapper à ma porte.

Ils n'ont jamais trouvé notre porte. Vers l'âge de seize ans, j'ai compris que, comme pour le base-ball et le football, ma prodigieuse capacité à rêver se heurtait à mon manque flagrant de talent.

Alors, comme la plupart des anciens sportifs, j'ai fini par renoncer, et je suis devenu un fervent amateur de sport. Par la suite, je me suis dit que si je ne pouvais pas être un grand joueur, j'écrirais des livres sur le sujet. Ainsi, *Le Dernier Match*, *La Revanche*, *Calico Joe*. Et maintenant *La Chance d'une vie*.

Un grand merci à ceux qui ont joué le jeu et m'ont donné de précieux conseils : Barry Parkhill, Tony Bennett, Evan Nolte et Levelle Moton. Merci également à Bryan Kersey, Jack Gernert, John Montgomery, Alan Swanson, Neal Kassell, Talmage Boston et Kyle Serba de Central.

John Grisham
8 février 2021

Du même auteur :

Chez Robert Laffont :

Le Droit de tuer
La Firme
L'Affaire Pélican
Le Client
L'Héritage de la haine (Le Couloir de la mort)
L'Idéaliste
Le Maître du jeu
L'Associé
La Loi du plus faible
Le Testament
L'Engrenage
La Dernière Récolte
Pas de Noël cette année
L'Héritage
La Transaction
Le Dernier Match
Le Dernier Juré
Le Clandestin
L'Accusé

La Revanche
Le Contrat
L'Infiltré
Chroniques de Ford County
La Confession
Les Partenaires
Calico Joe
Le Manipulateur

Chez Lattès :

L'Allée du sycomore
L'Ombre de Gray Mountain
L'Insoumis
L'Informateur
Le Cas Fitzgerald
Les Imposteurs
La Sentence
Les Oubliés
Le Cas Nelson Kerr
Le Droit au pardon

Chez Oh ! Éditions / XO :

Théodore Boone : Enfant et justicier
Théodore Boone : L'Enlèvement

Chez XO Éditions :

Théodore Boone : Coupable ?
Théodore Boone : La Menace

PAPIER À BASE DE FIBRES CERTIFIÉES

Le Livre de Poche s'engage pour l'environnement en réduisant l'empreinte carbone de ses livres. Celle de cet exemplaire est de :
300 g éq. CO_2
Rendez-vous sur
www.livredepoche-durable.fr

Composition réalisée par PCA

Achevé d'imprimer en France par
CPI BRODARD & TAUPIN (72200 La Flèche)
en septembre 2023
N° d'impression : 3054226
Dépôt légal 1re publication : octobre 2023
LIBRAIRIE GÉNÉRALE FRANÇAISE
21, rue du Montparnasse – 75298 Paris Cedex 06

83/3709/6